陪你到天明

——力歌情感小说

力歌　著

中国铁道出版社
CHINA RAILWAY PUBLISHING HOUSE

图书在版编目(CIP)数据

陪你到天明/力歌著.—北京:中国铁道出版社,2017.1
ISBN 978-7-113-22559-9

Ⅰ.①陪… Ⅱ.①力… Ⅲ.①短篇小说—小说集—中国—当代 Ⅳ.①I247.7

中国版本图书馆CIP数据核字(2016)第289878号

书　　名:陪你到天明——力歌情感小说
作　　者:力歌　著

策　　划:石建英
责任编辑:石建英　　　**编辑部电话:**010-64549510
编辑助理:邹一丹
封面设计:郑春鹏
责任印制:郭向伟

出版发行:中国铁道出版社(100054,北京市西城区右安门西街8号)
网　　址:http://www.tdpress.com
印　　刷:中煤(北京)印务有限公司
版　　次:2017年1月第1版　2017年1月第1次印刷
开　　本:889 mm×1 194 mm　1/32　印张:12　字数:300千
书　　号:ISBN 978-7-113-22559-9
定　　价:30.00元

目　录

别有滋味

陈小杰第一次见到石伟，还是大学四年开学前的一天。当时，学校对学生宿舍进行了一次调整，刚刚调整到一个新宿舍的两个女同学因为住上下铺发生了争执，吵吵嚷嚷的声音很大，这时，石伟出现在了宿舍门口。

陈小杰看到石伟的第一眼时，没留下太深的印象，甚至都疏忽了他的年龄。石伟在门口很是认真地瞅着，陈小杰以为哪里来的男生看热闹，她劝两个正在争吵的女同学，说："因为那么丁儿点的小事吵多不好，搞得男同学都来看热闹。"随后又对上铺的同学说："我家住在本市，可以常回家住的，你愿住下铺，住我的好了。"

那个女生瞧了一眼门口站着的石伟，有些难为情地将行李提起来，嘴里嘟哝着，甩在了陈小杰的铺上。

这时，石伟喊了陈小杰的名字。陈小杰才认真端量了石伟，只觉得个子挺高，挺瘦，年龄也不像是学生，如果是同学知道陈小杰的名字并不奇怪，而这个人绝对是一张陌生的面孔，她好一阵的懵懂，虽然这样，她还是仔细地搜寻了大脑储存的记忆，彻头彻尾地没有这个形象，才冒犯了一句，说："我并不认识你呀，你怎么知道我的名字。"

他含笑不语，眼里明显有挑衅味。

陈小杰当时想自己的神态一定很尴尬。在他的目光下显得局促而扭捏，她不得不又一次重复刚才的话来掩饰难堪。

这时他说话了，不是对着陈小杰，而是对着那两个吵嘴的女同学，叫出了她们的名字。那两个同学也如陈小杰一样感到莫名其妙。

注视到大家惊奇的神态，他显得挺得意，过了一会儿，他才做了自我介绍，说他叫石伟，说他是这个年度我们的任课老师。

大家恍然大悟，知道这学期的任课教师中有石伟这个人，还知道他刚刚在北京读完硕士研究生回来，考上研究生前他就是这个学校的讲师。我一想又颇为疑惑不解，没有道理他会知道每个学生的姓名。

他环视屋内的环境，才笑笑，说："我有个习惯，就是在上课前知道每一个学生的姓名。"

陈小杰就问："那你又是怎么知道我们的姓名的？"

"你们都有学生档案嘛，你们的每一副尊容都储存在我的大脑皮层里了。"他很幽默地说。

屋里的几个人舒畅地笑了，刚才有过的不愉快的宿舍的气氛显得活跃了。

"你们怎么还将我拒之门外，为什么不邀请我进来？"说这话时，他那双眼睛分明是对着陈小杰。陈小杰才觉察出石老师正伫立在宿舍门口，慌忙地闪身让他进来。石伟矫健地跨过地上堆积起来的杂物。

出现这么个年轻的老师，陈小杰她们都很兴奋，围住他问这问那，几乎是不容他回答，就问起下一个问题，她们不过是在老师面前满足好奇心罢了。

陈小杰不知怎么想的，鬼使神差地拿出在家带来的小酸枣，陈小杰从小就爱吃酸的，她妈常买这种酸的东西，今天派上了用场招待了石老师。刚放到宿舍仅有的桌子上，那些颗粒饱满、滚圆剔透的小酸枣立即铺展开来占据了半个桌面。

石伟情不自禁地吸吮一下，说："这个好，这个好。我一见到小酸枣，嘴就泛酸了。”说着，扔进嘴里一个，有滋有味咀嚼，样子有些夸张。

“我从小就爱吃酸的，一见到就忍不住。”石伟又说。

陈小杰怪异地笑笑，说：“那么咱们俩还有相同之处。”说过后陈小杰有些后悔，刚刚与这位年轻的讲师认识，说这样的话显得有些唐突，她看到石伟并没有在意，感到自己太敏感了，难为情地笑了。

陈小杰这一笑却被石伟捕捉到了，石伟说：“笑什么哪，你？”他盯着陈小杰那么专注地看着，搞得陈小杰有些不好意思。

陈小杰感到那目光从哪里见过，又一时想不起来，这么一想心里不知怎么还倒了酸，说：“我是为我们俩的酸味相投感到可笑，以为或许见到你就会犯酸的。”说完这句话，她想自己又冒犯了石伟，歉意地笑笑。那两个女同学也跟着笑起来。

“今后我要是看到你，就会想起你，小酸枣。”他戏谑道。他的应运而生的小酸枣，成了后来石伟称呼陈小杰的专有名词。

石伟说过这话，陈小杰隐隐觉得有种酸酸的含意莫名其妙地袭上了她的心头，她又看了一眼石伟，看到正在说话的石伟的神情挺有趣，她顾自笑了，笑得一定很甜。

陈小杰见到石伟最多的时候，都是在课堂上。女生在课堂上对男教师的所有之处都甚为敏感，穿戴长相举止说话，都是她们的议论话题。她们可以细致到男老师身上的饭渍，脸上的痦子，甚至在某个裸露着皮肤的地方看到的细微的伤痕，都能演绎出许多夫妻间的动人故事出来。

石伟的记忆超群，所有的同学都领教过了，他在不到两次课的时间，会准确地叫出每个人的姓名。谁都能领略出他对知识掌握上有着不容置疑的说服力，他说起话来，诙谐深沉，撩人心动，每到他的课很少有人逃课，偌大的教室总是满满腾腾的。

陈小杰也说不上怎样，总爱坐到前一排听课。大学四年级是临近毕业的最后一年，男女生之间都寻找到了自己的对象，尤其女生更甚，她们这时的年龄大多都在二十三、四岁了，如果毕业后再去选择对象，恐怕都成了社会的大龄女青年了。现在为什么知识女性独身的居多呢，这与大学经历不无关系。

陈小杰有个同班的男同学李奇，长得不错，有点像歌星毛宁，而陈小杰又貌似杨钰莹，同学们有意无意地把他们俩总往一起扯，时间一长，两人之间真就好像有那么点意思，也就有意无意地往一起凑凑，常常在一起聊，说起话来也觉得很开心。

看到别的同学如火如荼如胶似漆的样子，陈小杰羡慕得要死，也总想这样，可是一见到李奇，那种热情总也燃烧不起来。人总感到有些怪的地方，越是觉得般配，各方面都显优越，越容易产生抵触情绪。

陈小杰心里曾想过，拿他当摆设还行，做个男人他还不够资格。想到这里，她便生出他不是个男人更好些的想法。同时她想起自己与母亲开过的玩笑，便有些忍俊不禁地笑了。妈妈总关心女儿是否处了男朋友，当母亲的总是很焦急，她希望女儿找到一个同学做朋友。

陈小杰对妈妈说："我班的男同学都太有经济头脑，现在就会赚钱了。"

妈妈高兴得合不上嘴："经济社会，这样的小伙子好，你要找了这样的同学，一辈子都不愁了。"

"嗨，妈，他们是靠玩麻将赢的。"

"那可不行，这样的男生可不好，不是还有其他的同学吗？"

"剩下的，就是输家了。"

学生无聊地打麻将几乎席卷整个校园的学生，大都加入进去了。李奇也不例外，单凭这一点陈小杰也感到他的庸俗。

石伟每次在课堂出现，陈小杰心里不知为什么总要多跳几下，她对自己的不争气，总要气恼一番，她搞不懂为什么会这样。她常把这种心态归结为石老师提问时常常叫到她的缘故，她有点担惊受怕。陈小杰清楚这是她对石伟这个人有了那么多的好感所致，特别是他私下里叫她小酸枣的时候。石伟这个人既不漂亮，又不伟岸，而且年龄也大了些，陈小杰当时绝没有把石伟与她有什么关系这一想法联系在一起。

中秋节，大学里组织了一场露天舞会，陈小杰本来想回家去过团圆节，李奇邀了她，说是毕业前的最后一个中秋节了，大家都想聚聚。

陈小杰一想自己每年中秋节都回家去过，同学们大多数是外地的，这样的节日难得让他们开心，况且女同学又少，舞伴当然很难找，她为了不使大家扫兴，同意留了下来，便给家里打了个电话。

舞场是在露天的运动场上搞的，中间拢起了三堆篝火，舞会气氛挺热烈，陈小杰兴致勃勃地与每个邀请她上场的同学跳舞，弄得别的班同学又是羡慕又是嫉妒，好几个外班同学通过老乡的关系来说情，要与这个靓丽的女生跳舞，均遭到严词拒绝。

陈小杰刚刚跳过快三步，下来时感到有些乏，坐下来想休息一下，她算计着同学们看她坐下来不会再邀请她上场的，因为她自进入舞场　直有同学轮番地邀请上场。

这时李奇看到陈小杰坐下来，取来了两瓶饮料递给陈小杰，顺势坐在了陈小杰的身边。走到身边跳舞的同学给他俩做着鬼脸，他俩就招招手示意一下。陈小杰本想对李奇说句什么，刚刚张口，感到有人从后面拍了拍她的肩，她思忖这肯定是个邀她跳舞的冒失鬼，说了一句：“等我喝完饮料的。”说完后她把脸对着李奇，想把那句话说出来，结果刚才想说的话却偏偏又忘记了，她看着李奇的脸努力去想刚才要说的那句话，却看到李奇扭着脸朝后看的神情有些异样，她也顺着李奇的目光向后望去，便看到了石老师。

石伟正躬着腰，面对着他们两个人。

虽然体育场里还有几盏照明灯亮着，却是很灰暗，石伟的面孔也显得模糊，陈小杰看到石伟的微笑只是模模糊糊地感觉到的。

陈小杰感到这种笑中的含意，是对着他们俩的，便呈现出难为情的神情，慌乱地站起来，让石伟坐下来，说:“石老师，不知是您，看这是咋说的。”

石伟并没有坐下来，站在那里表情生动地说:“小酸枣，看你又酸上了，我别打搅你们了，你们坐着吧。”

“我还以为是同学邀我跳舞的哪。”陈小杰心里还有些过意不去，“石老师，你还没上舞场吧？我一直也没看到您。”

“我跳不好，我只来看热闹的。”

“石老师，你谦虚上了吧。你跟陈小杰去跳一圈，不会跳叫陈小杰教教你。”李奇在这种事上总是出手大方，不遗余力。

陈小杰听李奇这么说，就去拉石伟的手，感到石伟的手有些发凉。她对李奇埋怨着:“你就会充好人，我还不会邀石老师跳舞吗?”她一边说着一边拉着石伟的手双双走进舞场。

跳舞时，陈小杰觉察出石伟的谦虚是有水分的，他跳得格外好。陈小杰打趣说:“石老师，你不够真实，跟我们打了埋伏。”

陈小杰看到石伟的脸上浮现出了笑意，说:“有比较才会有区别吗，那是对跳得好的而言，比如你，小酸枣，我就自愧不如。”

陈小杰笑了，搭在石伟肩头的手无意识地拍打了石伟一下，娇嗔地嚷:“都是你起的外号，我的同学都这么叫了，还当老师的呢，乱起绰号.”说到老师时，她觉出不妥来，刚才的做法说明根本没有把石伟当老师，这说明平常的心跳绝不是因为他当老师造成的。

石伟也笑了，“我这个人从不想将老师的头衔强加于人，需要别人从心里叫你老师才会是真正的荣耀。”

石伟说话的气息喷在了陈小杰的脸上，是一种新鲜的气味。女人对气味都具有特别的敏感，由此她又嗅了嗅鼻翼，感到石伟的身上也充满了这种气味，这是体内所具有的味道，不是喷上去的。李奇和班里的男生总爱往衣服上喷些香水，脸上也会抹些女人用的化妆香脂，有时陈小杰都能从气味上准确地判断出香脂的牌子。

这就是男人味。陈小杰望着石伟想。恰在这时，跳过来的一对舞伴无意地冲撞了他们俩一下，使他们的胸部无意地贴在了一起，陈小杰感到石伟的手抖了抖，待那对舞伴旋过身去，石伟搂腰的手明显地松弛开来，使陈小杰脱离开接触部分。石伟的表情有些不自然，目光有意无意地溜向一边。

陈小杰体会到了那一瞬间带给她的惬意，是一种柔柔的暖暖的感觉。她与别人跳舞也常有这样的碰撞，却没有这种感觉，尤其李奇那种故意的姿态，甚至还拥抱过她一回，她都没觉出某种异样来，当时她警告过李奇不要再有类似事件的发生，要么她将对他不客气。

石伟的气息和触感带来的暖意，在陈小杰的脑海里持续了很长的一段时间，每每想起她都按捺不住地对自己笑笑，同时她也笑自己的想法很无聊。

因为有了那天跳舞时的那段经历，见到石伟时总有些羞赧，连听课时，也不愿意在前排找座位了。石伟却从不在意陈小杰的感受，该怎么提问还怎么提问，说话也无拘无束，还叫她小酸枣，甚至还打趣她和李奇的关系。对于石伟来说，他对这件小事很粗心，他压根没觉得发生过什么，很快就忘记掉了，与那天发生碰撞时间一样短暂，他此时绝没想到自己会在陈小杰心里产生过的强烈震撼。

有一天，陈小杰在与李奇在一起时，她寻找着是否也会有这种独特的感受，而她却始终也没有产生那种柔柔暖暖的情绪。她对李奇说："以后，你少抹一些女人有的化妆品行不行，不伦不类的。"

"小杰，这没什么不好，现在街上卖的大多是女人用的，什么男宝之类也纯属女人用品改良产物。"

“你不抹也许更好，自然天成嘛。”

“创造美也是男人所需要的。”李奇说出话来总会认为自己是很聪明的那种。

“我最讨厌男人油头粉面的，好像让女性异化了似的，一点男人味都没有。”陈小杰话里明显有了攻击的腔调。

李奇心情并没有什么变化，他还动情地对陈小杰说：“男人是塑造出来的，要么你怎么会爱我呢？”

“什么时候我用过这个字眼？”陈小杰此刻肯定在想一个与这个沉重的话题无关的话题，她认为李奇在这个话题上表现得很愚蠢。

陈小杰的独特的感受，李奇是不会猜透的，陈小杰并没有感到这件事有什么不对，在她心目中的石伟或称她的老师，她还是他的学生，只是多了一层甜甜的回味而已。

在这次与李奇的谈话后的不久，她见到了石伟和他的女朋友的时候，竟然破坏了她的这种幸福的回味，还使她感到了一种莫名的痛苦。

那天，陈小杰走出校门准备回家的，从校门到汽车站还有一段的路要走。她显得漫不经心地走在她走过无数遍的路段上，思索一件很遥远的问题，精神难免不集中，明明是看着对面走过来的人，却熟视无睹。当她觉察到有人在她模糊的视野中夸张地挣扎了一下手臂，感到这个动作有些熟悉，定睛去看时，才注意到石伟已经站在离她很近的地方了。

一个与石伟同龄的女人挽着石伟的手臂，驻足面对着陈小杰，刚才很明显是石伟见到陈小杰时才做出这样一个难为情的动作，为了不使陈小杰看到这种亲密的一幕。

石伟还是用上课时运用的那种洒脱自然地叫她小酸枣，并对他身边的女人介绍说这是他的学生，又对陈小杰介绍了他身边的那个女人，说:“肖燕，你叫肖姐好了。”

叫肖燕的女人对陈小杰露齿一笑，一种很甜的笑。陈小杰为这笑生出了独特的酸楚，首先值得承认的是这个叫肖燕的女人确实令她生出了无名的妒火。

她想这肯定是两人故意做给自己看的，其实陈小杰早就听说石伟有个女朋友是他大学时的同学，对象关系也是在学校时确定的，毕业后石伟分配到这所大学教学，肖燕分到这个城市的X公司任职。

石伟和肖燕两个人常相伴着走这条路，只是陈小杰头一次遇到。肖燕对陈小杰说了几句应酬的话，陈小杰也应付了几句。

两人从陈小杰擦身走了过去。

陈小杰身不由己地转过身去，望着他们俩人的背影，目光有些贪婪。

陈小杰更多是在关注肖燕的背影，她看到肖燕穿着一身质地很好的西装，黄颜色很适合她。陈小杰断定这颜色也一定会适合自己，她回家后一定要父母为自己买一套。

这时陈小杰惊奇地发现本来看到两人挽着的手臂，却意外地分开了。陈小杰想石伟绝对是因为她才会这样，这是石伟在意她看到才会难为情地甩了一下被肖燕箍紧的手臂的。她认为自己找到了一个合乎情理的解释。

这个发现令陈小杰异常兴奋，刚才模糊了的动作在脑海里逐渐清晰起来。

肖燕的瀑布般的秀发柔顺地在肩头摆来摆去，摆出了陈小杰的视线。陈小杰还站在那里思想着石伟见到自己为什么要抽出手臂，他没有必要那样做。

从那天起，陈小杰心里有种压抑，不知为什么看到石伟时的眼神的总是不由自主地多停留片刻，她眼里的石伟也会增加许多的内容，那些内容又总是与她有着密不可分的关系。

她会在下课休息时有意无意地与石老师搭讪几句，似乎得到了某种满足。她让李奇陪着她去了石伟住的独身公寓。李奇曾表示过自己的疑惑，但老师这个字眼也许使他在这个方面迟钝起来。

头一次去石老师住的公寓，走进大门后是一个漆黑的长走廊，走廊里的一种晦涩发霉的味便迎面而来，李奇驱动鼻翼说了一句含糊的词，陈小杰也觉得老师们住的地方不该是这样的。

他们顺房门小窗上透过的弱光艰难地辨认着房间号，当找到石伟的宿舍时，李奇敲了敲门。

陈小杰突然后悔起来，一时对这次造访的理由失去了目的性，兀自心慌起来，在她犹豫时，门庭洞开，石伟穿着背心和制服短裤站在了门口，对这两个不速之客，心里明显有些准备不足，便有些慌乱地退进屋去，嘴里却诺诺出请进一类的意思。

李奇略显出迟疑的动作，而陈小杰却走了进去，对紧张穿着短衣裤的石伟表现出一种自然之态，仅在刚才有过的犹豫一瞬间不知怎么就化解了，她甚至还萌生出某种熟悉的感受，看着石伟忙着穿裤子时的慌乱，还说了不用着急又不是外人之类的话。羞得石伟脸红红的，直对李奇说“你坐下来坐下来”，而回避着陈小杰的目光。

为这一点李奇回去后还责怪陈小杰不懂事，搞得石老师羞得什么似的。陈小杰却不那么认为，她在想着另外一个深刻的问题，她在想石伟为什么害怕她看到他穿短裤呢，在操场上打篮球他也常常这一身打扮，为什么就没有这样的怯懦，她找到了又一种令她激动莫名的答案。

石伟恢复常态时，是在陈小杰两人坐下来后，他将衣袖挑高穿进去的同时，说：“李奇，你怂恿小酸枣来让我出丑的，是不是？”

李奇对这样的问话不知如何回答，一时失去了对策。他又听石伟说：“我问谁时，听到的是你，才开的门，没想你和你的女朋友一起来的，你这不是让我丢了两个面子。”

李奇又奇怪面子怎么丢了两个，回头去在陈小杰那里找答案，他还以为是对两个人来说的呢，他看到了陈小杰嘴美丽地嚅动一下，说：“是丢了老师的面子和男人的面子吧。”

李奇为陈小杰的诠释有些惊奇，他在权衡自己一定比陈小杰显得愚蠢。而陈小杰还在回忆进门前是不是因为犹豫时，精神溜了号，怎么没听到他们的一问一答呢？

“打开门时，我还以为后面是肖燕呢。”石伟还在解释刚才的慌乱，在陈小杰听来有股欲盖弥彰的意味。

“现在都秋后了，天多凉，还穿这么少在屋里。”陈小杰这种关心往往是多余的，本来石伟在掩盖这个难堪带来的不必要的麻烦，她却还在“诱敌深入”。

“我本打算脱了衣服睡一觉，便听到了你们的敲门。”

“刚刚几点哪，你就琢磨着睡觉，真够懒的。”陈小杰这句话更使石伟无地自容。

那天去石伟那里谈得很开心，没有一个准确的话题，每谈完一个开心的话题后，陈小杰惊奇地发现，对刚刚还在开心的话题却一无所知，大脑中一片空白，她很迷茫，直到他们告辞走出石伟的宿舍，她才隐隐觉得达到了某种目的，一种试探性的目的。

这一年春节在阳历的元月底，期末考试和放假相对比较早。有了春节的假期往往感到过得很快，在忙忙碌碌人来人往的喜庆之中过去的。

与往年不同的是李奇专门去了趟陈小杰家，以前李奇从没去过，并不是他不想去，而是因为陈小杰从没有提过这种邀请，他也就不好意思过去。这次他专程从县城来，是有个知道陈小杰家的女同学陪着他一起去的陈小杰家。

这是在大年初五的那一天，陈小杰听到了敲门声，忙去开门，李奇和那个女同学就出现在门口。搞得陈小杰有些发愣，这时陈小杰的父母也走了出来，陈小杰就将他俩介绍给了父母，这样使父母产生了误解，还以为李奇是那女生的对象呢。

李奇虽然带来不少过年时常送的礼品，这种误解冲淡陈小杰家里的人的很多热情，特别是李奇与陈小杰父亲谈话时谈到了毕业分配的问题，还提到了要陈小杰父亲分配帮忙的一些话。李奇的家不在这座城市，是在一个小县城，因为有了陈小杰这层关系，他有留在这个城市的期待，他相信陈小杰的家庭是有这种能力的，正因为如此他才会去陈小杰家的，他感到这绝对是他追求陈小杰最重要的一部分。这种做法令陈小杰的父亲很反感，父亲产生了与送礼办事有关的许多联想，走后陈小杰的父亲还很不愉快地说："现在的年轻人，怎么能学这一套。"

陈小杰本打算在李奇走后再告诉父母她和李奇的关系，她听到了父亲这么一说，就没有把话说出来。

李奇不会想到与陈小杰相处了两年，陈小杰并没有把他们的事对父母说明，这使他犯了个大错误。开学后，见到陈小杰他还自我感觉良好地说陈小杰的父母对他印象一定不错的。

倒是李奇的登门拜访，使陈小杰认识了李奇这个人，她权衡他的做法与对自己的感情重量关系，想到他们之间的关系中间也沾染上了毕业分配上的复杂成分，这不能不使她对李奇感到了失望。

陈小杰的失望也有了另一层意思，由于李奇提到了分配留在本地的意向，她也感到这是个大问题，需要认真审视。如果分配不到一块怎么办，两地分居的生活难以想象的那些困难。倘若明确这种关系，父亲帮助办成了这件事，李奇留在了本地，他们的感情基础还不至于此，成不了夫妻岂不成人笑柄。陈小杰想法渐渐地复杂了起来。

也就在这时她突然想到了石伟的许多好处，她也说不准为什么在这时会想起了石伟，她思忖石伟在这些方面就显得优越得多，但一想到肖燕是他的女朋友这一点，便令她痛苦万分，这种痛苦说明她的不光彩，她只有忍耐自己这些过多的想法，不至于太离谱了。

陈小杰朦朦胧胧地觉得她与石伟有了什么说不清的关系，常常缠绕着她。她把从见到石伟开始莫名状地心躁脸红联系起来，感到石伟的印象一次比一次更加明确，这样，在见到石伟时越来越显得不自然了。

陈小杰在想自己不至于成为一个坏女孩，因为石伟有他的情人，而且是个有着七、八年恋爱史的情人。作为陈小杰本人也有了李奇，虽不算完美，但也足以令其他人艳羡，用来满足她自己的虚荣心。一直以来，她没有产生过要破坏这种关系的任何非分之想，她也曾设想过要与石伟保持距离，但她又为自己应有的坦然寻找了师生正常关系的借口。

在李奇陪着她去过石老师住处以后，她总会有一千条说服自己的理由去石老师的住处，她会极其细心地发现石伟对她而言的某些让她在乎时掩饰出的动作，如果遇到肖燕在宿舍，她也会很知趣地退避三舍。

这时的陈小杰并没有把自己的婚姻牵系在石伟身上，她不过是将自己的不自然归结到对石伟的好奇和好感上，但很快她发现她的这种感受犯了一个美丽的错误。

那天陈小杰又去了石伟宿舍。去石伟那里对于陈小杰来说，绝对是一种愉悦的心情，走进宿舍通往石伟房间的走廊里，她的脚步走出一种随意性，今天她选择了一个要求老师回答疑难问题的充分理由。

这是在开学以后的第八天，那时已经开始了紧张毕业设计和论文答辩，她更容易轻而易举地找到许多合适的借口的。进入春天以来天气明显暖和，今年整个冬天也不太冷，有科学论证：地球每年平均气温升高0.5度，而今年学院的供暖又好于往年，走进教师宿舍的大门时，热烘烘的气息扑面而来，把陈小杰的心情也烘托得暖暖的。

从石伟那间房间门窗的一些缝隙挤出一道道细小的光线，把漆黑的走廊切割出许多的几何图形。陈小杰带着她的随意性踏上了这些几何图形，并敲了敲门，许久里面没有一点声音，她又敲了敲，还是没有声音，她表现出失望地转身离去。

就在她转身时，她似乎听到了一种声音，一种很微弱而又无奈的声音，这带给陈小杰的一阵莫名的惊喜，她单纯地想，或许石伟在跟她开玩笑，过去这种玩笑也曾有过，陈小杰顺着这种奇怪的声音蹑手蹑脚地又走回到了房门前，并找到了足以窥见屋中一切的门板中的缝隙。

陈小杰贴近那个缝隙，耀眼的灯光一晃之后，一瞬间，世界在她眼中变得灿亮，并赤裸裸地向她迎面扑来。

陈小杰先是看到了一泻而下的秀发垂落在床边，然后便看到的亮亮的身体，丰腴、健美的腿绷紧高高翘起和柔荑的葱指正盘绕着同样裸露着身体的石伟，他们如胶似漆地缠绵在一起，并微微地颤动，陈小杰又听到了刚才微弱无奈的声音，慢慢地声音开始悠扬亢奋起来。

陈小杰最不愿看到的一幕，赫然地在她眼中演出着悲壮，使她目瞪口呆。她常看到书上的这种描写，却没有这样的心悸莫名。那种透彻心骨的刺激，有了设身处地的体会，她感到了不应该在为那个女人酸楚，但泪水却还是自然而然地奔涌而出，她搞不清这泪水为谁而流，是为自己还为肖燕，是伤心还是感动。

那一晚，陈小杰哭得伤心极了，泪水打湿了她的枕头，她感到了一种强烈的失落，透着无可名状的悲泣和说不清的委屈。

第二天，陈小杰没去听课，躺在宿舍的床上回味着发生的一切，虽然她也极力想回避她所看到的一幕，但任意想到的问题都会很自然联想到这件事上来。

李奇下课后就跑来女生宿舍，还拿来了一些慰问品，放在屋内唯一的方桌上，招呼着在屋的女生一起来享受。他一直是这样出手大方，在这一点上他很讨女孩子们的喜欢。

几个女生对着李奇两人扮了鬼脸，知趣地出去了，这是俗成的规矩，这种场合，谁都识趣。李奇之所以来这里，是他听到陈小杰同屋的女生透露，说陈小杰不知为什么哭了半宿。

李奇看到陈小杰病快快的样子，心里生出一种怜悯，本来准备伸出手去摸一摸她的头，这样顺理成章的动作对于李奇来说，机会并不是很多，他与陈小杰相处已有两年，总能体会到陈小杰有种若即若离的感觉。

这时，李奇已经伸出的手停留在空中，因为他先看到了陈小杰抬起头来，没有去看李奇，却用目光阻止李奇伸过来的手。

李奇手收回来，不知是否能用什么办法去抚慰一下陈小杰，他寻找到了椅子还没落座，便问道："你今天没去听课，到底哪里不舒服？"

"啊，有点感冒。"陈小杰扯了一句谎言。

"眼睛都红肿了。"

这时的陈小杰有了诉说的欲望，她想说说这种感受的想法便脱颖而出，可是她先听到了李奇说："到底发生了什么事？"

这话明显与李奇到来的初衷相违背，一时间，陈小杰迷惘了，她好像听出了李奇的话中的一种圈套，就不再想对他叙说这种感受了。

陈小杰痛苦地想李奇在这一点正是她与他难以沟通之处，他在发布某个态度之前总不够明确，而是选择了迂回的方式。

"今天我听同学说你昨晚哭了，怎么了？"

"我说过，我感冒。"

“感冒也没有必要哭哇。”

“我愿意这样，心里憋屈就哭呗。”陈小杰被李奇搞得非常不舒服。

“这样会使漂亮的姑娘都失去光彩了。”李奇很窘迫，不知所以然地喃喃着，但还是不失时机地说了一句，中间也含着奉迎的成分。

陈小杰觉得这样的对话很无聊，她将幽怨的目光投向了窗外。

外面不知什么时候开始飘起了小雪花，零零碎碎的，随意地洒扬着，把个外面的世界装点得一派洁白。陈小杰想到了还有几个月就要毕业了，有些惆怅地自言自语：“该毕业了。”

李奇想不到陈小杰的思维会有这么大的跳跃，不知为什么陈小杰会提到了毕业，他想到了毕业，又联想到了毕业后的去向。

自从看到石伟的那一幕后，陈小杰心里便会兀自悠(油)生出许多动人的故事，她会情不自禁地为去石伟宿舍找到某种合理的借口，心安理得地坐到那张石伟与肖燕做爱的床上，感受着惊心动魄时留驻在那里的震颤。

从那天起她与肖燕从未见过面，她都回避与肖燕见面的机会到石伟宿舍里去。她与肖燕都有着自己的轨迹。各行其道。

而不久后的一天，却意外了一次，肖燕在陈小杰该去的时间去了石伟的宿舍，肖燕看见陈小杰正悠闲地坐在她与石伟缠绵的那张床上。首先映入肖燕眼帘的是她熟悉的颜色，她认真地审度了自己的想法后才搞清楚。原来陈小杰穿了一件与自己相同的黄色西服，就连式样都相差无几。肖燕心里明显有些不快，旋即，她生出一种妒忌，甚至还产生了一种危机感出来。

看到了肖燕，陈小杰也显出了尴尬，手足无措地站在那里，脸也如做贼般地红起来。这一点肖燕看在眼中，痛在心上。而石伟在一点上却反应迟钝，还在把她们俩穿同样衣服的人做比较，他笑着说:“你看你们俩,这么巧,都穿上了一样的衣服,是在一个商店买的吧?”

俩人听了这话都窘迫地笑笑。陈小杰用这种窘迫的表情对石伟说:“肖姐来了,我不妨碍你们了,我该回去了。”

“怎么,我一来你就走了?再待一会儿吧,反正我来也没什么正经事。”肖燕说的话有些内容,陈小杰已经听出来了,她又用那种表情对肖燕笑笑,走出宿舍门。

肖燕对石伟说:“你的得意门生小酸枣走了,你也不知送送。”

石伟说:“她常来常往的,哪来那么多的俗套。”

陈小杰听到对话,明显地放慢了脚步,听到了肖燕对石伟说:“你的小酸枣总上你这里来是否正常呢?”

“她不过是个学生,小孩子嘛。”

“有那么简单吗?要知道,她比咱们只小七八岁嘛,在社会上也到了已婚年龄了。”

“你就喜欢把别人看得那么坏,你就不能不那么复杂?”

“你是不是故意装傻呀,蒙别人行,还来蒙我?你还没看到她穿的那身衣服,是因为她看到我穿,她才会去做一套相同的衣服,她明明是在与我争夺你,她这是在暗恋你,你这样一个聪明人,还跟我装什么糊涂?”

屋里突然间沉静下来,听不到了石伟声音。陈小杰这才意识到自己不知从什么时候已经伫立在走廊里,她觉得在做一件她不该做的事,她慌乱地逃离了走廊。

在路上陈小杰回味她的行为,刚才一经肖燕点破,她才幡然觉醒,原来她已经爱上他的老师石伟,这么一觉醒,她却没有了开始的自责自艾,没有一点羞辱感,她不再认为自己是个坏女孩了。她在思索着一个深刻的问题,爱又如何?争夺又如何?从那一刻起她心如止水,再也没有了无端的烦恼,虽然后来有了变故,但起码在此时,她已经从辛苦的思想斗争的朦胧中解脱出来。

宿舍里的石伟也处于这样一个同样的心境，他静静地站立在那里，被肖燕的那句话点破后，他开始怀疑自己的聪明，他疏忽陈小杰的一切是因为自己始终把她当作学生，甚至颇为优越地理解这是他已经把陈小杰当作孩子了。他的眼中再次出现了陈小杰所有的异常举动，才发觉自己的疏忽。

肖燕绝想不到她的敏感中的一语道破，竟会铸成大错。石伟从那天起总是把两个穿着同样颜色衣服的女人放到一起来比较，从而来寻找结论的做法，这样便轻而易举地毁掉了一对从大学就开始有过同居关系的恋人。

石伟在那天不久后的一天，有意无意地暴露给陈小杰自己的一个秘密，用来考察肖燕的直觉是否正确，他实际上一直忽略了这样一个事实，可能是潜意识中的某些神圣的字眼令他缺少了敏感，而今细细思量起来才发现陈小杰并非是想象的那么简单，陈小杰的面容从那天起，便时常出现在他的眼前的世界里。人总是有些很怪诞的反映，有的人相处一辈子也不会有什么感觉的，而有的人一见面就会产生过电的反映，陈小杰就是这样，石伟只是不愿承认这一点，但一经面对这个事实，他不可能回避这种矛盾。

如果把陈小杰和肖燕放在一起来比较，毕竟陈小杰年轻得多，漂亮得多，青春可人嘛，有着无法取代的明显的优势，石伟当然不会连这一点都疏忽掉的。

那天下课，他在与几个男生闲聊时，问及几个男生的年龄，当他问到李奇时，还故意将生日问个清楚，然后还装出与李奇打趣的样子，问陈小杰的生日，并说情人最应该注意对方的生日了。李奇说出陈小杰的生日后，石伟说自己比他和陈小杰大出来的准确日子。

陈小杰一直坐在他们闲聊处的旁边，显得漫不经心。石伟的聪明就在于此，他猜测陈小杰倘若在意他，她一定会准确地算出他的生日。

果不其然，就在他过生日的那天，应验了他的猜测。

生日那天，他和肖燕正在筹划如何庆祝自己的生日时，门口响起了陈小杰的叫门声。石伟忙去开门，没等他抓到门手，陈小杰已推门在先了，她手里端着一个大大的生日蛋糕，石伟去接蛋糕时，意识到刚才陈小杰是用脚踢开的门。

陈小杰的出现，给肖燕带来了极大的不快，为这，过后还与石伟吵了一架，她的这种不大度又为她与石伟的关系雪上加霜。而当时她的态度还不至于将心中的不快暴露给陈小杰。

“谢谢你的生日蛋糕，我们也正想出去买去呢，正巧你买来了，省得我们去了，有你这样的客人，我们会更愉快。”肖燕话说得轻松自然，还不失主人的身份，她清楚这是女人之间的较量。

陈小杰明显是处于被动状态，她听到石伟对李奇谈论生日后，觉得那肯定是石伟说给他听的，她对石伟的每句话都十分的在意。但她还是做了很久的思想斗争，最终她认为自己有必要在这样的场合出现在石伟的面前。

陈小杰听到肖燕这么一说，才认识到自己的身份，她发窘地去看石伟，石伟也正用异样的眼光注视着她，眼神中有了许多难解的内容，这样一来，她的心反而坦然了，不再有先前的难堪了。

她在石伟那张床上坐了下来，还抻平上面的皱褶，做出一种只有女人才会有的娇态依靠在石伟的行李上。

肖燕目光里的妒意立时暴露无遗，当然，她还是掩饰着自己的一些做法不至于过格，说去做菜。陈小杰却说菜是现成的，在门口的菜篮里，她在这方面做得很在行，她是用一种主人的口吻对肖燕说的，她就是为了报复刚才进屋时的“一箭之仇”，现在她明显占据了上峰。

肖燕拿过煤油炉，端到过道上去点。

石伟对陈小杰别样地笑笑，也跟了出去，陈小杰听到外面的小声争吵，她知道他们争吵的主题是什么，她并没有兴致去听，可是她还是听到了肖燕说："她是怎么知道你生日的？"

"我怎么知道她是怎么知道的？你问她不就知道她是怎么知道的了？"石伟说。

"你看她那样，在床上还做出那种动作，是不是你们真的有了什么？"肖燕声音稍高了起来。

"这叫什么话，这叫什么话。"石伟说话底气不足。这一点更令肖燕对石伟的态度表示出怀疑，肖燕总是把这一点作为把柄。

不管怎样，那个晚上还是在庆贺石伟的生日的忙碌中度过的，那种喜庆的气氛还是冲淡了某些不愉快，陈小杰和肖燕一同唱起了"祝你生日快乐"，石伟吹灭了生日蜡烛，他的心里思量一个很深刻的问题，他搞不清自己的生日是否真的有快乐。

肖燕感到这一晚上最为成功的一件事，是她点透了陈小杰的本质，她对陈小杰说："石伟常说你，小酸枣浪漫。他当老师的也是这样一个人，不过年岁比学生大了点，接触社会早一些，涉世深一些。学生都崇拜老师，我就崇拜过我的老师，我还崇拜过我的爸爸，小学时有人逗我长大跟谁结婚，我就说跟爸爸或是跟老师。"她说得得意，忍俊不禁扑哧一声先笑起来，而且笑得惬意极了，还拿那种特别的眼神望着陈小杰。

这种攻击性再明显不过了，昭然得没有了含蓄。陈小杰有些无地自容了，她脸色酡红，那是她最为尴尬的时刻了，她一直铭记着这一时刻肖燕带给她的巨大伤害，为这她没有了对自己做法不光彩的愧疚感，甚至还能找出一系列可以足以与之抗争的做法出来。

肖燕总是怀疑石伟与陈小杰有了什么的一层关系，每次与石伟见面时谈话中，这种怀疑已成了必不可少的内容，继而形成了争吵式的交往了。肖燕把这一切归罪于陈小杰介入了他们之间才会引发的这种不愉快。她认真地思索着如何挽救自己的婚姻时，她突然想到了陈小杰的男朋友李奇。

肖燕找到李奇时，李奇正在操场上打篮球。

那是六月的一个下午，虽是下午已洋溢着热的气息了，但肖燕还没脱去那身黄色的西装，她就站在几个零散的看热闹的人群里，看到李奇穿着背心裤衩在球场正打得热烈，她才意识到自己穿着这身衣服显得不适时宜了。

刚好李奇投入一个球，回跑时看到了肖燕，忙过来打声招呼。李奇并没想到肖燕是专门来找他的，以为是去找石老师路过这里，出于对篮球的某种喜好才看热闹的，他还说了句："石老师没在宿舍吗？"他听到肖燕说："你打你的球，过后我有话对你说。"

李奇想肖燕从没找过他，也许有什么要紧事，就对同伴们喊了声："我不打了，有事。"

那几个同学显得很不高兴，中间也有人认识肖燕是石老师的对象，没敢暴露出不满，肖燕看出了这层意识，对李奇说："没什么大事，你还是先玩吧，我不忙，我也挺愿意看打篮球的，别扫了人家的兴趣。"

李奇显得兴高采烈，说了声："你先等着，我马上打完这一局。"又跑回球场上去。

看着李奇在场上的活跃，肖燕感到了某种疑惑，李奇比较起石伟来，不但长得好，体质也明显比石伟强，年龄更是与陈小杰般配，她想李奇与陈小杰应该是天生的一对，这么一想她又在怀疑自己的判断肯定有了某种失误。她产生了不去对李奇说起这件事的愿望。

当李奇打完这场球，气喘吁吁地跑过来。

看到李奇跑红的脸，肖燕与刚才见到的那张白净的脸的印象有所不同，她的心情突然之间恶劣起来，她感到了身上的燥热，汗水沾上了她的内衣，那种恶劣的心情又使心中的不快重新膨胀起来了。她带着李奇走到院园中的树林中的凉亭中的石凳上坐下来，她的神秘令李奇猜疑着，他搞不清肖燕突然造访的目的，他只是以为与石老师的事有关，他绝对不会想到这次谈话是针对陈小杰的。

“你知道你们的石老师与陈小杰的关系吗?”肖燕喜欢开门见山。

李奇在这方面明显地思想准备得不足，一时还搞不清是什么样的关系，思想着这是一种很正常的谈话方式，这样也许会把他们谈话的关系拉得更近些呢。他很轻松地说:“他们的关系很好哇。”

“你知道他们的关系了?”肖燕产生了误解。

“是呀，石老师对我们都挺好哇。”李奇还没有摆脱刚才的想法。

肖燕这才觉得自己所指的范围有些过大了，勉强地挤出一丝笑，说:“你没感到他们俩有些不正常吗?”

“不正常……的关系?”李奇有些明白肖燕找他谈话的目的了。

“陈小杰已经喜欢上了石伟，这一点你没看出来吗?”

“能吗? 他们的年龄……差得挺大，又是老师又是学生的。”

“难道你和陈小杰谈恋爱这么长时间，她有什么变化都没看出来?”

“我们关系一直很好的，要是有的话，我哪能看不出来呢。”李奇说这话很牵强，他说得一点把握也没有，只是为了自尊努力了一下。

“那么，你是看到了什么了?”李奇沉吟了一下，反问道。

“没……没有，只是……感觉得到。”肖燕对李奇的提问的突如其来，缺乏足够的认识，说出的话来吞吞吐吐。

“我想也是的。”李奇对肖燕说得有些慵懒，话语里有了肖燕多事的一层意思。

这一点肖燕也听出来了，她仔细地想了想，很多要说的不过都是臆想，并没证据，细细思量起来，其实根本就没有什么要对李奇谈的，这个想法一出现，心里的很多症结不攻自破，甚至还埋怨自己太多事了，误会了石伟，这么多年的感情了，哪会那么容易就放弃了呢。

肖燕站起来，对李奇灿烂地笑了笑，有了谢的意思，情绪良好地拍了拍李奇的肩膀说：“我只是考验一下你对陈小杰的感情是不是很深厚。”

李奇却从肖燕的神情中看出这件事并不那么简单，是弄巧成拙那种。

很长一段时间，肖燕与石伟的关系上处得很好，有时看到陈小杰在他那里，她也显得很大度，没感到有什么不对头，她努力往师生之间的关系上想，并且也很少在石伟面前提到陈小杰的毛病。甚至有几次研究结婚的某些设想，主要是因为房子问题一直没有落实，他们两人的家都在外地，各自住着单位的宿舍，不然婚期也不会拖延得这么长时间。石伟心里却不轻松，他揣测不出肖燕的葫芦里到底卖的什么药。

最为苦恼的并不是石伟，而是李奇。

自从听到肖燕找他说起陈小杰与石老师的关系以后，这个想法便一直缠绕在他的心头。他把陈小杰与石老师有关的事件统统地归纳在一起，他很想找到一个说明，但却怎么也理顺不清，他越想越觉得陈小杰与石老师之间是有那么一回事了。

他注意到陈小杰常去石老师这么一个事实。

他几次邀陈小杰出去看电影、逛街，几次目的就是想认真谈谈，但每次要说出口时，却又不知怎么去说，他长久思考一个复杂的问题，就是他在陈小杰面前做个男人很难，他最害怕陈小杰那双眼睛，她看人时总是一副执着地盯着你看，显得居高临下的姿态，尤其不高兴时，她的上眼皮向上一挑，表现出那种高傲的模样始终是他最不能接受的。这种女孩子缺少温柔，同学们也说过陈小杰是个冷美人，为这李奇失去许多男人应对女人表现出的殷勤，而其实他在这方面还应该是个强项。

有一天李奇终于鼓足勇气，他对陈小杰说出了自己的心里话，他说："你与石伟老师是不是……有了……什么关系？"

说这句话时是在他们在看过一场午后电影。出了影院，陈小杰嚷着说肚子饿了，李奇清楚这是陈小杰暗示着想要蹭一顿晚饭，当然这也正中李奇下怀，陈小杰也正是了解李奇这一点才会这样说的，李奇喜欢不失时机地讨好女孩子。

在陈小杰导引下他们走进了一家中档酒店。这绝不是李奇情愿的，这家酒店不适合李奇的经济情况，李奇就是在这种不情愿中走进了这家酒店。

他要了这家酒店适合他经济条件的几种菜和啤酒，他在酒的支配下说这种上面的话。

"她一定会跳起来的。"李奇想。

李奇实在没有勇气面对陈小杰的目光，低着头，手在旋转着啤酒的杯子。而他等待了很久没有听到回音，甚至都没听到对面有任何动静，他怀疑自己到底把这句话说出来没有。

他等得不耐烦了，只好抬起头来看看事态的发展。他看到了陈小杰的目光，他却没有看到陈小杰的哀怨，陈小杰表现得异常的冷静，嘴角还显而易见地挂上淡淡的微笑。

李奇被这种淡淡的微笑迷惑了，他又在想刚才是否因为酒的作用出现的某种错觉，那句萦绕在他心头、困惑着他半个多月的复杂的问题是否真的吐露给了陈小杰。看到了陈小杰的微笑，李奇不再准备破坏这种难得的情调的，而他却听到陈小杰说："李奇，你怎么不说话了，接着说下去，我和石老师怎么着了？"

李奇这时的情绪恶劣极了，他后悔那句话确实从他嘴里说出来了，他有些支支吾吾地说："我是说——是说——石老师对你很——很好吧?”

“好怎么样?不好怎么样?”陈小杰还是用那种淡淡的笑面对着李奇。

“我不是那种意思,只是有人说的,我才想要问你的。”

“噢——是有人说的,那么又是谁说的呢?”陈小杰好像在谈论一件与己无关的事,还体现得饶有兴趣。

李奇原以为一旦提起这件事,一定会引起陈小杰强烈的震动,他不曾想到过会有这样的一个结果,所以他在陈小杰面前显得很卑琐,他说:“是石老师对象找到我,对我说的。”

“那么,她又说了什么呢?”陈小杰说。

在陈小杰的目光下,李奇将上次肖燕找他说起的事原原本本对陈小杰说了,为了表白一下自己的态度,临了,说:“她说的我根本就不相信,谁不知道有了咱们这种关系的人,还会不相信对方。”

看到李奇自我感觉良好,陈小杰在嘴角上又涌现出一层笑意来,还追问了一句:“就这些?”

“可不就这些了。”李奇说。

“那好,咱们喝酒。”陈小杰说。

陈小杰想这件事有必要告诉石伟,这可以用来试探石伟的态度,他就去了石伟的宿舍。

这是在李奇与她吃饭后的第二天。

当时石伟正在洗衣服。

天很热了,石伟裸露着上身,只穿了一条制服裤衩,背对着房门,由于用力后背上的肌肉也跟着抖动着。

陈小杰站在门口,呆愣了一下,她感到石伟的皮肤很白净,惹得她的心动了动,自然就联想到了那天晚上的惊心动魄,她还想起了那次石伟穿着背心短裤时的狼狈相,她美美地笑了一笑,她将手伸向了敞开的门,轻轻地敲了敲。

石伟转过身来，没有了上次的那种慌张，并将前胸暴露给了陈小杰。陈小杰看到他胸前迸溅上的洗衣粉的泡沫，一点点地在他身上破灭，留下一个个渍点。石伟对陈小杰招呼着："哎，小酸枣，来了，客气啥，屋里坐。"

陈小杰从石伟脸上看出她的到来似乎是意料之中的事。站在门口，由于窗门对开，对流的风溜过陈小杰时，觉得很凉爽。她想到现在已进入七月了，这便引起了她自己的前程的某种联想，还有几天就要公布毕业去向了，这几天她的家里人跑前跑后，为她的分配奔忙，而她却漫不经心，很令家里的人费解。

陈小杰走了过去，对石伟说："这些该是女人干的。"边说边伸过手去，帮着去洗盆里的衣服。

石伟做了个夸张的动作去阻拦，拔了一下陈小杰的手，只是带出了一种意思，嘴里说："怎么好让你帮助洗呢。"说着，扎撒着手站在了一边。

"分配的事是不是家里的人活动好了？"看着陈小杰洗衣服，石伟有一句没一句地搭着话。

"你这个当老师的也不关心关心我，学校都是你的同事，面子都熟，帮我问问我分到哪里去了？"

"这种事是学生处的事，保密的，一般很少人去惹麻烦的。"石伟说。其实他确实去过学生处找熟人问过陈小杰的去向，只是没有结论来，他问的那个人只是一般办事人员，不一定能知道结果，分配的事是学校的大事，过早的透露风声会造成一部分学生的混乱的，也难打听得到。

"我只听说，今年分配要向县城充实力量，分配趋势好像县城来的大多数人都要回去，你家里没帮着李奇说说话吗？"这些他都是从学生处那里打听来的。

"我从来没对家里说过我搞了对象。"陈小杰望了望石伟的胸部说，刚才的泡沫点已经在那上面消失了。

“李奇早就对我说，他已经去过你家了，并说你父母对他印象不错呢。”石伟对刚才陈小杰说的话敏感地意识到了什么。

“这是他对你说的？还说了什么？”

“就说了这些，没说别的。”

“可他对我说了许多。”陈小杰一边洗着衣服，一边把李奇对他说的话和盘托出，最后她还加重了语气，又补充了一句：“你说，肖姐真是的，把我跟你扯到一块了，也不知她咋想的。”

石伟只说了几声“难怪”，然后有些气愤地说：“明天，我找你肖姐，让她赔礼道歉，为你消除影响。”

“用不着，这有什么，说什么有什么怕的，咱们又没有什么，还在乎别人说什么吗。”陈小杰用眼角瞟着石伟说。

“也是，咱们有啥在乎别人说呢。”

石伟嘴上虽这么说，心里却暗骂肖燕在外面败坏他的名誉，为这也加速了他们的破裂，就在当天的晚上他找到肖燕，一见面他就动了气。肖燕却没有半点与他争吵的意思，还向他赔礼道歉，说她错了，误解了这层关系，还说就要结婚的人了，并兴致很高地告诉石伟说，她的单位领导答应借给她一套住房，可以快点办婚事了，最好“十·一”就办了。石伟说我们单位盖的楼也已经竣工，近期就要分配了，我这条件完全可得房的，别借了，等房子下来，可以一步到位的。

两人虽然谈得很不快乐，但是石伟还是在肖燕的宿舍过的夜，肖燕的同屋的女伴回家探亲去了，这样就为他们两人制造了一次机会。

陈小杰、石伟、李奇、肖燕之间都有过一段相对稳定的阶段，而很快就打破了这种平静。原因是在毕业的分配结果下来了，李奇被分配回了他家所在的那座县城。

其实，这是个很正常的事，关键是分配结果并没像石伟对陈小杰所说的大部分毕业生都要充实到县城去，而是极少几个人分配去了县城，而李奇正是这极少人中的一个。

李奇一直都认为与陈小杰这种关系大家都知道，分配上不可能不照顾的，何况陈小杰家里的力量，也会使他留下来的，而万没想到会把他分配去了县城。由此，过去一切的问题一时间都显得清清楚楚，他猜想得到陈小杰家根本就没为他帮忙，并认为学校方面是因为石伟的关系，才会有这样的下场。

李奇又开始了他的痛苦，继而便是怨恨，把这一切都归罪在石伟与陈小杰的关系上，他想这是石伟为夺取他的情人所采取的步骤，为此他要报复石伟。

他首先找到了系主任。

系的办公室是一个很大的教室改造的，系的办事人员都挤在一起办公，系主任坐在最里面。系主任在李奇的印象中是个挺慈祥的老学究，还曾给李奇他们上过课。

李奇对系主任介绍说自己是毕业生，想要对系主任谈谈自己的分配的问题。系主任一改过去的慈祥，给他一张冷漠的面孔。李奇感到了这张面孔的陌生，他知道这是历年学生毕业后经常遇到的难题，这是一张见多识广拯救出来的面孔。他对系主任谈起自己的困难和不愿回县城的愿望。

系主任似听非听，脸上还带着不耐烦的神情，没等他说完，打断他说："这是学生处的事，你去找学生处去说吧。"系主任在下逐客令。

李奇听出了这层意思，但还是不屈不挠地坚持说："你们也是参加意见的，就不能帮说说。"

"首先应该服从组织分配嘛，现在的学生，哎……"系主任有了怨怨的情调。

"系主任，我的事难道你们就不管了。"李奇的声腔明显高了些。

“我说过了，这归学生处管。”

“那你们管什么，管不管老师跟学生通奸呢?”李奇说这话时的声音很大，刚才嘈杂的办公室一下子静寂下来，大家的目光不约而同地朝这面望过来，李奇感到了这一点，他誓要一不做二不休了。

“说话要有证据的，不要乱说话的。”

李奇从系主任的话音里并没听出制止的意思，却还听出怂恿的意思来，就又补充了一句:“我说的是石伟和陈小杰的事。”

“陈小杰是谁?”系主任显然不知道陈小杰是谁，但他又猜出这个陈小杰是个什么人了，他感到这样的追问缺乏耐性，又说:“石伟前些时候在系里都开了的结婚证明的。”

“那就更说明他是个有妇之夫，这样一个老师与学生通奸，他怎么配做一个老师，作为陈小杰对象，他还想办法把我分配去了县城，给他扫清了障碍。”李奇说得很冲动。

系主任听得很仔细，脸上一扫开始的冷漠，又用惯常使用的慈祥的面孔对着李奇，饶有兴趣地听着。

十多人的大办公室，鸦雀无声，大家都支棱着耳朵听着，这样的兴奋话题听起来挺刺激。

“开始我也不信，是石伟的老婆找到我说的这件事，不信，你们可以了解他老婆。”

“是太不像话了。”系主任说了句。

“太不像话了。”系主任又对着屋里的人说，这时所有的人，也都参加议论，指责起了石伟行为恶劣。有人还说刚刚分配给了石伟的住房应该收回来，这当然是个与石伟争房的人说的。

“我们一定会对这事严肃处理的，我们还要向学校方面反映。”系主任说话时，没了学究的做派，显得果断，甚至坚定地拍了一下李奇的肩膀，表示支持他的力度。

李奇挺激动连说谢谢，俨然一个彻头彻尾的受害人的身份了。

不出一天，校园便满城风雨，都在传说着石伟与陈小杰的事。

系主任还带着人专门去了肖燕的单位去调查这件事。

系主任慎重起见，并没说出是李奇反映的情况，说是听到一些反映，来做些核实。

本来肖燕平静下来的心，却如同静水中投入了一颗石子，泛起阵阵波澜。她想学院已经出现这么大的反映，动用了组织来调查，可以想象得出石伟和陈小杰之间的关系已经发展到了一定的程度。她思想着过去的一系列的事件，并非是她的误解，而是实实在在的。前两天，她还跟着石伟兴高采烈地去看学院分给他们的房子，今天却要面对这样一个严酷的事实。

肖燕不想再委屈自己了，她要将自己的苦衷和盘托出，不能让他们的计划得逞。她对系主任说："这事我一直忍耐着，陈小杰总是到石伟那里去。也不知他们总是在做什么。"

"那么他们在做什么你没看到过吗?"系主任有了诱供的意思。

肖燕看了一眼，也意识到了这种意思，她想这个老头心里就想知道这种事情，她还为石伟有这样一个领导生出悲哀。她想起有人说的话，说老师都有些性变态，她对系主任的慈祥也有种厌恶，但还是顺着这个话题说下去，"当然，我看见过他们亲热了……"

肖燕说过后，感到自己犯了个错误，她甚至不相信自己扯了这么一个谎，而说出的话如同泼出去的水，想收回来已经来不及了，与此同时她看到了系主任得意的笑容，笑容中有了鼓励她说下去意思。

肖燕一任她的臆想谈了下去，并将许多怨愤都夹杂了进去，说了许多俗言，说得滔滔不绝，她这才发现那天她对李奇还是应该有许多说的。说着说着她感到很解恨，心情也舒畅多了，等系主任们站起来做出告辞的意思时，她还想要挽留人家。送出门，系主任的背影走出她的视野，她却生出了悔意来，她发现自己是个有知识的人不应该这样的，怎么就显得这么俗气，她同时也解释成人的本性也就是这样的，想为自己找借口用来解脱。她想到过从小到大还没这样卑鄙过，于是她满心还是塞满了失落感出来。

石伟没想到肖燕会在关键时候给他抹上不光彩的一笔。石伟还在筹划着婚期，虽然他在学院开了结婚证明，他并没有带肖燕去街道办理结婚手续，当时着急开证明的目的，是为了分房子才去的，用来作为大男大女为等房子结婚证明。石伟虽然想过与肖燕的婚姻结果，但这些并没破坏他的美好，不曾想肖燕在他与陈小杰的问题上，给他的婚姻上一个致命的打击。

那天，系主任找到石伟到系办公室，当时的石伟还蒙在鼓里，虽然他常看到人们的异样的目光，但他并没觉出其中的内涵有多么的深奥来。他进系办公室时还带有一种兴高采烈的样子，跟着几个熟悉的人开着玩笑，他没注意别人对他的态度，他边笑着边走向系主任。

系主任让他坐了下来，还为他倒上了一杯开水。石伟想这是一个需要时间的谈话，不然在大学里的教师不需要到学院，他们不坐班，只是有课和必要的政治和业务学习才会返校。他坐下后还想跟刚才开玩笑的人再笑一下，这时他才觉察出气氛的不对，因为一向活跃的办公室显得肃静极了，而且所有的人的目光都向这面窥测，在他回过头来时，那些目光逃离般地躲开了。

这时的系主任慈祥的面孔换上 副严肃的外罩，对石伟说："今天找你来，是组织上委托我对你谈一谈。"

石伟听系主任的说话很有些滑稽，因为这位系里最老的教授总是一嘴的学术腔，今天换上了政治的语言，总有些弄虚作的味道。石伟就想到了笑，他很想咧开嘴笑上一笑，很快他感到他要是笑出来他肯定是犯了一个错误，他是个聪明人，他知道系主任的严肃肯定是意味着某种与己有关的严重问题。

"主任，你这是在对我审查？我有什么问题吗？"石伟说。

“并没你说的那么严重，因为接到学生的反映，说你在学生毕业分配问题上，你参与了一个对学生的……啊。”系主任翻了翻眼皮。

石伟笑了，“这不是风马牛不相及的事吗，我是一个普通的讲师，学生分配是学生处管的事，与我根本没什么关系的。”

“当然了，对那件事呢，绝不取决于你，分配吗，关键还在学生处，我们去了学生处了解过，分配还是合理的。但是你去学生处确实为人走过后门的。”

“是呀，我是去过学生处打听过分配的事，那又有什么关系呢？”石伟也想起了去过学生处，这并没有与今天的谈话内容能够联系在一起地方。

“去学生处当然没有什么关系的，但是，你去为谁走后门就有关系了。”系主任谈得很有耐心。

“是呀，我去为陈小杰打听来着，怎么了，有什么不对吗？”石伟有些晕头转向了，他还没有把这件事理顺过来。

“这就对了。陈小杰，对，陈小杰……”系主任很意味深长地盯着石伟，好像是一件很久远的事被他忘掉了，重新回忆起来需要一番艰苦的努力才能想起来似的。他一连说过好几个陈小杰，才对石伟说：“我们听到了许多的反映，说你和陈小杰这个学生有不正常的男女关系，当然了，我们也不是单一的、侧面地听到的反映，我们本着对你负责的态度，还找到了你妻子核实了。”

“我和陈小杰……还核实了我的……妻子？”石伟迷惑不解。

“对了，肖燕。她还没跟你有过结婚的程序，我有些用词不当，但你在我们这里办过结婚证明的，还得了房子吗。”系主任的目光很深沉，就那么盯着石伟说：“肖燕告诉我们，说你长期利用教师身份与陈小杰发生关系，做一些与老师身份不相符合的事。”

“这是肖燕说的？她怎么这么说，陈小杰确实常到我那去，但那是学生，我也从没做过任何过格的事。”石伟的声音明显高了起来。

“你别发火，我们也是对你负责吗，没有不是更好吗，只是你的那个……啊，对，肖燕说了，我们也不能不信的，何况有人又反映你对陈小杰的分配过问过，澄清一下也没什么不好，年轻人吗。”系主任又露出慈祥的面容，还很生动地笑着说。

“本来吗，我跟陈小杰根本就没什么关系，只是能感到陈小杰对我有一些好感，肖燕也不过是嫉妒、怀疑罢了，并没什么呀，何况，我还没有与肖燕登记结婚，即便有什么，也不过是说我移情别恋，也不能说明有什么问题值得你们大惊小怪的。告诉你们，我到哪里去说也不怕。”石伟突然明白了自己的权力，他毕竟是一个有硕士学位的讲师。

这样一说，系主任的态度明显好转，忙说：“是呀，是呀，我也是这么说的，只是肖燕说，我们又不得不找你谈谈。”他不再以组织的身份说话了，责任轻而易举地推个一干二净。

这样刚才紧张的气氛便打破了，几个办公室里的人也走过来打着圆场，埋怨起一些人多事。那个石伟进屋开玩笑的人，过来还加纲说着肖燕许多的不是来，还说：“肖燕也真是的，对象你们都处这么多年了，还不了解你的为人?”这话里头有了险恶的居心。

石伟一阵悸动，他想到了一句古话：最恶不过女人心。

走出办公室他马上去找肖燕，他要解决他与肖燕的这种七、八年的情人关系。当时肖燕正在办公室里与几个女同事聊天，见石伟怒气冲冲地撞了进来，她已意识到一定会有什么令她可悲的事发生。她呆愣了一下，同伴们有人还热情地与石伟打招呼，石伟与她们都蛮熟的，但她们发现石伟站在那里并没应声，都感到气氛不对，就对肖燕说“石伟来了。”识趣地溜了出去。

石伟还是压抑了心中的不快，显得很大丈夫气度，说咱们完了。这时的肖燕才感到了年龄对她的不公平，她不会再有这样优秀的男人来爱她了。她开始后悔自己做过的一切，她痛苦地哭了，还表示说自己做得不对，她说这都是爱石伟爱得太深刻才会表现出来的，她甚至还做出下跪的动作来求得石伟的宽恕。

这一切丝毫没有打动石伟的心，他轻蔑的表情中浮现出一层暗淡的笑，走出门去。

那几个刚才在屋闲聊的女人并没走，正扒门观察着里面事态的发展，她们原以为石伟会有什么反应，而想不到石伟悄无声息地走出屋来，几个偷窥者被突如其来的石伟搞得猝不及防，窘迫地站在那里。

石伟很潇洒地对她们点点头，带着意料之中的笑容，还夹杂着一些胜利者的姿态逍遥而过。这时屋里传出痛不欲生的哀号，“你这个下流坯，找你的学生偷奸去吧！”几个女同伴搞不清，这是不是从肖燕嘴里喊出来的，她们一直很看重这个有大学学历的知识女性，哪曾想她也会骂出这种粗俗的话。

陈小杰这期间她也经历了这个事件的整个过程，她并没感到有什么不好。她毕业了，少去了校园，因为听到了一些来自同学传给她的闲言碎语，她知道了一切起因都祸出李奇。

她去找李奇。

此时的李奇还抱着一丝幻想，认为会重新考虑他的分配问题，他的那些有关的充分理由曾得到过很多领导的重视，他想会给他一个满意的分配结果的。

学院只是经过了一段时间兴奋之后，就变得很淡漠了。人们不过是觉得大学校园的气氛太沉寂了，出现这样的事，不过是为了刺激一下神经，而后便慢慢地恢复昔日的宁静。

这样就为李奇画上了一个可悲的结局。

陈小杰就是在这时走到李奇身边的。当时，李奇躺在光线暗淡的学生宿舍，由于毕业生都已离校，宿舍里的八张床七张是空的，只留下了孤零零的李奇的行李，地中央大多是由废纸组成的垃圾。

李奇躺在那里像一副僵尸。陈小杰一进屋就萌发了这么一种不祥的念头。

李奇发现有人出现在他的身边，他的蜷曲的身体蠕动了一下，张了张嘴并没说出什么。

陈小杰也感到了一种苦涩。她本来是要对李奇报复地教训他一次的，可是看到了李奇那副可怜相，她又有了许多的不忍。她站在那里只是对李奇摆了摆手，还可能露出一点微笑，这种笑有种慑人的力量，李奇忙坐起来。

由于刚才的光线障碍，李奇没有看出陈小杰，坐起来后才意识到站在他面前的是陈小杰，他感到自己有了冤情，他确实恨死了陈小杰，他认为自己成了陈小杰和石伟之间关系的牺牲品，而看到了陈小杰，他的第一个感觉就是想要去哭一哭，这是个很不男人的做法。

“你来干嘛?”李奇哽咽着。

“我看你太可怜，便来看看你。”陈小杰话里含了讥讽。

“你是来看我笑话的。”李奇估计到了这种意思。

“我只想告诉你，你的做法太没男人气了，没人会可怜你，你不过充当别人的寻求快乐的工具，没人会重新研究你的分配的，望你识趣一些，我说的是好话，忠言逆耳。你永远不会是我的朋友，但我还是要告诉你这一点，免得你越陷越深。”陈小杰说过这些话转身走了出去，走出宿舍的大门，炽热的阳光一晃，她的鼻子酸了酸，还是流出两行泪来。

那天，石伟约陈小杰出来，走上大街的时候，已是华灯初照，各种各样的霓虹灯交相辉映，编织着形形色色的花环，将本就光怪陆离的世界渲染更加迷离，神秘莫测。

“我听说，你和肖燕……完了?”陈小杰说。

“嗯。”石伟出奇的平静。

“都是因为我的原因……”陈小杰睇视着石伟，是种真诚的目光。

“这与你没什么关系的，该发生的，总要发生的，并不在早或晚。你还小，以后你会懂的。”石伟又摆出他教育人的姿态。

“我怎么不懂，人就是这样复杂么。早晚有一天，你会难过的。”

“我恨还恨不过来呢，还会难过？”石伟显得很固执。

“那又何苦呢，我也许也会这样恨你的。”

“那又是为什么呢？”

“不是说，爱得越深，恨得就越深吗。”陈小杰说出的话再明显不过了。

石伟也听出了其中的内涵，迟疑地放慢了脚步，惊诧地望着陈小杰。他约出陈小杰也很希望使他的直觉变成一种事实。石伟这些天也在苦苦地挣扎出自己，由于他与肖燕分手，婚姻的搁浅，那套名存实亡的住房成了一些人眼热的焦点，系主任几次找到他，说明学院院部说石伟在分房问题上有弄虚作假欺骗的行为，要收回他的住房，他并没有与肖燕结婚这么一个事实，不会对房子的产权有什么裁决的，所以学院终究会是因为他们结婚，才会有许多加分的优势得到这一套住房。

“哎，有一天晚上，我看到了你们的事。”陈小杰狡黠地说。

“哪天晚上？我们什么事？”石伟表情木讷讷的。

“就是……就是……你和肖燕……你们在……”陈小杰还做出一个示意的动作。

石伟明白了陈小杰在说什么事，他装出一种沉吟状，像是在努力追忆，半晌才沉着地开口说：“唔，你是说我们………在一起吗。”

陈小杰冷漠地静听下文，她很想得到一个答复，就是因为那一晚的惊心动魄，才使她无论如何也摆脱不了那个设身处地的场景出现，才会牵扯了她的心驰神往地走向一种境地。

“其实那代表不了什么，在国外，那只是一种礼节性的关系，先同居后结婚，当然，也不否认在情感萌生后也会是这样的。”

陈小杰听到石伟虽然这么说，但她看到石伟的眼里喷涌着灼热欲望。处在当时的陈小杰并没感到有什么不好，还为这些话激动了一回，而后来她的命运中却永远摆脱不掉这个阴影的存在，这是她始料不及的。当时陈小杰不知道是什么力量的驱使，竟以迅雷不及掩耳之势，突然搂住石伟的脖颈，情不自禁地吻了石伟。这是陈小杰生平中的第一天辉煌的时刻，她从来没吻过李奇。

“小酸枣，你怎么能这样，这可是大街呀。”石伟还是挣脱出来，装出环顾左右，而他的脸上还是泛起激动起来的红晕。

“这可比你说的礼节性的动作，要简单得多了。”陈小杰声音挺大，她看到周围确实有几个人注意了他俩的举动，就放低了声音悄悄地说：“我可是情感萌发出来的哟。”

“你是个刚毕业的学生哇，就这么大胆。”石伟含着自得的笑意，嗔怪地说。

“我已经是个到了法定婚姻年龄的大姑娘了，我当然可以表现自己的感情。”陈小杰有种义无反顾慷慨赴死的味道。

“我也是粗心，一直把你当我的学生看待，亏了肖燕的细心，同类的那种抵触的感觉确实过于敏感，她说出来后，我才注意到了这层意思。”

“我也不是从一开始就发现的，也只是那天偷听肖燕对你谈起我时，我才发现确实有这种意义。我才想透彻了，我不能放弃你。”

“不然的话，也不至于遭人非议的，何况我还比你大了这么多岁。不过你是个很让人一见就爱的女孩。”石伟在这方面也极有天赋的。

时隔几年后，石伟和陈小杰才结了婚。

那时的石伟已经调离了学院，他一直在过着风雨漂泊不稳定的生活，他仍旧保留着当老师的那种形象，他不希望让陈小杰看到自己虚伪一面，所以与陈小杰始终保持着若即若离的关系。直至在一天，他终于找到了一个适合自己的工作时，他才与陈小杰商量着结婚。

这时的大学毕业已经没有了计划经济下的那种包分配的制度，大学毕业后可以走上人才市场，自由的互相选择合适的对象。而当年留给两人的种种是非，却时时影响着他们。随着他们的结婚，他们的悲剧也正悄悄地拉开了序幕。

虽然结婚那天，宾客并没有想象的那么多，陈小杰的娘家的人也没去多少，陈小杰的父母曾极力反对过这门亲事，但结婚的喜庆气氛还是搞得很热烈。

时至深夜，宾客们才尽兴而去。新房中只剩下了石伟和陈小杰一对新人。

未曾燃灭的烛火正欢快地跳跃着，把两个人的剪影投射在装饰起来的墙壁上，撩拨起两人的心弦。以前在两人在一起时，石伟总是控制不住自己急切，有过性经验的男人面对女孩子不会很单纯的。但石伟那种难言的亢奋总是轻而易举地被陈小杰打消掉。陈小杰对性关系的迷惘在于她并没有过男女之间的事，更没有放在与石伟同一个天平上来衡量。她想，男人和女人，就是男人和女人吗，难道还有别的吗。关键一点还在于这里面有陈小杰对石伟的崇拜。

此时的陈小杰还带有做新娘的喜悦和羞涩，还做着谐调祥和的乐章奏起美妙的小夜曲的某种梦想，那种神秘感令她心驰神往。而当石伟向她走来时，陈小杰突然搞不懂了自己，耸立在陈小杰心中的形象，顷刻之间坍塌了。

有过性经验的男人并没有这种神秘，他们只去重视结果，而忽视过程。

石伟急不可耐，毫无掩饰地剥去陈小杰的嫁衣，流露出一种驾轻就熟之态，搞得陈小杰一点思想准备也没有。石伟忽略了一种事实的存在，就是陈小杰是个初嫁的还未不谙人事经历的姑娘，并非是肖燕，并非是他那个与之常年相伴的性伙伴。

石伟对陈小杰白皙的胴体和耸起着只有女孩子才有的乳房熟视无睹。在陈小杰的心目中，石伟应该爱她的一切，尤其是对她身体的渴望。她的身体一直是陈小杰最值得自豪的了，每到洗澡时，许多女同学都会艳羡地盯着她说些夸奖的话，那时她也会生出对造物主的一种感激之情。

而如今她对石伟的行为感到很可疑，他似乎是在发泄对女人的一种怨愤。

陈小杰在开始时并没太觉得有什么不对。石伟毫无修饰的语言，有股火辣辣的味，陈小杰还有些迷迷糊糊，以为结婚的男女都是这样的，便一任自己的恍惚、眩晕，也一任石伟的举动、呼唤。当石伟紧紧地搂住陈小杰几近于粗暴、凶悍的亲吻，搞得陈小杰一点热情也没有，特别是石伟面目狰狞地野蛮进入时，陈小杰感到一种撕裂了她的身体的感觉传染了她的神经，她觉得自己全身心地漂浮起来，那副她熟悉的形象离她远去，变得遥远且陌生。

她从这种漂浮中挣扎出自己的时候，她听到石伟嘴里含糊不清地呼唤，可以清楚地分辨出是叫着肖燕的名字。陈小杰无论如何也忍受不了这种对她的蔑视，她猛然发现那个温文尔雅落落大方的老师竟是这副德行。她接受不了这种现实，竟显得不知所措地痉挛起来，用力推开了还在神醉心迷的他，并用腿部重重地垫了他的某个部位一下。

石伟惨痛了一声，跳了起来，奔下床去，困惑地盯了她半晌，他明白自己做了一件伤害了陈小杰的事，他颓丧无力地栽在沙发上。

陈小杰的泪水在眼眶里旋(悬)了许久，终于奔涌而出掠上了她俏丽的面颊，她感到受人愚弄感觉同时也掠上了她的心头。

石伟木木地坐了很久，才拧巴着从喉结中嗫嚅出一种声响：

“对不起。”

故事的结束是在结婚后的那个有雪的季节，两个人保持着一定的距离并肩地走着，脸上带忧郁和悲怆，踏着咯吱咯吱呻吟中的积雪，走上了离婚的道路。

办理离婚的人，不解地问：“结婚时间不长，怎么就来办离婚呢？”

石伟将难言的目光投向了陈小杰，陈小杰也流露出一丝哀怨，说：“他有病。”

石伟接上这句话也说：“她也有病。”

办理离婚的人心里清楚，知道他们所指的是哪一种疾病了，但夫妻两人都患有这种病的例子还极为少见，他便进一步追问了一句：“去医院检查了吗？这需要医院的证明的。”

“去了，可医院检查不出来病因来。”此时看不出来石伟昔日的风度来。

“那就怪了。”那人也感到不可理解，摇摇头叹息了一声。

陈小杰明显地憔悴了，在她的脸上弥漫着人生的沧桑，她也附和了一句，“是怪了。”

办理离婚的人感到许多怪异之处，也正是他所不知情的许多事情悄然地发生了。其中就有肖燕正在怀着石伟的孩子，即将分娩的这一件。还有就是李奇因患有精神病，被送进了精神病院。

（原载《长江文艺》2004年第十二期，《中华文学选刊》2005年第六期）

打开门就有爱情

赵丽艳进入这个工业局机关是有背景的，背景在于她的父亲是这个城市有头脸的人物，不然的话，她这个刚刚从中专毕业出来的女学生是不会一下子就分配到机关工作的，而且她做的工作正是女孩子们所羡慕的工作，在工业局机关档案室做机要员，每天她要做的工作无非是操作档案室中的微机，输入各类的需要存档的材料。

市工业局的干部大多是从市属的基层企业单位提拔上来的，所以年龄偏高了一些，后来调来了一个年龄刚过不惑之年的新局长，一看机关这种死气沉沉的气氛，便提议选拔一些年轻人到机关来。如此一来，一些在基层企业的大学毕业生便充实到工业局，机关就有了青春的气息。

赵丽艳并不是搭这拨人的车一起来的，她是在半年后才分配到机关工作的。她在机关一出现，便如同一股轻风，吹皱了工业局的一池秋水。

赵丽艳是一个让人喜爱的那种类型的姑娘，她不属于惊艳的那一种。她只是在脸上着了一点淡妆，便衬出她的眉眼清秀，清纯可人；一双足以体现出女性特点的健腿，丰腴匀称，显出她的袅娜娉婷；她说话时虽多文雅之间，却不失女孩子那种浪漫；与人接触时显得不卑不亢，从不表现出她的那种家庭带给她的那种优越感。如此种种都是如今男青年最为理想的追求对象。

先于赵丽艳到来的那一批年轻的机关干部中，大多是未曾婚配的，很多都还在苦苦寻找自己理想的人生伴侣。那么赵丽艳的到来不能不令他们为之一振，他们自发的形成一个追求者的团体，自觉不自觉地议论这个刚刚到来的可人的女孩子。但他们又不约而同地在心里产生着某种怀疑，这样一个各方面都十分优越的适龄女孩子，还不早早挑选好了自己的心上人了，他们都怕赵丽艳如果有了男朋友，就会浪费掉他们所付出的多余感情。虽然大家也都对赵丽艳是否有男朋友进行过追踪，虽然他们并没有发现她有男朋友的可靠证据，但是他们所共有的怀疑的判断，却令他们望而却步，不敢贸然地越雷池一步。

这些年轻人的小把戏，早已瞒不过那些过来人的眼睛，那些过来的人背地里总是用他们的经验嘲笑这些年轻人胆小如鼠。后来有的年轻人听到了他们的嘲笑，便向他们透露出自己的顾虑。好事的办公室主任以赵丽艳领导的身份，从关心的角度认真地与赵丽艳谈了一次话。当然了他不会直截了当地谈到赵丽艳的个人问题，而是从工作问题婉转地迂回到了这个上面，这是他的领导艺术。

赵丽艳脸上镀上了一层羞红，作腼腆状绞着手里的一张纸，眼睛的落点在她的那双引以为自豪的富有弹性的大腿的某一个地方，半晌也没有回答办公室主任。这样使办公室主任的那种良好的感觉恶劣起来了，他开始怀疑自己的水平，他觉得自己太无聊了，竟然参与年轻人的这些事来了，由此还联想到了自己的已经进入到五十岁的年龄上，他生出与年轻人距离的那种失落，并引申到赵丽艳会不会跟她的父亲讲起这件事，从而联系到了他的仕途造就上。

正当他万分沮丧，准备转移到其他话题上时，他听到赵丽艳羞赧而言，她说她并没有男朋友，因为中专学校不同于大学，中专学校有严格的纪律不准学生搞对象。听到赵丽艳这些话，他想更深入一些了解她的一些选择条件，可是话到嘴边，又咽了回去。他想到了赵丽艳刚才的缄默半晌的那种表现使他联想和引申出了许多的不快，他不想再次出现刚才的尴尬。他把话题还是转移到了刚才被赵丽艳打断了的那个话题上来。

在追求赵丽艳这个团体中就有已经提拔成了办公室副主任的王文义，他见到赵丽艳总有一种难以割舍的情绪。因为档案室归办公室领导，他可以经常地找到许多理由和借口与赵丽艳接触。办公室主任找赵丽艳谈话很大程度上与他这个年轻的手下有关，所以他一回来便将这个了解来的信息告诉了王文义。王文义听到了这个信息，简直欣喜若狂。王文义在此之前就早已拿定了主意追求赵丽艳，他已经不在乎赵丽艳是否有男朋友了，他要靠竞争来完成自己的使命。因为他在这些年轻人中，是职位最高的一个；并且他又是赵丽艳的领导，他又是近水楼台；还有一个最重要的原因就是他在仕途上为此下了一个赌注，就是赵丽艳的那个有背景的父亲。

王文义捷足先登，更加频频与赵丽艳接触，而那些狂热的追求者们虽然稍后于王文义得到了这个信息，而他们并没有因王文义的那些显而易见的优势而放弃他们的努力，他们从自己身上的优点都能找出王文义的劣势，如家庭长相文采技术不如自己了，毕业的大学不是名牌了，等等云云。这么一比较，他们都信心百倍地加入到这个竞争角逐的行列里来，要与对手们 决高低。这帮年轻人信誓旦旦之时，人们忽视了一个人，他叫黄占柱，所有的这些追求者们谁也没有把黄占柱这个人作为他们这个阵营里的一员，他只是一个旁听者，别人在高谈阔论或是义愤填膺之时，他总是默默无语地躲在一旁，显得无动于衷或者无所事事。

黄占柱是局机关的事务员，也归办公室领导，也就是说他归王文义领导，做分发报纸材料办公用品劳动保护一类东西的繁杂工作。他虽然是干部，但是他是干部地位中最低的一个，他的家现在还在历届市长都挂在嘴头上准备改善的日伪时期留下的那片劳工房里，上面有爷爷奶奶，下面还有弟弟妹妹，三世同堂挤在狭小的劳工房里。他就是出生在那个低矮的劳工房里，并且与父母同住。历届市长并没有实现他们上任时的诺言，总是用历史遗留的问题为借口，黄占柱的希望总是在这些市长的解任时化成了泡影，而他也在狭小的劳工房中被那些又要住房又需要钱的那些势力女人的抛弃中走入大龄男青年的行列中。他是子继父业接班走进这个大楼，当上了清扫工，工作起来从不多言多语，兢兢业业，他当上这个事务员确实是物有所值。前几年上面喊精简，就减下了几个人，其中就有事务员，没有了事务员可以，而事务员的活却没有人干，局长又给黄占柱加上一码，黄占柱也没有什么怨言。隔了一段时间，不知为什么又给工业局增加了定员，前任局长不想再有人顶替黄占柱的工作，就给黄占柱下了令提了干。大家都认为局长这种做法完全是头脑发热的结果。在大家的印象中，黄占柱不言不语不争不抢无怨无悔的一个人，觉得他木讷，谁也不把他放在眼里，这样一个人如果都能当干部，简直是对精干的干部队伍中的精英们的一种亵渎。但是这些干部还是很快地接受了这个事实，并且还需要这么一个人的存在，黄占柱这个人对他们不构成任何的威胁，他对于他们来讲还有一种幸福感，因为他们中的任何一个人都可以支使他做一些额外的工作。

黄占柱的这些条件说明，他在这个机关里是平常得不能再平常了，他的地位和家庭以及长像年龄都不能与任何一个追求赵丽艳的年轻人相比。他面无表情地听着这些人的议论，他的心里却没有人们看到的那种无动于衷无所事事那么简单，此时他的心酸还别有一番滋味。他在恨老天不公，恨自己的地位卑微，恨自己的年龄，恨自己的住所，恨自己的长相。如果他娶了这个他们议论的赵丽艳的话，那么他的地位就能发生改变，也就不愁没有地方住的这个条件了。他还设计了一个长远的打算，就是如果他成为有背景的老丈的乘龙快婿的话，那个生活至今的劳工区也许因为他的存在会发生改变，自己的老人们也许会在条件优越的楼房中安度晚年。

而他的这些大胆设想，最后换来了一声无可奈何的叹息，而这声叹息却让一个年轻人听到了，就说，看看，黄占柱也在发愁自己不能讨到这么漂亮的媳妇了。经他这么一说，这些人都开起他的玩笑，戏谑了他半天。虽然大家没有说癞蛤蟆想吃天鹅肉，但是他们都能反映出这一层险恶的用意。始终没做辩解的黄占柱最后做出莫名状地笑了，人们觉得他的笑很是古怪，以为他是觉得自己窘迫才出现的这种古怪的笑容。只有黄占柱本人知道他的笑才是真正的意味深长。

在这种明争暗斗和追逐中，王文义也加紧了自己的步伐。他占有了天时地利，他可以轻而易举地利用这些天时地利的优势接近赵丽艳，他可以利用自己是赵丽艳领导的角度与她谈心谈思想交流感情；当赵丽艳工作上遇到困难时，他可以义不容辞地伸出帮助之手；机关逢年过节分些东西，他借着这样的机会，冠冕堂皇地将分到的东西亲自送上府去；年轻人常常组织诸如团支部一类的活动，王文义便以团支书的角度出现在赵丽艳面前；就是看电影，他也会利用职权，营私舞弊一下，使赵丽艳伴随在他的左右，以此来操纵讨好奉迎的机会。

他的那些对手们渐渐地失去了竞争的信心，他们无论如何也制造不出这么多的机会与赵丽艳接触，也只好恨已不能生不逢时望洋兴叹。这一切当然并不取决于王文义的主动出击，而主要看赵丽艳的态度，人们看到了赵丽艳确实对王文义有好感，每次她看王文义的眼神，目光中总是透出与情有关系的一束束眼神出来。

王文义的做法实际上并没有什么超出这种追逐的竞争规则范围，他不过是利用职务之便常到档案室中，见赵丽艳忙于输入档案程序，他便不动声色地坐在赵丽艳的身后，帮着赵丽艳念着要输入微机档案中的材料内容。当赵丽艳出现小纰漏，他就指出问题所在，这对于他来说可算是得心应手的，他大学所说的专业就是计算机，这些办公使用的微机程序大多是他设计的，他就是因为这一点才得到局长的赏识，才能够当上这个办公室副主任的。待赵丽艳再次出现小错误，他做出情不自禁的样子，动手去按键盘，这样就会自然而然地按在赵丽艳的手上，他也就故意在赵丽艳的手背上停留一会儿，开始赵丽艳觉得有些难为情，刻意地躲避一下，而后来她就任由他把着手指点着她的操作。

这样就更增添了王文义的自信，细腻的手感让他体会出赵丽艳的内心中对他的印象，他还把这理解成赵丽艳对他的怂恿，他便更加大胆，更加信心百倍，后来他就是站在赵丽艳的身后，来做这些乐于助人的工作。他便能清晰地嗅到赵丽艳身上所特有的气息，他的眼睛常常随着这种好闻的气息不经意地流连到了赵丽艳的秀发，赵丽艳长着如瀑布一般流畅的长发，王文义的目光往往不是从长长的秀发的流泻方向顺流直下，而是顺着赵丽艳的刘海儿，掠上他向往的高耸的前胸，以及露在裙摆外面的一双颀长白皙的健腿。

大多在这时候他本能地迷离在一些想象的翱翔中，以至于他疏忽了自己的使命。赵丽艳的手误打出错误的信息，都要轻声呼唤他才能令他觉醒过来，他做出指导的手势去帮助她完成正确的使用键盘。做这样的动作，很大程度上需要他弯下腰去，手臂环过赵丽艳的前胸，才能够到键盘，如此一来，他的下颌就可以落在赵丽艳的头顶上，他的前胸便贴在赵丽艳的后背上。当时出现这样的情景，王文义还惶恐万分，他惧怕赵丽艳会出现异常的过激反应，很快这种紧张情绪便释然了，他发现赵丽艳非但没有表现出反感，相反的她还主动做出相应的动作配合了他，一副小鸟依人状，这样的一幕常会出现在一些表现青春话题的照相机画面里。

而恰恰这自然天成的一幕，让突然撞进来的办公室的主任看见了，高兴地惊呼：你们真是天造地设的一对呀。搞得两人猝不及防，拘束不安地站在那里，主任的话羞红了两个人的脸颊。办公室主任却不依不饶，乘胜追击，说："你看你们俩儿还有什么不好意思的，男大当婚女大当嫁，青年男女相亲相爱，这不是天大的好事吗。早就看到你们两个是郎才女貌十分般配的一对了，我早想做月下老人了，为你们两个人牵线了，不想你们却自由上了，这样也省去了我的这一段程序。"

一经办公室主任说破，两个人也不扭捏羞赧，正正经经地频繁联系起来。那些抱有最后的一搏幻想的竞争者，终于彻底地绝望了，他们不得不怀着痛苦的艳羡之情退出了擂台。他们觉得输也输得光彩了，他们不再找王文义的那些劣势了，他们还不无夸赞地说明王文义的那些长处，又是大学本科毕业，又是局里最年轻的中层干部，长得又是英俊潇洒风流倜傥，虽然他的父亲官不大，也算是门当户对了。他们故意夸大其词来粉饰王文义，无形中也在抬高自己，以至于这些粉饰可以从中找回自己丢掉的面子。

王文义与赵丽艳常常约会，并邀赵丽艳到一些娱乐场所去玩，在这个年龄上的青年开心的事很多，也有很多的开心话题。赵丽艳与王文义在一起时，觉得王文义确实是个优秀的青年，他的知识面很广泛，涉猎到的人情社会科技历史都能知晓几成，这样的人总归是这个时代的产物，是个天之骄子。赵丽艳很佩服他，往往两个人在一起时，赵丽艳总是充当听众的角色，并做出一种神往的神情，而内心中赵丽艳却另有一番的意味，她在想与他谈论话题无关的事，有时她会萌生出眼前这个男人倘若是自己的丈夫，会不会也像领导一样指手画脚，会不会也像现在这样口若悬河侃侃而谈。赵丽艳生长在她的那个家庭里，从小到大耳濡目染，接触过太多的像王文义这样的人，她不清楚如果她要把自己的一生交付给了这个人，会不会有种安全感。而这种想法不过是一时之念，很快她又会否决了这种念头。因为王文义毕竟是一个各方面都优秀的青年，在她心目中这样的青年并不是很多。

赵丽艳这个人做事还是比较谨慎的，这是她的父亲教导给她的，这不仅体现在几次拒绝王文义的几次幅度较大的人为性的动作上，而过多的体现在机关的应该注意的影响上。她与王文义在一起工作，这当然是个经常接触的条件，但也是个问题。王文义会有事没事地过来找些话说或找些帮忙的事做，倘若在以前还可以，自打确定了他们之间的这种关系后，这样的做法显然就不太合适，因为那毕竟是在工作的八个小时以内。主任也在话里话外的提醒过他们，有些机关的同志也利用这一点开些不痛不痒的玩笑，而王文义对此却十分的不以为然，认为这是小题大做。

这个档案室办公的只有赵丽艳一个人，虽然是夏天，但这个屋装上了空调，涉及一些档案材料，所以档案室也就是常常关门闭户。原来谁到档案室总是习惯于推门而入，自打赵丽艳与王文义有了这层关系后，人们在进屋之前先是慎重地敲上几声门，就是进到屋里来时，也会神不守舍地四处环顾，如果见到王文义在这里，就会发出含意不清的窃笑，若王文义不在这个办公室时，还会暧昧地问上一句："王文义没来吗?"赵丽艳认识到了这一点的危害性，便常常打开自己的办公室的门，以避免别人的闲话。

打开这扇门后，她见对面的那扇门也是开着的。她恍惚地记起来，好像这扇门自打她分配到这里来始终就是开着的，她知道这个屋也是办公室下属的科室，她也去过这个屋几次，她去这个屋取过办公用品一类的东西。这个屋简直就是一个大仓库，但是屋里却是打扫得十分的干净，整齐地堆放了许多的物品，做得井然有序。在赵丽艳的印象中，那个叫黄占柱的人是个勤快的事务员就在这个屋工作。

门庭洞开的结果是那个带抽屉的办公桌正对着档案室的门，赵丽艳觉得这个桌的摆放就能体现出那个叫黄占柱的用意了，那是一种服务意识的体现。那个屋的门框便框出那个桌上摆放了一摞信封，黄占柱是在办公桌又放上一摞稿纸时，才看到了赵丽艳的那张脸的，他只是微微地颔首，轻描淡写地一笑。赵丽艳也是笑了笑。赵丽艳看到的那张脸，便又消失在门框以外，赵丽艳感到这样的招呼很有趣，就对着自己莫名其妙地笑了笑，笑过后她觉得门打开了就没有必要再使用空调，白白浪费电量，就关上了空调，打开了档案室唯一的那扇窗。两个屋的打开的窗便形成了对流，一股强劲的过堂风，吹得档案室对面的屋子里的在上面的几个信封飘然落地，门框中又出现了黄占柱慌张的身影，他连忙按住桌上随时都要飘起来的信封信纸，他又想腾出一只手来去捡落在地上的信封，可是又怕顾此失彼，如此动作十分地滑稽。见此情景的赵丽艳立时爆发出一阵欢快的笑声，笑声令黄占柱不好意思地跟着哂笑。赵丽艳在笑声中走了过去，帮助黄占柱拾起了地上的信封，然后又在屋里的几个货架上找来了两个大瓶的糨糊压在了信封信纸上，替代了黄占柱手的作用。

黄占柱一脸感激地说："谢谢你。"赵丽艳说："还谢啥，我应该说抱歉的。"黄占柱困惑不解地问："抱啥歉?"赵丽艳说："那是我打开窗造成的，还不应该抱歉?"黄占柱说："那也不该你道歉的。"赵丽艳有些莫名其妙了，说："那应该谁道歉?"黄占柱笑了，露出洁白的牙齿，说："这还不知道? 应该是风。"赵丽艳一直认为黄占柱少言寡语的，不承想他会这么幽默，就笑了，说："那你说，风会怎么道歉。"黄占柱回身伸手把他的那个屋的窗关上了，风力一下子便减弱了，他说："这不就是道歉了吗。"赵丽艳觉得黄占柱不但幽默还很机智，她笑着说："那不过是不再兴风作浪了。"黄占柱正色地说："这说明风这个东西还是个好同志，它能知错就改。"赵丽艳愉快地笑着，说："看你挺老实的，没想到你会这么有意思。"黄占柱挠了挠头发，又露出了洁白的牙齿笑了。黄占柱的牙齿很白，又很整齐，随着他的笑生动起来。这是黄占柱笑的特点。

从那以后，黄占柱并没有多少话说，每次见到赵丽艳时，他也只是这么一笑，赵丽艳也回报他一个灿然的微笑，并没有语言。有时赵丽艳觉得两个人这种相视一笑，就是他们之间的语言对话。后来在与王文义约会时，就讲起了那天的事，赵丽艳说起黄占柱的风趣时，有些形声绘色，还伴着风趣引发出的笑意。而王文义却丝毫没有被赵丽艳的讲述所感染，他像一个局外人一样无动于衷地听着，他没听出来黄占柱的话里有什么幽默，搞不懂赵丽艳为什么发笑。等赵丽艳讲述了结果后，那笑也随着接近尾声，王文义一脸不屑地说，没什么可笑呀，这都是一些没有文化的贫嘴。他见赵丽艳收敛了笑容，从疑惑不解化作了不悦的神情，他才觉得自己的话伤害了赵丽艳的自尊心，他马上摆出一副笑脸来讨好赵丽艳，他说："我给你讲几个笑话吧，让你看看什么是风趣，什么是幽默。"随即王文义就讲了几个笑话，来挽救眼前的危机，但他始终没有引发出赵丽艳的笑意出来。赵丽艳觉得这些都是编撰出来的笑话，而不是自然而然出现的那种效果，她看着王文义一边笑着一边滔滔不绝地讲着他的笑话，显得不耐烦地说："你讲的真逗，行了吧。"她就哈哈哈地笑了几声，说："你讲的确实有文化，真的。"王文义自我感觉良好的说："我说这是文化嘛，是吧。"

有了这种文化的比较，王文义就从黄占柱的身上体现自己的高大，他总是在与赵丽艳的约会中，故意讲起黄占柱，讲黄占柱如何被几个女友抛弃。讲他的一个刚处了几个星期的女友到他家一看，如何嘲笑他，让他打一辈子的光棍。讲他出了招婚启示后怎么让一个在已经有了小孩的女骗子骗去了钱财。还讲了黄占柱在工作中的那些不该他做的他偏去做的蠢事，以及机关上下那些干部支使做的那些脏活累活人们不愿意干的活。王文义讲起这些来有滋有味的，他以为贬低了黄占柱，借以烘托自己的优越和精明。他看到了赵丽艳饶有兴趣地听着，他心里十分的得意。

正是有了王文义对黄占柱的看法，每当赵丽艳打开门看到黄占柱时，就生出难以言状的恻隐之心。她在想人和人确实是不能够比的，设身处地的想一想，如果把自己换成了黄占柱，生长在那个家庭，没权没势没房没钱，现在的情景会是什么样子的，也许从自己是女孩子的角度，加上长相漂亮这一点，能够攀上一个明门望族，嫁出劳工区去。而问题就出在黄占柱是个男人，他很难有这样的机会。想到这一点上，她就望着对面那个屋门，伤感地摇着头，并为自己的异想天开的念头感到奇怪。使赵丽艳感到更加奇怪的是在不久以后，竟有一个漂亮的女人出现在他的那个屋里。

那天，一个女人走到她的屋里来，问正在微机前工作的赵丽艳："黄占柱在哪个屋?"搞得赵丽艳一时没有反应过来，她不承想会有这么一个漂亮的女人找黄占柱，她听到的都是王文义传说的那些远离黄占柱的女人们，很难与这个漂亮的女人联系在一起。这个女人长得十分的俊俏，容貌出众，冰肌玉体，穿着雍容华贵，神态自然恬静端庄，就是空气也被这个女人拂起一丝不安的馨香。赵丽艳觉得这个女人只是年龄稍年长了她一些，是从成熟女性的那种特点中反映出来的。她很快为这个女性下了一个准确的定义，是那种性感的女人。想到了性感，赵丽艳责怪自己一定是在心里生出了一种嫉妒。那个女人看到赵丽艳的木讷，又问了一句："请问黄占柱在哪个屋工作?"这时赵丽艳方才醒悟出自己的失态，忙向对面那个洞开着门的屋子指了指。那个女人说声谢谢便款款走进了那个框出来的门里。

有了这个女人走进黄占柱的屋子，赵丽艳无论如何也无法再工作下去了，她在猜想这个女人与黄占柱的关系，她断定这个女人走进黄占柱的屋子后一定会有什么事发生。当然了，她也在努力地说服自己不去想这个女人和黄占柱的事，却总是不能够奏效，她总是不由自主地回到对这两个人关系的猜测上来。而她所期待的事情却始终没有发生，那个屋里显得十分的平静，几乎连两个人的对话都没有传出来。以往不是这样的，那个屋里根本不拢音，只要有人说话，这个屋就能听到，哪怕是窃窃私语，传过来的声音如同混浊不清的唏嘘。许久，那个女人悄无声息地走出来，低眉垂目地走过赵丽艳的视线，赵丽艳看到黄占柱阴沉的面孔在门框中闪现，看到赵丽艳向他这方眺望时，他便绽开阴沉的面孔，露出他那洁白的牙齿一笑，便躲出了赵丽艳的观察范围。

从那儿以后，这个女人便隔三岔五地来找黄占柱。黄占柱总是用那种阴沉的态度对待她，有人还特意对他们两个人在屋里的行为进行过侦察，结果发现那个女人只是静静地坐在黄占柱屋里的椅子上，黄占柱根本就不去理睬她，还是在忙自己的事情，即便那个女人说要走时，黄占柱不搭理她，也从不送出门，最多也就是在门口露露脸，那个女人总是悻悻而去。有好事的人总想摸清这里面的情况，而那个女人总是坐着出租车来，坐着出租车走，来无踪去无影，十分的神秘。有人问起黄占柱这个女人，黄占柱只是露出他的洁白的牙齿一笑，不置可否。黄占柱本来就不善言语，加上对那个女人的冷漠的态度，人们也就不好深问。时间一长，人们就出现了种种猜测。有人说这是黄占柱新处的对象，那个人刚一说出口，马上就有人怒不可遏地为那个女人抱不平，认为这个女人相中黄占柱这样的男人实在不值。而很快就有人提出了自己的反对意见，认为是黄占柱对象的可能性十分小，认为黄占柱不可能有这样的艳福，不然他就不会都到了这个年龄还找不到对象了。这个人的意见很快就得到机关舆论的普遍支持。

因为有了这个女人的经常出现，搞得赵丽艳心烦意乱，在众多的猜测中她找不出合理的解释，干嘛黄占柱就不能找这么一个漂亮的对象？干嘛这样的女人就不能相中黄占柱这样一个朴实能干不计个人得失兢兢业业的男人？长像的差异，年龄差距难道就不能产生爱情吗？干嘛一个地位卑微的事务员就不能有他的幸福？赵丽艳冥思苦想也找不出可靠的答案，搞得她总是失魂落魄的，苦不堪言。

从那儿以后，赵丽艳与王文义约会的内容，也总是围绕黄占柱的这个话题展开的，这样的话题往往都是赵丽艳提起的。在没有这个女人出现时，赵丽艳很讨厌王文义贬低黄占柱抬高自己的态度。赵丽艳提起这个女人的话头，令王文义兴奋不已，他对这些总是喜欢津津乐道。他讲的那些或是听来的，或是自己演绎出来的，他几乎每一次都能够变幻一个版本来。

这次他说：那个女人是原来抛弃过黄占柱的一个对象，是嫌弃黄占柱家穷，后来她嫁给了一个款爷，结果那个款爷只是拿她当作玩物，不把她当人看。等那个款爷玩够了她，就另寻新欢，把她冷落在一旁。不得已她只好与那个款爷协议离婚，得了一笔很丰厚的青春赔偿金。她万分的悔恨，恨自己看错了人，不该与黄占柱那么绝情的分手，就来找找黄占柱以求原谅，能够破镜重圆。而黄占柱对她早已心灰意冷，对这样的忘情的女人再也没有重归于好的念头了。

又一回他说：那个女人不是个好东西，是干那个的，干那个的就是妓女。黄占柱实在找不到对象，又老大不小了，难挨这种寂寞，就去找这样的女人去潇洒了。潇洒过后，那个女的一开出那个高价，黄占柱就开始心痛这个钱了，就没有给人家。这个女的就左三番右三次地来要。所以黄占柱不给那个女人的好态度。你肯定要问为什么保卫股没有审查黄占柱，因为保卫股还没有掌握确凿的证据，哪个女的干那种事，还去警察那里报告一声。黄占柱嫖娼不给钱，还能去找保卫股出面调解不成?

隔了一天他又说：上回的说法出入太大，那个女人根本就与干那种事的女人无关，那个女人是从香港归国探亲的，与黄占柱是从小的朋友，都在劳工区住，两个人青梅竹马，两小无猜。改革开放后，那个女的有个解放时逃到台湾的叔叔寻亲找到了她的父亲，说有笔家产要继承，却是膝下无儿无女，就与她的父亲商量将她的带去了台湾去继承家产，后来叔叔过世了，那个女的便辗转去了香港，产业在香港搞得越来越大。这次回来听说，她的那个小时候的朋友还是那么的清贫，就想带着黄占柱一同去香港共谋大业，而黄占柱却不愿放弃赡养老人的责任，更不愿意离开培养他成长的组织和领导。那个女的却是不达目的绝不罢休，就来个软磨硬泡，看他什么时候才能动心。

又过了几天他告诉赵丽艳说：又听到了一种新的传说，那个女人闹了半天是黄占柱的妹妹，当然不是跟他在一起的那个妹妹，是他同父异母的妹妹，也就是说是他父亲的私生女。是他父年轻时荒唐出来的产物，如今长大成人了，她的妈妈让自己的女儿来认父亲。黄占柱的老人们不得已认下了他的这个妹妹，而黄占柱却倔强的不认这个妹妹，他的妹妹并没有失去信心，锲而不舍，天天来找他哥哥，感化她哥哥，高低让他认下他的这个妹妹。不然，黄占柱怎么会对那个女的那种态度，他是有难言之隐啊，谁能接受这样一个让他羞愧的妹妹呀。

后来一次与赵丽艳见面时，他又否认了前面的几种说法，说是这回是获得到的最可靠的消息，是与黄占柱最要好的那个接了黄占柱扫把的小李子说的，小李子说得有枝有叶，看来这是黄占柱与那个女人的"绝版"了。小李子说这是黄占柱亲口告诉他的，说那个女的是黄占柱中学早恋的女友，后来受到了学校的严厉制裁，女方的家长不得已将自己的女儿转出了这所学校，并送到远在千里之外的亲属家去念书，如此一来棒打一对鸳鸯各东西。而那个女的却是矢志不渝地爱着他，再也没有爱过其他男人。后来她辞了职做生意发了大财，回来找黄占柱，准备组成一个家庭的。而黄占柱却不想坐享其成，不与她来往，她就总来找黄占柱，说是精诚所至，让黄占柱这块金石为开的。

虽然王文义的每次讲的传闻都是那么离奇，不论王文义怎么会搬弄口舌，还是漏洞百出。赵丽艳知道哪一种说法都不可能是真实的，这些都是从电影电视小说中摘抄下来的悲欢离合的情节，这种拙劣的故事，就是小孩也能讲出来。但是赵丽艳却乐此不疲，谈论黄占柱已成为她与王文义约会的一个部分。因为有了这个女人的出现，赵丽艳有事没事都会自然而然地想到黄占柱，她琢磨黄占柱这个人很有意思，他被这个女人搞得满城风雨，让那些人大伤脑筋，很多人编派他的故事、煞费苦心来添枝加叶，连看他的眼神都有着一种难以琢磨的异样。而他却是充耳不闻熟视无睹，真不知道他的葫芦里到底是装的什么药。这样琢磨来琢磨去，也琢磨不出道理来，每到那个女人来的时候，她还隐隐地生出了酸酸的醋意。人心这个东西就是怪，变化来变化去就变得十分的复杂，很难说得清楚。

王文义最后一次对赵丽艳说起那个女人，是在王文义第一次去赵丽艳的家见赵丽艳的父母，那也是最后一次去赵丽艳的家时候，王文义走在赵丽艳送出来的路上时说的。

那是一个灿烂的星期天，在王文义的一再要求下，赵丽艳就把王文义领回到了自己的家，王文义终于见到了他朝思暮想见的赵丽艳的父母。原本赵丽艳并不想把王文义领到家里的，后来王文义就说："即使我不是你的男朋友，是你的同志你的领导也应该到你家去家访的，你家又不是什么大衙门，你父母就那么脱离群众吗？"其实赵丽艳不愿让王文义去她家并没有这层意思，让王文义一说，变得十分的复杂化了。赵丽艳思忖王文义到她家来也没什么大恙，借此机会，让父母看一看，提提意见也好。

赵丽艳答应王文义去她的家，令王文义喜出望外。赵丽艳父母热情地接待了王文义，宾主落座后，王文义便与赵丽艳的父亲谈起了工作观念人生经济社会，总之涉猎了许多的领域，谈得看似十分的融洽。而在赵丽艳出去洗水果时，她的父亲也借故走了出来，赵丽艳急于听父亲的意见，便悄声征询。她想不到父亲很严肃地说，与这样的人打交道要慎重，这个人太油滑，在官场上见到这样的人太多了，他们都是靠不住的，"文革"时许多领导吃亏就吃亏这样的人身上了，现在一些人看的都是父亲的官职，他们不过是把这些作为提拔的筹码。当然了，赵丽艳的父亲也说让赵丽艳自己拿主意。

赵丽艳想起了王文义的种种作为，并不是冲着她来的，似乎总与她父亲的地位有着千丝万缕的联系，她思索父亲只见了王文义的一面，便与她的看法有同感。有了父亲的看法，她想与王文义的关系应该做一个了断。送王文义出来，很想与他认真地谈一谈他们两个之间的关系就此结束，而她又拿不定主意是现在谈还是找另外时间谈好。王文义却仍沉浸在与赵丽艳的父亲谈话的兴奋之中，甚至他还憧憬过自己美好的未来。王文义一如既往的自负的对赵丽艳说他的感觉不会有错，说赵丽艳的父母十分地欣赏他这么一个姑爷的。赵丽艳准备借这个话题说开来，让王文义失望一次，还未赵丽艳开口，王文义就谈到了黄占柱。赵丽艳一听是与黄占柱有关的话题，她便耐下心来倾听王文义传述黄占柱最新的消息。

王文义没说之前先是顾自笑了一会儿，才说："你说绝不绝，有人说这回得到了消息是千真万确的，说那个女人是市里的某个主要领导的千金，说许多的条件优越的男人都追求她，而她却没有一个看上眼的，她的心里装着的就只有黄占柱一个人，高低要与黄占柱结为百年之好。"赵丽艳忙问王文义："是听谁说的?"王文义说："说是听黄占柱的父亲说的。昨天，黄占柱的父亲来机关开退休金时，大家围着他想问个究竟，黄占柱的父亲就说出了这个秘密。"

他见赵丽艳若有所思，王文义果断地为这个故事加了注脚："我想这是黄占柱的老子在吹牛，就黄占柱那德行的，哪个高级领导的千金会追求他呀。有人还说这回的消息是千真万确呢，其实就这个消息是最不可信的。"

赵丽艳终于觉出了个中滋味，只有她意识到了这里面的奥妙所在，她就对王文义冷静地说："就这回的消息是最准确的了。"搞得王文义半天没有反应过来，嗫嚅着说:“这怎么能是最准确的呢?”赵丽艳并不在乎王文义那种懵懂的表情，说了声“再见”。撇下还在颟顸的王文义，从容不迫地走了。她是去找黄占柱了。

见到黄占柱后，事情就简单得多了，她直截了当地问了黄占柱:“你父亲说的是真的吗?”黄占柱面对着赵丽艳的坦率还是迟疑了一下，又露出他那副好看的牙齿粲然一笑，点了点头。

从此那个神秘的女人再也没有出现在机关里，她的突然消失就如同她突然出现，不久，整个机关似乎恢复了以往的平静，似乎忘记了令他们兴奋的话题。而事隔不久赵丽艳便调离了工业局去了市政府工作，而后便是黄占柱调到了市里临时成立的劳工区改建工程指挥部。那片多年悬而未决的劳工区改建工程，在黄占柱调去不久，便开始实施建设了，劳工区似乎一夜之间便发生了翻天覆地变化。市政府还把这一项建设列入到了当年的市政府为市民做的十件好事之一。

难以理解这种变化的是那些黄占柱和赵丽艳昔日的同事们，尤其是王文义始终没有搞明白那个神秘女人的出现会带来那么多的变故，一直到最后他们也没搞明白那个女人是谁，为什么常到机关里来找黄占柱。而这些都不重要了，重要的是黄占柱在不久前与赵丽艳喜结伉俪，组成了一个美满的家庭。

（原载《延河》2002 年第三期）

母亲如歌

今天的我时时都淹没在鲜花和掌声中，走到哪里都会被歌迷们簇拥在中间，媒体评论说我是在娱乐圈里突然杀出的一匹黑马，网上做过调查，在芸芸之众的歌唱界，我竟然成为国内最有人气指数的歌手。而当夜深人静屋内空有一人，孤寂将我覆盖时，我不由自主地想到我的家，想到了那个曾经苦难的母亲，自己禁不住泪流满面，经历的种种痛苦此时却历历在目，让我更加珍视今天炫目的一切，走到现在我该有多么幸运啊，有句歌词唱得好，不经风雨何以见彩虹，没有人能够随随便便的成功。

十年前，我的父母从姑姑家回来，抱回来一个小女孩，小女孩红红的脸，人见人爱的样子，着实让我和姐姐喜欢。我问："这是谁家的孩子？"母亲说："要是给你们当妹妹怎么样？"我和姐姐高兴地说："那可太好了。"那一年，我才 13 岁，姐姐比我大两岁，只想着要是有这么个小妹妹会多了一个伴，该会多有趣，并没有去想这个小妹妹会给我们的生活带来多大的变化。

这就是母亲捡回来的小妹妹。那是在春节大年初四，父亲母亲一起送爷爷去在农村的姑姑家住一段日子。回来时，天色已经很晚了，他们是赶晚上回城的最后一班长途公共汽车。还没到汽车站，他们听到了婴儿的哭泣声，循声走近一看，在汽车牌下，放着用小薄被包裹着一个刚刚出生不久的女婴。在女婴周围有等车的三个男人不知所措地观看着。母亲打听得知，这个女婴不知是谁遗弃在这里的。

女婴的哭声牵动了母亲的心，一向乐于助人的母亲忙抱起女婴，哀求地说道："哪位同志心肠好，发发善心，把孩子抱走吧。"围观的男人们说："你看我们都是未婚的男人，抱回去个孩子算什么呀?"母亲看了看这几个年轻人，也觉得确实难为了他们。那几个人也许为了唤起妈妈的母爱之心，反倒劝起母亲来了："大姐，你看我们都是男人哪有那能力呀，还是你把孩子先抱回家吧，要是把孩子扔到这里，孩子会没命的。"

母亲有心要留下这个孩子，征求爸爸说："老段，你看咱们先收下这个孩子?"父亲一脸的怨气，说："你怎么尽管闲事呀，家里已经有了两个女儿，加上我爸爸都八十多岁了，咱家生活又不富裕，你要是再把这个女婴抱回家里，你养得起吗?"父亲的反对意见，母亲觉得很有道理，她顾虑重重地放下了孩子。这时公共汽车进站了，两个人忙上了汽车。

汽车驶出车站。女婴的哭声却一直回响在母亲的耳畔，听到女婴无助的哭泣，母亲心如刀绞。北方的二月，还是零下三十来度，如果把这个可怜的孩子扔到这前不着村后不着店的汽车站，后果将不堪设想，肯定会被冻死。母亲生出恻隐之心，她高声对司机喊了声：停车！司机忙煞车。父亲知道母亲要做什么，便说："我说你怎么回事，怎么就不听我话呢。我告诉你，不能捡那个孩子。"母亲却义无反顾跳下车去，跑出二十几米远，抱起了这个遗弃的女婴，又跑上了汽车。

女婴在母亲的怀里，显得很乖巧，不哭也不闹了。父亲见到母亲抱回了孩子，埋怨她说："你不该管这个闲事呀。他也意识在这荒无人烟的偏僻地带，这个女婴的命运将会是什么。"他无可奈何地对母亲说："回家后看谁家缺孩子，送给人家收养吧。"母亲望着逗人喜爱的小脸蛋，虽然舍不得，但还是点头答应了丈夫。

母亲捡到一个被遗弃的孩子，这个消息很快便传开了，父亲单位的一个没有子女的人找到了在矿务局机械厂当钳工的父亲，说有意要收养这个孩子。父亲兴高采烈地回来，告诉了母亲。母亲笑着问我和姐姐："父亲说把小妹妹给别人，你们愿意吗?"我和姐姐都摇头，说："不愿意。"母亲对父亲说："看到没有，孩子们都不愿意，咱们就收养了吧。"父亲说："孩子们懂什么？就是你想收养，恐怕手续也办不下来呀。"母亲望着女婴一脸的无奈，叹口气说："你说得有道理。"

为了这个可爱的小家伙，我和姐姐劝妈妈有意拖延了两天，本来说好了第二天人家来抱走这个孩子，谁料到头一天晚上，正在逗孩子发笑的姐姐，突然不是好声地喊正在做饭的妈妈。母亲父亲和我都跑进屋里来，这时看到女婴嘴歪眼斜，口吐白沫，浑身痉挛抽搐成一团。爸爸说这个是抽羊角风。父母两人慌忙将孩子送进了医院，大夫采取了治疗措施，孩子病情有了好转。经大夫诊断，孩子患有先天性的癫痫病，并要求观察治疗。

从医院回来后，都已经是第二天上午了。来抱孩子的人在家里等了一些时间，他看到母亲抱着孩子进来，便忙上去询问。父亲撒谎说："这孩子昨天晚上发烧，打了针，大夫说没什么大事。"那个人忙把孩子抱了过去，用手逗着孩子，孩子咯咯地发笑，他也欢喜得不行，说着话就想把孩子抱走。出于童心，我和姐姐却拦着不让他出门。父亲呵斥着我们，我们虽然不情愿，但还是让开了大门。就在那人抱着孩子准备出门时，母亲叫住了他。母亲虽然犹豫了再三，但还是说出实情。

那人知道实情后，放下了孩子。无论父亲怎么劝，那个人还是尴尬地离开了我们家。有谁会能接受这样一个有先天疾病的孩子呀？这一切都意味着这个病孩子"粘"在手里了。那人走了之后，父亲与母亲吵了起来，他埋怨母亲告诉了人家实情。而母亲却坚持自己的做法的正确性，如果隐瞒了实情，人家早晚不还会知道的吗，那样不是坑害人家吗？父亲气不打一处来，挥手便掴了母亲一个耳光，妈妈漂亮的脸上立时出现了红红的手印，嘴角还流着鲜血。

我们长这么大了，还从没见过他们打架，也头一次看到父亲那么凶。父亲对我们总是疼爱有加，我们要什么，他总是想尽办法满足我们。从幼儿园开始，父亲认为我有艺术天赋，就把我送进了少年宫学音乐和舞蹈。看到父亲的凶相，我们吓得躲在一旁哭。母亲怕吓着我们，只是擦了擦流在嘴角的血迹，对怒目圆睁的父亲说："这事咱们先不说好不好？咱们别吓了孩子们。"父亲看了看惊恐的我和姐姐，显然有些愧疚，无力地耷拉下脑袋，说："可是这孩子可怎么送得出去呀。"妈妈和颜悦色地劝父亲说："都是我的错还不行吗，反正事已至此，孩子你也不能再给他送去了。"父亲固执地说："这消息一传出，哪还有人会要这个孩子。"

我们家在正月里发生了父母的战争，让我和姐姐有了刻骨铭心之痛。当时我们还记恨着父亲打母亲的这一举动，我们认为这个孩子不应该给人。所以我们更加喜爱这个小女孩。那时，我和姐姐都在放假，父母上班后，我们姐俩儿便负担起了照顾这个小妹妹的任务。可是就在父母打架后一个星期后，孩子又开始发高烧，再次送到了医院，这次大夫让孩子住院观察。经医生诊断结果表明，该女婴患有先天性心脏病，还兼有贫血、肺病等综合病症。

听到这个诊断，父母都惊呆了。父亲一直在奔波，他到处托人找关系，想把这个孩子送给一个不知情的人。这个努力还没有结果，却又诊断出了这么多的病症。父亲在抱怨，怨天怨地怨女婴狠心的父母。而母亲却没有显得那么激动，说："不管怎么说，我们还是要尽自己所能为孩子治病，并抚育她的成长。"那天是星期天，我们自愿地守候在小妹妹的身旁。到了中午，也没见母亲来送饭，姐姐让我回家去取，可是到了家里，看到母亲依在床头，眼圈青紫。我问母亲："怎么了？"母亲说："刚才不留神跌了一跤。"母亲问我："回来干嘛？"我说："回来取饭的。"她喃喃着说："都中午了？你看我都跌糊涂了。”她艰难地起来，为我准备饭。从进屋我就没有见到父亲，我问：“我爸呢?”母亲迟疑了一下，说：“唔，他出去了。”

小妹妹很快便出了院。可是从那以后，父亲很少在家里待着，回到家里也是喝得醉醺醺的，他进屋便粗声大气地吆喝着母亲。母亲总是默默地忍受着，母亲脸上身上常常会莫名其妙地出现一些伤痕，母亲总解释是跌伤的。几天后，我发现了母亲伤痕的秘密。那天晚上，我被一阵奇怪的声音搞醒了，这个声音是来自父母的房间。我蹑手蹑脚地走了过去，从门窗纸缝中看到，父亲骑在赤身裸体的母亲身上，正挥舞着双手抽打了母亲。母亲的脸是朝向门的这个方向的，脸上流着泪，可是嘴却咬着不出声。

我吓得忙跑回自己的房间，捅睡着了的姐姐，想让姐姐去阻止父亲。可是姐姐听我学过了刚才所见的一幕后，姐姐却悄声地笑了起来，很神秘地对我说：“这事咱们不能去管，你还小，你不懂，这是爸爸和妈妈做爱。”我惊奇地问：“什么是做爱呀?”姐姐说：“就是他们这样做了以后，才会生下我们。”我问：“做爱时，爸爸为什么要打妈妈呀?”姐姐似是而非地说：“你没听过强暴吗? 做爱就是强暴。”姐姐含着笑又睡着了。而她不懂装懂的回答，却让我浮想联翩，很久没有睡着。从那天开始，当父母屋里出现那种奇怪的声音，我就会辗转反侧。后来我长大了，我常常会把男欢女爱的这种事与暴力联系在一起。

这种奇怪的声音一直持续到爷爷从姑姑家回来后才消失。爷爷看到了小女孩，也很喜欢，他不在乎那些困难，其实这时还没有体现出我们家的艰苦生活。他为添人进口而高兴，说：“这不是白捡的吗。”他关心地是给孩子起名字没有。父母都摇摇头。爷爷说：“你看看你们，这个孩子捡到家里来，怎么连个名字都没起呀。”父亲说：“我们还没来得及嘛。”爷爷果断地说：“那就给孩子起个名吧。”那个名字还是我最先叫的呢，我说小妹妹的脸像小红云。爷爷就说：“那就叫红云吧。”小妹妹从此得到了一个美丽的名字：段红云。

出了正月，小红云发高烧又住了院，住院没两天，她突然又犯癫痫病，浑身抽搐不停。大夫诊治后，病情才稍有缓解。大夫告诉我父母说："孩子是各种疾病的并发症，现在严重贫血，生命垂危，需要家属为孩子输血。"说着，他便为父母开出了验血化验单。两个人出于面子，没有说小红云是收养的孩子，还以为血型能遇上的话，就可以省去一部分的钱。两人去了化验室。很明显，他们验出的血型与红云的不符，但又不能不为孩子输血，他们只好花去了300元钱购买了进口的血浆，用来抢救病危的孩子。

他们拿着血浆和化验单找到医生。医生感到不可思议。父亲只好向他说明了真相。大夫沉默良久，才说："既然这是你们捡来的孩子，我也就不妨说几句真心话了。这个孩子患有综合病症，就现在医疗手段，不可能治愈她的病，癫痫病三天两头就会犯，而且死亡率极高，"他停顿了一下，看了看我父母的后，说："等她长大了更是累赘，那时你们有了感情，更舍不得她了，与其不如现在就采取措施……"

父亲不解地问："什么措施？"医生犹豫了一下，但还是说："就是把她饿死。"父母闻听此言，目瞪口呆。他们明白，如果不是到了绝望的程度，医生也不会说出这种与医生职业背道而驰的话。半晌，母亲恼羞成怒，把火气一股脑儿地倾泻出来："你说的是人话吗？你还配做一个医生吧？这孩子确实不是我的，但我怎么能忍心饿死她呀，小猫小狗也是一条命啊，何况是人了。我告诉你，就是再苦再难我也要治好这个孩子的病！"母亲说着还伤心地哭了起来。

父亲看到医生赤红着脸，忙赔礼道歉，说："你别跟她一般见识，她是太爱这个孩子了。"医生并没有争辩，只是叹息了一声，摇着头走了。医生的话不幸言重，在不到两个月的时间里，发烧、肺病、癫痫，三种病症不间断地折磨着这个弱小的生命。父亲和母亲为小红云治病而倾其所有，先是扎青霉素，孩子对青霉素产生抗药性，便扎“先锋”，“先锋”也不起作用，便扎头孢消炎药，最后连血管都扎不进去了，又改吃中药。为了挽救孩子的生命，他们什么治疗的办法都使了，什么特效药都用了。

父母花光了所有的积蓄，还欠下了很多的债务，要知道他们不只是支付小红云的治病开销，还要为红云买的奶粉，一次就要十几袋。父母开始跟亲戚朋友借钱，可是入不敷出。为了还人家的钱，变卖了自己的一些家当。但是红云的病却不见好。又不得不向别人借钱。这样一来，亲戚朋友见到父母都要躲避得远远的，唯恐他们张口借钱。很多人都不能理解父母为什么会对一个无亲无故的孩子投入这么大的精力和财力。父亲再次找到我的姑姑借钱，姑姑把母亲好一顿数落：“如果是你自己的孩子，花多少钱我都愿意，而你却要救助一个连自己亲生父母都不想要的孩子，我一分钱也不给她拿。”

回到家里，父亲唉声叹气。母亲知道情况很糟糕，也不去理睬父亲。父亲惧怕爷爷，他等到爷爷出去后，便与母亲争吵，还当着我们的面打了妈妈，说：“你这个败家的娘儿们，收养了这么个病孩子，你看看，咱们这个家还能过下去吗？”每逢这时母亲总是默默地忍受。可是父亲越说越气，抱起了孩子来到窗前，高举着孩子，说要把孩子扔下去。我被父亲的举动吓得哇哇直哭，因为我们家住四楼，要是扔下去，小红云一定活不成。母亲跑过去争夺。父亲已经红了眼，说：“我宁可负法律责任，也不能让我们自己的孩子受屈。”

妈妈一听，突然跳上了窗台，对父亲说：“老段，如果你那样的话，我就先从楼上跳下去！”父亲让母亲这一举动吓唬住了。我和姐姐都跑上去拽住母亲，我们喊着：“妈妈，你不能跳下去呀。我们不能没有妈妈呀。”看到妈妈没有离开窗台，我们哀求父亲不要扔妹妹，不要扔小红云。父亲心软了下来，便狠狠地把孩子扔到了被垛上。邻居看到我的父母打架，就去找正在散步的爷爷。爷爷回到家里，打骂了父亲："你真不是个东西，那红云好歹是条人命，我们怎么也不能做那种伤天害理的事呀。"在爷爷的劝说下，母亲才离开了窗台。

晚上，爷爷让父亲到我们那屋去住了，原来我和姐姐爷爷在那个北屋里住。爷爷是让我和姐姐陪着母亲，并告诉我们千万别让母亲做傻事。我不懂，便偷偷地问姐姐。姐姐告诉我说："就是怕妈妈还从楼上跳下去。"听到了姐姐说的话，我心里害怕极了，不敢须臾怠慢，一直盯着母亲。后来母亲就安顿我和姐姐睡下，我们躺下后，姐姐先睡着了，我却眯着眼睛偷觑着母亲。母亲点着灯，一直抱着红云在悄悄地啜泣。

很长时间，母亲把孩子放在我们的身边，走到了窗前，我的心都要跳出来了，当母亲把手挪向窗户时，我突然说："妈，你要干什么?"我的话把母亲吓了一跳，她惊诧地回过头来，说："你怎么还不睡呀?"我光着身子跳起来，搂住了母亲，说："妈，我害怕，我怕你还会跳下去，我就没有妈妈了。"母亲把我搂在怀里，亲昵地说："傻孩子，我是去关窗户，那窗户刚才没关严，"母亲说着话便哽咽起来，"我哪里敢去死呀，要是再扔下你们这几个可怜的孩子，谁会照顾你们呀。"

母亲抚摸着我的头发，我依偎在她的怀里，那种久违了的温馨记忆愈发浓重起来，我很久没有在母亲的怀中这样撒娇了。母亲就是这样摇着晃着我，我有些昏昏欲睡时，突然听到母亲说："小丽，你别去少年宫了。"我欲睡的神经突然惊醒了："妈，你说什么?我从小就想当演员，你不让我学了，我怎么会实现自己的理想啊?"我执拗地望着母亲。母亲还是那么搂着我，抚摸着我的头发，轻轻地说道："等小妹妹的病治好了，家里有了钱，我会再让你学习的。是妈妈对不起你呀，可是没有办法，妹妹病是要治的，不治她可能就要死了。"母亲说着，泪水扑簌簌地流了下来，落在了我的脸上。我也想到了妹妹死去，自己当然也会痛苦，就抹去了自己脸上的泪水，又去擦母亲的泪水。我心里虽然我不情愿，但还是说：“妈妈，你别哭了，我不学了，拿着钱给妹妹治病吧。”我的话让母亲的泪水多了起来，她说：“小丽长大了，是个好孩子。”

母亲工作在建筑安装公司，冬季没有活干，职工就放了假。开春后，头一年的工程便要重新开工。可是红云总住院，母亲不得不向单位请假，我们天天要上学，再也帮不上母亲的忙了。最难的是妹妹住院期间，母亲几乎整天整夜待在医院里，她还不能放弃照顾两个女儿和80多岁年迈的爷爷。父亲因为母亲收养了妹妹，很少在家里，总是待在单位，不到吃饭时间不回来，吃过饭便要会工友去玩扑克。母亲每到饭前，她都要匆忙地赶回家去，将饭菜做好后，再匆忙地回到了医院。母亲只能这样没日没夜地奔波在医院和家庭之间。

姐姐比我大3岁，开始姐姐也知道帮助母亲做力所能及的事了。小红云有病整宿号啕，母亲就放在腿上晃着哄她睡觉，有时几宿也睡不上一个囫囵觉，姐姐心疼母亲，就会主动帮母亲的忙，每次都想办法哄着小妹妹。可是后来姐姐的态度开始发生的变化，姐姐慢慢地便对着妹妹不理不睬的，有时趁人不注意时，她偷偷地打红云，还说：“都是因为你这个小妖精，才会让我家这样的。”我问姐姐为啥这样说。姐姐说：“有了这个妹妹，咱们家的生活变得多么糟糕，爸爸妈妈也天天打架，我要买件像样的衣服，妈妈都拿不出钱来。”

我认真地思忖了一番后，觉得是姐姐说的那种情况。我和姐姐已经很久没有穿到新衣服了，不然每到春暖花开时，母亲总要给我们俩人买套漂亮的衣服，说春天会使女孩子美丽。对于这些我并没有在意，可是姐姐这时已经初二了，她的身体已经体现了成熟女孩的特征，小脸蛋时隐时现地露出一种只有女孩子才有的娇艳，她的胸部有模有样地挺了起来，有时我很嫉妒她。

嫉妒姐姐的原因还有具体的一层意思，因为自从红云进了我的家门后，我家的节俭行为更加突出：比如我家的自来水已被闸门控制，水龙头上接出一个皮管子，将淅淅沥沥的水一滴滴的蓄存到了水缸里，而看水表却是纹丝不动。比如我们洗脸水洗菜水洗衣服的水统统倒入厕所里的一个水桶里，然后用于冲刷便池。比如我和姐姐使用过的各种学习本子，都留下来放在厕所里，取代过去使用的卫生纸。在这方面姐姐却有一种特权，就是母亲专门给她买来了卫生纸。每次她使用时，总要摆出一种骄傲的神情。为此，我曾向母亲提过抗议，母亲笑着说："你姐姐是个大姑娘了，等你成了大姑娘，我也会让你使用卫生纸。"

到了酷暑炎热的8月，母亲三天打鱼两天晒网的上班，已经使她的那个工地项目经理十分的烦恼。建筑行业本来就竞争激烈，工程项目不多。建筑安装公司在山东承包了一项工程任务，调出一批人去参加施工。项目经理便把母亲推荐出来，公司通知母亲去山东。所有被通知的人中，只有母亲是女的。这种做法明显是针对母亲表现来的。公司通知时，要求必须服从分配，不然的话，将面临放长假处理。

母亲跑了几趟公司说明自己的困难，还痛苦地流下眼泪，以博得领导的同情，而公司领导不相信眼泪，说得很坚决，绝没有给母亲一点的回旋余地。母亲回来思前想后，为了治好红云的病，她还是毅然放弃了这个机会。就是从那天起的九年时间里，母亲再也没有拿到单位给她开的一分钱工资。为这件事，父亲对母亲大打出手，他是趁着爷爷去姑姑家以后，当着我和姐姐的面打的母亲。

爷爷是姑姑接走的，因为我们家太艰苦了，父亲叫来了姑姑，让爷爷暂时到姑姑家去居住一段时间。那天父亲拿了一根棍子，打得母亲满地乱滚，那根棍子在母亲身上肆虐着、发泄着。我和姐姐都给父亲跪下了拦着父亲，父亲还是不依不饶的。父亲在这一段时间里，因为爷爷在家阻挠着他的思想，已经压抑得不行了，他要把积淤在心里的这口恶气全部泄愤在母亲的身上。他一直到打不动了骂不动时，才收了手。挨了打的母亲并没有埋怨父亲，从地上站了起来，拍打身上的尘土后，一瘸一拐地走进厨房，给我们去做饭。

休假在家的母亲把全部的精力都放在照顾家庭上了。母亲怕红云成为这个城市里的“黑孩”，便去找派出所及相关部门为孩子上户口，人家听到她的情况都说这种情况不可能解决，便把她推出门外。她就坚持着总去那些部门软磨硬泡，后来终于找到了一个为她解释的人，得到的答复却是：国家一直都在控制城市人口增长，户口总是不光是户政的事儿，还涉及粮食、计划生育等部门，城市人口指标每年由省计委下到市里有关部门，数量十分有限，一时解决不了。

母亲张罗着为红云上户口的事，惊动了街道负责计划生育的同志，因为这个孩子很可能会影响了计划生育的成绩。他们找上门来，母亲说明了捡孩子的经过，他们却听进去，说：“你说的话谁能相信，我看这是弄虚作假，你们把亲戚家的孩子搞来装爱心，为了换取人们的同情，这是严重违反计划生育政策的行为。”母亲没想到自己的爱心，竟换来无端的猜忌和攻击。她气愤地将街道的人赶出了家门。母亲由此惹来了麻烦，街道派人几次三番的来抢孩子，说是要将红云送到民政部门收养。他们的话倒是提醒了母亲，为了避免更多的麻烦，母亲去了市民政局，想办理正式手续收养段红云。民政局答复他们不具备收养子女的条件。因为《中华人民共和国收养法》第二章第六条明确规定：收养人应当同时具备下列条件：一无子女；二有抚养教育被收养人的能力；三是年满三十五周岁以上。

街道的人听说母亲没有条件收养红云，还是天天上门抢人。那天，他们得手，一伙人便把红云送去了福利院。父亲回到家里，听说孩子被抢走了，他安慰着正为孩子去向担心落泪的母亲说：“那是街道，也是党的一级政府了，他们会给孩子安排个好地方的。”这一天难得父亲心情好得出奇，晚饭时，他还洋洋自得地喝着小酒，哼着小曲。可是就在第二天的一早，街道的人主动把孩子送上门来，他们说通过调查，相信了母亲说的这种情况。当时母亲喜不自禁地把红云搂在了怀中，而父亲一脸的阴沉，摔了门上班去了。后来我们才知道，其实街道把红云送到福利院，福利院看出了红云是个有病的孩子，便拒绝接收红云。福利院的领导反过来做了街道的工作，让他们把孩子交还给我的母亲。

我的妹妹段红云就是在病痛中渐渐长大的。那一段时间，不管有什么疾病流行，尤其是每逢流行感冒的高发期，身体孱弱的红云抵抗力差，她都会被传染。母亲把患有肺炎的红云送到了医院，大夫诊断后要红云住院，并让他们先交押金。母亲已经停发了工资，我们一家人全靠父亲一个人的收入支撑着，而他的月收入加起来才二百多元钱。原本还算富裕的家庭，却因收养了一个生病的弃婴而负债累累。母亲真的拿不出那笔住院费，她求大夫给孩子先治疗，拖欠的费用慢慢来还。大夫一脸漠然地说他做不了主。

看着红云发青的脸，母亲心里万般难受，她总不能眼睁睁地看着孩子遭受病魔的折磨吧。她抱起孩子去了其他医院，而得到了同样的对待。最后，她来到了中医院，一位老中医接待了她，她向老中医说明了孩子的情况，并哀求着老中医。母亲的真诚终于感动了老中医。老中医慨叹道：“现在像你这样的好人不多了，我怎么好意思不为这个孩子治病啊。”说着，他便为红云开上了几付中药，却分文未收。由于中药的作用，加之精心照顾调养，小红云康复了。也许老中医确有妙手回春之力，自此之后，小红云的肺炎再也没犯过。

为了答谢老中医，母亲买了两瓶水果罐头，带着我去答谢那个老中医。这两瓶水果罐头对于一般人来说不算什么，而对我们一家人来说却是奢侈品，那都是她省吃俭用从牙缝里抠出来的。我一路上都在琢磨这两瓶罐头的味道,因为很久我没有吃过水果罐头了。母亲说明了来意后,说:“我们也没有什么钱买东西,这两瓶罐头虽然便宜,但是却代表着我们的心意。”老中医是个慈祥的老人,他执意不肯要,说:“你的心意我领了,你那么困难,又何苦买东西来感谢我呀。”老中医看到了我眼中的奢望,说:“我看还是拿回家去给孩子们吃吧。”在回来的路上,母亲偷偷地打开了一瓶罐头,让我吃了几块,还嘱咐我回去不要告诉别人。到家后,打开的那一瓶就归了爷爷,而另一瓶一直等到了春节,才堂而皇之地放上了饭桌。

品种繁多的蔬菜已经不再受季节的影响,很少有人贮存蔬菜了,而母亲一俟到了秋天,便开始购买贮存大量的土豆白菜,这是我们家秋冬春三季的主要菜肴,就是在蔬菜旺盛的夏季,母亲也在傍黑时才到市场去,收购一些剩下来的便宜蔬菜。有时菜贩将卖不出去的烂菜倒在垃圾堆里,母亲会从中择出一些能吃的菜叶菜帮,她常因此遭到别人的白眼和讥讽。已经 3 岁的小红云站在一边,对那些人的嘲笑似懂非懂,她说:“妈妈,咱们别捡了。”母亲说:“不捡,咱们吃什么呀?”小红云懂事点了点头,说:“妈妈,等我长大了,我要赚好多好多的钱,全都给你,不再让你捡这些烂菜。”听到孩子天真的话语,母亲抱着红云痛哭失声,连连说:“好孩子,好孩子,我会等到你说的那一天的。”

每逢年节,父亲的单位总要分一些东西,但大多时都要收一半的钱,这一半的钱我们家是拿不起的,便只能将东西送给其他的同志。邻居们看到我家困难,也常送一些旧衣服和粮食过来,母亲乐观地说我们是穿百家衣吃百家饭长大的。元旦,邻居给我们家送过来了一袋大米,母亲对人家千恩万谢。人家走后,母亲打开袋子一看,这是一袋发霉的米,里头长满了米虫子。这样的米吃起来无法下咽,这是人家里没扔掉才送给我们的。母亲说她有办法。母亲将霉米反复淘洗，然后做成水饭对付着吃，吃到嘴里没有一点的米味。姐姐一边吃一边掉眼泪，说："妈呀，我们都吃的什么饭哪？"过后，那个邻居事后也感到难为情，怕吃出什么毛病，见到母亲便问她身体有无反应。母亲告诉他挺好，还由衷地谢过这个邻居，因为人家毕竟是在帮助我们渡过难关。

那年，我们那座城市出台了平价供应粮政策，每月发票供应每人5斤大米、5斤面粉，因为米和面的质量较差，生活条件好的家庭都不稀罕吃这种粮食，而到了我们的家里，那便成了救命粮，母亲便到处索要平价的粮食供应票，购买低价粮。怎么说这种粮食比发霉的大米好吃多了。母亲想方设法地做出各种品种饭菜。第一次吃平价粮时的情景，我至今还记忆犹新，因为很久我们没有吃到这种细粮了，当饭锅里的米香萦绕在屋子里时，我们全家人早早地坐在饭桌前，按捺不住内心的激动，等待着母亲把饭锅端上来。看到孩子们狼吞虎咽，母亲却坐在一边的角落里默默地流泪。

那年姐姐初中毕业时，姐姐不想再读高中，便偷偷地去考矿务局的技校，在这个技校毕业后还可以分配工作，她想早一点毕业，早一点上班。录取结果下来了，她如愿以偿地考上了技校，这应该是一个千载难逢的好机会。当她兴高采烈地拿着录取通知书回家，本想把这一喜讯告诉给父母，可是遇到父亲正在打母亲。父亲打母亲这时已经成了家常便饭。

姐姐上前阻挡父亲时，父亲竟然把她也打了。母亲看到父亲打孩子，她忍受不了，便与父亲拼命地撕扯起来。父亲顺手抢过姐姐的通知书，他只看了一眼上面入学的费用，便暴跳如雷，说："你还要上学？哪来的钱供你上学？"说着把录取通知书扔在了地上，姐姐捡起来，不由分说便撕了个粉碎。母亲流着眼泪劝姐姐说："你别听你爸的，我去给你想办法，学还是要念的呀。"倔强的姐姐却说："爸爸说得对，就是开学去上学，今后我也拿不出钱来，不是照样还要辍学。"姐姐为了这个家，为了生病的妹妹她舍弃这次上学的机会。

已经五年多没有拿到一分工资的母亲感到无法生活下去，她听说上级有关她这种情况给予补助的文件，母亲找到单位寻求帮助，而她得到的却是公司领导的训斥和推诿。一气之下，母亲顾不得脸面，就去上级主管的工业局。可是，哪会有人理睬她这样一个小人物，一个剔着牙，满嘴酒气的人推搡着母亲，说："你要吃饭的去饭店啊，我们剩下的饭菜就够救济你们一家的了。"

一直懦弱的母亲就在那一天下午怀揣着敌敌畏农药，撞进工业局局长办公室。局长见到母亲后，本想找人轰她出去。母亲拿出敌敌畏的农药瓶，说出自己的家庭情况，要求局长解决我家的实际困难，声称："如果局长你解决不了我的问题，我就喝药死在你面前。"局长惊恐万分，当即叫来了办公室主任查找文件，研究了一下，告诉母亲说："你的情况符合条件，你不用自杀也能得到生活补助的。"母亲由此以死相要挟，只是为了换来的每个月 50 元的生活救济，但就是这 50 元，却解决了我们一家人的许多生活困难。

这时的我也已经上了初中，我还当上了班级的文艺委员。因为我的歌唱得好，学校每次参加市里的演出，都让我参加。那天，市里组织歌咏比赛，我一直都是学校的领唱，可是因为我买不起学校制作的统一服装，老师只好改换了别人，当即还撤换了我的文艺委员职务，老师不相信还有这样困难的家庭。我那天躲在操场的篮球架子下面，看着我校的同学站着整齐的队伍在那里欢快的歌唱。我心里万分的酸楚，那是我的爱好，但这个爱好却因为我买不起衣服而被剥夺了。我把双眼投向了天空，以防止眼泪从眼圈里滚落下来。当我低下头来，便看到远处的阳光下还站立着一个人，我从那身影中，就能判断出是那就是我的母亲。

母亲知道我的心情，她拒绝了我的请求，是因为她实在拿不出那么多的钱来买制服。她怕我伤心难过，又没有其他的办法，她唯一能做到的就是来安慰我。我流着眼泪跑向了母亲，投入到了母亲的怀抱。母亲流着眼泪，说："小丽，妈妈对不起你呀，让你受这么多的委屈。"我故作轻松地说："妈，你别难过了，这次歌咏比赛没有我没关系，这是小事。以后，我要成为这个学校由史以来出现的最大的歌星。"妈妈破涕为笑，说："好好，我就等着小丽成为大歌星。"

那天我与母亲一同回家，我发现心情有些异样，身体也不知为什么有些蠢蠢欲动的感觉，我以为是吃什么东西坏了肚子，而去了厕所却没有出现与肚子有关的事情，只是正常地小便，不同的是尿水有些发热。当我准备提起裤子时，发现便池子里出现了一摊血迹，我以为下身被什么东西划破了。我惊慌失措喊了妈妈。母亲以为发生了什么大事呀，她进了厕所一看，开心地笑了，说："小丽，这是女孩子长大成人的标志，你成大姑娘了。"母亲让我别动，转身去了不久，她拿来了一团卫生纸，递给我说："你和姐姐一样了，该使用卫生纸了。那天我才知道，姐姐的待遇是由此而得来的。"

在妹妹红云 4 岁那年，爷爷去世了，死于肝硬化。爷爷一直到死从来没有说过自己有病，每当他疼痛时，他都坚持着出去溜达。父母问他，要带他去医院，他都是摇头拒绝。要是父母问急了，他会咬牙切齿地说："我死不了，还用不着你们这样哭丧。"爷爷死的那天，是吃晚饭前，爷爷说要先睡一会儿，便进了屋里。等母亲饭好了，我进屋去叫他，爷爷没有应声。我急了，便拼命地摇他喊他，可是他再也没有答应我。

爷爷死后，父亲感到很愧疚，作为老人唯一的儿子，老人没有跟他过上好日子，享受幸福，却跟着我们一起受苦受难，而且没有吃上几顿饱饭。父亲坚持要为老人操办后事，母亲不敢多说什么，任由他去借钱。但能借到的钱相当有限，后事还是办得相当节俭。但毕竟还是花上了一笔借来的钱，这对于本就困难的家庭，无疑是雪上加霜。

爷爷去世后，父亲把爷爷死的责任归咎在母亲身上。父亲闹着与母亲打离婚，父亲说："咱们家这样困难，没电视没冰箱没洗衣机，你说咱们这过的叫什么日子，还不就是因为你捡了个病孩子，我们才会这样的吗，不然我爸怎么就会那样忍受着病痛的折磨也不说出口呢？不就是怕咱们花钱吗？这日子咱俩是没办法过下去了，与其不如咱们离婚。"母亲一直为了这个家为了老人为了几个孩子忍气吞声，不曾想父亲会提出离婚，她伤心至极，说："老段，你真行啊，你不是赶我走吗？好，我走。"母亲二话不说，抱起床上发愣的红云，冲出门去。我先是劝说父亲不该撵走妈妈，然后又去追母亲，让她别扔下我。母亲偷偷地告诉我，说她先到农村的姨家待一段时间，还让我好好照顾父亲。我真替母亲难过，都到了父亲跟她打离婚的份上了，她还那么惦记父亲。

我一直记恨着父亲经常毒打母亲的经历，母亲对我说，父亲是因为母亲收养了这个小红云性格才变得这样狂躁的。后来，我才知道此时母亲理解父亲的明智。母亲走后，我们的家似乎塌了一片天，父亲天天闷闷地抽着烟。每天回到家里，我为他做饭，可是父亲吃饭时，一边喝着酒，一边挑肥拣瘦，说我做的饭菜不可口。我不满地说："我妈做得可口，你去接妈回来呀。"我们总是这么你来我往地用言语对付。我父亲从小就喜欢我，说我娇小可人，说我长得漂亮，能成歌星，他才送我去的少年宫。父亲从小到大，还从没打过我一巴掌。我说什么话，他都不那么生气。

这天他喝着酒，我们又重复上面的对话，他突然说："你说，你妈是不是不回来了？"我说："你不是跟她离婚吗？"父亲说："当时说了，现在又后悔了。"我说："爸，我妈真的不容易啊，你别老欺负妈了，虽然那个孩子不是你和妈亲生的，但是养这么大了，我们总不能眼睁睁地看着她不管吧。何况都有感情了，谁还舍得扔了她呀。"父亲喝了一大口酒，脸红红地说："其实，我也懂这个理，只是爸爸没有能耐呀，负担不起家庭的重担，还让我两个亲生女儿受委屈。"说着，父亲便流下了眼泪。我说："爸，你就别自责了，咱们一家不是好好的吗，那就比什么都强。”他感慨地说：“小丽呀，还是你懂事呀。”

我知道父亲后悔了，到了放暑假，我硬拉着父亲一同去了乡下的大姨家。走到村口，一群小孩正在欢快地嬉闹着，我还没有走近，就听到稚声稚气地喊：“小丽姐姐。”小红云从孩子群里飞快地跑向了我，并扑到了我的怀中，那个亲劲，让父亲都好生感动。父亲叫了声：“红云。”红云用一种陌生的眼光望着父亲，并胆怯地往我怀里使劲地靠了靠。父亲尴尬地说：“看我把孩子吓得。”我说：“红云，叫爸呀。”红云怯生生地叫了声爸，便挣脱我向村里跑去，一边跑一边喊：“妈，妈，我爸来了。”仿佛是在喊狼来了。等我和爸来到大姨家门口时，大姨家的大门紧闭着。父亲发窘地站在大门口，我拍打着大门，喊着：“妈，我和爸来接你了。”

我们一直在外面站了很长的时间，大姨从外面回来，见到我们，悄悄地告诉我们说：“你妈天天盼着你们来呢，你们别焦急，她不过是在摆个姿态，不然的话，谁都知道她是因为准备离婚才躲在我这里来的，脸面上过不去。”随即，她敲着门，喊：“妹子，妹夫跟孩子都来接你了，你快开开门吧，你看把小丽急得都哭了。”这时，母亲眼睛红红地走出来开门。父亲笨嘴笨舌地说：“我是来接你的，过去都是我不对，行了吧。”我推着母亲说：“妈，你别堵在大门口了，我们走了那么远的路，快让我们进去喝口水吧。”母亲侧了身，我们趁机都进了屋里。

那天，我们都很愉快，父亲跟大姨夫两人喝了两瓶白酒，喝得爸爸折腾了一夜，吐得一塌糊涂。可是父亲的心里却是高兴的，他还把从未抱过的红云叫到身边，然后，从地上旱地拔葱一般拎到了他的腿上，吓得红云哇哇直哭，父亲笑着拍打着孩子的屁股，说：“这丫头还不认我这个爸”。母亲嗔怪他喝醉了，把红云抢了过来。第二天，我们一家四口便启程回了家。母亲在道上对我说，说父亲早上起来时候，还向母亲做了保证，保证了什么只有母亲知道，我没有问过她。

回到家里，我们过起了贫困却又愉快的生活。父亲变化很大，红云的身体也相对地好了起来，很少犯病住院。这种变化还来源于姐姐。姐姐弃学后，在一个小饭店里打工，吃住在那里，很少回家。回家时，她总是把自己在饭店里挣来的二百多元钱一分不落地拿回家里来，为的是接济家里的生活。我们家开始陆续向借过钱的亲戚朋友们还账了，这一直是母亲的一块心病。原来逢年过节，总是有几个人登门来要债，现在没有了，因为我家还欠的几家债的基本都是自己的家亲属。可是这只能说我们家的生活稍有好转，而不能解决根本问题。

母亲每次带着红云出来，总是故意远离那些能够吸引孩子注意的地摊和商店，唯恐她会提出令她尴尬的要求。那天，红云跟妈妈上街，她趁妈妈不注意时，溜到儿童玩具摊去看娃娃。看到红云渴望的表情，母亲心软了，本想买一个送给孩子，可是她一看那些娃娃的标价不禁瞠目结舌，那些玩具最便宜的也要三四十元钱，最贵的就是他们一家人一个月的生活费，她哪里舍得花这笔钱来满足孩子的好奇心哪。她想拉走红云，小红云赖死赖活也不肯走，非让妈妈买那个漂亮的小娃娃。母亲好说歹劝，而小红云硬是赖在那里。母亲一气之下动手打了红云，小红云疼得哭了起来。母亲后悔打了孩子，也跟孩子心痛地哭了起来。她不住地埋怨自己，孩子太小了，她哪里知道生活的艰难呀。

谁料到就是在第二天，红云生病住进了医院。母亲更加自责，小红云从小到大母亲还没有给孩子买过玩具。她顾不得那么多了，便跑到了玩具摊上，本想狠狠心买一个娃娃，可是摸摸自己的衣兜，掂量着家里的生活，思前想后，最后决定花十元钱为红云买了一部儿童电话。红云拿着电话兴奋异常，对妈妈又是亲又吻。对于这样一个孩子是多么容易满足哇！母亲心里酸酸的，把脸背到一边，为这个幼小心灵的理解和满足伤心落泪。

这一幕正好被来探望病人的一个军官看到了。他看到我们一家人实在困难，又听说了我们家的经历，他看到小红云的聪明乖巧，不禁喜上心头，他便直接提出来有意要收养红云。因为那个军官的爱人患有心脏病，结婚十几年了一直也没要孩子。母亲对红云有了深厚的感情，万般不舍，但想到孩子能够有个好的归宿，不再跟着自己吃苦，母亲对红云说："妈妈把你送给这位解放军叔叔，叔叔会像我一样疼你爱你，还有好吃的好喝的，还能穿新衣服，还能给你买玩具。"小红云搞不懂为什么把自己送人，以为要买玩具才惹了妈妈生气，她哭喊着说："不，我不去！妈妈你不要把我送人啊，我听话，我不要好吃的好喝的，也不穿好的，我再也不要玩具了！"

小红云一天天地大了起来，十分招人疼爱，父亲的态度也发生了改变，母亲将军官要收养小红云的事与他商量，母亲没有想到的是立刻遭到了父亲的反对。父亲说："孩子我们都养这么大了，那不是白养了吗？就是孩子的亲生父母来要孩子，我也不给他们。"家庭生活拮据，父亲却一直都是自己默默承受着这种压力，从没有向单位和组织反映过，他担心单位也像街道一样怀疑这个孩子是计划外生育，增添不必要的麻烦。每次单位救济生活困难职工时，他也不好意思提出来。加上过去他在收养小红云的问题上一直与母亲有矛盾，更不愿意张口了。

这一年父亲在母亲的撮弄下，在车间里申请补助，引起了一些人的非议，说他因为捡了个孩子，虽不违反计划生育政策，也应属于违反收养条件的，不符合政策不应补助。父亲不好意思再张口了，母亲却在这上面当仁不让，说："咱们家确实困难，干嘛要让给别人。"母亲不顾父亲的阻拦，去了矿务局机械厂的工会。

工会主席听了介绍后，深受感动，说："你家庭困难得那种程度了，工会理所当然地帮助解决。你们抚养了一个弃婴，这不但不是违反计划生育政策，我们还要树立你这样的典型，号召大家学习你的这种无私奉献的精神。”他当即找来了父亲所在车间的工会小组长核实了情况。他表示答应按照厂里救济的最高标准，每月救济我们家30元钱的生活补助，并表示要向矿务局上级工会领导反映，给予更高的救济。

矿务局工会领导听到汇报后，也十分重视。那年的春节，矿务局工会主席亲自来到我们家探望，当面传达了局工会研究的决定：局里每个月将向他们发放50元的救济款。那个局工会主席还以个人名义拿出300元钱送给了父亲，让我们家过一个好年。随后矿务局党委开展的“联点交友，包户扶贫”活动，那个主席还主动承包了我们家这个困难户，他多次来到家里，问寒嘘暖，每次还都送来不等的钱物。对于组织上的关心和帮助，对于那些伸出友爱之手的人们，我们一家人是永生不会忘记的。而令父母是焦灼的事，就是段红云户口问题。这时红云已经是个学龄儿童了，但是因为红云没有户口而无法登记入学，母亲更是心急如焚。

小红云每天站在阳台上，看着与自己在一起玩的同龄的小朋友有的已经背着书包上学了，便哭着对母亲说：“妈妈，我也要上学。”母亲说：“不是妈妈不让你上学，是你不够上学的条件。”红云问：“为什么我不能上学呀？”母亲耐心解释说：“你没有户口哇，没有户口就上不了学。”红云天真地问道：“我为什么没有户口哇？”母亲支吾着说：“因为……因为咱家孩子多，属于超生。”红云似有所悟，像是想起了什么，说：“小朋友说我是捡的，所以才不让我上学吧？”母亲不想伤害红云的幼小心灵，撒谎说：“你不是捡来的，你大姐二姐都是女孩子，我和你爸都想要个男孩子，结果又生了你，就超生了，我怕街道罚咱们，才说你是捡来的。在你们姐仨里，妈妈是不是最疼你呀，你说你能是捡来的吗？”红云轻易相信了妈妈善意的谎言，她觉得妈妈确实最疼的是自己。

在此期间，母亲没少去工会找主席，主席也十分关心着小红云。在他的帮助下矿务局也以组织形式出面，多次与民政、公安部门联系，相关部门也表示出了理解和同情，可是红云的户口始终悬而未决。国家煤炭部一位副部长视察矿务局工作，母亲听说后，便又去找局工会主席，说："主席，这是个好机会，要是大官说句话，肯定会管用。"主席想了想，认为办法可行，笑着说："你可真能钻空子，我看能不能找机会把你家收养孩子的事介绍给他了，要是能成，你可就要烧高香了。"主席就是在向副部长工作汇报时，顺便介绍了我们一家人救助弃婴的事迹。这个副部长十分感动，坚决要求走访我们家。他在矿务局领导陪同下来到了父亲的家，那天陪同他一起来的还有我们矿务局所在市的领导，随行而来的还有市报矿务局局报的记者。

副部长除了关心我们一家人的生活外，还送上了一笔慰问金。他问母亲有什么要求。母亲说："我们苦点累点没什么，只是孩子的户口始终没能解决，孩子上不了学，请领导帮助说句话，让她入学接受教育。"副部长频频点头，称赞母亲说："看到了你们家这么困难，我还以为你会提出一些经济要求，想不到这个时候你还会关心着孩子的户口和入学。难得呀，你的觉悟这么高，是值得我们学习呀。"他马上指示随行的领导同志负责促成红云户口落实。母亲千言万语都不能表达感激之情，父亲双腿跪地重重地叩了一个响头。副部长忙着扶起父亲，说："男人膝下有黄金啊，我可是受不起你这个大礼呀。要跪，我们领导应该给你们跪呀，你们无怨无悔地抚育了一个有病的弃婴，值得我们向你们学习呀。"

在这位副部长的直接过问下，市领导当即批示全力帮助，矿务局专门还派出了副书记和工会主席亲自出面与市里相关部门联系。市报和矿务局报都相继发表了篇名为《"黑孩"今年七岁》文章。文章中介绍了段红云因为没有户口而无法上学，并写出了孩子获取知识的渴望，这对于一个无私奉献给了弃婴的一家人是不公平的，她呼吁社会各界予以帮助。这篇文章整整占据了报纸的一大版，文章马上引起了社会上的极大反响，也为红云后来落户口起到了推波助澜的作用。

没过几天，公安局户政处终于来了通知，让父亲去取相关的审批材料，并交上 5000 元的手续费。听到这个消息后，我们一家人喜忧参半，喜的是终于能为孩子落上了户口，忧的是他们这样的家庭上哪去找这 5000 元钱啊。父母束手无策，父亲只好硬着头皮去找局领导说明自己拿不起这笔钱，无法将这个喜讯变为现实。令他意想不到的是，局领导二话没说，马上帮助解决了这笔费用。

下半年，有了户口的小红云如愿以偿地走进了学校校门。上学第一天，小红云穿着一身新衣服，欢天喜地地去上学了。可是小红云下学回来，沮丧地告诉母亲说学校让她交 2000 元的学杂费。这 2000 元的学杂费对于别人来说不算什么，而对于我这个负债累累的家庭来说，就是一笔大支出。矿务局又刚刚帮助解决了 5000 元上户口的手续费，再去添麻烦恐难说出口。这的确又难为了我的母亲。母亲拿定主意去学校找校长说一说家庭的情况，也许可以免收这笔费用，母亲去学校不过是想去碰碰运气的。

校长是一个年龄很大的女同志，她热情地接待了母亲。母亲向这位校长说明了我们家庭的困难，说拿出 2000 元的学杂费确实有困难。校长也深表同情，她让母亲去单位拿来证明，学杂费就可以减半。母亲忐忑不安地将那张对我家专访文章的报纸递了校长。校长接过报纸，只是浏览了一下，惊喜地问道："你就是那个抚养弃婴的那个母亲?"母亲点了点头。校长说："你的事迹很感人，真的，现在像你这样无私的人不多了。"校长十分通情达理，当即决定免去了段红云的这笔上学费用。母亲千恩万谢地说："你帮了我们的大忙了。"校长却谦虚地说："我能做到的也只能这么多了。"

红云入学后的那一年，我们家可以说是好事连台，我们家的生活也就此出现了暂时的转机。尤其是母亲，她按有关政策办理了退休手续，一个休了 7 年多长假的职工终于拿到了每月 300 元的退休金。姐姐与跟她在一起工作的厨师搞了对象，对象的家境也不太好，也算是“门当户对”吧，她没有带什么嫁妆便嫁了过去，也算为家里解决一个生活负担吧，而且姐姐姐夫还时常往家里送些钱物过来。小红云在我们一家人的关心呵护下，在对她的治疗投入了精力财力物力之后，她逃过了很多罹难，病情得到了有效控制，身体也渐渐好了起来，也就是说，我们家很少为医药住院费犯难了，解决了生活上一个大的难题。为了报恩，父亲在工作兢兢业业，任劳任怨，他每天早来晚走，下班以后，领导都要催几次，他才恋恋不舍地离开工作岗位。当然，这里面还有另一层意思，就是父亲能够加班加点，多拿回一些奖金。

可是好景不长，本来工作一直相对稳定的父亲却在第二年的年初下了岗。矿务局在那一年做了重大的体制改革，父亲所在的机械厂从矿务局分离出来，分到市里归口管理了，原来单位的领导退了下来，市里任命的新领导上任后进行了一系列的改革，出台了减员增效的新举措。52 岁的父亲，被“一刀切”下了岗。两年前，矿务局制定一些优惠政策，鼓励刚满 50 岁的职工退休离岗，这样可以享受连长三级工资退休待遇。当时的单位领导照顾到我家的实际困难，好心地劝父亲留下来。父亲的钳工手艺非常好，作为生产骨干，父亲也愿意继续工作，他盘算了一下，他每个月上班的收入毕竟比退休要多挣一百多元钱。

没想到如今父亲每个月只能拿到 200 元钱最低生活费，而且按规定下岗的一年后，他将拿不到一分钱的生活费，直到他正式退休，才能拿到退休金。父亲没有过高的奢求，只是希望能够尽早退休，及早地拿到一笔退休金，也就会心满意足了。他听说有个有关文件规定：50 岁以上并且具有 30 年工龄以上的工人，可以办理退休手续。听到消息后，父亲找到了单位领导，得到的回答是没有接到这个文件，他只好悻悻而归。

那些日子，母亲总让我给父亲唱《从头再来》。为了这个家，父亲在母亲的鼓励下，天天跑劳动局跑中介所，希望能找到一个临时的工作，却处处遭冷遇。用工单位都要年轻人，人家见他满头的白发，连连摆手拒绝他，说他年龄太大，身体不行，万一出个三差二错，还要负担经济赔偿。父亲生气回到家里，对着镜子照起来。这时他才觉得自己确实老了，因为超劳而过早地染上了白发。他想起给小红云开家长会时，不明真相的老师还以为他是红云的爷爷呢。老师还好说，他可以解释清楚，而红云的同学们却张口闭口叫他爷爷，他总不能让他们也知道红云不是自己亲生的。领红云出去时，红云也躲得远远的，唯恐同学中冲出个冒失鬼。父亲苦涩地笑着对母亲说:“我不至于有那么衰老吧，怎么别人把他划入老人的行列里了。”母亲说:“你算计一下你自己的年龄，你比红云都大了 40 多岁，说起来还真算得上她爷爷的辈分上。”

由于父亲的意外下岗，我们的家庭再度陷入了窘境。我家居住的楼房是我父亲在机械厂得到的福利分房，随着住房政策改革出台，要求各户购买住房产权，当时还规定购房的优惠政策:在半年的期限内个人购买产权者，可享受优惠价。按照优惠价计算标准，我们家只要交上 5000 元就可以拿到产权证。可是，我们家又上哪里去找这 5000 元钱啊！很快便取消了这种优惠，他们的住房已经涨价到了 8000 多元了，那更是我们遥不可及的天文数字，我们家的外债还有 1 万多元呢，就连每个月要交 58 元的房租金，有时也会一连几个月欠人家的。但是母亲却说:“我一定要供红云上学，一直到她能够上大学，这样才不枉费他们的一片爱心，到那时如果还这么困难，就是把房子卖了也要供她。”

我只能从心里苦笑笑，一家人的这些艰辛苦难还都是为了红云的成长，可是要供红云上到大学，就是卖了我家的房子也不够哇。但值得一家人欣慰的是红云很懂事，学习十分刻苦。小学一年级下半年时她又一次犯病，头痛得直往墙上撞，她怕母亲担心她，犯病就躲到冰天雪地中，当家里人发现她，她就说外面凉快自己好受。她这次犯病休学有一个多月的时间。回到学校后，她坚持不降级，在她的刻苦努力下，她很快便赶上了学习进度。她也和母亲一样的善良，有爱心。红云从来都舍不得花父母偶尔给她的零花钱，但学校班级的捐款，她却从不落后。母亲带着红云乘车去亲戚家，回来后津津乐道地对我说起红云，说等车时，一个患病的人讨钱。看到他的可怜相，红云坚持要将回来的车费给人家，结果我与红云走了十多里的路才回到家里”。

这时，我正在上职专，学的是饮服专业。我能上职业中专，正是赶上了我们家的那个生活有改善的好阶段。我报考饮服专业是因为饮服专业，在上学期间，还可以参加实习，从而免除了我的许多费用。我姐姐羡慕极了，每次来到家里，见到我都要问长问短，一到这个时候，母亲总要莫名其妙地发出一声叹息。两年后，我从职专毕业了，理应担当起家庭的一些重任。我找到了工作，在一家公司搞业务，所挣的工资都交到家里却也只有300多元钱，这对于家庭的困难，只是杯水车薪。

20岁的我可以说是天生丽质，因为营养不良，我没有发育成为亭亭玉立的大个子，长得却是小巧玲珑，光彩照人。我从小就有一个夙愿，就是想要成为歌星，我的这个愿望从未泯灭过，凭着天分，我练就了一个纯正专业的歌喉。那天我的少年宫的老师找到我，并带来了一个陌生人，她介绍这个陌生人，说他是从厦门的一家音乐公司的总经理，说是他本来是到市歌舞团招收演员，市歌舞团的领导请他吃饭时，叫我的老师一起去作陪，因为市歌舞团的演员很多都是我的老师的学生。吃饭时得知，市歌舞团的那些演员都不愿意去，因为这种公司是签约的形式，国营的演员们怕没有保障。所以我的老师想到了我，那个总经理看到我以后，听了我的唱的歌和跳的舞，感到很满意，便同意招收我，并许诺月工资不会少于3000元。他送给了我一张名片，让我拿定主意后到厦门去找他。我跟母亲谈了我的想法，准备去厦门。我想到首先解决的问题是去厦门的路费，我们家的房钱都交不起，哪里来的其他积蓄。可是我的母亲没有丝毫的犹豫，母亲不知道跟谁借来了3000元钱给了我。我放弃了自己的那个工作便去了厦门。

到了厦门，按照地址找到了那家公司以后，却令我大失所望。所谓的公司，就在一个邋遢的住宅楼群里。那个老板看到我后，十分的热情，当然他也看出我的疑惑，说现在的公司都是这样的，不在于形势如何，主要是看效益。我们这里来自全国各地的演员很多，每个月的收入都能达到3000元以上，当然，这还要根据演出的场次来决定工资的多少。说着，他拿出一个协议书来让我看。我从协议书上察觉出来这只是个中介性质的公司。我虽然迟疑，但还是签订了一年的合同。我考虑到自己到厦门来，已经花去了一大笔母亲借来的钱，想到了含辛茹苦的母亲，我不能不给母亲一个交代。我拿定主意，既来之则安之，只能碰碰运气。他们把我带来的钱都要去了，他们给我们每人都办了存折，把我们赚来的钱也存在这上面，随时存取，说这样保险。

我在老板的引到下，便安排到了一个宿舍里。这与公司在同一个楼的不同楼洞，那个楼洞下面有一个大铁门，有专人把守着。每个宿舍里都有六七个人挤住在一起，虽然已经入秋了，而厦门的天气还是很热，屋里只有一个摇摆不定的小风扇吹出一股股燥热的风。我与那些演员进行了沟通才弄清楚，她们都是这个老板使用相同的办法拐骗来的，不过是让我们在专门经营的夜总会唱唱歌跳跳舞，而主要的是陪着一些男人玩乐的，赚来的钱却都在公司控制着，一个月才会给一次钱，还要扣除伙食费宿费也就寥寥无几了。我们每个人都有一个存折，钱都由公司会计给存上去，但由会计保管，合同期满时，才给我们一次兑现。要想多赚钱，就得陪着客人出台。我不懂什么叫出台，那个对我说话的女孩悄悄地对我说：出台就是陪客人睡觉。

她这么一说，吓得我心惊肉跳起来，实际上这就是变相的绑架。我开始怨恨我的老师，后来又轻易地原谅了她，因为她对这样的骗子也不明真相的。每天我们演出，他们都用专车，还有专人护送，他们并不勉强我们出台，很多的演员都是自己与客人们商议的，然后到夜总会服务台上登记交费。后来我才知道，我的那个老板不过是这个夜总会下属公司小头目，真正的大老板是这家夜总会的总经理。他们做得天衣无缝，他们可以用多种办法防止我们逃跑，他们对我们看得很紧，我们几乎失去了人身的自由，而他们却说是厦门治安很乱，这是为我们好。

在这种情况下，我拿定主意准备逃走。那一天，我陪了一个厦门的大老板，他一进来便色迷迷的盯上了我，当我演出结束后，他指名让我陪着他。我只与他喝了两杯酒后，他便提出与我上床。我爽快地答应了他。他到服务台上结了账，并办理了手续。所谓的手续，就是交上一笔高额的押金，作为保证将我送回来的条件。我便跟着他一同乘车出来，我们在一个大宾馆开了一个房间。他急不可耐地破了我的身子，我想到强暴这个词，想到了那天姐姐说的那句话，总是幻想着我看父亲对母亲的那一幕的出现，可是直到最后强暴也没有出现。在他离开我的身体时，他发现了异常，惊讶地伫立在那里，问："你还是个处女？"我点了头。他惊疑地问："不会是假冒伪劣产品吧。"我说："你看我像吗？"他兴奋地在地上又蹦又跳，说："我终于干了一个处女了。"他对我说他老婆与他结婚时都不是处女，说着又大笑起来，他的笑和哭没有什么两样，眼泪都流了下来。

为了逃走我付出了自己的贞操，而我却顾不得伤心了，向他要1000元钱。他惊疑地说："我已经给了夜总会的出台费了。"我说："可我是处女呀。"他考虑了一下，说："值，真值。"说着他便从皮夹子里掏出了1000元钱给了我。这1000元钱是我准备逃跑用的。他开车送我回那家夜总会时，走到半路上，我借口下车买件衣服，让他等着我。下车时我顺手把包放在了车前面最显眼的地方，以证明一会儿我会马上回来的。我下了车，在逃出他的视线后，我拦住了一辆出租车，上车后便直奔厦门火车站。

我只身一人偷偷地逃了回来，可是到了杭州换车时遇到了麻烦，因为没有当天去东北的火车，只能先在杭州住了一宿。看看身上还穿着单薄的衣服，我带来的衣服都扔在了厦门的宿舍里了，如果回到东北，恐怕难以抵挡寒冷，我就买了一套厚一些的衣服，加上我买了返程车票后，身上的钱所剩无几了。一路上，我只买了一瓶饮料和两个面包充饥，此时的我已经是身无分文了。望着窗外入秋后的景象，心里越发的凄凉。原本以为到厦门能赚到钱帮助家里还债，却没想到又欠了人家的3000元钱，还搭上了自己宝贵的贞操，贞操是自己的，而那笔钱却是人家的，它将成为我回家后的心病，我可怎么才能向母亲说清楚呀。万般无奈之计，我心生一计，突然决定在我家相邻的城市下车。经过这次磨难，我也搞懂了做小姐的生意经，决计在这个城市里当小姐赚钱。

下车是中午时分，天空上飘洒着蒙蒙秋雨，我瘪着肚子在这座城市漫无目标的游荡，最后终于看到了一座标有时代旋律的歌厅。我走进去，询问吧台的服务生是否要小姐。服务生叫出了老板。老板是个女的，身高跟我差不多，见到我便夸赞说："像你这么漂亮的，我怎么能不要呢。"问我的名字，我撒谎报了自己叫于丽。正巧这时有客人到来，她看到我身上湿淋淋的，便让我到里面换她的一身衣服。那一下午，我如愿以偿地得到了100元钱的小费。与我在一起陪其他客人的一个小姐，知道我是新来的，问我有住的地方没有，我说没有，她说她那里有地方，只是让我一个月给她150元钱的房租，因为那房子是她用每个月300元租来的。我觉得很合理，便同意和她一起居住。那一天，晚上才吃上一天的饭，不过在歌厅里唱歌时，我陪着那个客人要了一些食品来小吃。

歌厅的效益不太好，常常下不了桌。与我同居一室的小姐常常奔波在各歌厅之间，而且她还常常出台，总是手机传呼不断。她说自己并不是专业的卖淫女，但也是来者不惧，谁给钱还不要哇，这可比陪人家唱歌来得快多了。她笑着对我说，有的客人总共不用十分钟就解决战斗，而到手的钱却比歌厅高得多。她告诉我怎么做生意，总是鼓动我去多赚钱。在她的诱惑下，又有了在厦门与男人的经验，我感到无所畏惧了。我之所以选择在相邻的城市里当小姐，这与我的自尊有关，这毕竟可以多赚些钱贴补家用啊。后来一想她的话也对，现在的人都是笑贫不笑娼，为了还钱为了辛苦的父母也为了我们那个困难的家庭，谁还管你钱是怎么赚来的，我就叫她帮我联系，这种赚钱的方式，简直是来得太容易了，除了在歌厅唱歌得到的小费，我已经有了一笔很丰厚的积蓄了。

有一天，我在公安局行动中被抓了去，当然不是因为卖淫，充其量是按照色情陪侍处理，我在一个茶馆里正陪着一个男人刚刚说上话，还没有到一定程度，警察便进来了，把我们带上了车。那一晚，抓来的人很多，我被稀里糊涂地关了一晚上。第二天一早，进来人把我们一群小姐叫了出来，分别领到了几个屋子里，我被分到了一个挂着支队长助理牌子的屋里。屋里只有一张桌子，桌子上还有一层尘土，在衣架上挂着一套肩牌为两杠三星的一督的警服。

我们就在那个屋子里漫长地等待着，很久也没有人理睬我们。快到 9 点钟时，才走进一个男人，年龄充其量只有 40 岁，他走进来便皱着眉头，出去了。过了一会儿，他又回来，紧随其后的一个人进来便解释道：张支队，昨天晚上的行动，收来的人太多了，真是没有屋子可安排了，因为你去省里开会，我就把人带到你这个屋里来了，真的不知道今天你会回来。我马上意识到这个年轻人就是这个办公室里的主人，凭着我们对警察的敏感，按照他的年龄就能挂那种肩牌，实为少见，这个人肯定是个不同凡响的人。进来的人谦恭地说："要么我把她们换到别人的屋里去？"他大度地说："算了，这些人在这里也没什么关系，我本来就是个闲职。”

他收拾了卫生，实际上只是把桌椅擦了擦，然后坐在那里翻报纸。很久他才把头抬起来，他的目光在我们几个人的脸上搜寻了一番后，他的目光透过缝隙看到了我。他用手指着我说：“你到前面来。”我挪到他的桌前，问他：“你叫我有事吗？”他说：“我想问你，你干嘛要干这个。”我说为了我母亲。他笑了：“这是一个什么借口哇？”我说：“我家太困难了，我想为母亲分忧，才会出来干这个。”他问：“你家几个孩子？”我说：“三个。”他说：“那你肯定是最小的一个吧？”我说：“不是，我是老二。”他自作聪明地说：“那你下面肯定有一个弟弟吧。”我说：“不是，我下面的是个妹妹。”他说：“是因为超生被罚了款吧，才会这样困难的吧。”他肯定把我想象成农村多子女的家庭了。我说：“不是，我妹妹是我妈妈捡来的。”我就将母亲捡来我小妹妹的经历跟他说讲述了一遍。他饶有兴趣地听着。

在我们说话期间，有警察进来出去地来回叫我们这些人的名字。因为我与这个支队长助理在说话，他们就一次一次地叫走了其他的小姐。后来只剩下我们两个人了，警察再也没有进来。我奇怪地问：“他们为什么不来叫我？”他说：“估计是我正在与你谈话的缘故吧。”我又问：“你为什么会叫到我，而不是其他的小姐？”他说：“我是看到前面的那些小姐不以为然，只有你胆怯地躲在了后面，这说明你有羞辱感，我才会把你叫到前面来问话的。”我问：“我说的这些你相信吗？”他表情复杂地说：“即使你编造出来的，我也把你说的当成真的。因为我就是个作家，是在这里挂职体验生活的。”我惊讶了。他问我的姓名和家的所在地。我只好如实地报出了我的真实姓名和我的那座城市。他跟我要了个联系电话，我把歌厅的电话告诉给了他。他似乎在开玩笑地说：“我要去你那里，你不会反对吧。”我说：“我哪敢反对呀。”他出去了一会儿，进来后，他就让我走了。我惊奇地问：“他们不审我了。”他平静地说：“我跟他们说好了，你可以走了。”

我回到住地，庆幸自己有惊无险。那个与我同住的小姐还没有回来，看阵势昨天晚上是全市性的大行动，她有可能被警察收了进去，我真怕她把我招供出来，再连累了我。我越想越害怕，忙着收拾东西，拎着包出来，先是到银行提出来了存折上的8000多元钱，那是我两个多月的小费所得。我匆匆忙忙地跑到了长途汽车站，踏上了回家的归程。在此做小姐期间，我曾用公用电话给母亲打了几回电话，都是打到我家对面的邻居家，我撒谎说还在厦门，说自己正在实习期，学员们的竞争很厉害，搞不好会被淘汰。母亲每次都安慰我，并说不行就回来上班。这是为我回家做的铺垫，怕给她个突然打击，母亲接受不了。我回了家，母亲见了我又惊又喜。我对母亲撒谎说自己达不到人家的满意，便让我回来了。我母亲欢天喜地说："回来了好，回来就好。"我拿出了钱来，说是这是我在厦门挣来的三个月的工资。母亲流着泪说："小丽，长大了，出息了，一下子就给妈拿回这么多的钱来。"

我做梦也没想到那个挂职的作家却找到我的家里来采访。那天，我听到家门沉重地响了几声。母亲去开门，我从里屋先是看到了一个陌生的警察，他问："这是段引丽家吗？"当时真的吓坏了我，我以为警察追到我们家来了。当他听到母亲肯定的回答后，便自我介绍说他是我们管区派出所的所长，说是有个著名作家来采访我们。母亲忙让他们进屋。派出所所长侧过身去，后面的人便走了进来，我一看，就是那个挂职的作家，我没有想到他会找到我的家里来。

他见了我，说："你让我一顿好找哇。"原来我走后，他找到了歌厅，说我已经几天不去那里了。然后他寻着我提供给他的城市。他先去了报社找那张报纸，然后到这个派出所，从派出所计算机的户籍中查到了我的姓名及地址。我的父母和我一起为他讲述了抚养弃婴的故事，听得那个派出所的所长直落泪，他一边听一边还说："当时，我还不相信会有这样的人家，我还认为是编出来的呢。"

作家还给我放学回家的妹妹照了相。采访后，这个作家亲自为我们家写了一篇大文章，发表在了省报上，整整的一大版。从此来我家的人多了起来，我们得到了许多人的帮助。我也因此找到了一个比较像样的工作，父亲也按照文件顺利地办理了退休手续。有家企业经理出资带着小红云去北京看病，经过那些医学专家的诊治，小红云的病也渐渐地康复了，而且被这个好心的经理送到了重点小学去读书。

那个作家挂职后便调到了北京工作，是在一家杂志社当总编。报纸上写我家的那篇文章发表半年后，他给我打来了电话，说："你的情况有个文化发展公司相中了，说可以帮你包装当个歌唱演员，在这里有固定的收入，演出费还可以另算。"我问他："我行吗？那个公司保险吗？"对方笑了："你是不是一朝被蛇咬，十年怕井绳啊。你放心吧，这回不会有错，你很快就会红起来的。"母亲听说后，高兴劲就甭提了，她说："那该怎么报答人家呀。"我说："我只要做出成绩来，就等于回报了。"

我去了北京，那家公司的艺术总监还是留学俄罗斯的音乐博士，在北京艺术经纪人中可以说是响当当的。他见到我说："我看过了作家写你家的那份报纸，我很感动，你的经历就是你的艺术源泉。何况还有著名作家的推荐，我哪敢不收你这个徒弟呀。"我成了这家公司的签约演员，经常参加各种演出，还有了不菲的收入。很快我成了所谓的著名歌星。记者曾采访过我，问我对哪首歌唱的是最满意的？我告诉他说："是那首《母亲是首歌》。"他问："你每次唱这首歌的时候，我总能看到你感情充沛在流下了眼泪，这是为什么？"我说："因为那是献给我的母亲的歌。"

（原载《芒种》2006 年第二期）

你我并不遥远

秦奇和汪晓贤两个人都是大学毕业后分配到机关工作的。

两个人报到是在同一天，当时还有十来个毕业生也在人事部等着安排去各自的科室，人事部长说到一个业务处安排的人员名单时，两个人都听到了他们的姓名，秦奇和汪晓贤便走到了一起，相视一笑。

这样，两个人就算认识了，也就是说两个人将在一个办公室里做同事。

在人事部等着他们那个处的处长来接他们的空闲时间里，两个人寒暄了几句，互相介绍了彼此毕业的学校，知道了各自毕业的两所大学都是重点大学，而且办学规模和档次还都不相上下，只是不在一个省。

处长领着两个人来到了他们工作的办公室。办公室很大，除了处长副处长共处在一个办公室之外，其他十多个工作人员都同在这个办公室里办公。处长分配办公桌时，有意无意地为他们俩人选了一对靠近门口的办公桌。处长安排完了座位，简单地向办公室同事们介绍了两个人的情况，然后出去了。

办公室年老一点的同志，只是冲他们点点头表示认识了；青年人们围拢过来，男的掏出烟来递给秦奇，谈论着刚分到机关工作时的感受；女的对汪晓贤赞赏几句，然后便说些穿着打扮的话题。

大家用这种热情的方式表示欢迎之后，回到各自的办公桌前去工作，两个人都知道他们在这里的所从事的工作还是很忙碌的。

只剩下了秦奇的汪晓贤两个人时，他们面对着两个对拼起来的办公桌发着呆，两个人不知道应该坐在哪个座位为好。

“这座位怎么坐好呢?”还是汪晓贤先说的话，似乎是在问秦奇，又好像是在自言自语。

“还是女士优先。”秦奇看了一眼汪晓奇的侧脸，他感到汪晓奇的面部显得很有立体感，他在想这样的女孩子要是从摄影角度来看，肯定上镜头，有些人很漂亮，往往只能看正面，而侧面就显得平面化。

秦奇是个摄影爱好者，他欣赏别人的习惯，总喜欢从摄影知识入手。

“男女都一样吗。”汪晓奇还是用那种语调对秦奇说。

“那我就坐在门的一侧，那面要是到了冬天，门风很大的，而且还是挺凉的。”秦奇豪爽地说。

汪晓贤抿嘴笑了一下，她的一笑马上被秦奇捕捉到了，秦奇笑着说:“你偷着笑什么呢?”

“我笑的是你，就像你在这里待过很久似的，你怎么知道那个位置的风很大，还有就是怎么就会很凉呢。”汪晓贤并没有回避她笑的原因。

汪晓贤这么一说，总是有些揭穿别人企图的感觉，搞得秦奇很尴尬，试图解释一下，他难为情地笑着说:“你别嘲笑我，我只是猜想的。”

“我也只是那么一说，你别在意。”汪晓贤说着，歉意地笑了笑，然后还是坐在了离门稍远那个桌子的椅子上，“你看，我按照你的意思办了。”

“你这个人很狡猾，本来你是准备坐在那个位置上的，却让我失去骑士的风度，似乎我还占了挺大的便宜。”秦奇这才识破了汪晓贤的诡计，使他刚才的义举没有了优越感，显然只占了下风。

他想刚才没有必要尴尬，对方并非与自己计较，只是想幽了他一默，轻轻松松地领了他的一回人情，还让你觉得她没欠你什么。

当时秦奇感到汪晓贤这个人很机智。

从那天起，两个人面对面地坐在一起开始做同事了。

秦奇初看汪晓贤时，感到温温醇醇的。汪晓贤说出话来轻柔柔的，有种害怕将什么东西随时被破坏似的。从这种感觉，便联想到她的身材，她的身材是常见的那种窈窕型，但总免不了会用孱弱那样的词来形容。秦奇心中情不自禁地有种怜惜的感觉。

秦奇观察汪晓贤时，汪晓贤也在偷觑着秦奇。汪晓贤惊喜地发现，秦奇是个挺伟岸的英俊青年，用到了“伟岸”就想到了他的身高，她觉得这里面有种假象，因为她观察秦奇时，秦奇正站在那里瞅着她，所以才显得很“伟岸”。其实，汪晓贤断定秦奇的身高不会超过一米八。

汪晓贤意识到了两个人都在心里描绘着对方的模样，不知怎么的，她便无端地脸色绯红。看到汪晓贤的脸红，秦奇心里也是暖暖的，朦朦胧胧地体会出一些意味，由下而上地升腾起来。

两个人在一起办公，天天都要见面，见面时就要打声招呼，问声好。两个人对座，总免不了互相对视，再就是有事没事都要说上几句与工作有关或是无关的话。时间一长，彼此的容貌便在各自的心目中逐渐清晰起来。

秦奇对汪晓贤的评价是她并非美貌绝伦，但也还是个醒目的女人，特别是汪晓贤左眼下侧有一颗小米粒大小精巧的小黑痣，使秦奇产生了美人痣的某些联想。

汪晓贤端量秦奇那张棱角分明的脸，总让她揣摩着他像一个很熟悉的男人，可又很难想起来那个人是谁了。汪晓贤注意到了秦奇鼻梁上，有个显而易见的麻坑，汪晓贤总想找机会与他探讨一下，问那是不是出天花时搞出来的。每次有了这种想法，汪晓贤就忍耐不住自己抿嘴偷着乐年轻人在一起，在许多方面也就易于沟通。

秦奇有些工作要是忙不过来，在对方的桌子上敲两下，然后说出求助帮忙的事情，汪晓贤会不动声色地帮助他去做。她每天在清理办公桌时，顺便将秦奇办公桌上的物品也整理一下，男人总是很粗心，东西随便乱放，办公桌显得杂乱无章。

汪晓贤同样需要秦奇的支援，她有时挪动一些东西或是搬动某件物品时，便使用她穿着时髦的皮鞋在桌子下面踢一下秦奇的脚，然后轻声告诉对方她的要求。秦奇非常乐于助人，在这方面他有充沛的体力和精力，当然了，他非常希望时髦的皮鞋会不断踢到他的脚上。

总之，两人在一起共事，都十分的快活。

时间一长，办公室的同志也都注意到了两个年轻人的这些动作，也就会有意无意地将两个人牵扯到了一起。每逢工会分电影票时，两个人的座号肯定是紧挨着的。如果需要两个人出去要办的事情，处长就说："还是让汪晓贤和秦奇去吧。"有时工作紧张，他们所在的那个处加班，天要是黑了下来，有人提议说："还是让秦奇去送一送汪晓贤吧。"

在大家都闲暇时，同事们在一起开玩笑，免不了说些将他们两个人放到一块的不痛不痒的玩笑话。两个人听到后，谁也不去辩驳，仿佛有种约定俗成的意味，一切都显得那么自然。

汪晓贤很会打扮，眼线描得总是恰到好处，眉修剪得弯弯的，润红出光泽的唇，这样会使她脸上的那些特点更加突出，更加令人心动。她喜欢穿着各种式样不同的服装，颜色搭配得十分和谐，用来调解一成不变的机关环境。

在机关的工作人员都很板，人们喜欢用挑剔的眼光对待别人的变化，汪晓贤在这一点上做得并不夸张，她的穿着打扮并不过分，还能适应机关工作的职业的要求。

有了汪晓贤的存在，办公室里便有种飘飘逸逸、明明艳艳的气氛。大家不管工作是忙是闲，总愿意与汪晓贤搭讪几句，比汪晓贤大上几岁的女同事们，总是不无艳羡地对汪晓贤的穿着打扮发表一些感慨。

大家将工作重点转移回去时，汪晓贤心得意满地坐下来，对着常常呆愣着凝望着她一言不发的秦奇，做出一个动情的笑容，然后问道："你干嘛总是那么看着我？"

秦奇也笑着说："我是在欣赏你的穿着打扮。"

"别人不是也在欣赏吗？"

"别人那是谈论，而我这才是欣赏，欣赏一个人是不用嘴的，而是要用眼睛。"

汪晓贤为秦奇的机智地回答兴高采烈，她说："欣赏的怎么样？"

秦奇由衷地咂咂舌，说："挺好。"

"真的？"

"真的。"

两个人这样的对话后，秦奇心里总是滋滋润润的，在汪晓贤那里找到了一种难以言状的感觉，在望着汪晓贤的目光中便别有意味。

汪晓贤看到了他表情中的异样，脸色红红的，将头深深地埋在文件堆里。

中秋节那一天，领导开恩，破例放了一下午的假。

这是在中秋节那天一早上班不久，处长来到办公室宣布了这个消息，还布置了需要做的一些工作和安排。

处长讲话时，秦奇一直低着头在纸上悄悄地写着什么字，并且时不时地将头抬起来，偷觑着汪晓贤。

汪晓贤有意地瞄着秦奇在纸上写的字，想弄清他在做什么，这些小伎俩都在秦奇防备中没能得逞。汪晓贤有些气恼，在桌下用脚尖偷偷地踢了踢对方的脚，对那张纸努努嘴。

秦奇会意地笑了，故意用手掌将那张纸捂严。他感到桌下脚又在踢，而且是不容置疑的示意他将那张纸拿给她看，秦奇无可奈何，只好竖起那张纸。

汪晓贤看到那张纸上清清楚楚地写着四个大字，后面还标有一个大大的感叹号：请你吃饭！

汪晓贤看到后，不由得面红耳赤，怦然心跳，她从竖起来的纸的上方看到了秦奇的那双急切期盼的目光，她羞涩地对着他微微地点了点头表示同意。

中午，两人去了一个环境雅静的饭店，在隔离出来的小包厢里，秦奇要了几个菜，两个人还都喝了些酒，谈着年轻人的话题，青春是不设防的，谈起话来，彼此都觉得挺投机，也就显得非常的开心。

"汪晓贤，你多大?"秦奇问到了汪晓贤的年龄。

"女孩子的年龄是随便问的吗。"汪晓贤娇嗔地斥责秦奇说。

"那么好吧，我不问你年龄了，我问你的属相还是可以的吧。"

"你这是变相问人家的年龄。"

汪晓贤佯装愤慨，但她还是告诉秦奇说："我是属龙的。"

"你要是属龙的话，你今年是 23 岁了。"秦奇用属相来推断年龄。

汪晓贤显然不高兴了，说："你怎么能说人家 23 岁了呢，我今年只有 22 岁。"

"就是 23 岁吗。"秦奇还掰着手指为汪晓贤计算着年龄。

"你说的那是虚岁。"汪晓贤在年龄上显得非常认真。

"那不就对了，人们说自己的年龄，都是说虚岁的。"

"我就不是这样的人，而且那样算也不科学。"

"那有什么不科学的。"

"没听说人去世后悼词里说的年龄是用虚岁的，用的都是周岁。”

“那就对了，死人才用周岁呢。”秦奇随便说道，说出口后，才觉得后悔，他猜想汪晓贤一定会不高兴，女孩子的心都是很脆弱的。

汪晓贤的脸上果然有些阴沉，她的目光游移到了窗外。

秦奇感到很颓废，怎么说着说着，竟然扯到生死上来了，他正在琢磨着如何挽回这种尴尬的局面，他听到汪晓贤的声音从玻璃上反弹了回来：“秦奇，你今年多大了？”

秦奇思路还在停留在刚才的对策上，明显没有心理准备，对汪晓贤的问话猝不及防，一时不知如何应对。

汪晓贤的头扭转过来，并没有像他意料中所呈现的不满情绪，她还是面含着动人的微笑凝望着他。

看得出汪晓贤并没有把刚才的不愉快放在心上，秦奇坦然答道：“唔，我今年25岁了，男人的年龄从来不需要保密的。”

“属虎的吧？”

“是呀。你是用我的虚岁推测出来的吧。”

汪晓贤没有与秦奇争执，只是诡谲地一笑，说：“那就对了。”

“什么就对了。”秦奇有些莫名其妙。

“你属虎的，我属龙的，咱们两个人这是龙虎斗哇。”汪晓贤说着，便忍俊不禁，不住“吃吃”地笑了起来。

秦奇也明白了汪晓贤问话的用意，觉得自己上了她的当，看到汪晓贤开心的样子，他也开心地笑了起来。

秦奇与汪晓贤从饭店走出来时，阳光已经从正中间的位置移向了西侧，秋天的太阳总是显得高深莫测，有一种恣意的温暖，抚摸着每一个人脸上身上，会觉得痒痒的。

两个人并肩走在街上，很随便，不时还会有些身体上的接触。秦奇的手摆动的幅度稍稍大了一些，便触到了汪晓贤的手上。他感到汪晓贤并没有太在意，似乎她的手还故意贴近了他一些。秦奇迟疑了一下，最后还是把手缩了回来。

大街上车来人往，路上行人瞧他们的目光都觉得很亲切。不知是不是酒精的作用，汪晓贤的身体多少有些依靠在秦奇的肩膀上，秦奇的高大，愈发显得贤的小鸟依人，他的世界一时间充满了温馨的阳光。

秦奇的心情从那天起变得爽朗愉悦，每天都会情不自禁地哼唱起与爱情有关的歌曲，还会演绎出许多动人的爱情故事，而这样的心境并没有持续多长时间。

秦奇不知道从什么时候开始觉察出汪晓贤与他吃过饭后，对他的态度发生了某些改变。

每当秦奇兴高采烈时，并没有引起汪晓贤的响应，她总是莫名地望了秦奇一眼，便不言不语地做着自己的事。

开始，秦奇还以为这是她的难为情的表现呢，而很快他发现汪晓贤上下班也不那么从容了，来去总是匆匆忙忙的。他还注意到同事们也不再像以前那样，对他们两人没深没浅地逗上几句玩笑话了，即便是遇到他们两个人的话题，也会有意地把话题扯出很远。秦奇预感到肯定会有什么事情发生。

那一天，秦奇出外办事，回来稍晚些，已到了下班的时间。他只是为了回机关取一些必备的材料回家去做，因为第二天需要使用这些材料。

秦奇来到机关大楼的拐弯处时，下班机关人员纷纷走出大门，成为放射状向四周散，一些人走过他身旁时，与他热情地打着招呼。

这时他远远看见汪晓贤也走出机关的大门，并朝着他的方向走过来。他朝她挥了挥手，他见她手抬起来动了动。秦奇感到很兴奋，他还做过晚上邀请她再去那个饭店吃饭的打算，而很快他便发觉了自己的愚蠢。

汪晓贤正在走向路边伫立的一个年轻人。在那个年轻人的身旁还停着一辆豪华型的摩托车。很明显刚才她并非在与他打招呼。

汪晓贤走过去，先是与那个年轻人做了个亲热的动作，那个年轻人单腿拄地坐上了车座。随后，汪晓贤翩腿跨上了摩托车的后座，摩托车发动起来后，便朝着秦奇的方向迎面驶过来。

秦奇看见驾车的年轻人是个与他同样伟岸的英俊青年，在他身后的汪晓贤紧紧搂着他的后腰，她的长裙随风招展，在秦奇的面前飘扬而过。

在车与他交错的一瞬间，秦奇看到了汪晓贤惊异的目光一闪即逝，他心里自觉不自觉地流淌出一股隐痛般的酸楚出来。

第二天，汪晓贤来上班时，比往日稍迟了一些，以前她总是先到办公室，首先她把整个办公室卫生打扫一遍，然后用抹布把自己与秦奇的办公桌擦上一遍。

今天迟到的汪晓贤进屋后，一脸的灰色，只是对秦奇讪然一笑，便坐了下来，忙着去做手头上的事。

秦奇早已看出汪晓贤的不自然来了，他也觉得自己虽表面上显得若无其事，但内心总还是别别扭扭的。

他望着汪晓贤不言不语地将头扎在文件堆上，头颅前的一缕卷曲的刘海流连给了秦奇，那双白皙纤细的手，一直在不知所措地摸着引起无关紧要的办公用品。

秦奇分明也能意识到办公室里的同事们也在偷偷地注意着他们两个人的举动。因为昨天下班时，很多人看到了他们相遇的一幕。

秦奇感到自己很无聊，便也无意识地乱摸一些无关紧要的办公用品，最后他摸索到了一张纸，便在上面随便地写了很大的几个字，当他意识到了这几个字的真正内容时，他突然感到很欣慰，也就很欣慰地笑了，再次低下头去，在那张纸上又加上了几个字，然后用脚在桌子下动静很大地踢着汪晓贤的脚尖。

汪晓贤不情愿地抬起头来，用莫名其妙的目光望着秦奇。

秦奇不慌不忙地竖起那张纸。

同事们和汪晓贤都朝这张纸上望过去。

只见纸上写着：请你吃饭，带上你的男朋友。

汪晓贤搞明白了秦奇的意图后，明艳地笑了。她还用那张动人的面容，表情丰富，极有意味地点了点头。

（原载《四川文学》2006 年第三期）

重创生活

张艳玲走入邱雨的办公室，看见邱雨正伫立在窗前。

窗外的小雪飘飘洒洒，几粒雪花不经意间落在了窗上，遇热的雪花立刻被瓦解成水珠，划出几道长长的痕迹。

邱雨站在窗前倾听着雪的声音，那种划过玻璃细小的声音，窸窸窣窣地溜入他的耳中，痒痒撩拨着他，心中慕名地漾起一种从未有过的心绪，身体的某个部位便不自觉地膨胀起来。

这种阴雨天气给空气带来某种晦涩，有股湿润甜腻发霉的味道，他不由自主地联想到了精液的味道，这种富于生命的想象力，使他忍俊不禁地笑了。他就是这样一个带有跳跃喜欢浪漫的人。

邱雨或是听到或说是感觉到了某种声音或是某个人的存在，他敏捷地调转过身来，他惊喜地看到了张艳玲正在那里静静地注视着他。他没有半点的犹豫便叫出张艳玲的名字，好像这个名字一直就在他的嘴边，只是很少用过，而用起来却是那么轻而易举地说了出来。

张艳玲得意地笑了，她的估计与邱雨的表现没有什么距离，她非常需要一种想要有的感动，她对邱雨说："你还认得出来我吗?"

邱雨对着张艳玲的感动做出一种姿态，动容动情地说："哪能不认得呢，就是忘了我自己，也不能忘了你呀。"

张艳玲突然感到邱雨如今很会说话，过去的他没有现在这样机灵。她说："我都老了，忘不忘的，让我有些肉麻了，你现在变得这么敢说话了，不同过去了。”

邱雨也感到自己顺嘴说的未免唐突，掩饰着说：“扯惯了，你还老了吗，不过二十年嘛，青春期还没过去呢，正当年，正当年。”邱雨不知怎么又想到看雪时的联想，令他感慨了一回。

“你是让我就这么站着说话吗，如果不欢迎我或是妨碍了你，我可以告辞。”张艳玲做出要走的样子。

邱雨这才注意到两人还都站着，忙说：“这是看见你高兴的，快坐，快坐。”他将手指向屋里布置的一套沙发，看着张艳玲坐下来，他去屋角取过热水瓶为茶桌上的杯子里倒上水，然后挨着张艳玲的沙发坐下来。

“什么时候来的？”邱雨切入真正的主题。

“昨天到的。”

“去哪办事？”

“就在你们这里学你们的自动化控制。”

“昨天怎么没过来哪？”

“我在考虑是否有必要见到你？”

“考虑好了吗？”

“好像是考虑成熟了，后来我才发现其实这不需要考虑，来的时候我就已经想见到你了，只是我不想到这里马上见到你，这与我的自尊有关。”张艳玲说的时候想到这肯定令邱雨意外。

邱雨干涩地笑了几声后，望了望张艳玲，然后又干涩地笑了几声，模样显得古怪，他在思想着与这话题有关的某件事。

“问起你的名字，有人告诉我的，还说了邱处长的办公地点，那人说话时有意纠正我叫你的名字时的那种不尊重的口吻，我琢磨着见到你是叫你的名字好呢，还是叫你邱处长好呢。”

“琢磨好了吗？”邱雨还是先古怪地笑了几声，是刚才的那种干涩的声音之后才问。

“没琢磨好，却让我想到另外一个问题上了，我琢磨你怎么变得这么实用主义了，不再从事专业，去搞行政，一定在打你的如意算盘。"张艳玲嘴里出现了挖苦的腔调。

邱雨注意到了这点，说话的声音明显发软："哪呀，这才是扯淡呢，都是一些科级干部，叫处长，为的是给外人听的。如今，什么都搭车涨价，官更是发毛了，我来的时候，一共四个科，科长还都是副的，如今倒好，单位翻了下牌，一下子冒出来四十多个科级干部，还成立了十多个处室。"

张艳玲看到邱雨认真的态度，她感到可笑，便笑了笑，带出了一种理解的表情，同时她想到在大学同学时他说话时就是用这种胆怯的声音，看起来如今他很少用这种声音说话了。这种想法一出现，她心里萌生出一种久违了的暖暖柔柔的情绪出来。她马上找到了一个能够把这种情绪说出来的话题，她想说他没有变化，看上去比以前更年轻一类的话，可是她先听到了邱雨说出了这句话，她觉得他们在情感上还是易于沟通的，她忙说："哪呀，哪呀。老了老了。"

"刚四十多岁的人吗，老什么，你现在变得更加漂亮了。"邱雨本想用性感两个字，到了嘴边临时改变了主意，他看出张艳玲并非像他夸奖的那样漂亮了，体态略显得丰满了些，在脸上尤其是眼角处显而易见地看到很多皱纹正在漫延，他嘴里说出的漂亮不过是以前的印象太深刻的缘故，大学时这一点绝对是他在同学中最值得炫耀的，而现在她已经是别人的妻子，已然是个少妇了

少妇这个词在他脑海里突然的闪现，惹得他激动了一番，他又在回味刚才用漂亮这个词的错误，把性感与少妇联系在一起才会更为准确，他用不断闪烁在脑海中的词对张艳玲说着话，谈及那些彼此之间早已疏远关系的同学们的现状，才能拉近逝去的岁月带给他们的某种缺憾。

邱雨的目光向着二十年前他的大学校园一瞥时，他看见了如

今坐在他身边的这个叫作张艳玲的女孩子，风韵优雅地走向他等待的目光中。

毕业分配后，在他们分手的那一天，邱雨将张艳玲送上了火车，实质上也是他将自己的初恋送上了单程的末班车。邱雨怀着对未知的前途的一种迷茫，对车窗里与他相望的张艳玲机械地挥着手，列车随着他的挥手逐渐远去，张艳玲的风韵优雅地消失在他的视野中，世界的一切都被他的泪水浸泡得模糊起来。

一别二十年，那些模糊起来的往事，一时间在邱雨的脑海里浮现出来。

张艳玲对此行的目的是否结果抱有一种怀疑态度。本来这次机会并不一定能够实现的，开始单位只说需要人学习自动化控制，人选根本就没有考虑张艳玲，因为她是这方面的专业大学毕业的，当她听到了这座邱雨所在的城市时，她生出一种强烈的愿望想见见邱雨，邱雨一直是她对寂寥生活的厌倦中所找到一种精神上的寄托，女人的怪诞的想法总是瞬间便可以制造出来。

张艳玲与邱雨还是在大学时恋爱的，他们是恢复高考制度后的第一批大学生，同学之间的年龄差异特大，还有很多已婚的学生。张艳玲和邱雨的年龄段属于中流，当时的婚姻年龄还没有改过来，要求男女的婚龄很大，两人都刚刚二十多岁，还没有过恋爱经历。虽然上山下乡时接受教育的几年时间里很难想象地坚持着没有找个对象，但他们确实坚持了，他们并不是很傻，只因为出于政治的原因，在恢复高考后能考上大学的同学，大多是些在那场文化大革命中的有文化背景的家庭，也就是说家庭大多是些知识家庭，他们都是在这种背景下走进大学校园的大学生。

他们搞对象的起因并不复杂，班级生源结构为他们两人设计好了一个合理的组合，班里只有他们俩人的年龄相仿，在大家的眼里，他们理所当然地应该成为幸福的一对，几个深谙婚姻之道的大哥大姐，两面一撮合，加上两人的心有灵犀，也觉得该是那么一种恋爱关系了，两个人就走到一起了。

当时的大学校园里，绝没现在的开放程度，社会上也刚刚有些新气象，像现在恋爱的青年男女的搂搂抱抱的现象根本就看不到。他们就是在这种状况下初恋的，那时只能是心里保持着热度，而行动上还是小心谨慎，别说身体的接触了，就是连手也不敢碰一下。两人很谈得来的，每次在一起时总有种甜滋滋感觉，要走时也是难舍难分的，只是感受不到身体肌肤温存出来的好处，那时学校不允许恋爱公开化，他们在舆论面前显得十分的脆弱，他们就是在这种恋爱中一起走向了毕业的到来。

毕业时常用那些服从召唤需要之类的词语，同时要求有困难的同学也可以提出分配要求，当时那些已结婚的都去找到学校，而他们俩总感到这种关系很难说出口分配一起的，两人商量着，最后只是谨慎地对辅导员说了说。辅导员也没说行不行，只是用异样的眼光看着他们两个人。两人觉得像做贼似的，羞得脸色红红的，最后连说出话来都有些结结巴巴，临了只换来辅导员冷冷的一句“知道了，我反映一下”。听上去似乎是对错误的一种认识。分配的结果便可想而知了，分配的结果就是棒打一对鸳鸯各东西。

在分配后的一年来的时间里，他们先是在彼此的思念中度过了一段难挨的日子，而后双方都在忙于调动，分别找各自的领导谈起来要调往对方，而当时又是接受领导的个人利益服从组织一顿大道理，当政的领导都是那些很少讲究照顾个人生活的一帮从战争年代过来的人，加之两人又都是刚刚走上工作岗位，调转的行动搁浅了，两人失去了一起生活的可能性。一切的努力最后变成了无望的等待，无望等待还不如从现实角度出发，一封浅淡的分手信，便让两人告别的过去的恋情，两个人经过了一段痛苦的挣扎后，各自找到了意中人，结婚有了孩子，组成了两个不同的家庭。

尹丽兴冲冲闯进门来时，正为自己找到一个合理的借口而兴奋，当她喜笑颜开地面对邱雨准备说出那个合理的借口时，她看到邱雨身边坐着一个女人，她竟一时迷失了自己，回过头来再想那个借口时，竟不知所云为如何。她看到张艳玲的那一刻起，她预感到一定会有某种与这个女人相关的事件要发生。

张艳玲也敏感地注意到了尹丽的神态变化，她看出尹丽对她出于女人的戒备，看到尹丽后的很长一段时间里，她都在猜测这个女人与邱雨的关系，她听到了邱雨不动声色地问："有事吗？尹丽。"

"唔……没事，我只是……看看是否你有事找我。"尹丽支支吾吾，用眼角瞟了张艳玲一眼说，眼里已经说明了她感觉出邱雨与这个陌生女人刚才的火热程度。

邱雨看出尹丽的某层意思，冲着尹丽介绍说："这是张艳玲，我的大学时的同学。"张艳玲忙站起来，伸出手去。尹丽也伸出手与张艳玲只是握了一下，说，尹丽，是邱处长的手下。

张艳玲是喜欢观察的那种人，她首先体会的是握手那一瞬间尹丽的柔软的小手，冷冰冰的，是需要关怀温度的一种女人的手。从尹丽长相上看，脸面不大，眼睛鼻子嘴长得都有特色，属于讨男人喜爱那种女人，但同时张艳玲也想到了这种女人的长相代表着一种痛苦的标志，就是说是苦相。

"正巧，中午吃饭需要人陪着，尹丽，中午我们一起吃吧。"邱雨不失时机地说。

"我叫上我们屋里的小李子一起去吧。"尹丽说。

"行。"邱雨显然有些不情愿地说。

尹丽对张艳玲甜甜地笑过，说一会儿见。说着，尹丽轻盈地飘出了屋门。

邱雨的目光仍旧在屋门上流连，张艳玲轻微地做出一种无意的动静，才使得邱雨转过头来，他尴尬地笑了笑，挺好的女孩子，是吧，刚刚离过婚。

张艳玲听出邱雨说话的口气中的沉重，似乎这句话只是为了让她了解这一点才说出来的。

尹丽大学毕业，分配在邱雨手下工作，当时邱雨还是这个科的副科长，当然了，现在这个所谓的处就是从那时的科翻牌改进来的。

她与张艳玲了解的邱雨完全不同，当然这不能说明张艳玲不了解邱雨，她只能了解二十年前的邱雨，二十年后邱雨已是个有社会经验的成熟男性。在尹丽的心目中，邱雨很会说话，善于表现自己的长处，他的长处还在于他的知识涉猎面极为广泛，很易于人的接触，尤其重要的一点，他是容易得到女人的青睐的那种男人。

到机关报到时的尹丽还是个活泼可爱的女孩子，把男人与女人之间的事看得神秘而又紧张，她非常愿意与这个顶头上司在一起说话聊天，却不敢与那个老气横秋的科长说话，甚至都不敢正眼看他。在她来后不久，那个科长就调离了这个位置，去了他不愿意去的位置上做了副手，据说这样的调整与他那副面孔有关，理由是他的群众关系不好。这样邱雨被扶成了正职，尹丽成了邱雨名副其实的手下，由此带来的是整个科室的人际关系相处得十分的融洽。

那一天中午，吃过午饭的邱雨去了处里的公共办公室，尹丽正在聚精会神地看书，其他的同事都没有在屋里。邱雨走到尹丽的身边，她也没有察觉到。邱雨从后面便看到尹丽一泻而下的秀发，柔顺地散落在她的肩上，发出一种独特的清香，这种清香令他的视觉有些迷离，他甚至觉得自己的手忍不住将手伸过去，顺着她的头部，一路地捋下来，那种手感细腻温暖，他梦幻般地沉浸在无尽的遐想中。

尹丽觉察出后面有细微的动静，她敏感地回过头来，便看到了邱雨尴尬的表情。

邱雨显得手足无措，他首先想到的是自己的手，而他意外的发现自己的双手垂在下方，他庆幸自己是幻觉，并没有真正不当行为。看到尹丽目光中的某种诧异，他不由得掩饰刚才的慌乱，说："我想知道你在看什么书?"

尹丽笑了，笑得万分动人，她将手中的书翻过来，举到邱雨的面前："是西蒙娜的《怎样做女人》。"

邱雨很惊讶，因为这本书他也看过，但这样的书绝不是一个初谙人事的女孩子看的书，便说："你怎么看这样的书?"说过后，他又觉得后悔，似乎有种居高临下的感觉，忙又补充了一句，"我是说，这是写成熟女性的书。当然，这种书我也看过。"

尹丽顽皮对他笑着说："邱处长这样男性都想了解女性，难道我这个不成熟的女性就不想成熟起来吗?"

邱雨绝没想到自己隐秘的心思被一个小女性揭露，觉得有些难为情，说："我不是这个意思……"他又觉得没有解释的必要，拉个椅子坐在了尹丽的对面，他突然有了与尹丽谈谈这本书的感受的愿望。

邱雨没有想到他们俩会那么容易沟通，两人的年龄差异，足可在两人中间横出一条不可逾越的鸿沟，可是他们谈起话来非常的轻松，尤其是这种关于女性话题，说得更直接一些，是有关性的话题。过后，邱雨还在不断地感慨，现在的大学生的开放程度，同时也对他的大学生活，特别是自己的初恋那种缺憾的感念，心中便泛起隐隐的痛楚。

他们就是这样面对面地交谈着，这里不能不说明的是尹丽的穿着，那天穿着一条短裙裤，裸露出她的健美性感的双腿；上面穿着质地柔软的白色绸纱的突袖衫，穿这样面料的衣服，上衣里面的内容便一览无余。邱雨可以清晰地看到白色的乳罩笼罩着她的最饱满的地方，而且这种制造工艺又突出了女人的性感，故意将开襟放得很低，这样便露出一双能看到细碎的青红血管的白皙乳房的上部，在乳罩的约束作用出的一条深邃的乳沟，与纽扣形成一线，延伸到文胸的里侧。

没有婚姻关系的女人，说白了就是没有性经验的女人，与男人的接触往往只停留在男人的好感上，并不像婚后生活得那么复杂，当时的尹丽就是这样一个女孩子，还对婚姻抱有许多美妙的幻想，实际上用单纯这个词来形容她当时的情况还算得上准确。

两个人谈过这样一个敏感的主题后，邱雨心里总是滋滋润润的，有了一种难以言状的感觉，观察尹丽的目光便显出别有意味，总觉得有了若明若暗的某种关系。

不久，他发现尹丽上下班匆匆忙忙的，邱雨预感到尹丽可能有了男朋友。那一天，邱雨在机关大楼的拐弯处看到尹丽正在走向路边伫立的一个年轻人，在那个年轻人的身旁还停着一辆豪华型的摩托车。尹丽走过去，先是与那个年轻人做了个亲热的动作，那个年轻人单腿拄地坐上了车座。随后，尹丽翩腿跨上了摩托车的后座，紧紧搂着他的后腰，摩托车发动起来，很快便消失在邱雨的视线中。当时邱雨的心里自觉不自觉地流淌出一股隐痛般的酸楚出来。

尹丽在大家面前公布了自己的恋爱经过和那个在电视台当文艺部副主任的男友，只有半年多一点的时间，尹丽就与那个男友结婚了。邱雨他们一起参加了他们的婚礼，看到尹丽满脸洋溢着幸福，他感到自己很无聊，觉得自己是自作多情。从那以后，再看到尹丽时的那种奇特的感受便有些淡薄，他并不知道，当尹丽称其为丈夫的那个人在一起后，糟糕的生活无情地毁灭了她自己的美妙的婚姻幻想。

中午，他们的饭局设在距离邱雨单位不远的名仕大酒店里，在豪华的酒店豪华的包厢里的酒桌旁坐着邱雨和张艳玲，还有尹丽和小李子。

张艳玲看到这里的老板与服务员与邱雨他们之间都非常熟悉，看到他们热情与邱雨打着招呼。张艳玲意识到他们与这里的熟悉程度与他们经常在这里消费的经济实力有关，想到这里在她的脸上不自觉地流露出一种易于察觉的笑意来，这种笑却被邱雨捕捉到了，他问张艳玲，你笑什么哪？你。

张艳玲明显地愣了一下，并没意识到邱雨提问的意义来，说："我笑了吗？"

邱雨感到十分有趣，扭脸寻找其他两个人的支持："你看她多有意思，刚才坐在那里情不自禁地笑了，还问我们，你们说她笑了吗？"

此时的尹丽正在与小李子开玩笑，显得很开心的样子，邱雨问到她时，她认真地面对着张艳玲看了看。这样一看，张艳玲感到自己的秘密昭然若揭，忙掩饰道："我就是这样的，动不动的就想笑笑，并不是觉得好笑才笑的。"

尹丽听起来，有种欲盖弥彰的味道，她平素不喜欢这种表述方式的人，如果这样的话说得直来直去该有多好，她显然不想给张艳玲留有情面，便坦率地说道："是不是看见我们的邱'头'，高兴得总是想笑吧，上学时一定会有许多美好的回忆吧。"

这么一说，张艳玲脸色腾地红了起来，一时窘迫，但还是勉强笑了笑，她想偷觑邱雨此时的神情是否与她一样难为情时，却发现邱雨的脸上正盯着她露着得意的微笑，甚至还发出声来，对尹丽颔首，表情中还有了几分怂恿的成分。

小李子看出了女客人的不自然的神情，埋怨了尹丽一句："你也真是的，瞎逗。"

尹丽还是那么兴高采烈："这没什么不好，大学的同学吗，回忆一下有什么不好的。我们的同学在一起时，就显得非常愉快。但也难怪，邱头与张姐的那个年代，还没有到'解放区的天是晴朗的天'的时代，而咱们上学时，正是走向世界，准备向 21 世纪迈进的时代了。”

张艳玲听了，觉得有道理，说：“可不是，我们上学的时候，哪像现在的这些大学生，当时男女生之间，说话还害羞呢，是不是，邱雨？”

邱雨未置可否，尹丽抢着搭言道：“没那么严重吧，那时候拖家带口的学生那么多，还能那么害羞？”尹丽说完这句话看了看张艳玲，张艳玲难堪地躲避着尹丽投过来的目光，尹丽的目光又掠上邱雨的面颊，邱雨没有任何逃避，意味深长地迎接着尹丽的目光。尹丽想她已经从邱雨的目光中找到了一个明确的答案。

恰在此时，服务员上菜来了。

那顿午餐消磨了很长的时间，这绝非是饭菜的丰盛让人的胃口好的缘故，只是邱雨与张艳玲之间的对话太多，话在酒中，情在酒中，难免延长了时间。

本来张艳玲下午还要去听自动化控制的课程，当她说出这层意思时，邱雨对她说：“听那些干嘛，回去看书也不是看不懂。别去了，难得咱们这么开心。”

“你们还有工作，别耽误你们的工作。”张艳玲说。

“哪有那么工作，今天陪你就是工作。”尹丽快活地说，脸已被酒精的气息笼罩着，露出鲜活的颜色。她喝了许多白酒，张艳玲一直为尹丽的酒量惊叹不已。

“你们这种工资也很好混的，我以为只有我的工资好混哪。”张艳玲说。

邱雨开玩笑说：“全国山河一片混嘛。”他笑了两声，让人总看到了他的与人和气的一面，他对小李子说，去打个电话，说我这里有个客人要陪，省得他们不知了我们的去向。

小李子拿出手机出去打电话。小李子扮演的角色，是现在人常说的“灯泡”一类人物，但在张艳玲看来，尹丽与他互相调笑，彼此间没有什么隐讳，张艳玲更愿接受伙伴这样的词。她完全看不出婚姻对尹丽有什么伤害,甚至某种痕迹都看不出来。

小李子的离去为邱雨找到了一个新的话题,他诡谲地对两人女人笑笑,说“这是调虎离山之计,目的是我独吞一道菜”。尹丽和张艳玲都莫名其妙起来。邱雨慢吞吞地说:“秀色可餐吗。”两个人都逗笑起来。邱雨的口气中含着酒精的成分。

张艳玲的丈夫比她大五岁,与邱雨分手后的张艳玲已步入社会大龄女人的行列,当时正赶上了婚姻法的修改,婚龄减小了好几岁。张艳玲还未从与邱雨的关系的完结的苦恼中摆脱出来,婚龄的修改使她从正值婚龄的女人,一下子变成了社会负担的那种女人。被婚姻法的修改影响到男人的年龄还好说,他们可以堂而皇之地找个比他们小上几岁的女人,而与张艳玲同龄的那些被婚姻法修改遗弃的女人们的命运就如同是卖不出去的烂菜等人来收拾一样,任男人们挑来捡去。

她最终还是有了一次幸运的机会,这种幸运机会使她很快成为妻子和母亲。之所以称之为幸运,这里面有她荣耀的一面,在很长一段时间里她时常会认为这是她的造化。他的男人是一个当时已有些名声的科技人员,有过发明的成果,那时人们的口头上多是对这方面的尊重一类的词,陈景润那样的人在一个时期成为妇孺皆知的人物,成为那个时代最吃香人物,那时铜臭味还没有现在这么浓重。他们经人一介绍见的面,她看到了他那张戴着深度眼镜的脸,有股学究的派头,她想这是她追求的理想伴侣了。她当晚就迫不及待地给介绍人做了答复,将自己的一生交付给了这个戴深度眼镜的男人。

他们的年龄是不允许长久地谈恋爱,而且这时张艳玲把婚姻与年龄连接在一起了,势必要把自己置于一个需要家庭的环境中,就像一个姓宋的写小说的家伙说得那样,结婚并不是爱情的结果,而是和吃饭一样,只是时间到了,并不是真的饿了才要吃饭。他们就在这种状态下匆忙地结婚了。

他们的婚姻说不上陶醉，他们不了解别的家庭对幸福的出现是如何诠释的，张艳玲认为自己是幸福的，幸福的本身是在于她在家庭中的主动权，她的丈夫具有知识分子的所有的懦弱，所有的缺点。懦弱的方面使得张艳玲愈发感觉到自己的优势，她可以在家里吆三喝四，一统天下。她丈夫在缺点的方面暴露出在他们房事上做得小心翼翼，即使是黑暗之中也要盯着她的神情，只要她流露出无可奈何的声音时，他都要体贴地问上一句，弄痛你了吗？每当问过这句话后，她总会感到那个搅得她兴奋的东西正在回缩，她又不能清楚在回答出那种令人羞赧的问题。因为在这种情况以后，她努力不使自己出现什么声音，但不出现这种声音，那样她就缺少那种兴奋，但她从来没把这个作为影响婚姻与家庭的一个问题。

年龄的变化并不完全是个人外在的表现，进入中年后，张艳玲感到自己体内在发生着悄然的变化，现在越来越渴望着性生活，过去羞于对丈夫有这方面的要求，认为女人不过是配合男人动作的，说不清从哪一天起，她发现自己心态上有了莫名的变化，有时自然就想到了做爱，晚上躺在丈夫的身边，仿佛有一种什么力量支配着自己要做一些满足欲望的事来，她想尽办法撩拨起丈夫的兴趣，或干脆便提出自己的要求。张艳玲体味到张英越发的力不从心，原本就是小心翼翼的他变得更加小心，他很少有过什么大的奢求，而有过的一切也是应付了事，还不会有任何实质性的表现，做起来很快地萎缩了。

张艳玲自省自己的悲哀的另一面也不仅仅是作为女人的身体，还有她性格的一面，丈夫始终处于附属地位心理长期受压抑，这不能不使他产生一种抵触，而使男人的那种疯狂的野性没有充分发挥出来。她也无法遏止这种在心灵深处发生的变化，许多男人不时地出现在她的脑海中，出现最多的就是邱雨，每次出现都是那么深刻那么清晰，她可以回忆起上学时他们在一起的每一个细节。

所以,张艳玲向着二十年后的邱雨走来。

当他们宴罢走出酒店时,外面还像上午一样,不紧不忙地飘着小雪,大地已装点得一片银白,尹丽粉红色的羊绒大衣在银白的雪中十分妖娆,她也就在这种妖娆中表现得十分天真,抓起一把雪,包成雪团,然后扔向远方。

几个人走向去尹丽家的路上。这是在酒宴结束时尹丽提出的倡议,说:"反正下午也是耽误了,还不如去我那里搓几圈麻将。"

张艳玲听到后,因为下午还有学习的任务,本心不情愿过去,但她还不想表示出来,她很想听听邱雨的意见,她思忖邱雨一定会反对的,这几个人下午还有工作,何况又有她在场,而她却听到邱雨说:"这还得听听艳玲的意见,她下午不还是有学习吗?"

张艳玲听到邱雨将球又二传给了她,听出邱雨有推托之意,但他又不好回了尹丽的面子想出的缓兵之计,忙应承道:"是呀,是呀。"

"这种学习还不是骗你们那些单位的钱的勾当,只要你们单位掏钱了,随便开个什么样的班,只要他们赚到了钱,他们还管你会不会,懂不懂,来不来的嘛。张姐,你要是真想学习,等你回去看书不就行了。"尹丽说。尹丽说的是大家都明白的话,如今这种办班确实是这个道理。

邱雨只好反过来劝张艳玲说:"三缺一,你还是去吧。"张艳玲觉得自己有判断上出现了失误,觉得邱雨早已经打算去玩了,就笑笑说:"我总觉得你们有工作,这样陪我不好。"

"现在的工作呀,还不是就那么回事。"小李说。

尹丽的家是离单位不远的住宅,在路上尹丽就对张艳玲说:"这是单位给的楼,单位不缺住房的,来单位五年以上的都能分上房住上楼。"

张艳玲由衷地羡慕道:“真好,我们单位上班二十年的还没有分到过福利房,我的房子还是住房制度改革后,单位给解决了一部分钱,我把家时积攒的钱全部用上了,才买下了一户两室房。”

几个人说着话走进了尹丽的家。张艳玲感到很新奇,虽然尹丽的房子不大,但却装饰得很温馨。她敏感地注意到了邱雨对这里的熟悉,进屋时他顺手便拿下一双大号的拖鞋,并说门厅里太黑,在靠近厕所的墙角处找到了灯的开关,连同他点灯的动作都让张艳玲觉得可疑,张艳玲在屋里转悠了一圈,她觉察出屋里的一些刻意布置出来的东西,似乎与邱雨有着千丝万缕的联系,她毕竟与邱雨曾经相处过,知道他的喜好和价值取向。

他们就是在门厅里支上了麻将桌,打起来麻将。

张艳玲的麻将并不多打,有时只与单位的同事们凑个手之类的水平,她不过是为了不搅扰他人的兴趣,才搭把手,跟着玩一玩的。但是出乎意料的是她竟然连和了好几把牌,她甚至有些得意忘形,觉得自己的牌技比这些人一点也不差,觉得自己不行是因为自己的判断力出现了问题。很快,她就发现了问题,她觉得处于自己下家的邱雨有些异样,他的表情木讷,心不在焉,常常出错牌,说话不过是应付差事。张艳玲觉得这里面的蹊跷,便注意观察处于邱雨下家的尹丽神情也一如邱雨。张艳玲觉得问题不在牌桌上,而是牌桌下他们有什么勾当。

张艳玲已经猜测到其中的奥妙所在,便有意将牌碰落在地上,她马上弯腰去捡牌,低下来的目光看到了邱雨与尹丽的腿缠绵在了一起,邱雨的腿似乎要抽出来,而尹丽的腿却紧紧地箍住了他,使他的腿动弹不得。

当张艳玲满脸通红地露出桌面,她看到邱雨慌张的神情,而小李子却是视而不见见怪不怪的样子,尹丽却满不在乎,还有些挑战般地正视着张艳玲。

“张姐,你的脸怎么又红了?”尹丽以胜利者姿态,问。

张艳玲本想用上京剧样板戏的一句人们常用的台词，可是转念一想，她改变了主意，说："刚才低头造成的，我有点血压低。"

尹丽得意地说："那可要注意喽，脸红一般都是血压上来的表现啊。"

因为有了这段插曲，几个人玩起来就显得兴趣索然。邱雨脸色一直沉沉的，几把后，他又点了一大炮，小李子和牌。邱雨似乎突然想起来了什么，忙掏出手机，说："哎呀，早上妻子来了电话，说新年了，要给儿子的老师送礼，还让我别忘了，真的差点忘了。"

尹丽神情黯然地说："你的老同学都来了，你就不会推一天吗?"

"那怎么好。"邱雨想了想，说"这么的吧，明天晚上咱们好好乐一乐，张艳玲明天五点半，你在你们学习的大门口那里等着我，我去接你。"

张艳玲本想推托，邱雨不容置疑地说："就这么定了。我今天就不送你了，回去时间怕来不及了，你还是坐出租车回去吧。"

尹丽从来没有料到婚姻的失败。英俊潇洒的丈夫在市电视台里是最年轻的一个副主任，很有发展前途，结婚时没用电视台解决住房，那些企业早早就登上门来，主动给他们张罗住房和装潢房间。由此在尹丽的心目中平添了几分的自豪感，她认为自己是天下最幸福的婚姻了。她从没有怀疑过丈夫对她的真心，她觉得自己的丈夫特别注重形象，丈夫就曾对她讲起过电视台的主持人，一个人因为喝酒后尿急，找不到卫生间，只好在电线杆子下方便，而很快便成了全市人民的焦点，台里的领导为此还在大会强调过形象问题。可是为了保持形象，另一个年轻的主持人去县城采访，一路上人家都在沿途上随时随地方便了，因为车上有几个是县里来的女同志，他考虑到自己的形象，一泡尿憋到了县城，实在不行了，他看到了县人大，借口说到里面还有点事，便一路小跑进了厕所，可是站在那里五分钟见不到尿水出来，只差没憋坏了膀胱。

“死要面子，活受罪。”尹丽笑着说。

“要么怎么说我们这些人都是公众形象啊，尤其是我们的婚外情野情野史都让人关注，就是我们在外面有个风吹草动，也会掀起轩然大波的。”

尹丽开玩笑说：“不许你有什么花花肠子呀，人民群众的眼睛是雪亮雪亮的，他们会帮助我来监督你的。”

婚后半年的一天，尹丽在班上有了一种不舒服的感觉，这种感觉来得很奇特，当时她认为自己身体出现了某种信息，当时她还想到了自己是否怀孕这样的大问题上，但很快她便否定了自己，她猛然想起来，昨天邱雨安排她写的一份材料丢在家里了，一会儿局长要这个材料。她对屋内的同志说明了一声，便马上跑出机关，打乘出租车回家去取材料。

按照以往开门，应该是门反锁着，可是她用钥匙只在锁眼里转了一圈门便开了，当时她还觉得丈夫的疏忽，埋怨最后离开家门的丈夫。接下来她去鞋架换拖鞋，当她低下头来，她看到了一双白色的女式皮鞋随意地停泊在鞋架前，那是一种在脚踝处系带子的新式皮鞋，她非常喜欢这种皮鞋，这是头一年时兴的样式，在她模糊了印象自己确实有这么一双鞋，她想不起来早晨是否准备穿过这双鞋，才会将它放到这里。

尹丽总是这样不细心，更是一点也不敏感，对即将发生的一切丝毫没有准备。就在她换好拖鞋转身时，她似乎听到了一种声音，一种很微弱而又无奈的声音，这带给尹丽的一阵莫名的惊喜，她单纯地想，或许丈夫今天还没有去上班，难怪他没有锁好门，尹丽想跟丈夫开个玩笑，蹑手蹑脚地走向了关闭的卧室门前，卧室的门并没有全关严，留出了一条足以窥见屋中一切的门板中的缝隙。

尹丽贴近那个缝隙，准备出其不意地吓唬丈夫一下，可是屋内的耀眼的阳光从窗外照射进来，她的眼睛投入的一瞬间，屋内的世界在她眼中变得灿亮，赤裸裸地向她迎面扑来。

尹丽先是看到了垂落在床边的秀发，然后便看到亮亮的身体，丰腴、健美的腿绷紧高高翘起和柔荑的葱指正盘绕着同样裸露着身体的丈夫，一个女人如胶似漆地与丈夫缠绕在一起，相互补充共同谐振，尹丽刚才听到的微弱无奈的声音，顺着门缝传进她的耳谷，十分悠扬亢奋响了起来。

尹丽目瞪口呆，她还在怀疑自己的错觉，甚至以为那个女人就是自己，有了设身处地的体会，只是在自己的眼中演出赫然着悲壮，她不由自主地推开了门。丈夫与另外一个女人被惊吓得相拥相抱，惊恐地呆滞在那里。这时的尹丽还是用欣赏的眼光去看他们的，那个女人似乎觉得很熟悉，但一时又想不起来她是谁，当然她非常漂亮，青春俊秀的面孔令她艳羡，特别是那身体白皙肌肤如绸如缎，晶莹剔透，闪出一层细碎的光点，她不禁在内心中发出了一声的赞叹。

他们不知所措地长久时间对峙，还是尹丽觉出自己所处的角色，不容她这么冷静。想到了自己处境，便怒火中烧，心悸莫名，那种透彻心骨的刺激，她吼道："你们这对狗男女，还不快滚。"

尹丽发疯般地冲了上去，她本想毁了那身令她妒忌的肌肤，而丈夫拦住了她，保护着那个女人慌乱地穿着衣服。当尹丽挣脱丈夫，再次向那个女人发起攻击时，那个女人顾不得穿上那双白色的皮鞋，早已打开门落荒而逃。

面对着丈夫，尹丽感到了不应该脆弱，但泪水却还是自然而然地奔涌而出，她搞不清这泪水为谁而流，是为自己还为丈夫，是伤心还是感动。她对着丈夫出一声歇斯底里的嚎叫，然后，她拾起那双白色的皮鞋，冲到阳台上，将那双鞋甩向了楼下的车棚上面。

从那天起，电视台著名女主持人衣冠不整地光着脚跑出居民区，便成就了这个城市的一道风景，也成了当时的街谈巷议的话题。

回来了。

走进家门的邱雨听到妻子的声音从屋里飘了出来，顺着声音走进卧室的邱雨看到了妻子的那张笑脸，他很想与妻子表现一下亲热，而很快他就改变了主意，儿子已经显得迫不及待地喊爸爸了，邱雨把表现给妻子的亲热送给了儿子，把嘴上那种温热送到了十二岁的儿子的脸上。

儿子幸福地笑了，妻子也被父子俩人的温情感染成一掬艳丽的笑出来。

“你今天还没忘了回来呀，我以为你有应酬会把正经事给忘了呢，我正在想给你打手机，你就进来了。”妻子边说边接过邱雨的大衣，并拿到门厅上抖落了上面的雪花。

“哪能呢，我儿子的事和妻子交办的事，我哪敢忘了呢，就是有天大的事我也不敢疏忽哇。”邱雨带有讨好的口吻对妻子说。

邱雨的妻子是那种说不上漂亮但却很受人端详的女人，温存而娴静，这种女人总是男人在选择能够相夫教子的妻子最理想的条件，这样可以体现出家庭的稳定来。

邱雨的妻子也是最符合中国人的婚姻方式下结婚的，先是介绍人牵线，然后谈恋爱，然后结婚，只是孩子延误了几年才出世，并他们不是不想要孩子，只是当时正好邱雨的妻子需要学历，就上大学进修了几年，儿子也就晚面世了几年。

邱雨家庭的观念是极强的，每每有什么事晚归，他总要先打个电话回去，没有什么迫不得已的事非要他出差的话，他都很少离开家门的。他的领导们同事们也都知道他的这种表现，常常开玩笑说他是妻管严，但谁都知道他有个最善解人意的妻子。他在对别人介绍经验时称这是现代人生活方式的需要，叫作在外面彩旗飘飘，家里大旗不倒，也就是说千万不能后院失火。

今天他对尹丽她们称的家中有事，就是指得妻子指派的这件事。

这件事很简单，就是给儿子的学校老师去送挂历年货之类的东西。

从幼儿园开始，一到年底，孩子回来就对两个大人说，老师提醒学生，家长们该送挂历了。这对邱雨来说，这不是件费力的事，他要是想收挂历的话，他可以将挂历挂满他家的四面墙。而现在老师的这种提醒，并不是让家长们送挂历，而是有更高的要求，所谓的让学生送挂历，不过是一种托词，是让家长们送礼。他对老师们的这种做法，表示出明显的不满，他对妻子说，这些老师的做法对于他的孩子的心理健康会产生多么坏的影响呀。

妻子嗔怪他："真是的，别人给送，咱们不给送，老师会对孩子不好的，那些老师也不易，你也不是不知道，在幼儿园时，咱孩子尿了裤子，哪次还不是老师帮着换洗的。那不也就是当时给老师送了几本破挂历吗？今天我准备了一些东西，我给他们班主任卖了一对情侣表，你看看怎么样？"邱雨的妻子就是这样一种人，他总会在一定的时候想起别人的很多好处来的。她的优点正是邱雨感到满足的地方。

"我不看。我不是不想送什么东西表示感谢的，只感到不妥。"邱雨还有些愤愤不平。

"你管她那些干什么，什么妥不妥的，现在不都是这样，你送我，我送你的，表示一种关系。"

邱雨感到妻子总能找出一种说服人的理由。这对于邱雨本是一件不值一提的事，妻子却把这样的事搞得很隆重。他只能耐下心来陪着妻子一同去了班主任老师家完成这项使命。

从老师家回来时，孩子已经睡觉了，然后两个人研究着如何消遣晚上的时光。两个人很会调解自己的性生活，他们两人总是把这种生活搞得丰富多彩。家里偷偷贮藏着几盘黄色的DVD影碟，过性生活时放一放，可以对照着上面的一些动作去实验，他们从中体会着一些全新的感受。每到两人结束性活动后，妻子总会感慨地说，过去那一辈人太委屈了，大部分人都只会使用一种动作，那样会多么无聊和乏味呀。有时候，如果邱雨他们两人的一方因为身体或是其他因素制造不出激情来时，两人也会想出许多特殊的办法来调动情绪，其中一种有效的办法就是邱雨会找到一些要好的朋友交换这种影碟来重新感受一下。

邱雨去厨房的水池里去刷牙，听到洗澡间里的淋浴的声音，他想象着妻子在淋浴下的动作会是什么样子，他还想起过他与妻子在洗澡间里一边洗一边做爱的痛快淋漓的动作，而这一段时间，他们很少利用这样的条件做这样的事情了，因为有一次他们的儿子从他的房间里跑出来喊他妈妈。洗澡间紧靠着孩子的房间，他们的声音很容易吵醒孩子。

妻子洗过澡走进屋里来时，邱雨也准备停当了，等待在床上，他嗅着一身香气的妻子带着浴后的清洁走向他，他身体马上便亢奋起来。两人不但在床上搞得惊天动地，竟然还翻滚到地毯上去尽情享受那种快乐。结束后，他用疲惫的身体延缓妻子的感受，才让妻子回到床上去。妻子的白皙的胴体，带着美丽的曲线俯卧在床上时，邱雨站在床下，愣了一会儿神，他用赞美的目光欣赏妻子的身体，妻子总是在他面前炫耀说很多人都会把她的年龄说小十多岁，竟吹嘘有人给她介绍过对象。邱雨知道这些可能不是假的，邱雨认为这都是性生活的美满才带来了妻子的青春可人。

妻子睁开眼看了一眼愣神的邱雨，扭动一个裸露的身体，并将腿根部向里侧拧进去，嘴里含糊地嘟哝着，满足地闭上了眼睛。

邱雨拾起拖在地毯上的羽绒被盖在了妻子的身体上，顺势也钻了进去，将胸部贴在了妻的脊背上，侧躺在妻子的身旁，可是怎么也睡不着，他在思索着一个复杂的问题，那就是他为什么在尹丽的身上就不能这么从容不迫，他觉得妻子与情人之间，应该对情人才会有这种激情。他觉得自己肯定是哪个方面出了问题，这时他又想起了没有体肤之亲的张艳玲，思考着她此行的目的中间，是否也有这方面的打算。

邱雨妻子实际上是一个极为精细的人，她对邱雨更是有着极为敏锐的女人式的警觉，这点是邱雨始料不及的。其实，邱雨意料到妻子会了解到他的一些情况，他也准备了许多应急的预案，但这些预案肯定与破坏这个家庭和婚姻想法无关。

女人的敏感往往在嗅觉上表现得更为突出。有几个晚上，她在邱雨的身上闻到了一种高级化妆品的香味，是她绝对陌生的一种香型。过去她也在他身上闻到过许多香味，但都是那种淡淡的香味，她可以轻易地解释出是在歌厅舞厅里与陪伴小姐的逢场作戏的产物，而后来的这种香味会这样强烈地刺激着她的神经，这是驻留在她丈夫身体上气味，是与另一个女人有过长期体肤相接的那种味道。

她为了验证自己这种嗅觉的真实性，在邱雨的衣服上进行了暗查，几次都在邱雨的内衣上发现了女人的长发，这肯定是同一女人的长发，她排除了自己的头发出现在他身上的可能性，她有意将头发剪短，这样她就可以确认在邱雨的身边肯定有一个女人经常与他在一起的事实。

为了寻找这个谜底，她特意去了一次单位，当她第一眼看到尹丽的那一刻起，便从直觉、视觉上，特别是嗅觉上确定她就是邱雨身边的那个女人。

她不像别的妻子那样，虽然她有着别的女人共有的疾恶如仇的特性，但她毕竟是知识女性，具有最大的承受力。她更是心胸狭隘的女人，制造过自己的险恶，就是拼命与邱雨做爱，让他在情人那里力不从心。她曾设想过随着时光的流逝，邱雨的对她的热情也许会骤减，以至于达到最后的离婚，她已经做好了这种不幸的应变措施，也有几张致邱雨于死地的王牌，使得邱雨威风扫地，小则丢了乌纱帽，大则让他蹲进监狱，此时的邱雨绝不会知道在他看来懦弱的女人会有这样的险恶的用心，而这种灭顶之灾一直也没有降临到邱雨的头上，他的妻子始终也没有等到这种悲剧的出现。这里面的原因是邱雨不但爱护她体贴她始终如一，甚至还比以往多出了几许的温柔，她思想着这是在他的心灵中增加的不安和愧疚，才会加倍的亲热她。

她没有感到这有什么不好，甚至她还有种让额外的这种感情存在下去想法，把她作为一种感情的弥补，只要不生出是非。她知道现在能有几个有点地位的男人不逢场作戏，身边怎么也要有个女人来消耗过剩的精力，正如社会流传甚广的那句：小姘人人有，不露是高手。她也理解这一点，经济社会的发展自然会走向这一步，这与文明也有着某种相连，只是人们懂得如何去接受和解释这种做法，是否能有这方面问题的承受能力。现在离婚率的加大与这种承受能力有关，恐怕也会加大社会的不安定因素，当然了，这也是社会的婚姻文明的标志。所以她需要的是尊重对方的隐私，才会稳固这个家庭，她不想离婚，不论怎样离婚都会在一个人的人生中造成巨大的震撼，尤其是对一个已有一个孩子的家庭所产生的影响。

人各有各的活法，作为她本人也不希望再有某种婚外的行为，她没有邱雨那种社会环境，更没有他的那种涉猎面，她不会强求自己去做什么的同时，她也不会强求别人不做什么，并且每个人都是有思维有感情的复杂动物，你不能强求他为某　情感的东西付出一切，区别在于有些人把这种东西的在口头上，而有些人却把它埋葬在心里。

没有宽容就没有和平，没有和平就没有幸福。在梁晓声的小说里就有这么一句她信服的话，她用这句话轻而轻举地说服了自己。虽然现在这种女人并不是很多，但这并不代表允许自己的丈夫可以为所欲为，只是一种异乎寻常的勇气面对这个复杂的人生，这谈不上是一种容忍，只是选择了另一种尊重对方的形式。

每次邱雨谈到单位的事，流露出对尹丽的好感故意试探她时，她会淡然一笑，处之坦然，她的这种做法更会更增加邱雨的谨慎。

尹丽与邱雨的那种关系是在她与丈夫离婚后不长的时间。

离婚后的尹丽一直处于困苦之中，情绪低迷，神情沮丧，但她从不愿意将自己的这些对别人说起，她与丈夫开始打离婚，在协议离婚的过程中，尹丽发现自己已经怀了丈夫的孩子，而她没有与丈夫商议，便义无反顾地去医院打掉了胎儿。

邱雨一直很关心尹丽的情况，那个女主持人与她丈夫的绯闻已经传到了机关，本来想找个机会安慰一下尹丽，但又找不到好的机会，另外在这个问题上，只要尹丽不说，他也不好主动提出来。

这一天，尹丽来到处长办公室，让邱雨在一份相关的文件上签字，她把文件推到了邱雨的面前，邱雨将文件浏览了一遍，看了看站在办公桌前的尹丽，他在尹丽脸上看到了淡淡的忧伤。

“尹丽，还好吧？”

“婚姻上出现这么大的波折，能好吗？”她面对邱雨投来的目光说。

邱雨拿过笔来，取下笔帽，怜悯般地对尹丽说，一个刚刚走向社会的女孩子，生活上有点挫折算什么呢，在这点上谁有经验啊，尤其是同一年龄段的男女，在婚姻上就是一种投资，同样存在着风险。

尹丽眼睛红了，说：“谢谢你的关心，处长。”

“生活上有什么困难，你打个招呼，我可以帮忙。”邱雨没有签上字，反将拉下来的笔帽又盖上了，他从尹丽的目光中看出了她有述说的欲望，他觉得有安慰尹丽的义务，他站起来，绕过桌子，走向了尹丽，并让尹丽与他一同坐在了沙发上。

“小两口有些矛盾，可以解决嘛，结婚才多长时间啊，现在这社会，沾染些社会上的毛病也没有什么，说开了，说通了，互相原谅一点，不就行了，干嘛离婚?”他说。

“不管因为什么，离婚总是一种悲哀的事。”邱雨见尹丽没有言语，又说。

尹丽用哀怨的眼神看了邱雨一眼，心中不禁酸楚起来，她不愿跟任何人谈起自己离婚的理由，经邱雨一说，她所有的委屈便如妊娠反应上来的酸水一样涌了上来，霎时间便有一串串委屈的泪水流了下来。

邱雨看到尹丽的悲伤状，显出女人的无依无靠，他认为在此时是她感情最脆弱也是最需要关怀的时候了，他看到了尹丽耸动的肩上散落一头秀发，又生出那天要抚摸她头发的想法，这时尹丽穿着已不是报到那天她穿的那件白纱裙的形象，她穿着一套黑色的皮大衣，是日本进口产品的式样，黑色把尹丽淡淡的忧伤衬托得一览无余。邱雨的那天的欲望又一次从灵魂中跳了出来，他伸手去抚摸了尹丽的柔顺的头发，他注意到尹丽的肩胛明显地反映出一种不同的耸动，并没有做出不情愿的表示，似乎还将身体顺势向邱雨这面倾斜过来，邱雨受到这种启发，用抚摸尹丽头发的手揽过她，使尹丽的身体依靠在他的胸怀里，他将两臂环在尹丽的胸前。

尹丽感到了这个男人有种强大的不可抗拒的力量，她意识到自己将会与这个上司有一段不平凡的故事。他们那天就是在办公室里发生了性行为，当天甚至都没有意识到去锁上办公室的门，过后还是让他们后怕。

邱雨的动作十分的坚决，不容尹丽有任何的思考，他并没有剥去尹丽身上的衣服，因为当时尹丽的身体对邱雨来说并不重要，重要的是尹丽的内容。他的简单明快令尹丽十分的痛快，尹丽浑身都在迎合着邱雨的要求，嘴里不停地说:“你快点，快啊。”

邱雨力大无比，他迅猛的动作坚强粗壮，并深入持久。尹丽都搞不清自己当时为什么这么湿润，张狂得就像一个老练的小荡妇，也许是长时间的饥渴生出了强烈的欲望，或许是对丈夫的报复心态在另一个男人身上得到了充分的发挥。

邱雨开车去了张艳玲学习的地方去接她，当张艳玲看到邱雨身后的轿车，惊讶地问："这是你的车？"

邱雨支吾着没有说什么。张艳玲并没在意邱雨是否回答她的问题，拉开前车门，跨上车后才看到了车后面坐着的尹丽和小李子。

"为了迎接你，我们邱大处长特意借来一部高档轿车。"尹丽别有意味地回答了她提出的问题。

他们开车去了一家饭店，这个带舞厅饭店的环境令张艳玲为之感叹，她虽然常听到过一些有关现在舞厅饭店的说法，作为她这样一个技术干部，很少有机会进入一些低档的饭店，这样的大饭店了理所当然地引起她的惊讶和好奇。看得出邱雨对这里非常的熟悉，出入的小姐们都能亲切地喊出他的名字。

走进饭店，他们首先选择了一个设备优雅的 KTV 包房，这时的一切设备都是高档的，毛地毯，皮沙发，中间的一块空场地足以成为几个人的活动空间，并有一个不用出门就可按出号来挑选歌曲的电脑和大屏幕的背投彩电系列设备。

"这套设备是主办这家饭店的厂子专门研制的。"邱雨介绍说。

四个人都是在愉快的气氛中度过 KTV 的时光的。他们要来了一些小菜和食品，还有瓶洋酒和一篮子啤酒。张艳玲曾为有尹丽的在场而显示出一时的压抑，但很快她忘记了心中一时的不快，这与酒精的作用不无关系。她听着尹丽唱着一曲曲哀怨的歌，她也感受到了自己的迷茫，本来大家一直约她唱首歌，她过去也很愿意唱些流行歌曲，当她翻动歌单却都是那些常听到的电视里唱的，可又是自己唱不出来的歌曲，她只好无可奈何地摇摇头。

酒精很快把人的情绪推上高潮，欢乐的气氛往往会令人回避一些无聊的话题，酒桌上人们谈论的大多是在人际关系、社会见闻和一些逗人发笑的话题。邱雨在这方面表现得很专业，一眼得见他是个经常出入交际场合的行家。张艳玲想到自己的现状，生出对自己人生的一种悲哀来。

当尹丽约邱雨一同对唱《无言的结局》，邱雨对张艳玲做出一副无可奈何的动作，随即便走到了尹丽的面前，音乐与歌声一起袅袅而出。

张艳玲以前也常听到这首歌，并没有注意到这首歌歌词中的含意，今天听起来，她才真正领悟出这里有许多与情感有关的意味。她真切地注意到邱雨与尹丽对唱时那种神情中的异样，看到尹丽的眼里有了闪闪烁烁的晶莹之光，在她心里也萌生出了酸楚，恰在此时小李子闭上了室内的照明灯，张艳玲正在黑暗中挣扎出自己的目光时，《无言的结局》正好终结，一曲舒缓的舞曲与五彩缤纷的灯光一起燃起。张艳玲将目光投向发射光源的房顶，她才发现房顶座上有一个从天棚上伸出的自动调整的旋转转灯，普照出包厢中的一派灿烂。

尹丽与邱雨搂在一起挪动着只能说是散步才会有的舞步，轻轻地摇动着。张艳玲感到这是有人蓄意制造阴谋的一部分，她心里在这种场合中的所有的愉快霎时间荡然无存，以至于小李走过来伸出手来约她跳上一曲，她都面带愠色地回绝了，当然这里存在着她跳不好的一层意思，但关键的还是她在生自己的气，这种生气还无法说出名堂来。

尹丽将扣在邱雨手中的那只手退出，很自然地勾上了邱雨的脖颈，脸便与邱雨面对，邱雨顺其自然地将双手环绕在尹丽的腰间，两人面面相对亲昵地说着话，在灯光明暗环绕中还会有相亲意思的动作。

张艳玲感到在被什么有损自己人格的东西所伤害，那种东西一点点地向上拱，似乎张口欲出，她无法控制自己的情绪，她走上前去拨动正在亲密的尹丽，尹丽停下舞步，惊诧地望着张艳玲，邱雨也为张艳玲这种不友好的动作吓了一跳。

“我与邱雨跳上一曲。”张艳玲说。

尹丽不解地看了张艳玲一眼，又回过头来在邱雨脸上寻找答案。

“我与邱雨跳上一曲。”这时尹丽又听到张艳玲说，说得不容置疑。尹丽不情愿地松开了勾在邱雨脖颈上的手，讪讪然地退后了一步。小李肯定看出了这里面的端倪，在尹丽退下来时，承接上尹丽的腰肢，轻缓的舞步又在另一对组合起来的舞伴的脚下展开。

邱雨很快明白了究竟发生了什么样的事件，他还是迟疑了一下，才去接受这种不友好的邀请。邱雨意外的发现，张艳玲并没有一点的扭捏，双手猛地勾在了邱雨的脖颈上，搞得邱雨没有一点思想准备，简直就是把邱雨拥进怀中，他感到张艳玲高耸的乳房抵住胸部发出了某种震颤，使之心跳得激越而热烈。他从张艳玲仰望的目光中看到了一股强烈的带有诱惑性的内容，邱雨期待中的那种兴奋撼动了身体，他不由自主地将脸贴了过去，并努力使自己的唇尽可能地吻上对方的脸颊，可是张艳玲却有意地回避了，他心中产生了某种疑惑，不由得不理智了起来，他想起了刚才张艳玲不友好的邀请，说：“你的邀请搞得尹丽很难堪，知道吗？这很不友好。”

“是吗，我怎么没感到呢。”张艳玲绯红的脸颊凸显出一丝窃笑。

“真的，我知道刚才冷淡了你，你不高兴。”

“不是那样的，我感觉你们是故意做出来给我看的，你们的做法伤害了我。”她的话里有了愤愤的语调。

“伤害了你？不能吧？尹丽她不知道咱们的过去，我从没对她说过。”邱雨强挤出一点笑意，说道。

“我哪里在意你对她说了什么呢，她是我的什么人，有什么必要让她知道我们的过去，你以为这是令人愉快的故事吗？”

在邱雨的印象中的张艳玲不应该是这样的人，眼前的张艳玲在昏暗的灯光下既模糊又陌生，他想到了女人因妒忌引发出的醋意到了无法估量的影响程度。他还在思索着张艳玲会发展到什么结果时，音乐在轻柔的述说中慢慢地消失了，两人停下挪动的舞步，两两相对，他听到张艳玲用一种近似于寒冷的口吻对他说："你送我回去吧！"

张艳玲住的是一个企业内部的宾馆。

邱雨把车停在了门口，张艳玲看到邱雨并没有下来的意思，说："难道你不想陪我上去？"

邱雨笑了，心有灵犀地一笑。熄了火，拔下了车钥匙，与张艳玲先后下了车，他默然地跟在张艳玲的身后，走向电梯，并走向客房。

张艳玲打开门，先将邱雨让了进去，随即她背靠在门上，随手将门锁上。当门锁发出尖锐的声音，惹得邱雨扭过头来观察时，张艳玲对他意味深长地一笑，邱雨也还以微笑，邱雨的微笑有种怂恿的成分在里面，张艳玲不顾一切地扑了上去，搂住了邱雨的脖颈，将炽热的唇投给了邱雨，两人便牢牢地粘在了一起，随后在拥抱中滚到了床上。

邱雨疯狂地一件一件地扒下了张艳玲的外衣，急风暴雨般地撕扯着她的内衣，内衣上的几个扣子在他的狂暴中应声落地。张艳玲开始时还用手做出抗拒的表示，那不过是一种否定的姿态而已，并不是实质性拒绝。当她调整好姿势主动迎接邱雨时，她发现邱雨却不是急于出击，邱雨的态度突然变得温和起来，他从关注张艳玲的身体开始，而是把这一切的行为演化为程序化，做起来有章有法，顺其自然。张艳玲在这种极具诱惑的抚慰中，身体蓦然地灼热起来，简直难以自持，目光渐渐地模糊起来。邱雨剽悍身体强行地进入，他的做法很快便演化成癫狂般的发泄，面目也愈发狰狞，他为此竭尽了全力。张艳玲有些承受不了他的粗暴，身体中有种撕裂的感觉，后来她才逐渐适应了他的动作，感受到强烈的刺激下的一种激动。让她不由得想起了一种流行歌曲，有关风花雪月的歌曲，在歌曲的畅想声中她想到了自己丈夫的那种懦弱蠕动，她不断地用歌曲的声音配合着邱雨的动作，痛快淋漓。

邱雨终于在漫漫的探寻路中找到了最后的倾泻渠道，他不得不在艰难的叹息声中结束了愉悦的瞬间。

张艳玲并没有终止身体蠕动，她饥渴的身体还在亢奋着，依然充满着激情，那支歌还没有从她的脑海中消失，在品味着歌声具体含意时，身体仍在蠢蠢欲动，这种幸福的感受，在她有生以来还是史无前例的。

邱雨没有将身体倒向了一边，目光一直固执地朝向张艳玲，他认真端量着张艳玲的身体。

张艳玲的神志许久才恢复过来，她看到了邱雨的目光，开始她还蕴藏着一种惬意的内容，但她看到了邱雨觊觎中流动着一种怪异的神情。她觉得很蹊跷，当她顺着邱雨的目光看去，她读懂了这个男人目光中一切。张艳玲知道她的那个曾经饱含着青春魅力的身体现在已变得不尽人意了，剖腹产和阑尾炎手术留下的两条刀痕纵横在她的腹部，曲曲弯弯的妊娠纹络漫延在腹部臀部，她娇嗔地用手去遮挡邱雨的目光，说："你太坏了，你把我的身体糟蹋了。"

张艳玲将两人狂乱中蹬到地下的被拾上来掩盖起自己的身体，她本想说几句与感情有关的话题，还未启齿，邱雨用一根手指按在了她的唇上，说："嘘——什么也不要说，就这样，不然要破坏情绪的。"

邱雨将身体向张艳玲依靠了靠，手落上了她的胸部。张艳玲在这个温暖的怀抱里，咀嚼着甜蜜，疲惫依偎在邱雨的胸前。当时，她想，如果这时就是让她死去，她也会心怀满足地走向生命的尽头。

从第二天开始，尹丽接连几天没有来上班，邱雨打过她的手机，得到的答复是“该用户已关机”，再到她住处去找她，却遭遇了冰冷的铁门。他对着铁门喊了几声，他所期待的铁面孔也没有对他露出笑脸。

邱雨从尹丽住处悻悻地返回途中，感到蹊跷，他马上意识到这里面似乎与张艳玲有着千丝万缕的联系，急忙赶到张艳玲住宿的宾馆，意想不到的是张艳玲已经不辞而别。邱雨十分的懊恼，不知这其中发生了什么变故。待他返回单位，他顶头上司把他叫到办公室，告诉他说尹丽已经辞职去了深圳。

他百思不得其解，但他清楚尹丽的离去肯定与自己有关。晚上到家中，妻子看到邱雨沉着一张阴郁的脸，唉声叹气，便问：“怎么了？难道你的那个处被撤销了吗？”

“没有，这个部门好好的，干嘛要撤销哇？”邱雨没好气地回答。

妻子却不急不恼，又问：“那么就是你被撤了职了？”

“什么撤职？你怎么总给我念倒霉咒呢。”邱雨有些火了。

“那又是为了什么？”妻子不屈不挠地问道。

“不是为了什么，是什么都没有理由，你今天干嘛问得这么仔细？”邱雨对妻子的刨根问底感到不可思议。

妻子突然意味深长地说道：“邱雨，你不感到自己很悲哀吗？”

（原载《鸭绿江》2008年第十二期）

需要关怀

他从出租车下来，转向楼的一侧时，听到有人叫他。他看到她从出租车的逆反方向朝着这里急匆匆地走过来。说不准是她穿着大红色的羊毛衫映衬的，还是走急了或是掩饰着什么造成的，她的脸红了起来，有种娇态，很好看的那种。

“你看看，我还在那面路口等你来着，谁想你从后面过来了。”

“真是变了，我挺相信自己的记忆，不曾想还是犯了个错误，绕了一圈，才找过来的。”

她笑了笑，有了点责怪的口吻，说：“那也不应该记不得那条正路哇。”

他也为自己的不争气惭愧地笑了笑，眼里带着笑意看了看她，感到羊毛衫穿在她的身上显得挺饱满的，有了成熟女人的味道。

上楼时，她一直跟在他的身后，说些他俩熟知的与楼梯有关的情节，这样他发现自己的许多模糊的印象，逐渐地清晰起来。

“是呀，是没变吧。”声音从后面传了上来，轻柔柔的。

看到门那一刻，他还是有些怀疑自己的记忆了，不知该不该敲门，这时的她看透了他的心思，就说：“看看，忘了吧？”

他看出了她的表情有了揶揄的成分，有些难为情：“不像是这家的……门，好像是……不是这样的。”

“这是防撬门，后加上去的，是防偷贼的。原来那门在里面，双加料。”她说着话，用手去敲门，敲在铁制的防撬门上，爆出一个个空洞洞的声音，在楼洞里嗡嗡作响。门洞开了，露出了一张有着年龄的女人的脸，她含着老人有的那种笑，说：“来了，听说你要来的，进，进吧。”

他说出话来讪讪然，说着您老身体好吧的问候用语，走了进去。看到地上镶着地板砖，白瓦瓦的，他蹲下身去换鞋。娘俩儿都说不用换了，却谁也没有阻止他的意思，这样他很自然地换下了鞋，穿上了常见的那种拖鞋。

她喊了一个女孩子的名字，一个十分漂亮的小女孩蹦蹦跳跳地从里屋跑出来，好奇地望着他，显出陌生感来。她就让孩子喊他叫舅舅，小女孩听话地喊了，稚声中还含着某种天真。他答应时，女孩在他的眼神中有些凝重，他感觉得出女孩与她妈所有的相像之处，随之而出的是与女孩长相有关的问题。

他坐在仿皮一类的沙发上，就生出一种真实感，顺手拉过小女孩过来，似乎对孩子说，又像对别人说的，“是姥姥带着吗？”

“不。在托儿所。今天没去。”老人说。

“妈妈说，有客人来，就不让我去了。也没见客人来呀。”女孩抱怨着。

“舅舅不就是客人吗？”她说话时，还瞥了他一眼。

舅舅不是家里人吗？怎么会是客人呢？小女孩在考虑一个与大人不相干的复杂问题。

“这孩子，这么多事，玩你自己的去。”她说话时，又瞥了他一眼。他看到她的脸红了红。

“你属什么的？”他问孩子。

“属龙的。”女孩做一个顽皮的表情说。

“属小龙的。”姥姥一旁补充道。

“这孩子，告诉她多少回了，属蛇的，她就是不那么说。她姥姥告诉她属小龙的，她就只想属大龙，不想属小龙了，也不说属蛇。你说气人不。”她含着笑说。

"那么你明年该属什么呢?"他又问孩子。

"属……"显然孩子没有这方面的准备,还是做出一番思索的神情,才说,"属猫的。"

几个人都笑了,气氛活跃起来。

"你还是那么有意思,喜欢开玩笑。"老人说。

哪呀,现在装得很板,这样的玩笑机会不是很多。他的心情很是愉快。

"你老没有多大的变化。"他又扯回到进来时对老人说的话题上来。

"哪呀,老了。"

"不老,不老。"

"这孩子越来越会说话了。"

"还不是这几年练的。"正在沙发对面床上坐下来的她对他玩笑了一回。他对她的话总是很敏感,经她这么一说,他脸上现出几分尴尬,讪讪然地觑了她一眼,流露出怨艾艾的意味出来。

她也体会出这一层意思,有些掩饰地站了起来。

当着他的面脱下那件红色的羊毛衫,在她双臂上举时,他有意地流连了她一眼。她脱下红色羊毛衫,便露出了里面另一件蓝色的羊毛衫,这时才看出她一些棱角来,亭亭玉立的模样,刚才饱满的印象不过是穿了两件羊毛衫制造出来的一种假象。

她在他眼中出现穿蓝色羊毛衫的有种新鲜的形象对他笑笑,说:"买了几条鱼,我去收拾出来,你跟我妈坐坐,唠唠嗑。"她又歉意地笑笑,从他身边走过去,去了方厅。小女孩挣脱下来,随了出去。

他喊了一声什么,眼光却追随着她的一双腿错落有致地出去,他觉得那双腿还是很健美,不过已经过于丰满了一些。

与老人的话题显得轻松得多。老人介绍着家里所有人的情况,他听起来脸上显出欣喜的表情,他对这个家里的所有人都不陌生，有着异乎寻常的熟悉。他不时地提出某个人的名字，表现出他的关注，得到了答复，他很快就有了满足后的愉悦，总是很深刻地感慨出某种遗憾的语调。

“您老的身体好，这一大家子人，天南地北的，占了大半个中国，常常到儿女家走走，多好。”他表情生动地说。

“也是的，趁着能走动，我也真想去走走，但就是放心不下这个老闺女，还是愿意在这里待着，这才是我的家。”老人说出了有家的那种幸福来。

他听到了厨房里她对孩子的吆喝，老人就对外间喊了女孩的名字，又对他说：“这孩子总给她妈捣乱，我去叫孩子进来。”说着老人走到了外间。

只有他在屋里时，他去看立在写字台上的照片，这里有她和她女儿的照片，他又转过身来巡视了屋内的一些该放照片的地方，什么也没找到，他难免有些失望。他在这种失望中感觉到她走了进来，他转过身来，她已经站在他的身后了，目光中有了一些复杂的内容，似乎已经识破了他的企图，她笑了笑，他也难为情地对她笑了笑。

她对他说：“中午的饭在这吃吧。”

“不，不了。还会有人等我的，我只说出来走走。”他说出的理由不很充分，有些言不由衷。

“他中午不会回来的，不然也不会留你的。”她说出了他的担心，他也知道她在说谁，脸上开始发窘。

“菜都是现成的，做起来挺容易的。”她又说。

他显得漫不经心，她妈领着孩子出现在了门口，也说出了这层意思，本欲说出口的话，到嘴边又收了回去，只能笑着默认了这个事实。

“你是喝白酒，还是喝啤酒？”她说。

“喝白酒吧。”这还有上次他请客时喝剩下的郎酒。停顿了一下，她又说，并弯下腰去从写字台的屉门中拿出一瓶剩下少半瓶的郎酒，对他摇晃了一下。

他摆了摆手，做出否定的姿态，说："还是喝啤酒吧，晚上还要喝的。"

"那就喝啤酒，"她对他说后，又对孩子说，"你去为舅舅买啤酒去吧。"她说着还摆出了取钱的动作。

"别，别。怎么让这么点个孩子去呢，还是我去吧。"他做出掏钱并要去穿鞋的意思。

"她能行的。你千万不要去，还是让她去吧。"她说得很坚决。他从她的眼神里看出了她的顾虑，他也感到自己这样出去不合适。

"还是我去吧。"站在一旁的老人，一直含笑地注视着事态的发展，她分析到了她是做这项工作的最好人选，才说出口来。

"怎好让您老去呢，这么高的楼……"他说得很牵强，完全是礼节性的。

老人只做了决然的示意后，拎起一个菜篮子，走出门去了。他对老人生出来一种歉疚的情感。

她拿过一张报纸先铺在地板上，然后拿来一些青菜，放在报纸上，坐在了他对面的地板上，用手摘下青菜上的无用部分，她摘菜的手灵活地动作，她的手指纤细而又美丽，他的心为之一动，他伸出手做了个夸张的动作准备去帮忙，她拦着他的手，说："你什么也不会干，还是我来吧，这么多年没说过话了，咱们还是说说话吧。"

他想也是这样的，两人还没正经说说话，他为她的知心又感动了一回。他这时才去认真地端详着她的面貌，看到她的动人之处，产生了许多联想。屋里布满了温馨的气氛，还有种久违的家庭的情调。

她想象着坐到这里一定会有许多的话题，而坐了一会儿，才晓得自己犯了一个美丽的错误，她想过的许多话题都与这次谈话无关，如此，她将期望寄托在了他的身上。其实他也在寻找着话题，原来他们之间是很谈得来，每次都有新鲜的意义，许多话题都谈过几遍，还是不厌其烦地说来说去，而今天却怎么也想不起来当初的谈过的细节，也想不起来到底为哪件事百说不烦的，尤其当时为哪件事开心得不行。他们如果不是出于无奈，绝不会是今天这种景象的。想到这里，他们俩多了一层遗憾，便你看看我，我看看你，脸上涌现出微笑，含蓄地看着对方。

她的女儿正在为大人间的莫名其妙而大伤脑筋，后来她终于为他们找到了一种合理的解释，她翻找出了自己的一系列的玩具，送到两人面前，说："咱们一起来过家家吧。"

两人都有某种心态被孩子识破的感觉。她面带愠色地呵斥孩子，让孩子拿走所有家什。孩子委屈地收拾着自己的兴趣。他忙搂过孩子来，说："我来跟你玩过家家吧。"

"那你就跟孩子过家家吧。"她笑笑，用来掩饰着刚才的失态，并拿起青菜走了出来。

走廊里传来老人进来的声音，他和她从不同的方向迎了出去。老人艰难地拎着一篮子沉重的东西，他忙按了过来，他有些过意不去，里面除了啤酒，还有熏鸡熏猪蹄一类他喜欢吃的东西，他感动着，说："这么多年，还记得我爱吃什么，真是难为了您老。"

"怎么能忘呢，当老人的就这么点的长处了。"老人一副平平的语调，走进了厨房。他也尾随着娘俩儿走了进去，做出跃跃欲试的样子。她看他滑稽的动作，带有讥讽地说他："你还能干什么，这些年不见，是不是有了进步？"

"哪呀，我还是那样，啥也不会，不过看你们忙着，我不好意思坐在那里，我想做个样子，总比干坐着强。"他说的是真心话。

"你别在这添乱了，还是进屋吧。"老人说。

"你不是要看照片吗？"她说出了他那时独自在屋时的动机，一经点破他有些无地自容。她却无视他的尴尬，她对屋里喊了女孩子的名字，让给舅舅找影集。她回手做了个要推他的动作，只是带有意思的动作，并不是真的去推。他看到她的那双好看的手上沾些菜叶，他猜得出并不完全是因为菜叶的原因才没有去推他的。

小女孩有恃无恐地将影集从床屉里掏出，弄得床上一片狼藉。影集有六七本，还有散张的一摞，随着孩子的手张扬了一床。女孩引导他看着影集里的照片，他在影集里终于看到了他想看到的那个人。有那个人存在的照片很少见，大多是她和女孩的。他想了解的那个人并不英俊，体质说魁梧也不准确，他当时闪出过臃肿的词，很快他否定了自己，用这种词，说明他太在乎这个人了。

女孩告诉他照片上的每个人。其实，这里面大多数人是他认识的，但他还是乐意让女孩说出来，他心里一直暖暖的。他的目光多在她的照片上流连，他会联想出一些深层次的问题，一些与年龄有关的问题，有几次他都想抽出中间的某张照片，他只是想那样罢了，并不是真的去做。

他看到了一张几个家里人的照片，中间是老人，在她的身边是用刀子刮去的空缺，他马上将此页翻了过去，而女孩却拦住了他，说："这一张里，我还没告诉你这里面都有谁呢。"他想这个女孩是很多事，但还是无可奈何地依了她。

在说到那张照片时，她指着那个空缺，对他说："妈妈说这个地方本来是我的地方，被别人占过了，就又重新给我抢回来了，说我是妈妈的小棉袄，这地方只能给我，这地方挨妈妈最近。"

他对这样奇妙的解释感兴趣，就拍了她的头说："女孩都是妈妈的小棉袄。"

女孩听了挺兴奋，并兴致勃勃地先拿过她自己的影集让他看。照片很多，他都很喜欢，他暗自思想，再过个十几年，这世界上肯定又会有一个漂亮的少女。

女孩突然做了一个夸张的动作，合起影集，说不看了，他猜不透她在做什么鬼，便故意坚持要看下去。女孩与他讲了一个条件，就是看过后，不要对别人说。他微笑着答应了她。她又说这是她的一个秘密，尤其对男人更是个秘密。他说:“既然是秘密，舅舅保证不会对别人说的。”

女孩这才小心翼翼地打开了影集，说这里是她的裸体照。原来是女孩满月时的几张光屁股的照片，他为女孩的机智哑言失笑。

“小时候你很胖，头上没几根头发。”他笑着说。

“不许你们男人议论女孩身体。”女孩很严肃地说。

“好，好。我不说了。”他闭上了嘴，又做认真的表情去看影集。

看着他的表情，女孩以为他生气了，她感到自己的做法错误。没人跟她说话觉得有些无聊，她讨好地又将另一个装着黑白照片的影集举了过来。他却说:“这里面的我都看过，不看了。”

他并不是真的要难为孩子，这里的照片他确实都十分熟悉。小女孩肯定误会了，认为是她得罪了他，忙找回刚才的话题，说:“小的时候，我可胖了，现在我的小名还叫小胖呢。舅舅，你的小名叫什么呀?”

看到她的机灵，他笑了，说出自己的小名。女孩就顺着叫了一声。多年没有听到别人叫到过这个乳名了，听起来有种久违的亲切感，笑得很响地答应了一声。

孩子看到他露出笑脸，觉得刚才的隔阂消除了，得寸进尺地问:“舅舅，你的大名叫什么呀?”

他犹豫着，不知该不该告诉给孩子，孩子在这个年龄上的思维是他的一种危险。他喃喃着，孩了却一再逼问，恰在此时，她出现在门口，为他解了围。

“别乱问。”她说出话来轻描淡写，显然她在厨房里听到了孩子的追问才进来的。

“该吃饭了，去门厅放下桌子。”她指挥着他做了一件他愿意去做的事。

在所有的菜肴摆上桌子时，他才领会到这是远在他来之前就做过的精心安排，其丰盛程度远远超过了他的想象。

他端过她倒满的酒杯，看着老人杯中的饮料说，您老也喝点啤酒吧。老人说："不了，不了。"他就没有过于规劝，又转向了她，在转向她之前，他看到了她杯中并没倒满，顺手拿过酒瓶，她忙着摆手，"你知道我的，我不能喝酒，不过是你来了，要做个陪陪的样子。"

"是的，我当然记得。"虽这么说着，他还是将瓶口移到了她的杯口上，她也只是礼节性地顺应了他的行动，还将不情愿的目光送给了他。

大家把杯子拿起来。说过后，他后悔不迭，他应付场面上的机械行为如今运用到这个家宴上，显得不适时宜。他在为自己寻找补偿时，她不耐烦地端着杯了，提醒他说："抓紧说下句话呀。"

他羞赧地笑笑，他看到老人和孩子响应着拿起杯，笑着看他，他说："祝全体身体永远健康。"

"又是官话。"她断言。

"这是说林彪的话。"老人说。

只有小女孩兴高采烈地喝了下去。

他一仰头喝下去后，不知是否有酒精的作用，他有些迷惑，还产生了错觉，有了在家时的那种温暖的感觉，他说的都是一些家常话，还非常的流畅，他努力对付鸡爪猪蹄，适时地加了些夸奖，他对她说："你做菜的水平进步很快。"

她脸红了，说："哪呀，马马虎虎。"

他愉快地解决了两瓶啤酒，老人仍在怂恿他再喝一瓶，他也有了再喝一瓶的意思，她笑意朦胧地阻止他，说："不是说还有人请你吗，别让人搞醉喽。"

一经她提醒，他想是要有这种准备，说："那就不喝了。"腔调中多了些许遗憾。

不喝酒对解决饭菜问题便成了一种形式，很快家宴就进入到了尾声。他对每个人为他碗里夹进的食物都感兴趣，这里的学问是能看出每个人对他的关怀程度。其实别人只为他才没离开桌子的，一经感觉这一层意思，他很过意不去，匆匆解决了饭桌上遗留的问题，说“吃完了”。

老人说：“不急的，吃好。”女孩还将一只鸡爪塞向他的碗中，她一定选中了他喜爱吃的东西继续讨好他。

在收拾桌子时，他感到家庭的温暖，他参与收拾碗筷的行列中，在放入水池中时，顺理成章地放上水来洗碗，老人忙去抢他手里的活，说：“洗碗的活，都不愿意干的，怎好让你干呢？”

“他干吧。别是忘了，洗碗的活是他的强项。”她在一边袖手旁观。

“是呀，我总干些尖端的活嘛，洗碗收拾下水道了一类的活是我的强项。”他不免有些得意。他听到老人笑着走进屋去了。

他敏感地觉得她在他身后要做出搂住他的动作，他感觉到的时候，她的手果然从后面搂了过来。他有些冲动，思考下一步他会怎么样体会到了这种柔柔的情调，结果得到的却只是期待的一瞬间，他注意到她只是为他系上了一个围裙，他失望了，并为自己的想象力羞愧地红了脸，但他还是得到了她对他的嫣然一笑。他又一次感受到了回家的滋味。

“我走了。”他说，说得很艰难。

“时间还早，多待一会儿吧。”老人还在挽留。

“不了，这回真的该走了，不然该误了他们的宴会了，他们会说我的架子大。”

“他们能说吗？”她说。

“他们不说，心里会那么想的。”

“本来过来时想买些什么的，但想想没那么做，挺沉的。”他说着从衣兜里掏出自己的心意，是能足够表示关怀的数字，给了老人又给了孩子。她说：“你也真是的，我们不会收的。”嘴虽那么说，并没有做出大幅度的阻拦，只是表现出客气的意思，她不想与他撕扯。他也在想同样的问题，出现撕扯的结果，肯定会破坏他的情绪。他担心的事并没有发生，他看到老人将他的心意放在电视机上，他才坦然了。

“有机会我还会来的。”他说，又对女孩说，“你让我非常愉快，我会想你的。”

“我也会想你。”女孩说。

“这孩子在幼儿园里挺腼腆的，老师总说她不爱说话，哪承想她跟你会这么活跃。”她对他说。

“这说明我们俩有缘，是吧。”他对女孩挥了挥手，说，“再见。”

“叔叔再见。”女孩也对他挥手。

“这孩子，告诉她叫舅舅吗，怎么又成叔叔了。”她对女孩的不争气有些气恼。

“别这样说孩子，叫什么不过是一种形式。”他说。

“还是叫舅舅好。”老人说，“这样会想到你是家里的人。”

“舅舅再见。”女孩灵性地叫着。

“这就对了。”老人说。

“我走了。”他说走了，许久也没有动，他将最后一眼很长时间留给她，然后才艰难地转过身去。

他走出很远，还能听到一些与他有关的声音，他有心回顾一下，可是他始终没有下决心去做。

（原载《人民文学》1997 年第八期）

陪你到天明

妻子离开时吩咐说，照顾一下临床的那个老伯，他家陪护的人也许一会儿就能过来。他点了点头，目送着妻子疲惫的身影消失在病房门口。

他习惯地拿出烟来，当拿到手里时，似乎醒悟到在这里抽烟不适时宜，便将烟夹到了鼻子下面，狠命地嗅着，打发着寂寞。

四周都是白色的，病房里只有三张床，靠窗和靠门口的床上躺着两个重病人，氧气从外部的通道通过胶管分别注入两个病患者的鼻中。

靠窗的那一个就是他的岳母，原来一直都是由妻子照顾的。他每次过来探望时，都是用怜惜目光对妻子说，你去休息，我来护理吧。妻子却执意让他回去。妻子主要顾虑到他是个男性，侍候岳母总是不那么方便。

中间是个空床，还没有患者住进来，正好为陪护者提供了休息的条件。

靠门的那张床上住着的是一位老伯。

医院的患者都是中性的，尤其是在神经科，可以模糊性别关系，他们大多数都是脑溢血病人，已经没有了感知能力，他们只能呼吸，靠着氧气和输液来维持残喘的生命。

他长吁了一口气，感叹生命如此脆弱，昔日的岳母身体一直很好，只是跌了一跤，就变成了现在这个样子了，用医学术语来说，她只是个植物人了。

他听到岳母有些机械盲目地哼哼声意，忙扭过身过去，先是看了看岳母身体下的褥子有没有潮湿的迹象。他认为自己的猜测错误时，就听到身后门口方向有动静，循声扭过头去观察。推门走进来的是一个女孩子，但他很快地否定了自己，因为断定为女孩的定义并不准确，因为进来的女人身体窈窕，面貌白皙，属于小巧可人的那一种类型，除这些能体现出某些少女的意味之外，而其他方面的特点无论如何也不在女孩子之列。他在心里揣度了一番，他还是找出了一个名词——少妇，他觉得用这样的称呼才恰如其分。为此，他不动声色的暗自笑了。

她肯定捕捉到了刚才他内心的那种微笑，便也明艳地笑了笑，对他客气地点了点头，表示出应有的谢意。

唔。老伯没有什么异常，一直都是在睡着。他觉得自己有必要向她说明一下临时担当起来的职责。

她用一双好看的眼睛诧异地望着他，当她搞明白他的用意后，走近床边去端量睡得安详的老伯，与之同步的动作是她脱去外面的羊毛绒大衣，她的动作轻飘飘的，仿佛怕惊扰了老伯的梦境。当她将大衣挂上了衣架时，还不忘了给为他送去了感激一瞥。

看到了她感激的目光，他的心中莫名状悸动，那种目光暖暖的洒在了他的脸上，使他毫无来由感到燥热，她形象也随之朦胧起来。脱去大衣后的她曲线毕露，衬托出她的娇好的身材。

为了掩饰尴尬，他打开了眼前的百叶窗帘。

他刚到病房时，秋天的余晖还通过白色的百叶窗帘挤进一线线的橘红。现在已经竖立起来的百叶窗帘，将外面的天空分割成了狭窄的矩形，每个矩形中的都呈现着晚秋带来的辽远的暮色，他凝望着夜色一点点地吞噬了天籁之中仅存的一丝丝的辉煌，慢慢地为背景幕布涂抹上了青靛靛的一层，星星便从幕后跳动起来，眨着不安分的光亮。

哎——他听到了女音，扰乱了他与星空的对话，他忙转过身来，他看到她坐在老伯床头的一张椅子上，手里平端着一本书，搁在膝盖上，她的目光朝向了他。

“护士们查过床了吗？”她问。

刚才自己向外眺望那种专注的神情，肯定疏忽了别人的存在，他为自己的孩子气难为情地笑了笑，说，还没有。

“唔——”她用明显地轻松口吻，“那就好，他们说晚上要查房的。”

“他们？”他觉得她的话语有些含糊，便问：“你是老伯的什么人啊？”

她笑了笑，没有回答。

“老伯是你的什么人啊？”他又换了一种方式问道。

她又笑了笑，还是没有回答。并迅速地低下头去，笑容便掩埋在了她手中的书里面。

他感到很无聊，又一次把手中那支烟夹在了鼻子下面，窗户的玻璃反射出了他的形象很滑稽，要想把烟夹住，就要把上嘴唇拱起来，由此鼻子上面便出现了皱褶，堆积起来的皮肤使眼睛也挤成了一条不规整的曲线。

他忍俊不禁地自嘲般地笑了。

透过玻璃的反光，他看见她突然站了起来，移步走向了房门处，护士闪了进来。

护士是来例行最后一次检查的。

护士首先看到了他鼻子下面的烟，脸上难免出现了愠色，说：“这里不能抽烟的。”

他马上把夹在鼻子下面的烟拿了下来，怪态也随即消失了，他一边走了过来，一边拿着烟示意给护士，说：“我知道。”

护士明白他的用意，好意地笑着说：“你可以去走廊头的阳台上去抽烟。”

“不用，我只是习惯这样嗅着烟。”他做了一个浅白的解释。

护士先是为对面的老伯测量了血压后，然后取出体温计，很自然把目光落在了他的身上，说：“给你的老人测测体温，然后告诉给我。”

护士显然误会了他的身份。

他只是犹豫了一下，接过护士递过来的体温计，把老伯的被向下拉了一拉，便将体温计塞入了老伯的腋下。

护士又去了他的岳母身边，重复着同样的工作，自然地将体温计交给了站立在身边的少妇，她没有犹豫地将体温计塞进了他岳母的腋下。

看到护士走了出去，他好笑地对她说：“护士真有意思，她把咱俩的关系搞混了。”

她只是含蓄地一笑。

看得出来，她对语言很是吝啬。他无可适从地等待着时间缓慢地划过了一分多钟，伸手从老伯的腋下取出体温计，看了看，说：“正常。”他说着话接过她递过来的另一个体温计，看了一下，说：“也正常。”

他拿着两个体温计走了出去，借着去找还在查房的护士送体温计之机，顺便去了走廊尽头的阳台上，把已经玩耍很久的那支香烟吸成了一个小小的烟头，然后用脚碾成了碎末后，才返回到了病房中。

她正站在老伯身旁，老伯的被子已经被掀起一半，并手足无措地去取水盆。看到他进来，便将无助的目光投给了他。

他马上料想到她一定遇到了尴尬事了，忙走过去问道：“怎么了？”

她脸红着说：“他大便了。”

“那有什么呀，快动手收拾呀。”

“可是……可是，怎么收拾呀。”她束手无策，哀怨的神情溢于言表。

他走到老伯的近前，掀起老伯的被子，一股恶臭突飞出来，刺激得他也皱起了眉头。老伯的下身是裸着的，难怪她发窘，任何一个女性遇到这种情况都难免不好意思。

他翻动了老伯的身体，觉得无从下手，便支使着她说:“你去水房接些热水兑上凉水，咱们给老伯擦拭一下身体。”

她拿着水盆领命而去。她返回来时，看到地上扔满了从老伯身下取出的那种一次性的卫生用品，还有他刚刚使用过的卫生纸。

她送上了一束感激的目光，而他却无暇领受这种含意，接过她手中的盆，把床下专门用于洗漱的手巾扔了进去，说:“你扶着老伯，我把他身上的脏物擦洗干净。”

两人把老人的身体侧翻过来。她扶住了老伯的腰部，他便专心致志地擦洗起来，直到他认为满意，才将一张干净的卫生用品垫在了老伯的身下。他抬起头来，脸上汗津津的，她原本想找块手巾一类的东西让他擦一擦，可是看到他的手占着，便将水盆端了出去，接来了水，将茶桌上的暖水瓶里的水倒了进去，让他洗水。

“不好意思，这活都让你干了。”她说。

“我看你羞于干这样的活，我只有帮你了。”他边洗着水边说。

“我看你挺有经验的，以前也干过?”

“父亲去世前，都是我护理的。”

“唔。”她若有所思。

他洗过手，顺手将盆端起来，准备走出去。她忙说:“还是我去倒吧。”

他说:“我去，还要再洗洗。”

她搞明白他的意图后，只好退到一边。

他去了很长的时间，不只是再洗了洗手，还去了一趟卫生间，并到走廊一头的阳台上又吸了一支烟后，才拎着水盆回到病房。

她倚在椅子上迷糊地睡了过去，秀发顺着她倾斜的一方流泻下来，掩盖了她的那张动人的面容，手里端着那本书正从她的腿上一点点滑落下来，他本想把那本书接过来，以求不惊扰她的美梦，但又怕她误会了他的动机，正在犹豫间，她下意识地抓住了书，阻止了书落地的可能。看到他正含笑地望着她，她羞赧地一笑，说："你回来了？"

"你要是太困了，就到床上去躺着吧。"他一指中间的那张空床。

"还是你躺着吧。"

"我能挺得住。何况我是男人。"

他说这句话的本意是带有照顾性质的，而话一出口，他便后悔了，因为这种意思很容易让人误解成男女不方便一类的事情上。他再去看她时，在她的脸上果然呈现出异样的神情。为此，他又补充了一句："我是说……你先躺一躺，咱们可以换着睡。"

她难不情地笑了。

"我去……抽支烟。"为了不使她在休息问题上纠缠，他为自己找了个出去的理由。他拉开门走出去后，又去了阳台，在阳台上他不能再抽烟了，他吸烟本来就不那么勤。他将目光投放在了眼前的夜色中，秋夜带来的景色跌跌撞撞地塞满了他的眼中世界。月光如洗，落在各种植物建筑物上，便起起伏伏明明暗暗的，别有一番景致。令他始料不及的是医院也会有这么幽静的地方，目光所及处是一个供患者休闲散步的小公园，如今除了知了在尽情地鸣唱之外，似乎一切都沉浸在酣眠中，阒无声息。他深情地面对着诗意般的景色，无声哼出了一曲悠扬的歌，他要将刚才所有的郁闷挥之而去。

他回到病房的门口，透过门上的小窗看到她已经倒在中间的床上睡着了，睡姿很美，仿佛在床上画了一条美丽的曲线。他为自己的想象而得意，禁不住哑然失笑了。

他蹑手蹑脚走进了屋，并关掉了日光灯，倚坐在岳母一旁的椅子上，将头垫在床铺上，便迷迷糊糊地睡着了。

一阵嘈杂声响过来，把他惊醒了，他知道这肯定又有重患者送进医院抢救的。他悄然地走到门的窗口处向外张望，几个人在护士大夫的引导下，用平车推着一个老人从窗口匆匆而过，去了抢救室。

他扭转身，目光不经意间看了一下正在睡觉的她。他只是为了探询这些嘈杂声是否惊扰了她的梦。穿过小窗口的玻璃的光，正好照射在了她的脸上，他看到她的双眼睁着，正凝重地注视着他。

“怎么了？”她坐了起来，好奇地问。

“唔，来了一个患者。”他看到窗口投进来的光，随着她的坐起而照射在她的胸前。

她打了一个悠长的哈欠，穿鞋下地，说：“我睡好了，还是你过来睡一会儿吧。”

“我不困。”他推辞着说。

“不困，也需要休息呀。”她还做了一个推他的动作，而她只是做出那么一种意思，不是真的去推。

这时，岳母啊啊地叫唤了几声，他顺势来到岳母身旁，准备去翻看岳母身下的情况。

“还是我来吧。”她柔声地说。

他本想客气一下，却没有说出口。因为他看到她过来已经把手伸入了岳母的体下，说：“唔，她尿了。你去拿一块干净的尿布吧。”

他打开灯，并找来尿布递给她。看到她一套熟练的动作，轮到他惊讶了。这与刚才她在老伯面前的束手无策大相径庭，他正为此伤脑筋时，她洞察秋毫地一笑，说：“这与抚养孩子是一个道理。”

她的解释令他轻松起来，他很快便联想到了她已是一个孩子的母亲，是有这方面护理经验的，刚才在老伯面前的表现，只不过是一个女人的正常反应罢了。

她从外面洗手进来后，再让他去床上睡时，他不想再做推辞了，只是想出了另外一个建议，支吾着说："咱们可以都在这个床上睡……也可以伸伸腿。"

他看到她的脸红了，怕是她把问题想得太复杂了。他正在懊悔自己笨嘴拙舌，没有能准确在把意思表达清楚时，他听到她说："好吧。"

她并没有去看他的表情，自己上床后，脸朝老伯的方向躺了下来。他只是稍作迟疑，关掉了室内的日光灯，然后小心翼翼躺在了岳母的这一侧。

他们相背而卧。

很长时间，他都不能入睡，并不是他不困倦，而是他的心绪被一些复杂的问题困扰着。其实本没有什么复杂的问题，可是与一个女人同住在一张床上，就会显得不那么正常，他在考虑一些意外可能的发生，倘若护士进来后，会怎么看待他们；如果一觉睡到天明，为岳母送饭来的妻子看到这一幕，会做何反应。他在用古人的话来批判自己：天下本无事，庸人自扰之。他想了想，这句话并不适用自己，很多烦恼都是与自尊有关联的。

在他思索时，他可以清晰地听到对方不均匀的喘息声，敏感地体会到她轻微动作在床上引起的震颤。他能觉察出她也没有睡着。看起来，对方也在复杂的心境下难以成眠。

虽然那么多的复杂问题还没有彻底地想明白，他的意识却逐渐地混浊起来，也就是说他在不知不觉间睡着了。睡梦中，他还做了一个梦，虽然不是让他激动万分的梦，但是这个梦绝对让他显得很愉快，可就在此时一声猝不及防的号啕突然撞入他的梦中，令他惊恐万分，刚才的那种愉快便离他远去。他感到一双手死死地搂住了他，随即哭声便连成了一片，恐惧的阴影如梦魇般地挟持着他。

他终于从梦境中走了出来。

他惊醒的原因是他发现那双搂他的手并不是梦中，而是他能真真切切地感到那双手搂在他的脖颈上，由此感到另一张脸也贴上了他的脸颊，他的脸几乎完全埋在了对方的秀发中，呼吸着秀发中一股强烈的洗发水的香气；对方喷出的气息，痒痒地吐露在自己的脖颈上；以及对方心脏别别狂跳是从胸前的柔软传导过来的，那是极度惊吓后的心跳过速。

他理顺了自己如今的所在后，意识到这就是那个与自己同眠共寝在一个床上的少妇。

他不禁惊惶失措！

外面正在传来的各种称谓的哭喊声，那是在宣告了一个生命的终结。

他知道少妇是由于惊吓才产生了一种极端的反应。他只能一动不动，克制住所有的冲动，以免使她出现的尴尬局面。

他们很久都是这么静静地拥抱在一起，哭喊声继而出现在走廊里，回音使哭声更加尖厉，更加撕心裂肺。他感到自己怀里的那个少妇的浑身颤抖，直到外面那些恐怖的声音渐渐消失在了夜幕中，那个不停抖动的身体才渐渐地平和了下来。又过了很久，他感到胸前疾速的心跳恢复了正常的频率，绷紧身体也随之松弛下来，而后她的呼吸却又急促起来了，她似乎悄悄地扭动了几下身体，在为自己的行为而不知所措，她试图从他身边摆脱出来，脸和身体都能很轻易地挪开，而她发现自己的一只手臂已经压在了他的脖颈下面，无论如何也不是那么容易抽出来的。

他意识到她的想法时，也在为免除她的尴尬思考着，但是也没有更好的解脱办法。万般无奈，他装作浑然不觉地翻转了一下身体，她的手便自然而然地脱离出来。他觉察出对方也将身体扭向另一方，并努力地蜷缩着身体，以免接触到他的身体某一部分。

他的心里觉得好笑，就用心笑了一下，床也随之颤动了一下。

对方肯定体察到了，便也相应地颤动了一下。他猜想着对方该怎么理解刚才自己的所作所为呢？不曾想就在这时他的困顿占据了他的整个身心，他只想把眼睛眯了起来，却沉入了深不见底的梦乡之中。

他先是嗅到了清晨的空气，才睁开了双眼，阳光通过百叶窗的缝隙钻了进来，正好照耀在他的眼睛上，一时间阳光混淆了他的视觉和思维，他甚至都不晓得自己身在何处。他这一觉睡得确实是太死太沉了。在他看到了岳母那张苍白的脸，才意识到昨天晚上陪护在医院，由此他想到睡在身边的少妇。

他一骨碌便跳下床来，环顾整个房间，却没有了她的踪影。再去门外、走廊、阳台、洗漱间寻找，也没有看到她的身影。他沮丧地回到病房中，看到所有的一切都如同他走进病房时，井井有条，连昨天使用过的水盆都静静地待在原来的位置上，那些曾经发现过的卫生用品都忠于职守地整齐排列在一边，甚至就连床上都没有留下她躺过的痕迹，这一切都无法证实他的判断力——这个女人似乎根本就没有出现过。

他正在为此平添烦恼时，妻子送饭走了进来。妻子看到老伯那一面没有人照顾，便问道："他们家还没有人来呀？"

他吞吞吐吐地说："唔……是呀。"

妻子并没有注意到他那紧张的神情，顾自嘟哝着说："这个人家也真是的，平常就很少有人过来，来的人也都不愿意守在身边，还经常这样没有人来陪护。你说养儿女们有什么用？"

（原载《作品》2005 年第三期）

狗　事

我不喜欢狗是有缘由的。

1979 年，我在辽宁省锦州参加高考失利，距离录取线仅差了 6 分而名落孙山。那一年，我父亲去郑家屯铁路分局任工会主席，据称郑家屯分局即将搬往通辽。通辽归内蒙古自治区管辖，高考分数比较低，要是拿我在辽宁省高考的分数，完全可以考到一个重点大学。

高考落榜后，我与父亲的户口一同迁往吉林省双辽县，也就是郑家屯分局的所在地，以为可以随着分局搬迁一同去通辽，可是没想到到了第二年，分局也没有搬迁，害得我高考再次落榜，而且比头一年更惨，因为吉林省录取分数线比辽宁省还要高出 30 分。如果我在辽宁省，最起码还能上个大专，这就是投机取巧曲线高考付出的代价。

现在说这些跟狗似乎没啥关系，我要说的是就在郑家屯高考后，我被狗咬了。

我高考虽然没考上大学，却赶上了铁路招收工人，是通过考试录取的。对于我这个大学“漏子”简直是易如反掌，通过分局办的补习班老师上课辅导，其实那个老师的水平还没有我强呢，他的很多数学题都做不上来，我考不上大学主要是偏科，我的物理化学不行，而考工不考这两科，结果我在上万人的考工中考了个第一名。我为父亲争了面子，那时谁见了父亲都会夸他培养了我这么个好儿子。

还是回过头来说被狗咬的事吧。

那是一个星期天，因为我和父亲住在工会办公楼的一个办公室里，早晨起床后，父亲有锻炼的习惯，他让我去找工会的体育指导员去借羽毛球拍，带我去打球。

那个指导员家住在工会办公楼的南面，我到了他家门，我高喊声："林师傅。"

那个时候称呼千篇一律，叫师傅，或叫同志。

林师傅没有应声，却从他家院子里突然窜出一条狗，不由分说，上前就咬我。我挣扎并拼命阻挡，高声呼救。还好林师傅及时出来，喝止住扑上来的狗，那条狗只在我脚背留下了一道血印，不知是咬痕还是抓痕。

林师傅问我是否有事时，我摆头说没事。

那时，还不懂打什么疫苗针，现在想起来还有些后怕，人说疯狗病有潜伏期，在20年后都可能会复发，还好，我很幸运，现在早已过了20年了，不然要是真被这种病夺去了性命，还不被人耻笑？

后来，我对狗这种动物，总是敬而远之，但我爱吃狗肉，这也许是对狗的一种报仇方式吧。

小说的开头我的铺垫是不是太长了？那好吧，现在就说说我要说的狗事。

想到这个题目时，我便联想到了人事，随即就是那个离不开的机构，还有这个机构衍生出的人和事。有人这时肯定会骂我，说我骂人不吐脏字，因为现在社会上常把一些阴险狡诈小气算计的一类人叫作"狗人"。

我要郑重地声明：小说中绝没有暗指哪个狗人的意思。

现在还是回这头来说说我要说的狗事吧。

在我家住宅的楼下，有一个作为自行车棚存在的建筑，因为在这里存车要收费,而遭到搬来的住户的集体反对,一直空闲着。前几年卖给了一个个体户当作办公室,后来他们又租给了一家批发饮料经销商做了仓库,也就是从那时发现我要说起的这条狗。

仓库门口有一个小院,以往我开着我的本田雅阁车回来都是停在这个小院里。可这一天我回来在小院停车时,听到狗叫声,我打开车门,这时一条小型狗正冲着我叫嚣,不时还有跃起扑上来的动作。

这条长得不好看,嘴尖尖的,长得有些像狐狸,皮毛总体是白色的,头的右半脑部和身上多个部位呈斑状黄褐色。

我摔上车门,呵斥道:“你叫什么叫,看你那狗样。”

我为说这句话感到好笑,狗就要有狗的样子嘛。听到我的呵斥,吓得那条狗慌忙倒退着,守在仓库门旁边。这时,从库门里面出来了一个年轻人,说话有些蛮横,说:“这里是库房,是我们租下的,以后别往这里停车了。”

我不高兴了,说:“这里是公共用地,你租的是库房,没权占用这块地。”

显然他没有这方面的准备,他指不定对多少人说过这样的话,恐怕还没遇到我提出这样的问题。他一时语塞,解释说:“我们要取货送货,你停在院里容易耽误你的事。”

我没理睬他,又按了一下锁车遥控走了。在第二天,我从单位下班回家,发现他们竟在门口安装了一条铁链子,我不想跟他们争执,就去找物业告状,物业找到他们,他们虽然卸下了铁链子,可我再也没有把车停到院子里,这属实是出入不太方便,小院里总有装卸货车出入,我也无法跟他们计较,所以把车放到了院外面。

从那以后,我会经常听到这条小狗的狗吠,看到它徘徊在仓库门口,我一直以为这条小狗是这个库房主人豢养的。我不在意这条小狗的存在与否,可是自从那次我呵斥过它以后,他似乎认识了我,每次见到我,都会摇头摆尾跟随着我,并把眼睛眯成一条缝,那时我才知道狗也会笑，它就是这个样子迎接我，巴结着我。

以前总看到有个妇女专门骑自行车到库房这里来喂猫，可自打这条狗出现后，那些猫都被狗撵上了房顶，现在她只好把猫食递到房顶。这个库房前门和门房是正常建筑，往里去是那种半地上半地下，是座不太高的那种建筑，所以她伸手就可以放上去。

而我注意到她每次也会带来狗粮专门给这条小狗，这让我很奇怪，却也没放在心上。

我进一步发现这条狗不只是见到我这么亲切，它跟这个楼的人都很熟络了，它要遇到我们这个楼的人，都会如对我一样显得亲切。

我还注意到有些人，也会给他扔些吃的，可从来没见过库房那家人管过它，尤其是下雨时，它躲到我们楼的门檐雨搭下面躲避。

我们这栋楼有几个小男孩小女孩子玩逗这条小狗，找来绳子牵着它跑。有一天，我有了些兴致，问那几个小孩，“这么玩人家的狗，人家还不怪罪你们啊。”

“谁说这是他家，这小母狗谁家的也不是。”一个小女孩认真地辩解道。

我恍然大悟，原来这是一条流浪狗，而且还是雌性。

前面我说过自己对狗的抵触，所以对狗的品种一窍不通。为写小说，我专门上网去查看各种犬类的图片，对照后觉得哪一种类的狗都不像这条小狗，网上说这是“串串”，串种的意思，杂交品种。这也许就是它被抛弃的原因。

我开始称它“串串”，如果我会造字，一定把它称为“女＋它”，可这个字从字库里打不出来，所以我还是沿用人类的方式称呼它为她吧，再把公狗称呼成“他”，其实人类没有必要计较这么使用是否合适吧。

她（就是“女＋它”）引起了我的关注，有时家里吃剩下的肉，我就顺着阳台的窗户或是下楼上班时带下去扔给她。如此，我们建立了良好的关系。她每次见到我，眼睛眯成一条缝，笑眯眯地追随在我的左右。

也许是流浪狗的关系吧，可能有些自卑，她会讨好这栋楼的所有人，见到谁她总是有些兴高采烈，你让她趴下就趴下，让她躺下就躺下，表现得十分的乖巧，讨人喜欢。有一回我喝多了，别人送我回来，我说到了这条狗，并说她会出来欢迎我。我当着朋友的面吹了声口哨，她便不知从什么地方窜出来，欢天喜地对着我又蹦又跳，我还让它表演了一回躺下趴下，在地上打挺好玩的动作。

这条小狗最让我产生浓厚兴趣是在放寒假期间。我们学校的寒假放了一个半月的时间，那时这条小狗已经在我楼前小院里定居半年多了。

放假一般是我的创作黄金阶段，我需要利用放假在家写作，而这个寒假最困扰我的，恰恰是这条小母狗。以往白天上班不在家，就是到了周六周日，对狗的叫声并不过多的注意，可要是写作，这种叫声就觉得刺耳，而且就在我写作热情高涨时，听到的不只是一支狗的叫声，还有多条狗的撕咬声，并且接连不断，不绝于耳，让我分心纠结，无法潜心写作。后来我索性放下笔来，专心研究这条狗的命运。

我从楼上的窗户探出头来，向下望去，发现了一种别样的景象，更加丰富了我的好奇心。就在那个昔日的车棚，今日的仓库的房上房上两个天地里，分别被两种动物占据，房上是一群猫，房下是一群狗，两个世界成了两种动物活动的自由天堂。

我突然意识到小母狗串串已经到了性成熟期了，之所以有这么多动物聚集，就是为了公母雌雄的交配，我在网上查到了术语叫作“反群”。

因为关注的是串串的命运，我还是不去说那些猫的存在吧，因为它们白天还相对老实，而晚上却像小孩失母般地哀号，还不至于影响我的睡眠，那些黑夜行动的动物也不便于我的观察。

第一个入住到串串这里来的是条小黑狗，毛很长很亮，毛色倒是很纯正，只是在他的下颌处有一撮白毛，表明不纯的血统，他比串串高且壮，我起名叫他“黑黑”。

黑黑是战胜几个“串串”的追求者，才得到串串的青睐。

此前，串串年轻，也许是处女的原因吧，没什么性经验，更不懂“爱情”，她一直把所有侵入者，就是那些公狗视为敌人，不允许他们进入自己的领地，我听到的撕咬声，就是串串正在竭力抗击侵略者。

随着公狗的增加，这种抗击逐渐变成了公狗之间的混战，那时小公狗的聚集数量剧增，多达十余条，吠叫声此起彼伏，每当有人拿吃的东西来喂食，这些狗们争抢食物，简直就是一场饕餮盛宴，好不壮观。

串串无疑是这些狗们的中心，她走到哪里，都会被这些公狗们簇拥着，威风八面，领袖十足，但是很快便演变成一场争夺战。小公狗们往往都经不起串串的诱惑，会有冲动不理智的动作，常常趁串串不备，前爪搭上去，试图强奸，而此时串串明显表示出她的厌烦和反感，只要她一出手，就会得到众多公狗们的响应，公狗们同仇敌忾，一拥而上，将不轨的公狗收拾得服服帖帖，翻转出肚皮来求饶。这是狗的一种特殊现象，是我通过观察发现的，它们不似人类的“跪地求饶”，当自己败下阵来，便会四脚朝天示弱并求饶。

可能这些公狗们意识到了一个道理，其实这是动物界生存的准则，从电视动物世界的栏目中也能看到，能实施交配权的是强者。

串串后来有了明确的交配愿望，可这些公狗们仍处在争夺交配权焦灼的混战之中。这时的黑黑因为体格健壮，具有一定的优势，但并不明显，“好虎还斗不过群狼”呢，只要他表明一点交配的意愿，就会遭到同类们的一致攻击。

前面说过只要是串串一声号令，那些公狗们才会一哄而上，群起而攻之。串串的好恶起了决定性的作用，这时她开始倾心于黑黑，对黑黑有些主动示好的意味，可能她也看中了黑黑的强壮。

黑黑得宠后，一下子便主动起来，毕竟黑黑“胳臂粗力气大”，在串串的怂恿下，很快就占据了上峰，加之敢打敢拼，迅速成为这群小公狗的领袖，将混乱的局面稳定下来，接下来，便开始维持秩序，清理异己，毕竟粥少僧多，性别比例失调。

这时，两个不出奇的小公狗引起了我的注意。

此前，因为他们的弱小和貌不惊人，被淹没在小公狗群里，没有显示出他们的能力。说到貌不惊人，就要说到他们的长相，他们彼此的共同点就是长得小，在小品种的狗中，他们显得更小一些，且品种已经无法分得清属于哪种类型狗了，他们也许是上几辈狗们的多次杂交的产物，其中一个狗的鼻子很有特色，有些像猪的那种鼻子，嘴和鼻子同在一个平面上，因为这个特点，我不妨给他起个名字叫“平鼻头”。另一条狗长得啥样且不说，特殊的是在头顶多出一层毛发，头帘还是齐的，就像电影中那种汉奸狗腿子常梳的那种头型，我就叫他“齐头帘”。

为了叫得方便，我简章地叫他们“平”和“齐”。

可能是他们的弱小，他们并没有对黑黑形成威胁，黑黑首先要对付的是那些对自己有着抗衡能力的公狗们，对他们做了一一的清理。

这期间平和齐的聪明让我感到了惊奇，他们两个成了黑黑的“马仔”，始终跟随在黑黑的身后听从调遣，只要黑黑针对哪个公狗下手，他们俩便成为帮手或是打手，在黑黑力克对手时，他们俩会出其不意地攻击对手的软肋，每次还都会轻易得手，让对手落荒而逃。

可能是生理急迫的需要吧，加之母性品种缺乏的原因，那些公狗不甘心自己的失败，他们也会结伙疯狂的反扑，这时，我就看到了平和齐的聪明或是狡猾，他们看到黑黑失利时，就会悄悄地溜之大吉，只有在黑黑胜利时才会出手相帮。

最后促成黑黑的胜利，不完全是他自己的身强力壮，也不是他的同盟军平和齐和帮助，而是一条小名犬的出现，这是我住的那栋楼与我家相邻单元一家养的狗。

我认识这条狗的主人，他们家是后搬来的。有一天，应该是在放假前的某一天，我去参加别人宴请，现在谁也不敢酒后驾车，要先把车送回家。在道路上遇到一个与我年龄相仿女人，喊我，当然他要是直呼我的姓名我不奇怪，可她喊的是我的笔名，让我不得不认真对待，而我没有认出这个女人是谁。

“金淑燕。”她说了一个名字，这个名字在我脑海里没有什么印象。

“哎呀，大作家了，连我都认不出来了？”

我觉得尴尬，这不只是因为我没有认出她来，还是因为叫我大作家，现在只要能写几个字就入什么市县区作家协会，便可以自称为作家了，我们这个地方的一些作家素质不高，人们常把这些人与流氓画等号，还说就怕人说流氓有文化。

她看我真的没有认出她来，她又说出另外一个人的名字，他说的那个人我就不敢说不认识了，因为在上世纪八九十年代，那个人可是我们这个城市的一个标志性人物。他是诗人，还主编了一个文学期刊，当时我刚刚是一个文学爱好者，只有仰慕的份。可后来文学热度逐渐降温，他也从人们的视线中消失或是陨落了，生活潦倒，参与赌博，到处借钱，他竟然跟我这个与他没有什么联系的人来借钱，此前我已经听说他的情况，所以没有借他。据传只要开支那天，就会有债主堵在文联财务室那里等着他还钱，那时还没有时兴工资卡。后来这个人辞去了工作去了南方，现在不知死活。

由这个诗人回头再联想到眼前这个女人，印象便一点一点地清晰起来，因为这两个人的关系不一般，那时也常常在市里那个诗人主办的文学杂志上经常看到金淑燕这个名字，以及由这个名字衍生出来的与那个诗人的风流韵事。

她看到我笑了，知道我一定是想起她是谁了，“咱们是老文友了，我听说你现在的成绩不小啊。”

“哪呀，只是业余爱好罢了。”我仍在回想原来的那个年轻美丽漂亮的风流女人昔日的形象，当年只是在会上见过几面，她一副傲气，我们从没有打过招呼，而如今形象与昔日大大相径庭，我不禁感慨起岁月的蹉跎。

她倒是不卑不亢，笑着说：“是不是看我已经人老珠黄了，不想搭理我了。”

我有些支吾，“不是，我是回来送车去吃饭。”

“你家在这里住？哪栋楼？”

“是啊。”我说出了我们家居住的楼号。

“那咱们是一栋楼哇。”她报出了自己家的单元。

“咱们两家只差了一个单元，可是以前我怎么没有见到过你呀？”我问。

“我刚搬来不久，我退休了。”

我的意识似乎恢复回来了，“你的老公不是在公安局嘛。”

“那个老公，早就离了，这个家是我结婚后才搬过来的。”

我终于明白以前为什么没有见过她，为了摆脱窘境，我问：“你现在还写诗吗？”

我看到她的脸上有难堪的表情一闪，我后悔刚才提出这个问题，因为当年广泛的传说她的诗作都是那个诗人亲自“辅导”出来的，但她的那种表情只是瞬间便消失了，说：“诗那个东西最没劲了，我要像你一样写小说，我最有生活了，写出来肯定能在《当代》《十月》《人民文学》上发表。”

我讨厌别人跟我谈文学创作，我总认为作家的创作不能是谈出来的，加之这种情况，我害怕她说的话不着边际，这让我的心情异常复杂,便有意无意地看了一下表。

她很敏感,说:“是不是要去赶酒局呀?”

我笑了,笑是一种回应。

“快去吧,别耽搁了,找时间再聊。”她说着话,对着我背对的方向喊了一声:“毛毛。”

还没等我回过头去,她又补充了一句,“我儿子。”

“儿子,多大了?”我不假思索地问。

“呶,这不是。”她的头明显低了下去,手向下一指,说。

我一看,忍不住笑了,原来是一条小狗,赭色卷毛小狗,蹦蹦跳跳围在她的脚前脚后,跟她做着亲昵的动作。

我匆匆忙忙离开了,当时只知道这条小狗叫毛毛,我说过自己对狗的品种一无所知,直到毛毛参与到了串串的争夺战之后,我才能上网查找了一下,才明白这种狗的品种为泰迪。

我见到金淑燕的几天后清晨,被窗外的一群狗的撕咬和惨叫声惊醒,还伴随着一个女人的叫骂声,我看了看手表,这个时间妻子应该出门上班了,一般这个时间我还在睡早觉,晚上写东西相对睡得晚一些。

我走出卧室,惊奇地看到妻子正扒在北阳台的窗户,朝楼下观望看热闹。

“你咋还不上班?干嘛呢?”我边责问妻子边走向窗户,通过窗玻璃看到对面楼上也有很多窗户是打开的,探出好多头来向下观看。

妻子喜笑颜开拉过我来,我将头探出窗外,看见一群小狗在一个女人的追赶下,在仓库外的空地与栅栏间窜来窜去。当这个女人回到空地来追逐时,那些狗们就会钻出栅栏,而她再次追到栅栏外时,那些狗们会钻回到空地,溜得那个女的在喘息中不断的咒骂,而每一次追逐都会引来观望者们的哄笑。

我在笑声中，突然发现了一个的身影，就是在那些小狗中，有了一个新增加的颜色——赭色，再仔细探究，正是卷毛小狗毛毛，从毛毛那里才判断出那个追狗的女人是金淑燕。

毛毛的颈部拖着一个狗链子，就像脱了缰的野马，全然不顾主人的咒骂，逃避着追赶。此刻我才意识到金淑燕豢养的宠物是雄性，且野性十足，不管对它怎么娇宠，它还是有生理的需要，有追求雌性的自由。

“毛毛一定是钟情串串了，才会这么大胆地背叛主人。”当时，我想。

看到金淑燕的狼狈相，没敢告诉妻子我认识这个女人，而是推了正在大笑妻子一把，“你不上班了?”

妻子笑着说:“这么有意思的场面，人狗大战哪，难得一见，就是迟到扣奖金也值了。”

“你说你都多大岁数了，还有这闲心?”

妻子在我的多次催促下，才不情愿地穿上鞋，走出门去。到了楼下，她还站在围观的人群中驻足观望了一会儿，才向楼上的我扮了一个鬼脸，方才离去。

我看到仓库的那个男人也在围观的人群中，人们袖手旁观，跟着起哄看热闹，没有一个人出手相助。

金淑燕无计可施，站在那里气喘吁吁地打着电话，她肯定是在搬救兵，果不其然，不人功夫，从门洞里出来了一个小伙子，他看到围观的人，不满地说了句什么话，肯定不是什么好话，有些人离开了，但多数的人还是无动于衷。

有了小伙子的帮助，小伙子还拦下了几个上学的小学生帮忙，几个人围追堵截，毛毛终于落入了金淑燕的“法网”，毛毛在她打击下，发出一声声地哀号。

小伙子对金淑燕嘟哝着什么，也许是难堪，低着头迅速地进了楼洞。

一场精彩的好戏就此结束，而金淑燕却没有离开意思，跟那个单元两层楼窗户里的女人聊天，由于刚才的嘈杂没有了，所以两个人的交流，很快就传了上来。

金淑燕在说自己的这条狗如何的纯种，如何的金贵，说她花了五千多元钱买来的，养这么大了应该值个三五万元，她说怎么也不会让毛毛与这些流浪犬杂交。

她说这些话的时候，毛毛还在她怀里拼命地挣扎，似乎在探讨这个复杂敏感的问题。我觉得好笑，看起来在犬类中也有阶级斗争，也许我的耻笑发出声来，金淑燕觉察出有人在偷听，便将仰着的头向楼上倾斜了过来，我忙把头从窗户外缩了进来。

那天之后，几天都没有见到毛毛的出现，可公狗的争夺，战事正酣，黑黑在平和齐的协助下，已经确立了霸主的地位，那些公狗们对串串虽然有些恋恋不舍，但还是恐于黑黑的淫威，只好一个一个地忍痛挥别而去，最后留下来的公狗，除黑黑之外，就剩下了平和齐了。

我觉得他们俩之所以能够留下来，就是靠他们的阴险狡诈，才获得了黑黑的信任。只要稍加注意，就会觉察出平和齐相互依靠，彼此眉目传递信息，他们属于阴谋家，这并非是他们对我有敌意的原因，

他们对我的敌意，并不是他们能分辨出我看出他们的内心活动，只是我在喂食时对他们的不公平，才会导致他们这种敌意的产生。

放寒假前，原来我在通辽工作时的朋友还有我教过的学生来我校培训学习，分别过来看望我。内蒙古通辽的牛肉干十分出名，都是精制牛肉制作的，一斤牛肉干，我想怎么也得要二斤的鲜牛肉做原料吧，那里的朋友每次过来都是要带几包过来，可这次来的朋友和学生挺多的，每个人带的又都不少，我分别送了朋友和亲属，

可最后还剩下七八包，放在了冰箱里，时间一长还是长了绿毛，人家说这样也可以吃，但我还是拿下去，去喂狗。

我每次只拿几块，因为对平和齐的成见，我会喂给串串和黑黑，因为串串的特殊地位，她吃起来总是心安理得。黑黑得宠便有种炫耀的意味，总是在平和齐的面前大吃大嚼，不理会他们的羡慕嫉妒恨，这样更加深平和齐对我的敌意。

也许我拿着的狗食拒绝他们的缘故吧，我认为。

喂狗牛肉干的时间是在毛毛加入小公狗事件不久。

第二次给狗喂牛干那天，我正一块一块扔给串串和黑黑时，我觉得身后有种奇怪的声音，这种声音让我敏锐地意识到与我有关。

我转过身来，看到金淑燕正捂着嘴笑呢，那声音发自她手的指缝间，一种抑制不住溜出来的声音。

她拿下手来，那声音便显得肆无忌惮了。她笑够了，才说："没想到你还会关注这些流浪狗，这可与你的身份不符哇。"

我有些尴尬，想来我这么惹猫斗狗的，是让自己不自在。

"这是我跟你说的那个大作家。"金淑燕向身后的一个人介绍说。

这时我注意到在金淑燕的身后还站着一个男人，是一个年龄挺大的秃顶男人。

"这是我老公。"金淑燕让开身体，把她说的老公全部暴露在我的视线里，以便于我们握手和交流。

"幸会，我们是邻居。"我迅速地将握着的手抽出来，指着楼上说："我住在那儿。"

"唔，我经常见到你，你是这个院里比较早有车的人。"他对我不觉得陌生，尤其说到我的车，从这一点上分析，金淑燕是后嫁到这里来的。

可能是我的愣怔，让金淑燕意识到她老公话里的问题，她拦过话题，指着我对老公说："别看他如今是大作家，原来我写作的时候，他经常要向我请教呢。”

看到她一脸的傲慢，我只得配合说：“是呀，那时我刚刚写作。”

金淑燕立时便神气活现，“要不是那时家里家外出事，我现在肯定要出名，至少也要成为我们省里鲁迅式的人物啊。”

我的鄙视不宜在此时流露出来，只能装出不无遗憾的样子，说：“是啊，你们那个时期的作家，现在很多都成了鲁迅了。”

金淑燕咂巴出我这话里的滋味，说：“其实，你就是这些人中的鲁迅了。”

我谦虚地嗫嚅着，说：“哪敢，我又没鲁迅嘴上那两撇胡子。”

我说完后，情不自禁地笑了起来，她先是莫名其妙地望着我，我只好收敛了笑声。可她的笑声狂风暴雨般地倾泻而出，浑身的肉伴随着她的笑声剧烈的颤动，大有一发不可收之势。

我瞥见她老公却对我们的笑置若罔闻，没有一点笑意，甚至还有些惊仄，也许还在为鲁迅的那两撇胡子发呆吧。

金淑燕可能注意到了我表情里的诧异，她的笑声突然中止，与发出时一样的意想不到。

“你可真逗，咋就想到胡子。”

“是呀，因为我没有嘛。”我说着胡子，却把贪婪的目光落在了她老公秃头上仅存的几根稀疏的头发上。

他对我的注视有了反应，讪讪地笑笑，说：“大作家，你们先聊，我先去办点事。”

显然，他对我们之间的谈论的话题不感兴趣。

“别叫我什么作家，我只是个臭教书的。”我说。

“那我就叫你老师吧。”他跟我拱拱手，便拂袖而去。

我想就此结束与金淑燕交谈，说：“你是不是也与他一起出去办事啊？”

“别管他，他又不懂文学。”她一指老公的背影，说。

我一直认为文学创作是一种私密的工作，不是谈和聊出来的，据我的经验，那些常常把文学挂在嘴上的，又要炫耀的人，往往不懂文学。我转移金淑燕的话题，问："你儿子呢？"

我的问题来得突兀，她没有及时调整思路，"他……在家睡觉哇，昨天他夜班。"

她一定误会我提问的意思了，接着说："是我通过咱们文友帮的忙，我把他弄到港上去上班了，收入还不错。"

她说了一个人的名字，其实这个人我也很熟，是港务局的一把手，他经常请我吃饭，总是以向我拜师请教的名义。但我还是摇了摇头，坚称说我们不认识。

这时，她琢磨出我的提问太唐突，问："你怎么知道我有个儿子？"

"哪呀，我是说，说你的另一个儿子。"我笑着象征性地朝吃食的狗比画了一下。

她恍然大悟，又笑了起来，笑得眉飞色舞，衣服跟着笑声上下翻飞，似有风袭来，让我感到一阵痛彻的凉意。

她大笑过后，她开始咒骂毛毛，"这个不要脸的东西，看上这个小流浪母狗了，只要我遛狗，毛毛见到这个骚货，不顾一切，连我的话都不听了。"

"这孩子不听妈的话，不孝哇。"我不失时机地迎合一句。

这话让她听得不是滋味，又无法反驳，只能自顾自说："那天一不留神，毛毛就串入狗群了，要不是我儿了来帮我，我逮都逮不到它。"

"那个就是在港上那个儿子吧？"我明知故知。

"要么，我还会说哪个狗儿子吗。"她说着话，抬头向我家的窗户方向望去，"那天你一定在上面偷看我的笑话，你小子，骗不了我。"

我没做解释，也没有否认。

"你说这狗这不是闹人吗？"

“这是本性。”我笑得很诡谲。

也许让她联想到了年轻时的风流韵事，长叹了一口气，说：“这就是你们男人特点。”

“都一样，都一样。”我含糊其辞，让人觉不出是男人女人都一样，还是特指哪个人和哪个人都一样，思维有些跳跃。

话不投机，我们都不想把这种聊天再继续下去了，她说：“我差点忘记了，老公让我去买灯笼，快过年了嘛。”

我马上说：“可不是，我老婆也让我去买灯笼呢。”

本来她是找个借口离开，可我的连接却不谋而合，她的嘴张合了几下，迟疑一下，才说：“要么，咱们一起去？”

我窃笑，说：“不了，还是你先去吧，买灯笼不分先后。”

金淑燕不知如何接着，无话以对，嘴咧了一下，想笑，可又没笑出来，悻悻然地走了。

在这之后的几天里出奇的平静，由于小公狗们已经离去了，再无战事，偶尔有零星战火，是路过者或是来找机会接近的公狗，在黑黑的带领下，三个小公狗奋力保卫来之不易的胜利果实，直打得来犯之敌落荒而逃。

几个狗们在一起生活，都是以串串为中心展开的，每当谁拿来食物，如果放在一堆，那么串串要先吃，而其他的狗就要守在一边。直到她吃饱喝足，溜到一边去休息，才轮到黑黑吃，然后是平和齐，而平和齐从来不争执，人家都说狗护食，而从他们俩身上却看不到，这也许是同盟者的关系，就是这种关系，才是他们乱中取胜的秘诀。

他们在一起生活，基本是相安无事。

黑黑在与串串具有绝对的交配权，看得出他性欲很高，他总会不失时机地搭上串串的后背，强行推进他的性欲主张，他胆大妄为，全然不顾同类和异类的注目，我说的异类对于犬类来说，我们肯定是异类。他们在光天化日众目睽睽之下，坦坦荡荡，无所顾忌，干他们想干的，做他们想做的，当然，这也是串串的生理生育的需求，他们的做法不可厚非。

有人一定觉得不公平，不是说同一个世界同一个梦想吗，同是动物界吗，他们做得，我们怎么就做不得？人类是有思想有道德的高级动物，所以有法律有警察，当然犬类也应该有警察，也是要有秩序的，也不是一味地允许它们的为所欲为，我觉得它们的争夺就是为了充当警察的过程，以便于最后秩序的落实。

一般情况下，串串都会积极配合黑黑，表现得十分温顺，但有时她也会一反态，反过来将黑黑压倒在地，可这只会引起黑黑更大的反弹，凭借他的健壮的身体，使串串任由他蹂躏。当然，这种简单粗暴的性行为，也会遭到串串的强烈反抗，但更多的时候，她只能无可奈何地接受，只是表示出来不耐烦或是不满，龇牙咧嘴罢了。

平和齐像人类一样，也会眼气，也会嫉妒，他们在黑黑与串串媾和时，大多时间他们是压抑的，躲在一边一副事不关己高高挂起的姿态，但内心是否会波涛汹涌妒火中烧，又有谁能知道呢？而有时，他们俩也会烦躁不安地在一边上蹿下跳，他们用特有的方式排遣内心极度的愤恨和焦虑。

我注意观察，平和齐并非等闲之辈，其实我见到过平和齐趁黑黑不在时，就会偷偷地靠近串串，趁其不备，便会搭肩抹（摸）背。串串也是半推半就，表示出某种愤怒，可那只是一种形式而已，多是在交媾前期和结束时表示一下，更多表现在情景交融的亲热之间。正是因为串串暧昧的态度，让他们屡屡得手。

此时的平和齐配合默契，有先有后，从不争抢，似乎有些合伙的味道，可以人们常用的成语来形容，用狼狈为奸比喻他们俩更为准确。

其实，这些对于他们也不能过于挑剔，他们不过是寻找一种快乐的理由，现在网上不是有这样一种称谓，叫：轮流发生性关系吗。

更多的时间黑黑一直守候在串串身边，让他们几乎无机可乘。他们总是在黑黑刚一离去，哪怕稍纵即逝的机会也要利用，他们惧于黑黑的淫威，他们的偷情显得委琐，总是鬼鬼祟祟，匆匆忙忙。

这样的事情难免让黑黑遇见，黑黑咆哮着，冲上去将其打翻在地，开始，平和齐的一方被打倒时，试图反抗，另一条狗也会出手相救，并尝试过联手对抗黑黑，可终究是因为黑黑太强壮了，他们还是终以倒戈失败而告终。

对于黑黑的吼叫，平和齐四脚朝天，露出肚皮，以至于让对方看到自己已经松软的生殖器，那是一种屈服的表示。这种状态下，黑黑就此罢手，一副胜利者姿态自居，心得意满地享受自己的幸福，与串串颠鸾倒凤，淋漓尽致，无所不用其极。

这期间又见到了金淑燕两次，不知为什么，我总想躲避她，怕碰到她。出于礼貌，见到她就要聊上几句，可是她总会说到文学，和文学圈子里的人。

我原本工作企业的一所中专学校，现在属地划归地方管理成为大专的高校，因为中央直属企业自成体系，与地方联系不多，虽然我是市作协的副主席，但我与她说的那些市里面的作家基本没有联系。特别是现在敢称自己为作家的人也太多了，就我们那一个中等城市，市级以上的作协会员就有近千人，别说这些人在哪里发过作品了，多数人是出书，不知在哪里买个书号就敢出书。

有一年开笔会，有个作家出了本书，他送了我一本书，让我提提意见。我本来就不愿意接受别人的赠书，更没心情也没时间去读这种书，更不愿意给人“雅正”。可参加会议的与我同居一室的是位报社的老编辑，可能是职业病作祟，晚上我应邀去参加朋友的宴请，让同屋的老编辑去参加，他说要阅读人家给他的这本书，我以为是笑谈呢，当我下半夜回来时，他还在挑灯夜读。他对我抱怨说：“你说这是出的什么玩意的书哇？”由于喝得太多了，他后来说的什么我也没有在意，倒头便睡了。第二天上午开会，这个老编辑一点情面也不留，直接找到那个出书的作者，说：“你出的是什么书，错句错别字这么多。”他当众给大家展示了一下，那本书让他的红笔勾勒得满书“飘红”，羞得那个作者就差没找个地缝钻进去了。

作家群体鱼龙混杂，我从不敢说自己是什么作家。参加别人的宴请，我都不敢以作家的身份出现，本来文学早已退出了大多数人的视线，哪还有人认真看书哇。何况现在有时间还要刷微信呢，还有谁静下心来看小说哇。

可她偏要谈文学圈子里的人的事，这让我很痛苦。她会说谁与谁离婚了，谁跟谁的关系不一般，哪个诗人为女人从三楼跳下摔掉了腿，还有哪个愿意受虐的作家，尤其她说了一个离婚的女人跟谁都好，那个男人竟把她在床上说的下流话传了出来。

我听得心不在焉，我对她说的文学圈子里的八卦不感兴趣，刚才说的那个女作家的下流话让我联系到狗事上来，我感慨地说：“要是他们是犬类，就没有那么多的束缚了。”

她用一种异样的目光看着我，我却把目光投向了一边正在与串串分享食物的黑黑，这时另一条小狗加入了进来，一下子便搅乱了刚才平静，这就是毛毛，他不由分说地闯了进来，主动靠近在串串身旁，这让黑黑大动肝火，他们互相撕咬、追逐，平和齐趁机加入进来，接下来便是一团混战。

金淑燕觉得蹊跷，说：“它是怎么出来的?”

我看到金淑燕的脸上开始发红，随即大发雷霆：“我操你妈的，你不学好，我让你们再干，我打死你们!”

金淑燕在地上捡起了一根棍子，恶狠狠地冲进了混战中，横扫过去，小狗们有的中招翻滚在地，有的还做抵抗。串串看到情势不妙，爬起来就跑。

毛毛却执着任性，追着串串跑，这样又形成了那天我看到的情形，只不过我也成了围观的中心，让我不知该离开，还是该帮帮她。

“你还不快过来帮帮我，你是想让人看笑话吗”金淑燕对我吼道。

她凶神恶煞表情，确实吓到了我，我哪里敢看她的笑话，只有不情愿地过去帮忙。

在我的帮助下，毛毛很快就束手就擒。其实这很简单，只要两面堵截就可以抓到他。

金淑燕一边牵着绳索一边用棍子打着毛毛，撇开我走进门洞，还能听到她厉声地对毛毛呵斥，“你要是再出来，看我不打断你的狗腿。”

这个咒骂是过去几年我父母那辈人，对我们这些出去疯玩的孩子最常用的叫骂，这咒骂丝毫没有让我感到恶毒，还产生了一种久违的亲切。

不久之后，毛毛果然断了一条狗腿出现在楼前。

他拖着一条腿，一蹦一跳地走路，我想起那天金淑燕的话，大家猜测是金淑燕对毛毛的管束，并施以暴行的结果。

我一下子联想到了巴金写的《小狗包弟》里的邻居，那个艺术家那条被专政队打断后腿的可怜小狗。那个对艺术家报以同情的小狗，它不懂人类的那种复杂的事端，虽然被专政队打折了一条腿，可他忠实地守候在家中，什么也不吃，哀叫三天而死。

可悲的人类。

很多人都在同情毛毛的境遇，责怪金淑燕对狗也太不人道。我也觉得过分，何必这么毒辣，跟一条狗计较？

金淑燕肯定也听到了人们的议论，有一天见到我，没说几句与文学相关的话题，便问我：“你是不是听说毛毛的事了？”

我装糊涂，“你说你儿子？什么事？”

“你没看他现在跑了出来瘸着腿吗？人家说是我打折的。”

我支吾，说：“唔，没有，我跟这里的邻居基本没来往，更谈不上聊什么了。”

她盯着我，解释说：“这不是我打的，是他从四楼上跳下来，摔断的。”

我很震惊，毛毛这么勇敢，不惧断腿，甚至失去生命的危险，从四楼跳下来，属实让人佩服。但我不能在金淑燕面前说赞扬的话，只能开玩笑，说：“儿大不由娘啊。”

她没有被我的玩笑逗乐，而是阴沉着脸说：“我再也不管他了，愿意谁要他谁要，我是不能再要这个小畜生了。”

“放养了？你舍得？”

她长叹一口气，说：“不就是花了钱吗，一条瘸狗哪里还值钱了？”

从那以后，金淑燕真的不管这条断了腿的毛毛了，任由他一意孤行。据说开始毛毛饿了，还回家去找吃的，而金淑燕铁了心了，不再给他开门。毛毛有时见到昔日的主人，马上过去表示热情，也会遭到金淑燕的哄撵，金淑燕对毛毛已然无动于衷，这让毛毛彻底失望了，再遇到金淑燕，他识趣地躲到一边，也不再凑过去讨没趣了。

我对妻子说狗这动物真是精灵，什么时候都懂，就是不会说话。妻子却诧异地望着我，一直把我望得无话可说，躲避逃跑为止。

正是主人的抛弃，才激发了毛毛坚强的斗志，他已意识到自己无后路可退了。

毛毛与黑黑之间的体力上差距太悬殊了，根本就不是一个等量级的，加之毛毛的残疾，获胜的可能性非常之小。可毛毛的勇敢和顽强，在强大的敌人面前毫不畏惧，他的咆哮就够让他的对手望而却步，他的叫声很独特，是从腹中发出的怒吼，声威大震。

刚开始平和齐还会帮助黑黑去讨伐毛毛，很快他们俩就不敢轻易出手了，毛毛的奋不顾身，让他们恐惧，特别是当毛毛与他们对峙时，或是小的冲突，让平和齐不得不折服。

在我观察中发现，毛毛在与平和齐的交战中，他还具有优势的，别看他瘸着腿不灵活，但他的出口准确命中对方要害，并且犀利，每次都会使对手鲜血直流。

我研究了平的嘴部结构很不合理，他们显然没有尖嘴利牙，每次下口时最多咬下对方的几撮毛。而齐的前腿功能还有问题，前腿短且细，上扑时没有力量，与毛毛正面交锋，一下子便被对方扑倒，再爬起来时，早已失去了优势。

这些就是杂种的原因造成的，他们肯定遗传了劣质基因。从这方面也能说明毛毛是一条纯种的泰迪，加之在成长中，得到的优良食物和培养，这里不能不强调金淑燕的功劳，毛毛毕竟是富二代嘛（笑）！

黑黑为了巩固自己的统治地位也是下了死口，毛毛被他咬得遍体鳞伤。可毛毛从来不像其他狗那样服软认输，誓死不会亮出自己的肚皮表示臣服，他不贪生，不怕死，可能是那“民不畏死，奈何以死惧之”的信念在起作用。

毛毛也很机智，常用攻其不备，而且很多次都会偷袭成功。当然，这也会遭到黑黑的猛烈的反扑，他总想致毛毛于死地，常常咬住毛毛，甚至咬到要害处也不松口，有时十几分钟，甚至更长时间，这时肯定会有人来干预，我也曾下楼去制止黑黑残暴的行径，使黑黑常常达不到目的，这也算毛毛后来成功的一个要素。

我还发现了一个现象，就是不止我一个人在关注着这几条狗的命运，楼前楼后很多人都躲在玻璃窗后，观看或是关注着这几条狗的剧情发展。

也许是被毛毛不屈不挠的精神所打动，串串在几次人类的人为的干预之后，她主动站了出来，当黑黑出手成功，并想一招制胜时，串串就会适时出面，将黑黑从毛毛的身上赶下去，多次挽救了毛毛的生命。

串串肯定动了恻隐之心，才会采取各种措施来制止黑黑，这样一来，感情或是爱情的天平开始倾斜了，一直以来在黑黑面前装作温顺的平和齐，也看到了机会，见风使舵，在毛毛和黑黑的斗争中，只要串串参与进来，他们便冲上去追咬黑黑。

集体力量可以战胜一切强大之敌，黑黑终于以失败而告终。

黑黑虽心有不甘，伺机反攻倒算，可不待毛毛出手，平和齐会结伴而上，充当毛毛的“马前卒”，将黑黑驱逐出境。

黑黑只好放下架子，表现出了懦弱，他明白败军之将不可言勇的道理，拼命讨好毛毛和串串。可换来的是对他的白眼，对他不理不睬，这主要体现在别人将食物送过来时，只要黑黑靠前一点，就会遭到以串串为首的群体攻击。

黑黑见大势已去，不得不退出历史舞台，只好背井离乡逃难去了。

毛毛因此征服了串串，人们常常看到他们耳鬓厮磨，秀着恩爱甜蜜，由于身体的需要，两者之间变得热络起来，要用人类的两情相悦这样的词也恰如其分。

不可忽视平和齐两个“汉奸”的作用，有时他们在毛毛当面或是背地里，也会在串串身上讨便宜，毛毛不似黑黑那么刻薄，他会视若无睹，或是故意回避，表现出对平和齐更多的宽容和理解。

还有一点我后面要说明，才不至于使得他们之间的关系复杂起来，这是一妻多夫制的家庭，有很和谐意味。

人类对犬类也该应有充分的理解和宽容，谁让我们是人类呀。

一个多月的寒假很快就过去了，一晃便开学了，上下班便显匆忙。我与金淑燕的作息时间有着明显的不同，不像在放假期间，我们可以经常遇到。我白天都在班上，遇到金淑燕的情况比较很少，即使有，也会故意躲避，或是在车里磨蹭一会，也就过去了。上班时总要早些出门，怕早高峰堵车，耽误了上课时间，另外自己毕竟还当上了个小头头，装着以身作则。下班后，不是有应酬，就是到岳母家吃晚餐，回来时间又晚，也难碰到她。

我搬到这个小区十多年了，因为离岳母家近，就没开过火，早饭一般是在路边吃油条一类的小吃，或是在家对付一点现成的，中午我们学校有食堂，晚饭都是在岳母家里吃。

就是在放假期间，也要到岳母那里吃，每天她都会精心为我们家人准备，即使现在老太太都快九十岁的人了，也会天天如此，你要是提出不过去，老太太就要耍脾气。

假期时下楼出去，经常遭遇狗和金淑燕的原因也有其中去岳母那里吃饭这一点。当然还有其他原因，比如自己要经常下楼活动一下，不然没有了阳光照射，会造成缺钙一类的身体问题。

上班到了周末，与金淑燕偶尔打个照面躲不过去时，也就是打个招呼，表示出焦急或是匆忙，也就过去了。与金淑燕一样，见到那几条狗也是有限的，另外自己觉得上班后再去关注几条狗，似乎有些不务正业。

可有些事是回避不了的，随着天气转暖，白天的时间越来越长，从家出去和回到家里时，不再披星戴月，特别是过了开学那一段时间的忙碌，也有了闲心关心一下狗的是非了。

首先引起我注意的是毛毛肚子大了起来，我马上意识到，其实也没有必要意识到，这谁都知道，串串怀孕了。

再就是我发现平和齐已经不在这里徘徊了，我有些好奇，想想也不奇怪，按照自己的思路来判断他们离开的原因，不难得出结论。平和齐看到串串怀孕了，而且都已经过了发情期，他们再无便宜可占，主要是不想负担起他们的责任，或许也像人类一样，出于醋意，或是对串串肚子里的孩子的怀疑，他们俩玩起集体消失，而且消失得无影无踪。

陪伴我整个假期的沸沸扬扬、喧喧嚷嚷、旷日已久的一出狗的大戏，就这么落下了帷幕，草草地收场了，这种平静让我一时半会还都接收不了。

不让我意外的是毛毛忠实地守候在串串身边。

在这一时间段，也有几个与毛毛串串相关的故事。我这么说，你们一定认为我在编故事，会以为小说写到这里是个空档期，小说要是没有了起承转合，谁能读得下去呢。所以我才会找几个有关的故事，来弥补这个地方的空白。

我告诉你们，不是，真的不是。

在这期间确实有这么几件事存在。

一个是一家四楼住户的男主人下半夜被疯狂的狗叫惊醒，我们楼卧室都在南面，而狗的叫声是出现在北面，在南面还能听到尖厉的狗叫声，还是通过关闭的窗户传进来的，一定很大声，狗们必定受到某种刺激，也许还有别人家的人也被这狗叫声惊醒，可这个男主人惊醒与其他人的性质不同，因为当他走出卧室时，觉得冷风习习扑面而来，在他感到不可思议同时，他听北面的响动，是一种慌乱声音，我忙过去打开北面连接阳台的灯，只见一个人影闪出窗外。男主人大声吼叫："抓小偷!"

当他跑到窗台前，那个窃贼已经迅速从楼下几家的防盗窗栅栏上溜下。可是他没有逃过两条小狗的追捕，串串扯住了窃贼的裤角，毛毛趁机扑上去撕咬，窃贼又是踢又是踹，最后还是挣脱两条狗的围剿，仓皇失措逃走了。

那天我也是被狗叫声和吼声惊醒的，我是扒在窗户看到了这一幕的，很多人家都打开了灯，让这一幕看得清清楚楚。

窃贼攀着防盗窗的栅栏上来的，四楼这家没装防盗窗，而且他家做晚饭后，放油烟窗户开了一条缝，忘记关了，让窃贼有了空子可钻。

这是真的，那个窃贼钻入窗户后，他怕发出动静，把一双皮鞋脱了下来，当他在主人的吆喝下逃出窗户时，没来得及带上那双鞋，赤着脚下去的。

那双鞋在第二天被这家的男主人扔到了那个充作仓库的车棚房顶上。

不信，你们可以去看啊，哪双鞋现在还在。

窃贼没有盗取任何的财物，还损失了一双鞋，一定很窝火。

后来听说这个窃贼因为被狗咬了，去打狂犬疫苗，被接到报案后等在那里的警察逮了个正着，我还听说这个窃贼是个转业的武警。

难怪他那么灵巧身手这么敏捷。

只是这个传说是真是假，我没去核实过。当然，也没有必要去核实。

还有就是半夜我们家对面楼上的一家失火，是从做厨房的阳台上开始烧起来的，这两条小狗拼命地叫唤，有人发现后，叫醒这家人，楼上楼下的人都来救火，当 119 救火车赶到时，火已经被扑灭，由于发现及时，避免了一场更大的损失。

我是被人们的叫闹声吵醒的，然后看到了外面的火光，再就是看到人们扑火的全过程。我得承认，我没听到狗叫，但这不能怀疑别人也没听到狗叫哇。

串串与毛毛俨然把自己当成这里的主人了，抓小偷和救火的故事只是丰富他们在这里存在的合理性，这样的故事我还可以说出几个，或编出几个，没有这样的故事，也许会平淡无奇。正是这样宠爱，让他们在这里生活无忧，有滋有味。

我加入这些为毛毛串串提供食物的人群，我经常把食堂中午别人剩下的肉用塑料袋装回来，顺手下扔给他们。串串见到我，眯缝着眼睛，热情地迎接我。而毛毛却一直对我有敌意，对我从不讨好献媚，远远地盯着我扔给他们的食物，一副不为五斗米而折腰之态，也难怪他，我毕竟曾做过金淑燕的帮凶，对我敌视的态度情有可原，我知道狗这个动物会记仇。

与我们一样一直相对冷淡的仓库的主人对狗们变得出奇的热情，开始热衷于给狗办实事办好事，先是他为狗搭建了一个狗窝，虽然简陋，可足以为狗们挡风避雨。以往在雨天，两条狗去门洞口的雨搭下躲雨。

他一反常态地天天都给狗喂食，并热心帮助为狗准备的铁制的饭碗。

开始我还以为他同我们一样，是被狗的故事及行为所感动了呢。

可是，接下来，他专门搞了个狗链子，把两条狗拴了起来，让具有流浪本性的串串适应不了，以往见到熟人会围前围后，扬起前爪搭在人的腿脚上表示他们的热情，而有了铁链的束缚，她只能腾空跳跃，发出低鸣声，表示自己的不愿意。

仓库主人公开拒绝那个女士给狗提供食物，说从今以后这两条狗就是他们家的了。

女士很不满，说："从串串到这里开始，就是我喂的，现在怎么变成了你们家的狗了。"

"对呀，因为串串一直在我家的范围内生活，早已经成为我们家的了。"

"这就没有道理了，这么久了，你也没有说过狗是你们家的。"

仓库主人不怀好意地笑了一笑，说："对呀，那时我给他们的办的暂住证，现在我给他们永久居住权。"

他说着话，一指那个狗窝。按照他的说法，他们家的小院，连同狗的活动范围一起变成了专属经济区，狗自然成了他们的私有产品。

女士心有不甘，"照你这么说，那些猫们也属于你们家的了。"

他头仰着，望了望房顶，不以为然地说："那我不管了，在我没考虑好是否为他们提供居住场所之前，猫们还是自由的。"

这就是说猫与他没有关系，也就默认了那个女士可以为猫们献爱心。女士显然不愿意跟他计较，便把拿去食物喂猫。

我们心里清楚，他的做法，是给经常喂狗的人看的。随后，他变本加厉，在小院门上也加装了一条链子，来宣示他们家对小院拥有的主权。

为此，我曾在物业人员收物业费时，提出过他们家的小院产权问题，我并没有拿狗说事，而是说他们家的小院是可以放车的，我表示若不解决好这种关系，还拿出不交物业费的陈词滥调相威胁。

业主只有这么一点可怜的权利，所以常常拿出来吓唬物业。

物业人员耐心地说服我，“别人也有反映，我们协调过，可人家不买账，我们也没办法。”

“你们就不能用强制的手段吗?”

物业人员无奈地说:“我们又没有执法权。”

我还发现了一个问题，就是仓库主人突然善心大发的企图让人心生怀疑，让人不可思议。

那天，我见到了金淑燕，闲聊几句，我突然想到这个问题，“你说这家人，不但拴上了串串，还把你们家的毛毛也拴上了，不管怎么说，毛毛的所有权也是你们家的。”

我的话里明显有挑拨意味，金淑燕不可能听不出来，“嗨呀，这个毛毛我懒得管了，你这么聪明还不明白怎么回事? 其实毛毛也是个搭配，拴不拴他没什么用。”

我大惑不解，让她为我揭开了谜底。

金淑燕拍了拍自己肥胖的肚子，说:“毛毛现在瘸着腿不值几个钱，可串串肚子里要是有了毛毛的种，可就不一样了。”

我彻底明白了仓库主人这种做法的目的，他主要惦记着串串生出的狗崽有没有毛毛的种，主要是能不能卖上好价钱。

有一点，我一直不愿意说，应该说谁也不如我观察的细心，毛毛的交配没有什么实际意义。受那条伤腿阻碍，他与串串交配，心有余而力不足，只是一种形式而已，没有真正的行动，串串肚子里的崽子根本不可能是毛毛的。

但我没有把自己的观察告诉给金淑燕。

天逐渐暖和起来,树上也出现了星星点点的绿色,正是在这孕育生命的日子里,狗产崽了。

那是一个星期天,是个阳光明媚的日子,我第一次见到串串在狗窝外,懒洋洋地躺着,在她身边有几个毛毛球一样的东西,我仔细看了一下,才清楚那是几条小狗。

我忽略过串串的怀孕和生育的时间,我在网上查过这方面的资料,知狗怀孕要有两个月的时间,这也是我们共同盼望的,我走近栅栏,认真地查了一遍,一共三条小狗,你们猜,都是什么狗?

生育的三胞胎,长相各异,其中一条是黑色的,中间有杂毛,那一定是黑黑的作品,另两条肯定是平和齐的种,那长相尤其是主要特点,如同模子里刻出来的,跟他们的父辈一个德行。

如我所料,三条狗三分秋色,根本没毛毛什么事,这让我又好奇又好笑。

这时,毛毛突然窜了过来,对我地大声吠叫,他把我当成了偷盗的人了。

毛毛的叫声引来了仓库的主人,他看到了我,因为我们有过小冲突,可能我对物业反映的问题,也会间接地传达到他的那里,所以他对我一直不太友好,甚至对我有些仇视。我对他更没有好印象,看到他走过来,我转身想离开,可他却开口说:“你要养这小狗吗?”

我转过身来,诧异地望着他。

“你要养这小狗吗?”他又问了一句。

我弄明白他的意思后,摇了摇头。

“我看你挺喜欢小狗的,咋不要?”他说话的神情发生了变化,懊悔地指着毛毛,说:“我知道,你们都惦记这个泰迪,妈的,这几只没有一个是他的种。”

我不知该说什么好,“都挺好玩的,不过,我可没有兴趣养狗。”

他露出遗憾,说:“我这一段时间白投入了。”

我知道他说的这句话意味着什么。

小狗长得很快,转眼间就围着母亲蹦来蹦去了,我也有事没事地看着小狗们的玩耍。

串串无所顾忌地敞开胸怀,让小狗们无拘无束地吃奶,我看着看着,不自觉地感到脸热,我忙回顾周围,看看是否有人观察到了我的内心悸动。

很明显,我的担心多余。

毛毛担起了养父的责任,总是警惕谁会偷狗崽子,谁要距离近了,他就会发出低吼声。

串串还是拴着的,毛毛已经被解除了束缚他的链子。

毛毛非常爱护这些,对串串也十分地忠实,他毕竟是从大户人家出来的,觉悟高素质好,我真替他有些抱屈,这些串串的后代与他又有什么关系呢。

这期间,毛毛对昔日的主人金淑燕,表现出出奇地亲近,金淑燕要是接近这些小狗,他不似对我们的敌意,而是欢天喜地迎接金淑燕,还会驱赶着小狗们凑过来,似乎向主人表明这是他的功绩。

我问:“狗是色盲吗?”

金淑燕回答我的疑问:“他没有人类的判断能力,他哪里知道哪个是他的崽。”

“是呀,他们又没有设立医院,没法检查 DNA。”我又玩笑了一回。

金淑燕果真又肆无忌惮地笑了起来,由于天气和衣服的对应关系,衣服包裹起来的身体更加显著,那身肉随着笑声也就波澜壮阔,生动活泼。

金淑燕笑过后，她弯下腰去，抚摸着从栅栏里探出来的毛毛的头，意味深长地说：“他也许知道，可他很无私。”

我却感慨万端，“如果是这样的话，就更可悲了。”

金淑燕直起腰来，白了我一眼，然后又投向了毛毛，我发现她的目光是软软的，有怜惜有心疼的成分融合在这目光中。

随后的几天里，小狗一条一条地消失了，最后，一条也不剩了。

我听说小狗们被卖掉了，但也有别的说法。当然，我宁愿相信跑掉了，或者死掉了，因为我不会管人家的闲事，但小狗们的去向一旦与金钱扯上关系，难免不让人憎恨那些剥夺其父母权利的做法。

他们从被人类所豢养那一天起，就无法主宰自己的命运。

可怜的串串整天耷拉着肚子下松松散散的奶头，面露悲戚地走来走去，真的，你们别不信，狗绝对是有表情的。

这话，我对金淑燕说了。

一段时间以来，我的应酬相对少了些，因为我的二姨姐家的孩子生小孩，二姨姐去侍候月子，原本我妻子她们姐俩人换班陪岳母过夜，现在变成了妻子一个人去陪岳母了。每天我在岳母家吃过晚饭，便早些时间回家。而每次回家时，总会看到金淑燕站在栅栏那里。

我说完这句话，半晌没有得到对方的回应，等我觉得没什么意思时，金淑燕才开口，对我说：“串串的难受是身体上的。”

我说我知道，我想阻止她说下去，可她还是说了：“哺乳期若没有吸吮，这跟女人生育后……是一个道理。”

我想笑来着，可只是撇了一下嘴，笑声就被我咽了下去。

因为我看到，毛毛善解人意地凑到串串的跟前，用头蹭了蹭对方的头，我认为这是在安慰串串。正当我胡思乱想时，毛毛出乎意料地将嘴拱进串串的怀中，使劲吸吮着串串的奶头。

毛毛的突然举动，让我难堪，让我无颜无脸面在那里观望，我没有与金淑燕打招呼，便逃之夭夭了。

我觉得不可思议，也许毛毛听懂了我和金淑燕的对话？不得而知。

可是几天后，发生了更为惨烈的故事，更加让我不可思议。

这天早晨，我被狗吠吵醒，这是毛毛的叫声，我分辨得出来，而这一天的叫声不同于以往，以前多是串串配合着叫上那么几声，而今天毛毛的叫法非常奇怪，过去的声音一般总是很短促，而今天的起头虽是短促的开音，而在吠声里拉长了声音，中间还加了泣韵，完全是一种哭诉。

对，哭诉。

可能是发生了什么意想不到的事情，才让毛毛如此伤心。我猜。

我穿衣，洗漱，看电视天气预报，看第一时间的新闻，然后穿鞋出门，下楼，出门洞。毛毛就是这么一直叫着，一直伴随着我的行动过程。

我在这种叫声中，走向了小院。

毛毛跑了出来，主动跑到我身前，这是以往没有过的，可怜巴巴地望着我。

我问："怎么了？"

他说不出人话来，只是绝望地嘶哑地歇斯底里地倾诉着。

我听不懂，只好望向狗窝，那里只有空空的铁链子，没有了串串。

我明白是怎么一回事，这是串串不在了。是主人卖了她？还是杀了她？还是送人了？还是串串不堪重负离开了这里？

不得而知。

毛毛一定在乞求，想得到我的帮助，可我又有什么办法呢？

即使我使用"他们"来称呼，可真正的"它们"毕竟不是我们的同类，它们的喜怒哀乐，我们人类是无法体会得到，更无法去解决它们的问题。

我能做到的，只有一声同情的嗟叹，转身离开了。

毛毛心有不甘地，痛苦地拖着伤残的身子，尾随我走到了楼拐角处，失望地望着我上了车。

毛毛随即发出痛彻心扉的呼叫声，我不愿再听到这种心碎声音，给上油门，启动车，逃也似的离开了。

这一天在班上，一直心不在焉，总好像听到毛毛的叫声，那种痛彻心底悲惨的声音一直回响我的耳畔，让我始终不踏实，到了下午三点多钟，我不得不找了个借口，开车溜了出来。

回到家门口，没有听到毛毛的叫声，而听到的是金淑燕吵架声。

金淑燕正在跟仓库的主人理论着什么，看到我下车后，撇开仓库主人向我走来，仓库主人一闪进了大门里面。

“太不讲理了，我质问他们把串串弄哪去了，他们说不知道。哪能呢。说不准他们半夜串串杀了吃肉了吧。”金淑燕语调里仍然充满着火药味。

“他们没有那么残忍吧，那么点小狗，也没有什么肉啊。”我说。

“他们什么坏事干不出来，什么屎他们不会屙。你没看他们在仓库里做的什么吗，他们在用色素兑水做的假饮料，你没看他们一车一车地往外拉吗?”

“是吗。”这让我十分震惊，在这里居然还隐藏一个制假工厂。

“毛毛呢?”我环顾，没看到毛毛。

“刚才还在这里呢。我与这个老板说话时，他还在这里来着，这阵子不知跑哪去了。”

“不会去找串串了吧?”

“毛毛好可怜哪，一天不吃不喝，就在这里哀鸣，我给他拿吃的，他拒绝，我想把他抱到楼上去，可他拼命挣脱，还是回到这里。”

我慨然叹之:“失去同伴会让他这种痛苦，人能做到吗?”

从那天起，再也没有见到毛毛，是他去寻找串串，还是寻了短见，虽有很多的猜想，但都不一而终。总之，他再也没回来。

以后，金淑燕见到我，不再谈文学了，总会谈到她的狗，他的毛毛。其实她还是心痛和关注毛毛，总会说："毛毛哇，懂情懂义，让人想念。"

开学以后，我在多种场合谈到了我们家楼下狗的故事，多是在酒桌说的。

这一天，又约几个男女同事在一起吃饭，我又说起了毛毛这条可怜的小狗。在桌上有个女同事交叉存在于几场饭局，她开始抱怨，说："你咋总把这件事挂在嘴上啊？你总说这狗事，让我们觉得你有些不怀好意。"

我尴尬地解释说："不由自主。总是不由自主说这狗事。"

桌上的人笑话我说："这么一个狗事，还不是文人付诸文雅而为之，说得津津有味，让人觉得像真的一样，他肯定别有用意。"

说到了真假，说到了用意，我也不辩解，说："我要搬家了，不能在那里住了，我真的经不起骚扰了。"

那个女同事一脸的坏笑，问："是狗？还是人啊？"

我笑了："狗人。"

（原载《芒种》2015 年第十期）

歌厅里的格格

他在包厢的沙发上坐了下来，拿过茶几上准备的烟，随手抽出一支来，叼在嘴上，用火机点上火，很是悠闲地吸着烟。他用挑剔的目光环顾着这个歌厅包厢的环境，他觉得电视的屏幕似乎小了些，音箱放在地下也不太合理，他看到许多的娱乐场所都是将音箱吊在墙上的。吊在墙上的是一个昏暗壁灯，流淌着一种可疑的光彩出来。室内的布局也好像有些问题，室内只有横成一排的单个沙发，与放在沙发前面中间位置的瘦小茶几，显得十分的滑稽。

他在想如果坐在首尾两头的沙发上，伸手肯定拿不到茶几上的东西。他正思考着这种复杂的问题，他听到了门响，他知道这该是自己需要的人出现的时候了，他将期待的目光挪向了那个唯一能够与外界有关的地方。

她就是这样出现在他的视野中。

他没有自己预料的那么兴奋，这主要是墙上那个壁灯制造出来的一种假象，他只看到了她的轮廓，他感到那个轮廓还是很美的，但他还是找出了她的不足，她穿的那种裙子稍稍长了些，动人的地方被笼罩得丰满起来。

她没有说话，将手摸索墙的一侧。他正在分析着她的动机时，室内突然间明亮起来，他注意到在顶棚上，镶嵌着几个日光灯。在灯光下的她做出一种动人姿态迎接着他的目光。

他想到了她的丰满，便先去看她的裙子，他马上否定了自己先前的判断，用丰满这个词显然是不准确的。裙子是市面上时兴的那一种，从腰的中间开襟一直斜到小腿处，她的那双颀长健美的腿便呈现在他的面前。他意识到她穿的是身套装，上衣与裙子是配套的，很容易联想到上衣是什么样式的。他的目光习惯由下往上滑行，他在她的胸部停留了一下，那个胸不是很饱满，他觉得这是个不那么成熟的女孩子的胸，自然而然地联系到她的脸，看到她的脸果然如他的意料，也就是说她还只是个女孩，娇嫩、秀美、青春可人，朦胧的眼神中透着一种礼貌的微笑。

“你怎么不过来呀?”他说。

“我还不知道你是否相中了我。”她含着笑说。

“相中不相中，你不是已经来了吗。”他说。

“很多的客人都是挺挑剔的，让他们选择最满意的，这是我们的规矩。”

“当然。我没有说不满意，你就应该走过来了。”

她很是明艳地一笑，顶棚的灯在她抬手之间熄灭了，她明艳的笑消失在昏暗之中，在昏暗中她那双好看的健腿错落有致走向他。很快他嗅到了她身上的馨香，搞得他有些迷离，他觉得挨近他的身边坐下来的不是个形体，而是一团雾。男人和女人接触时，对气味总是很敏感。

她看到他抽烟时，说:“这里是封闭的，排气设备不好。”

他知道她反感他吸烟，便有些尴尬，将手中的烟揿在烟缸里，一股青烟从掐灭的烟头上袅袅升起，他故意用手扇了扇，对她说:“咱们唱个什么歌呀?”

“这应该是客人先唱的。”她说。

“这恐怕不是这里的规矩吧。”他说。

昏暗的灯光里出现了她的笑，笑得很模糊，他听到了她说:“这不是规矩，但这是礼貌，既然你不想先唱，我就先奉献一曲。”说着，她很熟练地在选歌器上按下了一溜的数码，她说:“我给唱一首

《缘》吧，咱们能在一起总是一种缘嘛。”

他没有听过这首歌，但女孩要为他唱歌名《缘》的这首歌，令他十分的感动。他说：“人确实需要一种缘分的。”

说话间，歌厅的音乐的声音便起来了，她拿起话筒唱了起来，她的声音如她的人一样稚嫩，童声童气，听上去别有一番滋味，煞是动听。

不等她唱完最后一句，他便由衷地鼓起掌来了。在他的掌声中，她将身体向他靠了靠，他也就顺应了她一下，将一只手挪向她的肩头，肩头是裸着的，手感很细腻，他涌起一股冲动。他说：“太遗憾了，没有那么多的人为你喝彩。”

“只有你一个人的喝彩就足够了。”她说。

为了回报，他点了一首近期流行在街头巷尾的歌曲《流浪歌》，刚开始听这首歌，他十分讨厌那种腔调，而他尝试着唱了一回后，他才明白人们为什么能够喜欢这首歌了，唱这首歌能够宣泄心中的某种哀怨的情绪。尤其今天唱这首歌，更能使他排遣带到歌厅里来的那种晦气。随着音乐，他动情地唱了起来。

她觉得他的唱法有些夸张，但印象还是不错，像是个经常唱歌的人。等他唱完后也就顺应着他的歌声鼓起掌来。

只有一个人的掌声，听起来很虚伪，搞得他有些难为情，他就说：“咱们两个人没有必要这样互相喝彩，那种掌声让人听起来不自然，甚至让人觉得挺肉麻。”

她对着昏暗的空间笑了笑，这一笑让他捕捉到了，他问：“我看到了你在笑话我。”

“哪能呢，我只是想到了笑就笑了，我常常这样的。”说着她又笑了笑。

“你的《流浪歌》唱得像是那么一回事，就像你真的在流浪似的。”停了一下，她又说。

她很希望叙谈，这是职业造成的。

“当然了，我就是这样一个漂泊者。”他说出这句话显得十分的沉重。

她觉出这句话的分量不只是在语言上，而是压抑在眼前这个男人的心里，她说：“既然我听过你的歌了，那么咱们还是合唱一首吧。”

听到她的提议，他欣然地说：“那就唱这首歌吧。”

“哪首歌？”她困惑地望着他。

“就是你说的《我听过你的歌》嘛。”

她敬佩眼前这个男人的机智，这是一种文化的体现，她笑着去按动挂在墙上的点歌器。歌声还未响起来，他借着这个空闲出来的时间，用手搂了搂她，说：“唱这样的歌总是要挨得很近的。”

她笑盈盈地对着他说：“那样你会把我带入你布下的圈套的。”

他觉得她识破他的诡计，他低估了这个女孩的思维方式，这样的女孩子总是很危险。他本想解释一下自己的做法，而歌曲的前奏已经响了起来，打断了他的这种想法，这种解释一时间显得不那么重要了。

当听到她唱起了第一句歌词，他还在犹豫那只已经搭在她肩上的手是否应该拿下来，在这种犹豫中，险些耽误了接下来的对唱，她用另一侧浑圆的肩头，轻轻地撞了他一下，示意他往下唱了，他忙不迭地唱出了下面的歌词。

虽然他在唱着歌，却隐隐地体会到刚才那一下撞击对他的影响，起码说刚才她的那个动作，是个没有反感的动作，他觉得没有什么必要再拿下搭在她肩上的手了。

她唱得十分的清纯，是个小女孩表现出的稚气的声音，如涓涓泉水一般。他完全沉浸在这个清纯的歌声之中。音乐消失后，她见他没有什么反应，又用肩轻轻地撞他，他如梦方醒，情不自禁地鼓起掌来。

“刚才说好的，就咱们两个人，没必要鼓掌的，说是肉麻。只一会儿的工夫,你就忘了?”她说。

“这与刚才不同,刚才都是一个人在唱,而这次是我们的第一次合作,还是值得喝彩的。”他在强词夺理。

“你这个人很会说话。”

“是吗,既然你说我很会说话,我们真的需要吹捧一下。咱们俩的对唱,真是天衣无缝,珠联璧合……”说着他又忍俊不禁地唱了起来,“我想问一问你的姓名……唉,对了,我想问一问你的姓名,你叫什么?”

“你很在乎我的姓名吗?”她问。

“当然,因为你是我的知音,我又多了一个朋友。”他被歌词彻底的感动了,自觉不自觉地利用了歌词的含义。

“你真的想听,我就告诉你,我叫张梅。”她说出这个名字,似乎非常流畅,说出来后,又显得十分的别扭,对于这些小姐来说,名字不过只是一种符号。

他敏锐地观察到了她的复杂表情,不由自主地说:“你不必掩饰了,我知道你的姓名是假的,我也不在乎你记住我的名字,我只想听到你的新歌,你的声音。”

他还在巧妙地运用歌词的功能。她又联想到了他的机智,她愉快地笑了起来,说:“我承认我的姓是假的,但我的名是真的,如果你不习惯叫别人的假名的话,你就叫我小梅好了。”

“小梅一定是你的小名了?”

“不是的。”

“那你的小名叫什么?”

“这要叫你猜一猜了。不过,我可以为你提供一些线索,不然你是不会猜到的。我的家是在中国最北面的城市,是满族人聚居的地方,我的小名与满族人的叫法有关。”

“一定是叫格格了,是满族人对公主的称谓,对吧?”他不假思索地说。

她还以为他会开动脑筋猜上片刻，她绝没想到他的反应会这么快，又是那么准确地猜到了。她感到她与他之间的距离不是那么遥远，点点头说：“你猜得准极了，我并没有给你多少提示，看起来，你这个人确实很聪明。”

“他们都这么说我，既然你也这么说我，看起来我确实是非常聪明的那一种人。那我就叫你格格吧。”

“那当然，但只准你叫，还只能在包厢里这么叫，出了这个包厢，就不能叫了。这里的人都不希望叫自己的真名的，包括小名，这涉及我们的自尊，那会让我们很伤感的。”说到了伤感，她的声音便也有了幽怨。

“那你就不想知道我的姓名吗？”

“我们一般从不过问先生的姓名。既便说了，也很少是真的。”

“小姐与客人之间很少有信任的，那我就不说我的姓名了，说了也是假的，至少你也会这么认为的。可是我很想听到你为我唱那首《枕着你的名字入眠》，不知道你是否会这首歌？”

“这里的歌我很少有不会的，要知道那是我的专业。不过，这首歌很温馨的，你怎么也要做个温馨动作送给我。”

他听出话里面有怂恿的成分，他很乐意这么做，便用胳臂揽过她的肩头。她将自己的头，依在了他的臂弯中，柔顺的头发轻拂在他的脸上，一种痒痒的触觉撩拨着他，他听到在身体的某个部位发出了一声脆响，音乐便骤然而起，清泉一样的歌声似乎就从身体的那个部位发出来的，他想这首歌把他们一下子联结在一起了。

歌声结束后，他并没有放开她，她也做出相应的表示迎合了他。他搂着她像抱了一个大娃娃。他心里暖暖的，很是滋润。他发现自己很久没有这种感觉了。

“格格。”他叫她，声音柔柔的。

“嗯。”她答着，还将脸朝向了他。

“你很纯，纯得我都不忍心伤害你。”

"我总是遇到好人，很多的先生都是对我这么说，不像那些小姐总是说客人的坏话。我觉得我的客人都很好。"她仰着脸注视着他，她看到男人这张脸并不年轻。

"我这样地搂着你，你不觉得不舒服吗?"

"客人们都喜欢这样抱着我，他们说抱着我像抱了个孩子。"

"是否有人抱起你，就想把你抛起来的吗?"

"还没有人那样做过。"

"我会那么办的，并且抛起你来，我就不想去接，想结结实实地让你跌一下。"他说着果然臂膀用了用劲，她以为他一定会托起她，而他只是做出一种姿态罢了，并不是真的那么做。这样的动作很容易唤起了她的遥远追忆，她还生出有种与家相关的怪异的感觉。

"把你的手给我，我给你号号脉，看你都有什么病。"

"你是大夫吗?"

"不一定是大夫才会号脉的。"他说着，将右手的三个指头，放在了她左手的肘腕上，做出一副认真的表神。

她又笑了，说："我听说号脉都是男左女右，而你号的却是左脉，看起来你只是个江湖郎中，或是个江湖骗子。"

"不许笑，这就是我独特的号脉法，与别人不同凡响。"他翘着的小指头颤动了一下，说："你的胃不好，当然了，作为干你们这一行的胃多少都要有毛病的，而你的肾却属实有些大毛病。"

她并没有觉得肾有什么毛病，她只是笑了笑，没有去揭露他的骗局，任由他说下去，她听到他说："你的那个来得不准。"

她知道他说的那个指的是什么，就说："这一点你说准了，你果然不同凡响。"

受到了夸奖，他有些洋洋自得，说："你去打开大灯，我看看你的手相，看看你今后的命运如何?"

她并没有按照他的意图去办，说："咱别去开大灯了，咱往壁灯这面靠一靠，借着那个灯光就可以看到了，有很多人都是这样的。"

听到她的话，他很沮丧，说："既然别人都为你算过了，我还是不看了。"

她知道刚才的那句话得罪了他，她带着讨好的口吻，娇嗔地说："我就要你看，他们说得都不准的。"说着，她牵着他的手，挪到了壁灯的下面，并用头向他怀里偎了偎。

他兴高采烈地拉过她的右手，仔细地看着。

"格格。你今年多大了？"他问。

"我今年22岁了。难道你从手相上还看不出来吗？"她的语调中掺杂了明显的不信任。

"如果你要真是22岁的话，我与你就可以随便一点。"他的眼神里又出现了与欲望有关的东西，手的动作也显得不安分了。

她感到很疑惑，"这是怎么说的，刚才我还说你是好人来着。"

"因为你已经是个女人了，而不是个小孩子了。"

她明白了他的用意，她笑了，"你不用拐弯抹角，很多客人都问过我，我知道你是说我不是处女了，这一点你说得不准，我敢对天发誓。"

他为自己的卑鄙感到惭愧，他就作了一个浅白的解释，说："真的，这是从手相上看出来的。"

"你不用解释，其实你也有说得对的一面，因为我跟你撒了个谎，其实我只有18周岁，你猜错了，也不应该怨你的。"她不想让他尴尬。

"我想也是的，在这上面我很有经验，很少算错的。而且我还能看面相，知道你身上哪里有痦子。"他又在耍他的聪明，"你说你脸上什么地方有痦子？"

对于他的话，她虽然半信半疑，但还是回答说："我的左眉中间有个痦子。"

"是吗。首先说眉毛里有痦子，这说明你会有很多的钱。而且在你右胸上有一个痦子。"他想她一定会认为自己很下流，他以为她是不会再接续这种判断的。

她却做出一副认真的神情说:“我没有注意到我的胸部有痞子呀。”

“大致就在这个位置。”他说着将手顺着她衣领的开襟处滑了进去,手就触到了那个小巧的乳上,并感到了那个体现女人特点的东西确实很小,他意识到她第二次说的年龄更为贴切些。

在茫然中她才发觉自己误入了他设计的圈套,而她没有做出挣扎的动作,她毕竟见识过这样的男人,来这里的男人很少真是为了唱歌来的,不然他们就不会找小姐了,也就是说,唱歌只是一种形式。有了这种意识,她并不感到异样,只是做出不情愿动作,扭动了一下身体,嗲声地说:“欺负我——”

他就把手拿了出来,声音发怯地说:“我只是指出你的那个痞子的所在吗,刚才你不是说我是好人吗。”

她做了一个意味深长的微笑面对着他,说:“因为我认为你是好人我才说你欺负我,要是对别人我会说他非礼了。”

经她这么一说,他的紧张心情便松弛下来,还为她的机灵笑了几声,由这个笑想到了一个可笑的事件上,他对她说:“现代的女孩应该不觉得什么了,你没看电视中做出的广告都可以肆无忌惮地说‘真的好大了也’。”

这是个家喻户晓的胸乳的广告词,他模仿广告的那种广东腔调,如电视播出惟妙惟肖,令她捧腹大笑起来,笑得十分的开心,她说:“你这个人,真是很有趣,要不是在歌厅里与你相识,也许我会爱上你的。”

“你还别哄我高兴了,像我这样的年龄,很难讨女孩子喜欢的。”

“说真心话,我真的很喜欢成熟的男性,不喜欢那些与我同龄的男孩子,他们说出话来奶声奶气的,没有一点底气;而成熟的男性则不然,说话很阳刚的,我可以与他们撒一撒娇,发一发嗲,他们都会极力抚慰我，甚至保护我。”

“你这么一说，倒使我不安起来了，因为你的可爱，刚才我也险些爱上你，只是我不好意思说出来。”

他们觉得彼此之间说得都很坦诚，她自作主张地在点歌器上按下一溜的数码后说：“为咱们的知心，唱一首《明明白白你的心》吧。”

“我刚才也想到了这首歌，只是你先说出来了。”

“有许多的先生都是这么说我的，也许这就是心灵感应吧，我的第六感觉总是很准的。”她说。

两个人愉快地唱完了这首歌，都唱得十分投入。接下来她又选了一首《女人是老虎》，唱完后，她轻舒了一口气说：“这首歌是专为你唱的，我是怕你真的会爱上我，所以我要告诫你，女人是老虎，千万不能太认真了。”

“那我也只能唱一段《把悲伤留给自己》了。”他说。

她马上去按这首歌的号码。

唱过这首歌，他觉得自己把积蓄的情绪都发泄在了这首歌中，调子高起来时，他都有些声嘶力竭，在这时他险些放弃这首歌唱下去的勇气，但他还是咬着牙坚持着唱到了最后。

他唱完这首歌，本以为一定会得到她的赞赏，而他发现身边的她却在若有所思，一种专注的神情望着屏幕，他蹊跷地问：“难道我唱得不好吗？”

“哪呀，只是这首歌让我的心情恶劣起来。”她黯然神伤。

他觉得她忧郁的神情有些可怜兮兮的，便将她的肩头搂了过来。她驯服地像羔羊般地依偎在他的怀中，她的目光凝重地望着他，一副渴望的表神，他将唇移向她的额头，轻轻地吻了一下，她闭上双眼，一副心驰神往的表神。

在他的注目下，看到在他吻过的额头上，有一道显而易见的疤。他抚摸着那道疤痕问：“这是怎么搞的？”

她睁开双眼，惨然一笑道："这是我弟弟用火钩子打的。"

她看到他的惊异的目光，她说："小的时候，我爸与我妈离婚了，弟弟随了爸爸，我随了妈妈，分居在两个城市，妈妈想弟弟，就常带我去爸爸的城市去看弟弟，弟弟只比小一岁，是奶奶带着的，娇宠惯了，他总是把我当作他的敌人。我们在一起时，他就常发脾气，那一天，我们两个吵架，他就用火钩子打了我，就落下这么一个疤。"

"就这么简单？"他问。

她嫣然一笑，说："那你想还要多么复杂。"

"我只是想你爸和你妈为什么离婚？"

"那也不复杂，至少不会像你想象的那么复杂。他们就像常人那样离的婚。"

"不会是因为第三者吧。"

"你想到哪里去了，你以为都像现在的人吗，活得那么潇洒，爸爸妈妈分居在两个城市，爸爸在单位只是个工人，爸爸妈妈想调转就成了大问题，一转眼就是几年，最后他们绝望了，两个人就离了。"

"就是这么简单？"

"你需要两个人有多复杂呢？"

"至少，现在两个人可以复婚了吧？"

"我爸都结婚了，那头还有一个女孩子，如果那样的话，还会有一个离婚的。"

"这么说，你妈就没有再结婚？"

"没有，女人与男人总是不一样，女人有个贞操的问题，就不能再婚，这很不公平。要是我就不这样。"她的声音流露出愤慨。

"所以，你就不在你那个城市，而是到这里来找公平的吧。"

"不是，干我们这行的都希望远离自己的城市，远离自己熟悉的人，这样不会使自己太难堪。"

“你妈不知道你干这个吧。”

“不知道，我告诉她，我在一个大酒店当领班，赚钱很多。”

“你妈信了吗？”

“她相信了，但是这个谎言很快就会被戳穿的。”

“为什么？”

“因为我弟弟知道我在干什么。”

“你弟弟是怎么知道的？”

“我把我弟弟也带到了这个城市，这个城市只要有办法，就会有钱赚的，不像我那个北方的城市。”

“你弟弟不再把你当敌人了？”

“现在，我们姐俩儿非常好，总是相互照应着，我赚到了钱，就让他拿着我赚的钱去做买卖。我们商量好了，等我们有钱了，就在这里卖一套房子，把我妈接过来，让她享几年的清福。”

“你想你妈妈吧？”

“当然想了，我妈总是惦记着我，怕我跟人学坏了。”

“你会学坏吗？”

“我想我不会的。”

“你不能太自信，在这里很难说的。”

“那你就太不了解我了。什么事也不能太绝对了，人和人不一样的，只有自己才能把握自己。”

“人都是为了生存需要，生存改变人。”

她不想把这个话题再无休无止地说下去了，就说：“你不信就算了，我给你唱一首《放弃我是你的错》。”

“你很有趣，你是用歌来回答我的问题。”

她摆脱了他，站起来，拿着话筒面对着他唱了起来，这次她唱歌时还加了舞蹈动作。他发现她的舞姿很优美，也十分的专业，她的舞姿使她身后的电视屏幕时隐时现，变幻着各种色彩。这个眼前世界在他心中也显得色彩斑斓，无限的美妙。

她的歌结束时，他也跟着兴奋起来，说要唱一首拿手的歌，要唱《莫斯科郊外的晚上》，他说他的苏联歌曲唱得挺棒的。而她却说：“算了，别再唱了，来这里的哪个是真的来唱歌的，谁也不会花着钱来这里欣赏谁的歌唱得好的。”

他觉得她的话说得有道理，说：“那就算了。”

“这样你可以在结算时少算些钱。”

“你很精明，小费你却没有少得，你还可以有时间迎接下一个客人。”他说着，悠闲地拿出一根烟，叼在嘴上，打火机打着了，他想起了她刚进屋来时缺少排气设备的话，又关上了火机。

“那咱们俩唱一首《无言的结局》吧。”

“我不愿唱那首歌，显得太无聊，太不男人。”

“分手时怎么也要唱合唱一首歌的，一般来的客人都是这么要求的。”

“算了，合起来唱，总是有点藕断丝连的，还是我自己唱一首《吻别》吧。”

“那好吧。”本来说是他自己唱，而她还是拿起了另外一个话筒，与他一起唱了起来。当他唱到“我和你吻别，在无人的街”的时候，她在他的腮上，轻轻地吻了一下，他搂了搂她的肩作为回报。

“我和你吻别在无人的街/让风痴笑我不能拒绝/我和你吻别在狂乱的夜/ 我的心迎接一切伤悲……”

（原载《山东文学》1999 年第二期）

宝宝的天性

刘珂有一个很轻闲的工作，是在一家国有企业的机关里当科员。刘珂大学毕业后便一直在那个企业行政处任职，没有升迁也没有调动过，没有大风大雨，也没有过大起大伏。到了结婚的年龄找了一个还算不错的姑娘结婚了，该有孩子的时候就有了孩子，孩子还很遂他的意愿，是个男孩。虽然在孩子未出生时他说过希望要个女孩，那只不过是为了哄骗妻子，为的是不给妻子增加心理的负担。哪有男人不希望自己有个儿子的，这与上一辈人的传宗接代养儿防老的想法无关，这涉及男人们的自尊。而妻子却仍旧认为他有封建的残余思想，因为妻子很想要一个女孩，说女孩一定像她一样贤淑文静，这就使两个人的观念发生了某种撞击。而观念问题并不影响家庭的欢乐，有了孩子便有了欢乐，便有了其乐融融的家庭气氛。

孩子的乳名叫宝宝，其实孩子的大名是刘珂起的，颇有些历史大人物的气魄，绝与这个小家子气的宝宝无关，起那个颇具气魄的大名是他很想改变自己平庸的工作经历，可是爷爷奶奶姥姥姥爷总这么宝宝宝宝地叫，叫的时间长了就成了他的乳名了。为了宝宝这个乳名他还与老人们生过气，执意不让大家这么叫，因为他希望孩子是个干大事业的人，并列举了建国后的一些领袖和领导人的名字来佐证他的理论，如毛泽东周恩来朱德华国锋胡耀邦赵紫阳江泽民李鹏，他对那个世纪的伟人叫邓小平还专门做过解释，说邓小平的原来的名字叫邓先圣，邓先圣比圣人还圣人呢。不然就不会有中国的改革开放经济发展了。然而，不管他怎么开导，并没起多大作用，宝宝这个乳名一直叫到了三岁，也没有在他的说服下发生改变，大家拿他的话当笑谈当耳旁风，仍旧我行我素叫孩子宝宝。

三岁的宝宝很乖巧，已经能稚声稚气地说一些好听的话来讨好大人们了，长得胖墩墩的十分遭人喜爱，没有留下无母乳哺乳而靠牛奶喂养长大的那种缺乏营养的痕迹。按理说这样的孩子应该早已对久违了的母乳失去怀念，而宝宝却仍旧对母亲的乳房一往情深，每天都情不自禁地摸上几下吮上几口，妻子总是嗔怒地躲闪着以示拒绝。而每逢这时，刘珂却一改对孩子要成为历史上的大人物的论断，轻而易举地原谅了宝宝，并极为宽容地劝说妻子，并戏说孩子的"大烟瘾"犯了，让他抽上两口解解馋。当妻子批判他不应该在这上面娇宠孩子时，他总是说这是人的天性。妻子一听到天性这个词时，就会忍俊不禁地哑然失笑，或是捶打或是亲昵笑骂说刘珂没出息没正劲，因为她自然会联想到刘珂的每天的同样行为上。

这种孩子的天性的暴露，对于家庭也能起到调剂的作用，增加了许多的快乐，谁也不把孩子的做法当作耻辱的事，这样更加怂恿了宝宝的这种天性，他愈发的肆无忌惮得寸进尺。他先是在奶奶姥姥那里寻找着他的喜欢嘬上几口，老人们当然不在乎隔代人的做法，都会喜不自已的袒露自己的胸怀迎接着宝宝，每当刘珂两人看到自己的母亲们那双垂在胸前的奶袋，恍然间便幻想出孩时那种亲切，同时也萌生出人世沧桑的那种悲哀出来，而老人们却在咀嚼着昔日辉煌曾带给他们的那种幸福。虽然两人担心过孩子的这种做法是否卫生，但是两人都无法劝诫老人们，唯恐惹得老人们伤感。三岁前的宝宝都是由双方的老人轮流带着的，有事没事老人们就会将宝宝带到室外来玩，这样街坊邻居的一些老人们也就自愿加入到这个行列中来，更使得宝宝为所欲为。尤其是他在一个刚刚生育过的媳妇的乳房中得到了甜头，他瘾头更加大了起来。

那是街坊的一个儿媳妇生了孩子后，宝宝的奶奶买了鸡鱼肉蛋去为人家媳妇下奶，带着宝宝去了。大人们说着话，夸着初生的孩子如何如何，曾一度忽视了宝宝的存在，而此时的宝宝眼睛一眨不眨地盯着正在奶孩子的媳妇的双乳，透出贪婪的神情。小孩的嘴用力地吸吮着母亲的一个乳房的乳头，另一只硕大白皙的乳房饱胀着浓醇的乳汁正源源不断地流淌出来，在腹部淌出几条细碎的渠流。媳妇不得不用一只手来捏住这一方的乳头，控制乳液的漫延。奶奶就夸媳妇的奶水好，实在是幸福，不像宝宝小的时候，刘珂还要天天起早买牛奶哺乳宝宝，说到宝宝时大家才注意起宝宝的表神，宝宝正在一往情深地咂巴着他那张可怜的小嘴。大家都笑了，是为宝宝的那种表情笑的。媳妇揽过宝宝的头说，就让你吃一口吧，反正这奶也吃不了，让这个可怜的孩子尝一尝。宝宝迫不及待地将小嘴拱在那个乳房上，他第一次品尝到了只有做了母亲的那种女人才有的奶香。

刘珂不得不重视了这种习惯将带来的某种后果，他与妻子几次讨论着如何根治宝宝的这种不良恶习，最后两人达成了一致的共识，就是将宝宝送进幼儿园中去，让他脱离开老人的这种环境，加之幼儿园中有严厉的阿姨老师的教育，他也会向其他的小朋友们学习，这种习惯也就会自然而然的克服掉了。老人们虽然几次反对他们的做法，原因是两头的老人都退休在家，闲着无聊帮助带孩子也是精神寄托发挥余热。当两人说出顾虑，老人们都说那是孩子的天性，没必要那么认真的。但说归说，并没有换来刘珂两个人的心慈手软，还是将宝宝送到了幼儿园。宝宝去的幼儿园是刘珂企业的幼儿园，妻子的单位没有幼儿园。刚去时宝宝哭闹了几天后也就习惯了，只是再也没有了以前的那种兴高采烈，回到家便蔫头耷脑的没有精神，就是看到他妈的胸部也唤不起他的兴趣。

刘珂的妻子有些心痛孩子，便与刘珂商量，说让孩子抽上两口“大烟”提提精神，刘珂虽然抗议这种做法，但也顺应了妻子的做法。然而，宝宝却是置若罔闻，不置不理，这种变化来得太突然，两个人既高兴又忧虑。刘珂劝说妻子与宝宝那个老师谈一谈，孩子的习惯这么快的克服未免太急了些，看看老师是不是对宝宝太过于苛刻了，这样会不利于孩子的身心健康。

刘珂的妻子去了幼儿园，找到宝宝的老师。女人和女人之间非常好沟通，没有什么秘密而言，说起来并不像刘珂想象得那么复杂。宝宝的老师是个四十多岁的女人，自己的孩子都上高中了，身边缺少小孩子，也就非常喜欢这些幼儿园的孩子了。她对刘珂的妻子说，她非但没有难为孩子，相反的是她在宝宝来的第一天哭闹不睡觉时，她抱起宝宝时，宝宝伸手抓了她的前胸，她就让他抓着并试图搂着他睡觉，而宝宝却推开了她，从那以后就再也没有过类似的事发生。妻子回来对刘珂说了这件事，刘珂显得难以理解地说怎么会这样呢？理解也好不理解也好，总之孩子克服了这种恶习总是件好事，他以为孩子不会像以往那样胡作非为了，他绝没有想到在此后的几天，宝宝便惹下一个滔天大祸。

那是 9 月 10 日教师节的那一天下午，刘珂接到了宝宝的老师的电话，让他到幼儿园来接孩子。那一天因为教师节，几乎所有的中小学都放了假，幼儿园的老师只能下午回去过一下自己的节日，所以让刘珂去接宝宝。接回宝宝，刘珂并没有把宝宝送到老人们的家里去，主要是路程较远，他不想送一趟再折回来，还得去接。他想下午也没有多长的时间，带着孩子在办公室再待一会儿，下班就可以直接回家了。

宝宝到了刘珂的办公室十分兴奋，尾随着刘珂的身后，蹦蹦跳跳地走上楼来，宽敞的走廊里响起了欢快的声音。路过处长办公室的门口时，处长办公室的门开了，露出了处长的那张脸。刘珂以为孩子的声音影响了处长的工作，他以为处长肯定会不满意一个小孩子来到机关的，他作解释说这是幼儿园的老师放假才将孩子领到机关来的。出乎意料的是处长不像以往对待他的属下们常摆出一副公事公办的铁面孔，而是绽开笑颜地拍拍宝宝脑袋问孩子的姓名几岁属相，并亲切地邀请宝宝到他的屋里去玩。宝宝本想到处长的那个大屋子里寻找他的好奇，刘珂忙拽住了他，受宠若惊般地对处长说孩子淘气会影响处长的工作的。处长说淘气是孩子的天性，淘气的孩子才会有出息。刘珂想想处长的话似乎有些道理，刘珂怎么也想不起来自己小的时候有过淘气记忆，这也就说明自己很难有出息。处长虽然这么说，刘珂还是不想让孩子在处长那里淘气，还是拉着宝宝回到了自己的办公室。

刘珂的办公室一共有八个人，原来只有七个大男人，过去在一起办公时常常在烟雾弥漫的陪伴下，开些玩笑唠些社会见闻，甚至说些荤段子来打发时光。一年前分来个女大学生，处长介绍说这是为这个办公室搞一下搭配，说是男女搭配干活不累，还可以是减少污染。处长说的污染肯定是双关用语。女大学生叫江姗，与那个有名的电影演员叫的是同一个名字，长得虽然略逊那个演员，但也是光可照人的那一种女孩子，长得很文静，白白净净的一张脸，说话慢条斯理，很动听，体形说是苗条肯定不准确，当时刘珂就说是性感的那一种，大家都赞同了他的说法。由于江姗的到来，办公室内便发生了翻天覆地的变化，男人们便把个办公室清理的窗明几净；男人们抽烟时发现江姗微锁眉头，大家便不约而同地走出屋门，到厕所去抽烟；那些荤的素的闲话，也不知跑到什么地方去了，大家都在谨慎用语；江姗就像个瓷娃娃，所有人都唯恐谁稍有不慎，就会撞碎了她。

江姗的每次出现都会给沉寂起来的办公室带来耳目一新的感觉，无论她穿着有多微小的变化，都会在每个人心里产生不同的反响，刘珂原来总为自己的这种反映而愧疚，他思想着自己毕竟是结了婚的人，不应该有这样的想法，但他很快就说服了自己，他知道这是正常的心理反应，爱美之心人皆有之吗。所有人也与他一样对江姗显得很殷勤，江姗无论有个什么大事小情，都会积极响应；有事没事，都喜欢与江姗搭讪几句，大家都心照不宣，寻找着自己的满足。刘珂对江姗的认识更为深刻一些，因为在这个办公室中只有他们俩有大学学历，说起话来便有了更多的共同语言，刘珂比别人就有了更多与江姗的交流的机会，有时江姗心情愉悦时，还会情不自禁地谈些青春的话题，还会说到她的男朋友，当说到她的男朋友时，她的脸上还会挂上一脸的幸福。看到江姗脸上荡漾出的幸福，刘珂心里也有种滋滋润润的感觉。

宝宝进屋时恰巧只有七个男人在屋，宝宝的到来给沉静已久的办公室带来了许多的欢乐。没有了江姗，男人们就可以畅所欲言开着宝宝的玩笑，几个人围着孩子叽叽喳喳逗个不停，年龄大的逗着宝宝，让宝宝揪个鸡给他们吃，小年轻的索性扒下孩子的裤子，看看孩子有几个蛋煮给叔叔们吃。宝宝不卑不亢，显得十分大方，不像一些孩子不识逗，宝宝笑着说伯伯和叔叔们你们自己不是都有吗，看我的要我的鸡呀蛋呀的干嘛？所有人都被孩子的机智逗笑了，都说这孩子有些早熟，难怪叫那么大器的名字，以后这孩子准错不了。别人夸耀自己的孩子总是件幸福的事，刘珂就在幸福中有些飘飘然了，嘴上幸福的不知道说了些什么。

当办公室唯一的女性江姗出现在门口时，立刻使大家的谈笑戛然而止，大家又恢复成了道貌岸然像，做出长者的姿态。而江姗并不留意他们的变化，她首先看到了宝宝，刘珂见到江姗的眼里有光闪现，江姗很是悠长地“哟”了一声，是非常动听的一声，在动听的声音中她走了过去，她并不急于去亲近孩子，而是环顾眼前的这些男人们说，你们先不要告诉我这是谁家的孩子，让我猜一下，看我猜的准不准。旋即便自信地断言说，这是刘珂的孩子，对不对。所有的人便都奉迎着说，好眼力，猜得太准确了。看得出江姗很骄傲，洋洋自得地说，我最会猜别人的孩子了。她的骄傲又换来了一片奉迎声。其实所有人都在心里嘲笑她的这种猜测，原因是不猜也知道这是刘珂的孩子，孩子长得并不像刘珂，但整个办公室里只有刘珂有这么大的一个孩子。

需要说明的是那天江姗的穿着，因为那天她的穿着非常重要。那时虽然天已经有了秋的气息，但江姗还是穿着一条短裙裤，裸露出她健美性感的双腿；上身穿着白色的质地柔软的上衣，据刘珂的妻子说那是这一年最流行的面料，这种面料的最大特点是透气性能良好。刘珂总是感到这种透气性能良好的说法有些可疑，因为通过这种透气性，很容易让人理解为透明性能，所以这样面料的衣服就会呈现面料下面的内容，穿这样面料的衣服，里面是不会穿背心一类的，那样就不会体现出透气性的优点了，也就是说江姗的上衣里面的内容，便只有一只同样是白色乳罩笼罩着她最饱满的地方，倒霉的是她那件上衣的上面两个扣子，不知是有意还是无意的没有系上，上面的开襟显得很低，清晰地露出一双能看到细碎的青红血管白皙乳房的上部，在乳罩的约束作用出一条深邃的乳沟，与纽扣形成一线，延伸或是掩埋在了衣服的下面。上午上班时，江姗这身装扮出现在办公室的门口时，所有的人精神都还为之一振，刘珂没有把这身装扮与他的未来吉凶联系到一起，他还在心里为江姗由衷地感慨了一番。

江姗带着人们奉迎出来的那种满足抱起了孩子，说着这孩子多逗人喜爱的赞美词。刘珂听着江姗娓娓的话语，情不自禁地流连出自得的神情，当时他完全地忽视了宝宝那种恶习潜在的动机，只是他觉得宝宝半天没有动静时，他才观察到宝宝表情的异样。宝宝在江姗的怀里，并没有关注江姗夸奖他的话语，眼睛只是专注贪婪死盯盯地瞅着江姗开襟下面的胸部。刘珂看到宝宝的嘴明显地哆嗦了一下，刘珂的心也随之哆嗦了一下。当刘珂已经意识到宝宝的企图时，为时已晚，宝宝用手拽向乳罩，将头拱进江姗的怀里，一切来得那么突然，而且还有些顺理成章，那两个没有系上的纽扣引诱了宝宝，可恶的是那种为了减少夏天带给女人身体炎热设计没有背带的乳罩，也起到了帮助宝宝实施阴谋的作用。江姗还没充分地反应出宝宝这种做法带来的危害，当时还紧紧搂着宝宝，唯恐宝宝跌落在地上，这样就更加促成了宝宝做法的连续性。

当刘珂拽下宝宝时，江姗已经是衣冠不整了，那个乳罩脱落下来，两个乳房竟赤裸裸地逼视着每个人，而江姗还没有意识到这一点，不知所措地站在那里。大家都惊呆了，还找不出应变的办法，说是不好意思，也许还有另外的企图。刘珂先是动手打了孩子一巴掌，宝宝却顽强地没有哭出声来。此时的江姗还没有理会自己的处境，还用手阻拦了一下刘珂，就在她用手阻拦刘珂时，由于低下头来的目光正好掠过自己的胸部，那两个小巧的乳头像两个眼睛似的照亮了她，她放弃了阻拦刘珂的计划，愤懑地吼了一声，怎么是这么坏的孩子呀。便羞辱地跑出门外去了。

没有了江姗的阻拦，刘珂打起孩子来便显得更加凶残，宝宝终于坚持不住地号啕出了哭声。大家这时才开始了拦阻刘珂，劝解说这不过是孩子的行为吗，没必要大惊小怪的吗，是孩子就想要吃奶的吗，这不是孩子的天性吗，要理解孩子吗。说这话时，刘珂看到了人们的脸上泛着一种惬意的光，似乎还有些幸灾乐祸，说这样话的人心里一定还在追溯着刚才孩子举动带给他们内心的冲动，也许还会把孩子的行为演绎在他们自己的身上，由此联想便令他恼羞成怒，一瞬间他将心中的怨恨发泄在这些人的身上，你们都高兴了吧，别装出一种劝解的姿态了，你们不过是没有花钱看到了一场精彩的表演吧。刘珂的话一出口，连他自己都没有想到他会说出这样的话，他都在怀疑这些刻薄的话是不是从他嘴里说出来，他看到了面前所有人那种难受的表情，他才否定了自己的怀疑，他知道这些话真真切切是他说出来。要知道平常他不是这样的，他一直是谨小慎微，几年来他也没得罪过任何人，没想到因为一个孩子，还是在大家劝解他时出现了这种不应该有的错误。刘珂后悔已是来不及了，他清楚无论自己怎么解释，大家也不会原谅他。他忙带着孩子在人们的惊讶中，逃离了办公室。

他想不到这个孩子会给他带来了这么大的危害，事已至此，他也没有什么好办法。回到家中，他又把这股怒火洒在孩子的身上，孩子让他打个不轻，但那也解决不了什么问题。妻子回家中一看孩子挨打，又心疼起孩子来，她埋怨刘珂怎么能那么狠心地打孩子，孩子的做法不过是天性使然，打了他就能明白大人的道理了吗。刘珂也觉自己的做法确实欠妥当。他与妻子商量如何才能摆脱这种窘态，妻子建议去江姗家一趟，安慰一下江姗。一个姑娘家的，最怕在男人面前丢这种人了。妻子便从自家的冰箱贮备中拿了一些东西，让刘珂去了江姗的家。刘珂以前去过江姗的家，是过年时分的年货，刘珂帮助江姗用车给驮去的，那天江姗还热情地邀请他在她的家小坐了一会儿。那天的刘珂是在愉快的心情下渡过，而今天却无论如何没有了那种好心情，刘珂沉重地敲开了江姗家的门。

江姗在家，与她同时在家的还有她的那个让她幸福的男友。江姗没有了以往的热情，表情冷漠地让他坐了下来。刘珂看到江姗的眼睛红肿得如桃状，他心里也觉得十分难过。江姗的男友却显得十分大方，属于自来熟的那一种男人，知道刘珂是江姗的单位，便与刘珂热情地寒暄起来。刘珂不知道他正在走向江姗男友设下的一个圈套。你看江姗怎么能承受得起，江姗回来我就想到她遇到了什么事，你看看你还来干嘛呀。看到江姗的男友那么大度，刘珂说，怎么我也要来的，都是因为我才使江姗出现了那种意想不到的后果，我对不起她，我当然是要来道歉的了。江姗的男友说，那又是何苦的，咱们男人间很多事好沟通。刘珂说，就是一个孩子的事吗，就搞得我们俩这么难堪。江姗的男友说，不就是一个孩子的事，好说，你还拿什么东西呀。刘珂说，我知道这事要是张扬出去，对江姗是不大好……刘珂还没有说完，他发现了江姗的表情明显地表现出了痛苦,那种痛苦的表情是对着他表现的,他很快地理解出了那是一种带有否定形式的暗示。刘珂接受了这种暗示后,马上噤了声,没有将话题引向深入。而与此同时,江姗的男友也注意到了江姗的暗示,江姗的男友的表情立即复杂起来。刘珂忙站起来,告辞出来了。他还没转过楼梯拐弯处,他听到了沉闷的门声,随即便发出了几声不该刘珂听到的男人的吼叫,再有就是女人尖厉的声音。刘珂开始怀疑这是否是他的错觉,在他的心目中江姗是个文静的女孩子,是不会这样歇斯底里,然而很快他就否定了这种判断,他只好逃也般地离开了有江姗家的那座楼。

出现了这种变故,刘珂思忖着他无论如何也不能在机关待下去了,他不但无法面对江姗,他也不能面对那些他出言不逊得罪的那些同事们,他打定主意找处长要求到下面的基层单位去任职。第二天当他来到办公室,他发现办公室空无一人,他以为这是他来得早,办公室所有的人都还没到的缘故,他想趁这个机会找到处长好好谈一下昨天的事只是因为一个小孩子的行为,他想起昨天处长那么喜欢他的宝宝,处长一定会理解他的,他也可以说出自己的顾虑,提出到下面去的要求,也许会安排一个合适他的工作。而走到处长办公室的门口听到里面发出许多人的愤愤声,这不是狗咬吕洞宾不识好人心吗。我们是为谁呀。小刘这个人素质怎么会这么低呀。还是个大学生呢。谁知道他是不是怂恿孩子对人家那么做的呀。这肯定是他对孩子言传身教的结果。早我就看小刘与江姗总是眉来眼去,不然怎么会出现这样的事呢。这是刘珂借助孩子的嘴来完成他吃豆腐的目的。说这话的人吃吃地笑了。

在门口站立的刘珂听到后一阵的心酸,他听出来这些人都是他办公室的人,在一起工作了这么长的时间,他从没想到与他共事的这些人会是一群居心叵测的长舌妇。他想处长一定会批评这些人搬弄是非,让他意想不到的是那个他最想听到带有尊严的声音,也极为不可思议地响起来,这个刘珂不只是这个问题,昨天晚上江姗的未婚夫，打电话到我家说刘珂与江姗两个人都搞出孩子来了。那些人的声音又响了起来，你看看，我们说的没错吧，也许江姗就曾经用她那玩意逗过孩子，要么那么大的孩子怎么就一下子就干出那种事来了。刘珂听到了那些人龌龊的笑声，突然感到昨天对这些人的苛刻的话语并没有什么不对，他对这些人内心的丑陋认识是正确的，他已然没有了昨天的那种歉疚，还激发出了他的昂扬的情绪，这种情绪导致了他做人自尊的本能。他猛地推开处长办公室的门，冲了进去，他看到了人们胆怯的目光，他嘲笑般地笑了笑，说，处长，我是向你通报一声，我辞职了。刘珂说完这句话后，做了一个极为夸张的车转身，扔下一屋子人的惊慌，极为洒脱地走出门去。

辞了职的刘珂做起生意来连他自己也没有想到会极为顺利，这连他自己都是始料不及的，只用了一年多一点的时间，他就建起了一个极具规模的工厂，生意的红火原因来源于孩子的天性的牵引。辞了职的刘珂憋闷了几天，也没有寻找到了他自己的位置，那是他在反思自己落到这般天地时，才意识到祸起萧墙的原因，是源于宝宝的天性，由宝宝的天性想到了令人梦寐的乳，由女人的乳房便想到了乳罩，他想到女人两个乳房需要一个乳罩，一个女人呢又不止需要一个乳罩，那么中国十二亿人口，女人占了半边天，这个市场可以说是他取之不尽，用之不竭。他先是租下一个门市房，起名为“宝宝的天性”文胸专卖店，他开始从全国各地进货，这样他就有机会研究乳罩的生产工艺和作用了，他结合了国内外所有厂家生产乳罩的长处，并将仿生学医学力学生物学诸多系统的学科理论统统地结合进去，搞出一种专利产品，是具有高科技含量，这种专利文胸的品名也叫“宝宝的天性”，还专门设计了一个孩子拱向一个女人文胸的商标。那个在电视上播出广告，也是利用了宝宝的那个惊人事件的创意拍摄的，广告播出后，极为轰动，很快就为观众所接受，广告中那句“这是宝宝的天性啊”广告词很快便家喻户晓。产品一面市，便深受女士们青睐，马上就为女士们所接受，产品十分的畅销，全国各经销商都来他这里办起了经销代理，他很快就建起了一座专营这种乳罩的经营商店和生产工厂。

宝宝是在半年后才克服了他的恋乳现象。挨过打的宝宝由于刘珂的辞职，无论如何也不能再去企业的幼儿园了，两头的老人们又担负起了自己的使命，而宝宝的旧病复发，没有半点的收敛，还有愈演愈烈之势。后来，刘珂经销乳罩生意后，那个宝宝的幼儿园的老师到他这里买过乳罩，他才搞明白为什么宝宝摸到了幼儿园老师的乳后，曾一度克服了他的恶习，原来老师与他妻子的谈话隐瞒了她曾患有乳腺癌，做过手术的事实。为这症结所在刘珂还兴奋了一阵子，他让妻子求那位老师专门来到家里，想为宝宝带来那种恐惧，宝宝只是表现出对老师的乳不感兴趣，而这种做法仍然没能奏效，宝宝依然故我，保持着他坚贞不渝的恋乳的情结。妻子面对宝宝万般无奈之时，索性由着他的天性。那天妻子准备到公共浴池洗澡，突发奇想，带着宝宝去女浴池洗澡，原来带孩子洗澡的任务一直是由刘珂担任的。没想到这次史无前例的一次女浴池的洗澡，简直就是划时代意义的，宝宝从那天起似乎一下子就长大了，再也没有了过去的那种对乳房的向往和嗜好了。

事隔两年后的一天，刘珂在自己的专卖店里发现了一个熟悉的身影，从那个身影中他就判断出那个女人就是江姗，当江姗面向刘珂这一方时，她明显是看到了刘珂，她并没有急于打招呼。当江姗还在踌躇时，刘珂却大步流星地走了过去，很自然地说，江姗，你好。江姗脸若桃红，羞赧地应了声，说，我很抱歉。刘珂认为江姗这个人真没意思，两年后还说抱歉，刘珂就说，我应该谢谢你，说抱歉的应该是我，给你找了那么多的麻烦，你还与你的男友产生的矛盾。江姗拦住刘珂的话头说，你就别说他了，我们早已经分手了，正是因为那件事让我认识到了他是一个什么样的人，不然的话，我们结了婚也不会幸福的。说到了以前的事，两人难免有些压抑，刘珂调转了话题问道,你是来挑选文胸的吗?我这里文胸可是应有尽有,品种齐全,我可以给你优惠。刘珂摆出商人惯用的那种作风。江姗说,我不是来买文胸的,你可能还不知道,就在昨天咱们那个企业已经宣布破产了,我们都下岗等待再就业,大家都在自找出路。所以我就找你来了。刘珂疑惑地问,找我干嘛?江姗说,我要到你这里来卖文胸哇。刘珂笑着说,你拥有“宝宝的天性”的知识产权,我没有理由不欢迎你到来。

(原载《广州文艺》2000 年第二期)

女孩的海滩

南方会议结束后，韩应强决定带着刘佳顺路到海滨城市玩一玩。其实这只是刘佳在会议结束那一天对韩应强谈起自己还没有看到过大海，韩应强便决定在返程中途下车，在海滨城市逗留两天。

韩应强是刘佳的顶头上司，在单位刘佳总是叫韩应强处长，其实两个人的年龄相差不了几岁。韩应强大学毕业后，分配到机关工作，即艰难又顺利地升任到了这个职务。刘佳是在韩应强主管的这个部门下属的一个单位调上来的，分在韩应强手下工作，能够到这个处工作，刘佳凭借了个人超人的魅力，她既没学历，又没在重要岗位上做出过什么贡献。

刘佳报到的那一天，她按照别人指引的路线，找到处长的办公室走了进去。偌大个办公室显得空空荡荡的，只有韩应强一个人正在拖地板，这样的情景给刘佳造成了一种错觉，享有这么大一个办公室的处长是绝不会自己拖地板的，她还以为这个比自己大不了几岁的年轻人，会是勤杂或是秘书一类的工作人员。刘佳十分不客气地说："哎，你们的处长上哪去了？"

韩应强直起腰来，看到了刘佳，他眼睛里立时放出一种奇异的光，说："你找他干什么？"

刘佳看到那束带有非同寻常的目光与自己的目光在两人中间的空气中相撞，她听到碰撞后掉在地上粉身碎骨的声音。她总是善于这样的想象，她在这种想象中说：“我是来报到的。哎，我说，处长干什么去了？”

“我想问你，你找哪位处长？我们这里一共有三位处长呢。”

“当然是找韩处长了，叫韩应强的处长。哎，这不是韩处长的办公室吗？”

“对，是韩处长的办公室，另外两个副处长合在另外一个办公室办公。”韩应强脸上含有一种不动声色的微笑面对着刘佳。

刘佳见过那两个副处长其中的一个，还是那个副处长指引她到这个办公室来的，那是一个年龄在五十岁以上的副处长，处长的这个办公室没有挂牌子，所以她先找到了副处长的办公室，正因为这个副处长的年龄才使得刘佳犯了一个判断性的错误，她猜想韩应强无论如何也不应该如此的年轻。

“那么韩处长什么时候能回来？”刘佳拿出在下面单位那种傲慢的态度，说。

韩应强做出意味深长的微笑，装着客气地说：“你先在这里等一下，我去帮你找一找。”

刘佳感到这个年轻人很殷勤，说：“那就谢谢你了。”说着话，她满不在乎地坐在办公桌对面的沙发上。

刘佳看到韩应强哂笑，拉开门，走了出去，旋即，又转了回来，站在门的一侧，表情丰富地对刘佳说：“处长回来了。”

刘佳忙谦恭地站起身来，目光急切地盯住韩应强身后敞开的门，半晌也没见有人进来，刘佳便走过去，扒着门框向外眺望，笔直昏暗的走廊静悄悄的，空无一人。刘佳很不满意这个年轻人的恶作剧，气咻咻地问道：“你说的处长呢？”

“处长？你说的是哪个处长？”

“我说的肯定不是你说的两个人挤在一个办公室的处长，我说的是在这个屋里办公的韩应强处长。”

“那不是回来了吗。”韩应强一指宽大的写字台后面的皮转椅说。

刘佳既好气又好笑，说：“那椅子上面根本就没有人哪。”

韩应强诙谐地说：“只要我坐上去不就有人了吗。”他边说着话，便随意地走过去并坐了下来。

刘佳终于醒悟到了自己的愚蠢，她想起了一个女作家说的话：男人是靠大脑思考，而女人是靠屁股思考。想到女作家的话，她难为情地说：“怎么，你就是韩应强处长？”

“难道我不像？”韩应强乜斜着眼睛说。

“只是……只是，你应该说你就是韩处长。”

“你又没有问我是谁。”

“您这样的一个人，怎么看也不像处长，哪有处长还亲自拖地板的，在我们下面单位的领导，比你官小的都不自己干活，我当然猜不到你是处长了。”

“瞧不起谁呀，嫌我年轻了。”

“不是的，我只是以为您怎么也应该比我见到过的副处长小不了几岁。”

“这么小的年龄，就滋生了这么深刻的经验主义，有个老人早就谆谆教导我们说：经验主义害死人喽。”韩应强模仿着老人的湖南腔说。

这就是刘佳第一次接触到她的顶头上司韩应强的经历，她绝没料到她的顶头上司会这么幽默自然，仅凭这一点，韩应强便在刘佳的心目中留下了一个无法泯灭的印象。刘佳的丈夫只是个普通的技术干部，知识分子的特点造就了他的懦弱，是个地道的小男人，她与这样一个男人在一起很难像别人那种有滋有味的生活，两人关系总是若即若离的，她嘲笑丈夫说这是距离产生美，这样的生活显得很稳定。来到这个处的头一天，她见到自己的上司这样年轻。韩应强从头上到脚下，他都能感受到青春的气息，还看到韩应强的目光里透着青年人特有的贪婪，让她难以自制。她把某种只有成年人才能理解的目光经常投向韩应强，并不断向他表露暧昧的意图。她很会这样表现，这是她能够来到这个处的原因之一。

刘佳很快却发现，韩应强对于其他的下属们就没有了那种宽厚，他一直都很严肃，甚至可以说是严厉，对刘佳虽没有显露出有什么特别，但总是不苟言笑。韩应强对于刘佳的试图接近他的目的表现得十分冷淡，做出一副拒人于千里之外的样子。刘佳总在怀念报到那一天，两个人的那种开心。

韩应强的这种做法只是他做出来给别人看的，其实他很心虚。原本他并不在这个处，只是一个普通的科级干部，只是因为这个处的老处长退下来，那两个副处长为了这个位置争得死去活来，最后鱼死网破，两个人竹篮打水一场空。谁也没有想到韩应强渔翁得利，从别的处调过来稳稳地坐上了处长的宝座。他是因为占据了大学学历的便宜，最主要的力量还是借助了他岳父的官位，他岳父虽然也只是个处级干部，但他是组织部管干部的。韩应强当上这个处长时，是在他新婚不久，可以想象他的年轻程度。他上台后唯恐别人小瞧他，他便采取铁面政策，使下属们摸不清他的脉络，也就惧怕他三分。而他没想到的是，他见到刘佳后，竟还会那么轻松自然，他发现本性这个东西是掩盖不住的，一不留神它就会自己溜出来。

韩应强从见到刘佳的那一天起，难以想象她会对自己产生那么深刻的影响，按说他见过很多比刘佳年轻漂亮的女孩，却都没有留下什么印象，而刘佳说不上很俊俏，又是一个与自己年龄相仿的女人，说得准确些，她已经是一个少妇，根本谈不上什么优势。就是与他的妻子比较起来，也显出很多的缺欠，无论是身高体型长相都不如妻子，而他却摆脱不了刘佳的存在。人的感觉就是那么奇怪，后来他总结这种情况，主要是韩应强那一天留给他许多真实的印象，刘佳的轻松自然活泼浪荡，都令他觉得自己心里似乎有了什么的感觉，直感总是很重要的。

韩应强很怕见到刘佳的目光，刘佳的目光总是来得突兀，那种目光赤裸裸地令他无地自容，似乎能看透他内在的一切，他会十分尴尬地出现一些似是而非的想象，每次走进刘佳办公的屋子的时候，他总喜欢在刘佳的身后站一站，虽然他装出一副道貌岸然的威严状，但他的心思还是停留在刘佳身体的某些部位上，看到刘佳一泻而下的披肩发，他总是产生想去抚摸的感觉，但他必须保持着那种不可逾越的距离。回到屋里韩应强有种不舒服的感觉，总是伴着他煎熬。

他觉得这绝对是一种神经的错乱，他找到他一个在中学时的同学，那个同学现在是研究心理学方面的专家。那个同学对他的情况说得直截了当："你就是太虚伪了，你的这些想法绝对是一个正常人的表现，如果你要是干了她，就不会想得这么多了。"

他的那个同学干哑的声音，不怀好意地笑着。韩应强了解他的这个同学，浪漫潇洒，风流倜傥，在他的身边总是美女如云，他从没有那么多的顾忌，敢做敢当，什么情人铁子二奶他都有过，别人提出疑问时，他说这是为了做学术研究。

受到真人点拨后的韩应强仿佛看到了他与刘佳的美好前景，他便不时感受到刘佳闪闪烁烁目光中的某些启发他的内容，他正在逐渐走向那个相关的内容，也在计划着它的实施与发展。

韩应强终于找到了一个让他使用自己计划的机会，他毕竟有操纵着这些下属的权力。那天，局长找到韩应强说在南方有个全国性的会议，让他带个人去参加，问他看一看谁与他同行。韩应强马上就跳出了刘佳的名字，不假思索地说了出来，话一出口，连他本人都吓了一跳，他知道这是潜移默化的结果所致。韩应强不知道局长会表现出一种什么态度对待他，他惶惶不安，而他看到局长的脸上并没有什么意外情况发生，笑意中还有种怂恿的成分，局长说："带个女性去出席这样的会议没有什么不好，遇到个舞会什么的，还可以活跃一下气氛。"

韩应强将刘佳和刘佳的科长叫到办公室，告诉她与他一同出席会议的消息，让她的科长合理的安排其他人来顶替刘佳出差这几天的工作。听到这个消息后，刘佳一脸的喜形于色大喜过望的神情，感染得一向装着一本正经的韩应强也情不自禁跟着她笑了起来，通常的情况下，他是不会这样做的，因为那个科长见到他总是发憷。

在飞往南方那个城市的飞机上，两个人并没有什么故事发生，原因是飞机的现代化速度，会造成两个人交流的时间窘迫，两人彼此之间还显得矜持。会议期间，两个人虽然有些接触，但那都有其他人在场的情况下，两人分居两个房间，互相都有男伴女伴，加之又是各省间与他们相同业务关系的同行，联系较多，两个人还是不能放肆。当会议结束，刘佳只是做出某种去海滨的暗示，立即得到了韩应强的积极响应。

在去往海滨城市的火车上，两个人的关系已经初露端倪，为后来两个人的事做了必要的心理准备，两个人没有更多的语言，只是通过眼神和火车造成的一种极为良好的环境，把两个人撮合在一起了。两个人并坐在一个座位上，夏日特殊的气候条件，又为他们行为举动抹上了浓重的一笔。

两人兴趣盎然的谈话过后，似乎昏昏欲睡的刘佳将困倦的头抵在了韩应强的肩膀上，窗外的夏风不断地将刘佳吹得纷乱的青丝缭绕在韩应强的脸上，那种痒痒的感觉使韩应强有种暖暖的滋滋润润的感觉膨胀出来，他情不自禁地揽过那个令他心悸激动已久的裸在无袖裙外面浑圆的肩头，刘佳顺其自然地投怀入抱，还做出一些妖娆的姿态，配合着韩应强的行动。他们就这样一直搂抱着，把兴奋起来的情绪激昂到傍晚，两个人一同走下火车，显得迫不及待或者说是气急败坏地寻找住宿落脚点。因为一般旅店宾馆是不允许没有婚姻证明的男女同住一个房间的。

找到那种适合他们关系的宾馆时，已是午夜时分，两个为了住宿费尽了心机狼狈不堪，而且心力交瘁疲惫不堪，洗过澡后，韩应强虽然面对着刘佳诱人裸体，并没有表现出亢奋之态，只是勉强地做了回样子，随即便流于形式了。

女人不同于男性，在任何时候，她们都可以来者不拒。刘佳刚刚酝酿起风情万种的情绪，等待着风吹雨打，而热烈的渴望却没有换来那种陶醉回应，她觉得十分的失望，急切地问道："怎么，就这样了？"

韩应强有气无力地说："太累了。"

刘佳还觉得在她的体内仍旧留有着韩应强的颤抖，她激情荡漾地发出一声难挨的声音，这个声音似乎是无奈的叹息，她将难以启齿的丧失，倾吐给了韩应强。她却听到韩应强软沓沓地说："明天吧，好吗？"

两个人醒来时已是阳光普照，韩应强体力恢复得很好，想起晚上那种无能令他极为难堪的时候，他又有了一试身手的想法。然而刘佳并没把心思放到这种事上面，她遗憾自己起来得太晚了，没有能够看到海上日出。刘佳的遗憾将韩应强的疯狂扼杀在孕育之中，他陷入无尽的苦恼。刘佳看出韩应强的这种欲望带来的痛苦，她安慰着他说："这个时间海滩上一定挤满了人，咱们还是早些去，占据一些有利地形。"

他们吃过饭，一同来到了海滩，海滩上果然挤满了穿着花花绿绿游泳装的男人女人们。初次看到人海的刘佳兴奋异常，她轻声咏唱了一首人们熟知的大海故乡的歌走向海滩的。韩应强被刘佳饱满的情绪所感染，他惊呼道："大海呀，真他妈的大。

在海滩上，两个人分别买了泳装，韩应强先换上了游泳裤，等待着刘佳从女更衣室里走出来。刘佳从更衣室里走出来的一瞬，令韩应强精神为之一振，刘佳穿着三点式泳装，裸露着灿亮的身体，泳装笼住了饱胀胸部呼之欲出，她的背景是一片蔚蓝色的天空，这是一幅绝妙的风景，这在昨天夜晚处在极度恶劣的情绪下无法欣赏到的画面。刘佳旁若无人奔向她早已向往的大海，刚踏上奔涌的海水时，她尖锐地叫了一声，嚷着：“好凉！”

韩应强还是在中学时就学过游泳，本能对海就有着一种亲切，他追逐着刘佳跑入大海，然后向海水中猛地一扎，溅起一片白蒙蒙的浪花，飘洒了刘佳一身的水珠，在阳光的辉映下，晶晶盈盈地闪烁着细碎的光环，刘佳笑着骂着韩应强缺德鬼，想拉起韩应强，让他辅导她学习游泳。

韩应强做出许多潇洒的泳姿，表现自己的愉快后，才游到刘佳身边，教她如何憋气、踩水，他托起刘佳的身体，她的动作实际上都是在他臂弯中完成的。他们彼此都能感到对方带来的温暖，那种温暖是通过海水传导过来的，海水在他们的搅扰下也格外地活跃起来，用博大的胸襟包围着两个人的温馨。

两人经过了一番与海的喧嚣奔出大海，回到沙滩时已经精疲力竭了。两人一身湿漉地仰躺在银色的沙滩上，海风很轻柔很惬意地抚摸着他们俩儿。这种感觉传染出两人之间的暖意，韩应强又生出在车上就有的那种膨胀的感觉，将手伸向了刘佳三点式泳装裸露出身体的部分。刘佳将爱意融融的脸扭转过来，笑得万分的明艳。韩应强得到了对方的启发，用另一只手穿过刘佳湿漉漉的长发，搂过她的身体，挪动着发涩的唇向她红艳的唇压了过去，他先是品尝到了咸苦而后便咀嚼出了甜蜜。

海滩上的太阳，喷吐着灼热。海水逐着小浪，涌上了沙滩，随即又胆怯地退了回去，留下一条长长的湿润。

一个小女孩穿着一件小巧的游泳衣，光着小脚丫，蹒跚着脚步，踏在海水的打湿处，边走边想着与海有关的故事。海边留下一排小脚印，但又很快被重新涌上来的海水吞没了，也淹埋了那双蹒跚的小脚丫。

时间一长，韩应强觉得背上火辣辣的难以忍受，无可奈何地翻转过身来，目光却依旧留恋在刘佳姣好的容貌上。

刘佳不情愿甚至又在埋怨他的无能，她认为他总是急匆匆的缺少韧性，她不想理睬韩应强的那种恋恋不舍的神情，愤愤地将目光溜向海的一方。她的目光一下子便捕捉到了那个戏水的小女孩，她已经变得失望的眼里便有明亮的光一闪，不由自主地轻柔出了一声："哎——"

韩应强的头牵动着动情的目光也顺着刘佳的声音扭向小女孩的方向。

小女孩只是将稚气的小脸投向这对拥抱着的两个大人，在她的心里没有任何的恶意，装满了美好的想象。她看到的那个大女人真好看，皮肤被阳光晃得白花花的耀眼。她眼中那个健壮的大男人，更令她遐想万千，他拢着那个大女人就好像抱了女孩拥有的那个大布娃娃。女孩还满怀信心地想到他们要是自己的爸爸妈妈该有多好哇。一旦想到这样一个复杂的问题，女孩自然想到了爸爸妈妈，她的目光便急切地游移在茫茫的人海中，最后她终于看到爸爸妈妈在不远处向她招手致意，女孩便向爸爸妈妈的方向深情地笑了。

刘佳凝望着小女孩又蹒跚着脚步朝着来的方向往回跑去，若有所思地说："我的小女儿也就像她那么大。"

韩应强的目光其实也一直在追随着小女孩的蹦蹦跳跳，听到刘佳说这样的话，便心不在焉的应对着说："我的孩子也这么大。"

"也许他们长大后会是一对夫妻。"

刘佳本想开句玩笑，调解沉闷下来的心情。她却看到了韩应强阴沉沉的面孔，听到韩应强深沉地说："能吗？"

两个人说过话，都不再言语了，神情黯然地望着大海，把内心鼓胀得幽幽怨怨的，随时可能发出一声脆响。

从海面上掠过一阵潮湿的海风，向他们扑面而来，他们感到海风还是那么轻柔那么惬意地抚摸着他们两个人。

（原载《青年文学》2002年第五期）

迷失在秋季

李小玲的迷失是在这一年的秋天。

李小玲说过，她信服那句秋天能带来成熟的俗话。她认为秋天是生意最好的季节，在这个季节里，她去了厦门采购，来满足旺盛的购买力的商业行情需要。

那是一个仲秋的夜晚，由杭州车站始发的列车即将发车时，李小玲才背着大包小兜，匆忙地爬上了卧铺车。等她找到属于自己的铺位时，她吃力地蹲了下来，试图解脱包袱的压力，而她却无论如何也卸不下来肩上的负担，待她左右为难时，她感到肩上一阵轻松，包袱已稳稳落地。她蹊跷地回过头来，她看到一位中年男人正对她露出微笑。李小玲感激地说："谢谢你的帮助。"

"我只助你一臂之力罢了。"他笑吟吟地说。

浑厚圆润的男音，听起来十分的悦耳。李小玲回味着他说的那句话，蛮有趣味。

列车在他们说话间徐徐地启动了。

"那还要请你再助我一臂之力，挪挪行李架上的东西。"李小玲说，在此之前，她已经看到行李架上堆满了包裹。

他依旧脸上挂着微笑地对她说："那可不是一臂之力了，那是要使用双臂的。"

李小玲被这个男人的幽默逗得格格地笑了起来，笑出了女孩子的洒脱。搞得周围不明真相的人甩过来一溜的白眼。

他们安顿好包裹，一起坐了下来。李小玲认真地端详这个男人。他具有男人应有的棱角与强度，已进不惑之年的面貌显出成熟，脸上因为刚才的忙碌泛出了红晕，还沁着细碎的汗珠。

“不好意思，累着你了。”李小玲意识到这是刚才的冒昧地请人家帮忙造成的，她从兜子里砰砰啪啪地往外掏食品和饮料，很快便堆满了一茶桌，并掰开一听易拉罐送给他，说：“解解渴吧。”

他忙摆摆手，掏出自己的茶杯，说：“营养价值最高的也莫过于白开水了。”他指了指满茶桌的东西，戏谑地说：“你莫不是开食品店的吧，不然，这么多的东西你一个人怎么消受，女孩子营养过剩可是要发胖的哟。”

“女孩子？你不能称呼我女孩子了，我已是一个女孩子的妈妈了。”她纠正他的偏颇说着，并且洋洋自得地吸吮着已经启开的易拉罐，瞅着她早已预料到的对方的吃惊度。

李小玲自信自己的容貌会与他的吃惊程度相谐调。虽然有了孩子，但她仍然具有着少女所特有的亭亭玉立袅娜的身材，羊毛绒裹着不显臃肿而略微耸起的胸部。白皙细腻的面貌，光泽丰盈而显柔媚，正是她的这张脸才使得生意兴隆，使许多的顾客垂青而流连，都说她的那双眼睛会含笑地勾人魂魄。从这些特点上，没有任何一点能说明她是个做了母亲的女人。而这种道理李小玲本人最清楚不过了，因为她的年龄并不大，她不过是一个被早婚早育罚了款的女孩子。

李小玲的这句话使对方足足地愣怔了半晌。她在他的目光下，身上显得十分的不自在，觉得有些痒。此时，她才体会到车厢里的闷热，秋天的南方与北方温差极大，刚才的一阵折腾，身上早已大汗淋漓。她脱掉羊毛绒衫，过了须臾，她仍觉得不爽，索性脱去衬衣，只穿了一件很得体、开领很大的背心。李小玲看到他的目光在她的脖领处停留时乱了方寸，马上提高了视角。李小玲清楚他一定感到那个脖颈和露出的胸上的部分很白，才会搞得他的很难堪。他看出李小玲在揣测他，他忙掩饰着慌乱，说道：“你的项链不会是银的吧？”

“这你就不知道行情了，这个项链是白金的。现在谁还会带银项链呀。”李小玲说道，还有意地显示着自己带的金表、宽大的手镯子，还有手上戴的戒指。

李小玲的一身珠光宝气令他眼光缭乱，他不由得咂咂舌，情不自禁地一声喟叹：“你这是全身藏金哪，这一套怎么说也要五万元吧？”

“何止五万元啊，就这块金表就有五万元。”她颇显得意地说。

“我要是强盗，准会拼血本对你实施一次打劫行动。”他开着玩笑。

李小玲巧笑倩兮，说：“那我一定会双手奉送，只求你留我一条性命，这十几万元钱，有时只抵我男人的一宿的赌资。”

这次他没有表现出惊讶，只是笑笑，但笑得有些木讷。他是为李小玲的大胆直言而不安，他若有所思地将头转向了窗外。

车厢里的灯光很明亮，窗外的夜色映衬得路基两旁的树丛幢幢魆魆，使他有些漫不经心。

李小玲知道这是她刚才的那句话才使得他觉得尴尬的，她掏出一支烟递了过去。

他摆了摆手，说：“我不会抽。”

李小玲顺手将那支烟叼在嘴上，点上火，说：“听口音，咱们是东北的老乡啊，你是哪的人啊？”

“我在S城，本次列车的终点站。”

“哎哟，这么说咱们还是同一个城市里的呢，可是听你的口音，你不像是土生土长的S城里的人吧？”

“原来不是，现在是。”

“在哪个单位上班呀？”

“这就要你来猜猜了。”

"你莫不是下岗的男工?"

"你看我真像下岗的吗?"他笑着说。

"当然不是了,我是在跟你开玩笑的,像你这样西装革履的还能下岗,我看你这身装束,不是机关干部也应该是大企业的经理。"

他笑起来,说:"我真有那种派头吗?连我都怀疑我能不能成为那块料。"

"看你天庭饱满,是那块料。"

"那我回去跟领导要求要求,当一当领导,也许能应了你的吉言。"

"看起来我说错了,那你到底是干什么的?"

"难道你还看不出,我是个搞科研的知识分子吗?"

"太不像了,知识分子哪个像你这样油嘴滑舌的。"李小玲边说边嗤嗤地笑了起来。

"你以为知识分子都是木头木脑的,就像大脑进水似的吗?哪像你们个个聪明绝顶,才智过人,堪称人奸子。"他也笑着反唇相讥。

两个人开着玩笑,彼此都感到很开心,人和人之间总是讲一种缘分的。

李小玲也打开了话匣子,她不只是爽快地告诉了人家,自己家开的二家商店有多大,在何处;而且还告诉了人家说自己的丈夫叫周林,又自我介绍她叫李小玲,说过后,唯恐人家不相信,还拿出身份证来佐证她的真实身份。

李小玲对眼前这个中年男人有种说不出的好感和信赖,谈话中,她对他谈起了自己的经历,讲起了现在人的势利眼。

她告诉他说自己的丈夫周林比他大了近二十岁,是S城比较早的一个退掉公职的人,他们两家原来是邻居。李小玲很小的时候,就常听见他的父母亲总是教训自己的儿子,说他有个好端端的工作不干，扔掉了铁饭碗做买卖，不务正业。他的父母吵急了，还动手打他。周林的亲戚们也轮番做他的工作，可他像吃了秤砣铁了心了。

李小玲笑着说："小的时候，我的家长也常常教育我，要我好好学习，考大学，不要像周林那样没出息，只能去做买卖。而现在哪个又不是都羡慕他，巴结他，他的父母还都在他手下当差，乐得屁颠屁颠的。"

"你们俩的年龄差距那么大，你又是怎么跟他结婚的？"

"我没能按照我父母的要求考上大学，就连高中也没考上。我父母对我考上大中专学校已经失去了信心，他们又不忍心看着我整天在家无所事事，就想起了早已经搬到花园别墅去的周林。父母找到了周林，周林念及过去老邻居的面子，让我父母带我去试一试。这一去就被他相中了，他对我的父母说，有我的这张小脸蛋站在他开的商店柜台前，一定会给他招揽好生意的。那时他刚离了婚，对我蛮好的。我也挺追求他，我看上他的那股男人气。一来二去，我们就相好了，待我回家对父母一说，原以为他们不会同意这门亲事，你猜我父母会怎样，他们比我的意识还超前，竟然为我去提亲，如此一来，我便成了老板娘，我那个下岗的父母也趁机找到了一个挣钱的差事。如今哪，我是看准了，只要有钱，就会有一切的。"

她说过这一句话后，她观察到那个中年男人的脸上呈现出不置可否的淡然一笑。

"我们已经有了足够的资本做本钱，现在挣来的钱不过是为了消遣。这趟去厦门谈生意，他们这里也都是假名牌、假货，只要回来销售或转手，便可获得至少五十万净利润。"她谈起发财经来，显得轻车熟路，津津乐道。

这时李小玲感到他嘟哝了一句什么，她没有听清，便追问道："我看你刚才好像说了句外语。"

“是的，我说的是一句英语。”

“说的是什么呢？”

“我说的是社会主义初级阶段。”

“看来你这是对我们个体私营经济有成见。”

“我没那个意思，我只是说你们摊子搞得这么大，也不容易。在国外靠小本生意发展成为一个大型的实体实在是不可想象的。小本经营者只能维持温饱，有几个会到你们这个程度的，而我们国家却是本末倒置，那些搞实体的企业家们却都面临着破产倒闭，连国有企业也不例外，特别是那些高精尖端科技更是不景气，就像前几年说得那样，搞原子弹不如卖鸡蛋的。”

“啧啧，看你这样，还不是应验了我的猜测，你根本就不是什么科研人员，而是一个地道的政治家。”

“不要总是以貌取人，不要以为只有当官的才有政治头脑。我真是搞科研的，我就在S城的省机电科研所里工作。”

李小玲认真地睇视着他，粲然一笑，说：“看你那副认真的表情，不像是假的，只是你这样的科学家绝对不是陈景润的那一种。”

“我是新时代的科学家嘛。”他像是开玩笑，说得十分的潇洒。

李小玲似乎想到了这句话有些似曾相识，她敲着脑门说：“对了，我想起来了，好像电视上报道过这么一个题目，并且还是连续的报道，说的是一个科学家的事迹，那个科学家是咱们省的十大杰出人物。”

“你说得对极了，那不只是电视，报上也有报道，他就在我的那个科研所里工作。”

“是吗，那个科学家就不像你，肯定属于呆头呆脑那一伙的。你说他这个人，让他到国外继承他叔叔在美国的大宗遗产，他不去。为单位搞项目奖励他，他不要。为国家挽回一大笔经济损失酬劳他，他不拿。你说他是伟大呢，还是缺心眼？”

“其实，那是报道失实，他也没那么伟大，也不比别人缺心眼。

他不去美国是真的，谁想抛弃自己的故土去异国他乡，美国可不是好待的地方，竞争十分的激烈，搞不好就要跳楼。另外那笔遗产那么好拿的吗，美国可不像中国，可以从老子那里得到遗产享受，直到坐吃山空，美国的法律遗产税就要上缴一半，到了下一辈人手里这笔遗产，就会分文皆无。他们就是为了避免子女们不劳而获才制定的这条法律。”

“这我还是头一回听说有这样的法律。那么，他不要钱肯定是真的吧。”

“奖励他的，他还是收了一大部分，至少比别人多得多呢。现在到处都生红眼病，如果他要是全收了，人们还不剥了他的皮才怪的。就连清扫员还得了一笔，理由是他为这个项目服务了，他说没有他的清扫工作，这个项目就不能如期地完成。”

“真的很有意思，这不是大锅饭吗。”

“大锅饭适合中国的国情需要，中国的科学家是最廉价的，这样新闻界就会为你宣传，美其名曰这是奉献精神了。”

“听你的这一大段套话，我更坚信你是个政治家了，是所里的书记吧，不然你怎么对人家的事知道的这么清楚呢。”

“因为那个人是……我的哥们。”

“怪不得你那么了解他，我总觉得你不像是为人家打抱不平，倒有点像嫉妒人家，我说的对不？”

他无言地笑了，摇了摇头，似乎感到这是个无聊的话题。他回手从兜内掏出一袋面包，咬了一口。

李小玲看到后，吃吃地笑了，说：“你这个人真有意思，茶桌上有那么多的食品你不吃，为啥还要吃你那干巴巴的面包。我求你为我打扫战场吧，不然的话，下车我也会让这些食品统统开路的。”李小玲还做了一个扔掉的动作。

“这么多的东西，你都要扔掉？”

“你以为我会那么傻，背着这些东西回家？这不过是到了车站临时拜佛脚，买来填填嘴巴的。”她说得轻轻松松，仿佛做了一件得心应手的事。

“毛主席他老人家曾教育我们说过，贪污和浪费是极大的犯罪。”

他开着玩笑，但李小玲能够感到对方透出一种易于察觉的不快。恰恰相反在此时，卧铺车厢里的灯熄灭了，只有微弱的壁灯闪烁着晦涩的光。他们两人被掩藏在似隐似现的黑暗之中，传出的他们两个人的声声咀嚼。

“睡吗?”他问。

“睡。”

“哪个铺?”

“他妈的。”她的牙缝中先是迸出一句不雅之词，然后她抱怨道:“在厦门没有买到飞机票，又是要焦急回去，只好要坐火车遭罪了，在这换车，下那车儿上这车儿，哪有时间去搞卧铺，到售票口一问，售票员说没有卧铺，我甩给售票员半张老头票，她马上就扔出个上铺，我又甩进去半张老头票，说要下铺。她眼皮一翻说，车都快开了，哪来的下铺，而那半张老头票还是进了她的腰包。”

“那你为什么不跟她要回来?”他顿生几分愤恨，显得义愤填膺。

“那小妞可是见过世面的，知道你是大款，不会跟她计较的，她拿了你一百元钱算什么，她知道你拿这一百元，也就等于我的丈夫找了个小姐的小费。”她莞尔一笑，在黑暗中这种笑朦朦胧胧的，体现得更加迷人。

“既然你喜欢下铺，就借你刚才的吉言，我正好可以‘高升’了。”他说着话，并将外罩抛上了上铺。

“那怎么好意思呢。”李小玲说话时，还是泛出莫名状的感动。

“这是保护妇女儿童的合法权益不受侵犯。”他边调侃边爬上上铺。

"那就委屈你了。"

那一夜,李小玲睡得很香。列车铿锵晃动如同摇篮,她做起了一个十分美妙的梦,梦中她笑得非常开心。不知怎么的,她听到了上铺的他窸窸窣窣地下了铺。她眯着眼睛,见他悄无声息地坐在边凳上,说不清他为什么发愣。李小玲心中突然涌起一股难以言状的悸动,她猜测着他莫不是为晚上的对话在浮想联翩,她就是在这种猜测中再次进入到她的梦乡。

李小玲被他摇醒时,天早已大亮了。他对她说快要到S城了,让她抓紧洗漱。李小玲匆忙地去了洗手间,等她回来时,见茶桌上的那些食品已经收拾得干干净净,李小玲的提包已经取下来放到地上,显得十分的膨胀,她知道那些食品已经装入兜里了。他讪笑,说:"别怕,我可以帮你。"

"谢谢,周林会开车来接我的。"她对他说。

说话间,列车进入了S城的车站。

他帮着李小玲将所有的包裹安置在站台上,便告辞说先走一步。李小玲突然想起了一桩大事还没有问,"请问,尊姓大名?"

他若无其事地一瞥李小玲,说出话来轻轻巧巧的,"哪里来的尊姓和大名啊,我只是你说的那个傻瓜。"

李小玲愕然,直到他的身影消失在茫茫的人海中,她还没有转过神来。

李小玲无论如何也理解不了自己,由于这个男人的出现,她竟然搞不懂自己了。

她烦,她恼,她惘然,她惆怅。

她去了她从未去过的S城的图书馆查找那篇报道。她很快便找到了那篇发表在第一版的整的关于那个男人事迹的报告文学,上面还附有他的一张工作照片,上面的形象明白无误地告诉她不会有差错的，就是他，他叫杨健民，是科研所里最年轻的研究员。

她真的怀疑自己会是哪根神经出了问题，不然的话，那个与她毫不相干的男人的影子总是莫名其妙地萦绕在她的心头。要说她极富有，该有的她全都有了，情窦初绽时她便嫁给了周林，当她每次与周林一同应酬时，她会得意的兴高采烈，因为他是她生命中的主宰。她与周林结合的家庭应该是这座城市里最有钱的几个家庭了，她从不反对挥霍，她从不指责周林过分的行为，包括赌博和嫖娼，她认为那是男人特性决定的，而如今竟出现了这么个男人，又是那么不可思议地搅乱了她的生活，她找不出哪个环节上出现了问题，那天在车上的对话也再平常不过了，在心里只是浅淡地留下了杨健民的那种微笑的形象，而她却时时感到那个模糊的形象，那么鲜明而又真实地存在着。

嗨，茫茫人海，芸芸众生，没有想到这么一个男人的出现，竟会困扰着她的心绪。

李小玲情不自禁地找到了科研所，那时已经快到了科研所的下班时间。杨健民出来见到她时，呆愣了许久，才认出她来。

李小玲穿着一件几万元的貂皮大衣，足蹬筒靴，浓妆艳抹，难怪杨健民险些没认出她来。杨健民脸上出现了一种很复杂的表情，说："是你呀，李小玲。"

"是我，怎么，不欢迎我吗？"她说，并投过来一掬灿烂的微笑。

"哪能呢。"杨健民极力想笑出来，笑得却有些惶惶然，因为门卫的老头将搜寻的目光移向他们，几个路过的同事也颇有意味地注视着他们。他很不自然地对她说："你有事吗？"

"我只想核对一下科研所是否有你这个人的存在。"

"莫非你怀疑我是从太空来的人吧。"

"哪呀，我只想约你去吃西餐，不会拒绝我吧？"李小玲执着地凝视着他，口气中有一种不容置疑挑衅的味道。

杨健民沉吟片刻，神情有些顽皮地说："呵，怎么好拒绝你呢，你的请客是西方式的，那我只好去了，我就不怕你的‘全盘西化’。”

杨健民进了传达室给负责人打了个电话说他的妹妹找他有事，稍早走几分钟。

杨健民与李小玲一同走出了科研所。李小玲掏出个钥匙，只是一按，杨健民听到门口一辆红色的奔驰轿车鸣叫了几声。杨健民惊讶地问道：“怎么，这是你的车？”

李小玲一脸得意地说：“我就不应该有车吗。”她说着话拉开车门，回眸一笑，做出个邀请的姿势。

“这有点像哪部电影中的绑架镜头，”杨健民说。

“胆怯了？”

“你要知道，我毕竟是一个有了一定知名度的科学家，是重点保护对象。不过，为了你，我也豁出这一回去了，任凭你的摆布。”

“那就上车吧。”

奔驰车只是绕了几个弯，便停在了S城有名的大厦宾馆。杨健民钻出车来，有些茫然地说：“不是说吃西餐吗？怎么来到这里了。”

“你真‘老外’，哪家宾馆里没有西餐。我包了个包厢，很雅静的，我们可以共享其乐。”

杨健民脸上流露出某种担心，“这样不太好吧，在大厅上吃嘛，何苦还要包房呢。”

“嗨，你不是说听我的吗，怎么又担惊受怕的呢。这里都是在包厢里吃饭的，那样咱们说话不受人的干扰。”

“可能是个好主意，只好由着你了。”他又显得不卑不亢。

宾馆西餐厅的包厢装饰得豪华阔气。

李小玲进到包厢里，便脱去了大衣，高档的羊毛绒衫衬得她曲线毕露。根据李小玲的要求，服务很快便端来了西餐的菜肴，并拿出了一瓶XO。

杨健民仰靠在那种高级的皮椅上，心中不免荡漾着十足的喜悦出来。

“这种气氛倒蛮有异国情调的。”

“现在你放心了吧，我没有绑架你这个著名的科学家吧。”李小玲说着便为杨健民倒上了酒，递给了杨健民。

两个人边说着一些无关紧要的话，一边饮着酒，渐渐地两个人的脸上都有些泛红。

“我今天请你吃饭是有事要与你商量。”李小玲神态异样地说。

“嗯？”

“我想永远地绑架了你。”李小玲的目光大胆地投向了杨健民，眼里闪烁着不容置疑的光。

杨健民不知所措地回避了李小玲的凝视。

“因为我已从报上看到了你的成就，我知道你如果在国外，就你的那十几项专利，就可以成为千万富翁。我在考虑，你何不辞职来我们这里，我为你提供资金，你搞项目，然后我再投资生产产品，产生一种良性的循环。当然，这也是为国家效力，国家不也提倡私有经济，民办科技吗？这主要是为了摆脱大锅饭，得到你应得到的价值。”李小玲侃侃而谈，这些问题几天以来，一直困扰着她。

“就这些？”他略有惊讶，但还是平和地问道。

“当然不是。咱们还可以成立一个一流的私有经济的科研中心，成为最富有的财团。”李小玲兴高采烈地说着。

“你就是为了这些才找到我？”杨健民疑惑地望着李小玲。

“当然，难道你不相信我有这个能力吗？周林的资金我还可以说了算，并且他也会支持我这么做的。”

“我知道你们的经济能力，你的想法也是不错，我只是怀疑你的这些想法的真实性，把科技变成生产力，绝非一朝一夕的事，并非你说的那么简单。而且科学家又那么多，我也不是那么突出的，我非常了解自己，我琢磨着你为什么偏偏选中了我，我们也只是在车上的一面之缘，我想知道你找我的真正原因。”杨健民执着地凝视着李小玲，说。

在他的这种目光下，是不容虚假存在的，李小玲知道刚才的一番话，是她精心策划过的。她感到对方已经识破了自己的这番伪装。她羞赧地一笑，一朵彩云润红了她的面颊，澄澈的双眸已然镀上了灼人的光波，只是在杨健民的脸上一掠而过。她低头嗫嚅般地说道："因为……我觉得……我好像爱上了你！"

杨健民一副吃惊神情，但是他还是沉默不语。

"你不要以为我是个坏女人，我爱周林，他是幸运，那么的富有。但是富有对没有知识的人来说，是最大的悲哀，吃喝玩乐嫖赌，他只有挥霍，还能拿这些钱去做什么呢？我自从上次见到你后，我发现人生还有另外一种境界，我在感情上也出现了一种朦胧，再也就抛不开你的影子了。"

"你那只是一种想象。我有妻子，还有个不比你小几岁的女儿，我从没想过要破坏自己家庭的幸福和睦。"杨健民矜持地说。

"我也没有破坏你的家庭的意思，你是我心中的情人，我也希望你能像外国人那样，接受我这个情人。"

"李小玲，你也太天真了，周林能允许你吗？"

"他根本就不在乎这些，何况他也还那样。现在都啥时代了。"

"这是句最无知的话，，社会无论如何发展，你们这种人也只是社会的一部分也是需要道德规范。更需要绝大多数人来挑起社会的大梁，不然的话，由谁来创造社会的财富呢。"

"这像是政治课。"李小玲说。

"哪呀，这是金口玉言。"

"听你一席话，胜读十年书，我服了你。其实，那些话你别当真的来听，我只是说说而已。我只是感到自己有些空虚，一种摸不着头脑的空虚。"李小玲说着，坦然地一笑。

"那你再好好消化吧。"杨健民一指桌上的菜，一语双关说道："时间不早了，我要回家了，老婆为我规定的时间到了。你别笑，你是不是误会我是‘妻管严’了，告诉你我不是，真的不是。”

“你别介意，我找个机会去你家拜访，到时候我不就知道你到底是不是‘妻管严’了。”李小玲娇嗔地说道。

“那我可要安排一下。”

“你不会把我拒之门外吧。”

“哪能呢，你的造访肯定会使我的寒舍蓬荜生辉的。”

李小玲没有食言，她确实专程去杨健民的家里拜访，她是与周林一起去的。在杨健民妻子的热情地招待下，两个人都有些拘束，两个人口口声声地称呼着叔和婶，并且参观了杨健民的住室，看到简陋的小三室房，到处都堆满了书籍，李小玲不时地发出叹息。

两个人坐了不长的时间，便起身告辞了，出门后，趁别人没留意，李小玲神秘地对杨健民悄声说道：“我搞懂了，中国知识分子都像你一样，很实际。”

那天晚上吃过西餐，李小玲用车送他回来后，他便向妻子如实地坦白了这段经历。杨健民夫妻俩感情非常好，从没有什么秘密。妻子笑着奚落杨健民说：“那么好的姑娘，难道你就不动心吗？”

“爱美之心人皆有之，我哪能没有一点心里活动呢。只是人也要有种承受能力，这是人生的安全期，我如今就处在那个时候，已经过了青春期喽。从你的话里我听得出来，你这是在吃醋。”杨健民逗趣地说。

“她虽然漂亮，但我坚信我比她成熟，你这个年龄的男人更多的喜欢女人的成熟。我驾驭你的思想还是有绝对的把握。”杨健民的妻子说着说着，忍不住顾自地笑了起来，撩拨得杨健民也开怀大笑起来。

杨健民与妻子送走了李小玲周林回来，妻子又想起了那天的这个话题，她得意扬扬地对杨健民说：“我说我有把握吧，这就是我的优势。”

谁会想到从那天李小玲到杨健民的家之后不久，李小玲竟然会这么轻易地走上了绝路。

冬天天短，已经凌晨6时了，天还没有放亮。屋门响起急促的敲门声时，杨健民与妻子两人都没有起床。妻子推了推杨健民，见他懒懒地睁开了眼睛，妻子便穿着睡袍下地去开门。

门口站立着一个风尘仆仆的大汉，连声说道："嫂子，我是周林。"

杨健民的妻子疑疑惑惑地打量着来人，笑了笑，她很显然认出了对方，才客气地将来人让进屋里来。

这时杨健民也穿着睡衣走了出来，伸出手与周林握了握手，并做出一个礼貌的动作，然后与周林一起走进屋里来。

周林懵懵懂懂地进屋，一屁股便栽在沙发上，从上衣的口袋里掏出烟来。

杨健民指着茶几上的红塔山香烟，对周林说："那里有烟，抽我的。"

周林视而不见地顾自在烟盒里弹出一根烟叼在嘴上，掏出打火机，打着火，他的手抖动得厉害，总共燃着了三次总算是勉强地点着了烟。

这个不速之客的出现，杨健民一直在猜测着他到来的目的，担心他会做出什么样的非礼的事出来。因为周林和妻子李小玲只来过他家一次，他与周林并不是很熟悉，并且他与李小玲的接触还有些来历。

杨健民小心翼翼地坐在斜对面的沙发上，紧张地注视着周林铁青的面孔。

周林缄口有顷，突然暴出悲怆地声喊："小玲死了！小玲自杀了！"

杨健民和妻子都惊呆了，无论如何也接受不了这样的事实。那个活泼开朗又充满活力的姑娘，怎么会就这么轻易地走上绝路了呢？

“我搞不懂，我根本就没有得罪她。昨天晚上过来几个朋友来玩麻将，她说她不想玩了，就进了屋，过了一会儿她出来显得不高兴地说，你们不要玩了。看到了的脸色不好，我哄她去睡觉。我们一直玩到天亮，谁知道她竟然服了安眠药自杀了！我在她的梳妆台上发现有两封信，一封是写给我的，而另一封是写给你的，所以我开着车找你来了。我真不明白她为什么会这样！”继而周林放声大哭，哭得惊天动地。周林的精神彻底地崩溃了。

杨健民的妻子连忙安慰周林，并让杨健民穿上大衣，善解人意说：“你同周林一起去他家，那儿少不了人帮助料理后事，单位我为你请假。”

杨健民迟疑了片刻，但在他温柔的妻子陡然严厉的目光的逼视下，他随着周林一同出了门。

杨健民始终没有缓过神来适应这突如其来的一幕。杨健民看到李小玲紧闭双眼，安详恬静地躺在床上，看不出有丝毫的痛苦，似乎仍在做着一个甜美的梦，无忧无虑地酣睡在梦中，只是那张俏丽的脸上呈现出煞白，再也找不到以前的那种粉嫩红晕。

直到这时，杨健民才相信李小玲自杀身死的事实。

在李小玲的家里，杨健民打开周林递过来的两封信，看过之后，他不知道如何对周林解释。

李小玲留下的两封信，一个是写给周林的，一个是写给杨健民的，都是简单的一句话。

写给周林的是：请给杨健民先生五十万元钱，那应该是他得到的对他价值的补偿。

写给杨健民的是：请收下这笔钱，我相信这笔钱的用途比钱本身的价值更重要。

（原载《青春》2006 年第四期）

跳个温柔

田易在经理室找到了于明，于明正和三个人玩麻将。他撞进来时，几个人都有些惶恐，只有于明暗淡的神情明快了许多。

“我去你家找你了，说你不在，我就找到这里来了。”田易说。

“有事?”于明问。

田易环顾其他的那几个人，几个人都显得不耐烦，看来牌兴正浓。大茶几上麻将、烟灰、钞票一片狼藉，几张面孔在烟雾笼罩下，模模糊糊由装束上可以看出，都很绅士。

“说吧，没关系，都是哥们。”于明随便地说，又随便地介绍了一下在座的几个人。

田易没有细致弄清几个人的具体单位，只听出经理、主任什么的，便客气地应承着，看得出，看得出。随后对于明说：“中午有场吗?”

“怎么？要请我喝酒?”于明不以为然地说。

“是喽。我请客。”

“今天怎么想起了请我。”

“我准备在你这提点款。”田易声音压得很低，但别人还是可以听得见。田易看见有人把目光投了过来，他谨慎地又重复了一遍。这时，那个投过来目光的人推倒牌说和了，兴致很高的样子，一脸的灿烂。

田易被他的神情所感染，刚才的紧张一下子便轻松了。

看来于明今天的手气很背，将手前的牌拢了拢，对其他几个人歉意地笑笑：“朋友找我有事，别玩了。”

于明随手扔出自己输掉的那部分钱，剩下在茶几上的钱他收进了自己的口袋。那几个人很是失望，有些不满地瞟了田易一眼，悻悻地走了。

请客还是于明出的钱。

田易和于明原来同在行政办公室。田易当秘书，于明当机要干事。田易和于明在一起时私交很深，常在一起出出进进的。后来领导班子不团结，窝里斗，有上有下，有胜有负，于明搅进去了，陷得很深。被挤下来的领导堂而皇之地调个地方，而于明就成了牺牲品，被免了职，逐出了机关，重操旧业。当时社会经济刚刚活泛，于明索性退职做起了买卖，结果越做越大，开了商店，又办了公司，当上了总经理。田易仍是一步步跟头把式地，到底还是混上了个办公室主任。

他们吃饭的这家酒店一看就知道于明很熟，是常客。互相间都热情地招呼着，于明还与老板娘调笑了几句。

田易拘束地坐在那里，眼光溜溜女服务员裸露出的穿裙的长腿在身边不安分地挪来挪去，耳畔响着于明点的菜谱声音。田易感到天太热，说上凉的。服务员上了凉菜，开了啤酒，两人动嘴吃上了。

于明这才问：“提款，办事？”

“是呀，是呀。”田易抿了口酒说，你也知道林丹和我的关系。

“是呀，是呀。”于明也是这两声。

“那天她偏偏去了机关找我。”

“她也真是的，你们这些吃官饭的见不得这个。”

“偏巧又让咱们那个新上来的头看见了，我情急便介绍了林丹，说是来搞新技术开发推广的，不想多此一举，竟惹来了麻烦。”田易脸上汗津津的。

“怎么了?”于明疑惑。

一听说到科技开发协作中心,他还来了精神,高低要介绍个新产品过来。

“不是看林丹长得漂亮吧。”于明痴痴地窃笑。

“别开玩笑了。”田易说,脸有些红。

“也是的那家伙刚提上来,也想搞活,没钱甭想多办事,想用钱买个好人缘。这样活该我受苦,灾过去了,难却落下来了,非让我去人市联系这创收的事。”

“这不挺好,为林丹和你创造了条件。”于明面带嬉笑,将口中的烟雾喷出个圈。

“去个蛋吧,哪有你风流夫人都不知是哪个了。”田易也玩笑一回。

“夫人可是只有一个哟。”于明笑得坦然,还喝下了一杯啤酒。

“给我提两千元钱,老规矩,我让总务买东西时送张支票过来,从买的东西里加价,别搞露了。”田易声音压得很低,神秘兮兮的。

“放心吧,滴水不漏。我早就成了这方面的专家了。”于明不以为然,大声地说笑。

林丹很性感。田易第一次见到她就这么想。

当时于明带田易去大厦夜总会跳舞,田易对此一切都很生疏。于明冲人群中喊林丹的名字,这时就有一个年轻的女人轻盈盈地走过来。田易就有了这种感觉。

田易这样想着,脸上不由得透出几分得意的笑来。火车这时正在过岔道,车身摆动,林丹从手中的那本书中转移出来,恰恰看到了这一幕,便也笑了,说:“看看得意的,你想什么?”

这猝不及防地一问,田易很难堪,掩饰着说:“我看你被颠簸的样子很有趣。”说着,便朝林丹开领低处瞟了一眼,他感到那片白很诱人,煞是耀眼。

林丹领会了他的意思，动人地一笑："没正经。"又将目光移回到了杂志上，那片耀眼的白消失在杂志下面。留给他的只有那头柔顺的长发和显露出的额头，挺直的鼻子，纤细的手指和那件标志她那个档次的三千元一件的娇裙。

他好懊恼，便偷偷地用手指在杂志上轻轻地划了个十字，然后将手指比成八字，当枪瞄准。田易当然不知道，在杂志外部那杆枪所要射中的部位上，还有颗吊在项链上的心形金坠。

车急骤声响突然飘扬起来，有种空灵感，两人不约而同地朝窗外望去，外面是一条干涸了的河道，长着满满的蒿草。

"我特别喜欢过桥，那种感觉特好。"林丹一副动情的神态。

田易唔唔地应着，心里却说，当然了，那有种快感。他又找到了那片白，就想那片白下面隐秘的东西。那天舞场上，灯光昏暗，几束变色灯光缓缓地旋转着摇曳着，音乐和舞场都变得躲躲闪闪的舞伴们慢慢地划着温柔步，就是在那一时刻，田易才听到林丹耳语般道出她在科技协作开发中心上班。当时田易拢着林丹的腰身，臂肘挤压在她柔软处，脸之间距离很短，一股高级化妆品的淡香，田易嗅起来很刺鼻。林丹说出话来鼻息喷在田易的脸上，痒痒的。

田易看着林丹脸上的光怪陆离，他心里也痒痒的，心猿意马。

田易想着，在对方不易察觉中提起裤腿，随便地依在林丹交错之间的双腿上，摩擦中得到滑润的温热体验。这些动作之前，他前闭上眼睛，装睡

对方没有什么大的反应，他心里清楚。

田易原来始终没关心过林丹的工作性质，现在他终于知道她所从事的是地地道道的科技二道贩子的职业。

那个专利人，姓尹，50多岁的男人，虽有些迂腐，但不乏精明之处。在车站见面时，带着一脸恭维的微笑。他对林丹说："宾馆

安排好了，咱们还是先吃饭，今天早点休息，明天开谈。”

专利人叫了辆候在车站广场上的尼桑出租车，车载着三个人到了一家外观豪华的宾馆。老尹找到侍者耳语了一阵后，对他们两人依旧含着那种笑说：“二位，告辞，明天再来谈。”

侍者接过两人手中的皮包，说，先生、小姐随我来。领两人进了饭厅，里面有专门为两人准备的一桌宴席，是人所共知的那种丰盛的宴席。

吃过饭，随侍者来到房间，才觉得老尹这家伙挺有算计的，客房是走廊最里侧的两个单间。一个双人床大套间，有卫生浴室。小一点的简陋些，一张单人床。

走了一圈，林丹不动声色地对田易说：“谁住大的呢？”

田易还有些懵懂，一时没转过神来，嗫嚅着，不知所措。

侍者说：“这种房间是专门为家庭旅游设计的。小孩在小间，大人在大间。”话说出来，含着见多识广的意味。

田易脸有些红。侍者恰到好处地告辞了。

林丹说：“那我就住小间吧。”

“那怎么行，还是我住小间吧。”田易争执说。

“算了，卫生间共用就行了。”林丹那双多意味的眼睛不容置疑地凝视着田易，有了几分妩媚。

第二天一早，老尹来到宾馆，坐在沙发上，目光却在搜寻，尤其对床上那卷卫生纸感兴趣。他对林丹说：“今天呢，先介绍一下产品状况，然后到我家去。”

田易对老尹看林丹时的目光，总觉得有些不对劲。

林丹说老尹是理工大学毕业的，现在是一个科研所的工程师，业余时间设计点东西，这次搞得挺大，申请了专利，还参加了样品展览一个外商相中了，要以 28 美元购进一万套，他想通过林丹他们寻找一个生产厂家，包销。

老尹满脸堆笑对田易说:“你也知道,这是个合适的买卖,我不用担心找不到合作伙伴,我之所以去你们市寻找厂家,一方面是我与林丹他们有交情,另一方面是这事要与单位脱离干系。”

田易很认真地听着,不时在笔记本上记着,还不时地在唔唔两声颔首表示。田易心里却想,这个人不能看表面现象,内里却是十分的精明,好一个科技大走穴。

要先出 100 件样品,外商对该产品基本满意,便会汇过来 30%的订金,就够了生产的成本费,一件成本才 2 美元,合人民币 18 元左右,材料由我提供。

“现在关键是购买专利,需要 20 万元,老尹要拿出 3 万元的风险金,将钱汇至我处。我们作为中介方,起保证监督作用,达到合同要求,我们需要提出 20 万的 10%。如达不到要求,我们将 20 万连同老尹的风险金都返回到田易处。”林丹在这方面显得很老练。

老尹的家极富有,一般家庭该有的他都有了,而且都是高档的。要是不知道他本人是个工程师的话,肯定会以为他是经商的,不同的是他的书柜特大,里面种类繁多,科技书、文学书、马恩列斯著作,另外一套电子计算机非常醒目。他告诉田易林丹,说这是品牌机,是用 4 万人民币买的,他动手做了一套设计图给两个人看。

这时,电话铃响了,老尹连忙去接电话。

田易对林丹说:“妈的,他活得挺舒服的。”

林丹笑得恰到好处,说:“这是有钱人的活法。”

林丹从洗浴间走出来时,头发湿漉漉的,她将长发来回摇甩,长发洒脱地飘扬起来,划出一圈流线,细碎的水珠便满世界地恣肆,田易觉得胸上也湿润起来,而且目光却始终没离开林丹那种忘情的形象。林丹扎着一件大浴巾,将浴巾角在胸前凹处系上个扣,袒露出的肩胛、乳房便似隐似现。

田易呆愣地望着,心想:自己老婆就缺少这股弄姿作态的俏浪劲。但又想出这些动作似曾相识，他立即想出来了，就对林丹说，这是广告上常用的镜头，没有什么新意。

林丹笑出个娇态，讥讽地说："土老冒，很多事上你都显得太短斩了，一会儿的工夫，就没有了新鲜感。"

这话有关田易的自尊。田易在林丹的伶牙俐齿面前自愧不如，这也确实是个无聊的话题，他就对林丹说："老尹这家伙会不会是借谁家的住房显摆。"

林丹沉吟了一下，说："不能。我注意到了他家抽屉里的照片和他找东西的那种自如劲。"

"我心里没底，怕被别人给涮了，那么小东西，能值28美元？何况我们是第三世界国家，第一世界国家还会稀罕咱们手工出来的产品？我认为这事有点悬。"

"吃饺子在馅上，而做买卖在皮上，专利就是一张纸，捅破了就是专利。哥伦布立鸡蛋就是专利，只有他先想到了碰破鸡蛋才会立住的，那可以算作国际专利了吧。"

"你们是不是联起手来了，想存心坑我呀？"

"哪能呢。"

"算了，还是早点睡吧，明天一早的车。"

田易这一宿睡得很不安稳，房间中的黑暗总是让人心里生出许多的空旷出来。

回来后，于明见到田易的第一句话说："怎么样，一路旅行不错吧。"

田易一阵发愣，不知于明所指的是什么，但从于明的表情中可以看出别有用心。这时的两人坐在酒店，吮着饮料。

这是市内最大的一家酒店，据于明说这里有他的股份。

他们坐的地方是二层，下面就是舞场，如同个方井，但这一圈都是圆的，周围是一圈漂亮的栅栏，两个人边吃边喝，即可以看见舞场上对对舞伴的翩翩的旋转。

这时，一个正跳舞的小姐，仰脖看到了于明，便“哈喽”了一声。于明扬扬手作为回敬。

田易看到那小姐的一瞬间，感到她绝对是个美貌的女人，拥着她的是个黄头发的外国人。田易颇为感慨地叹了一口气。

于明一直注意着他的神情，半开玩笑地说：“叹什么气，只要有钱，这个女人开房都可以。她只认钱，不认你是什么人。”

田易困惑地望着于明，说：“你说这女人是做那个生意的?”

于明懒懒地一笑，说：“何止她，在这个场上能找出一个排来。”说着，他做了个扔东西的动作，“这帮妞现在的眼光都盯着老外，不过我可以介绍你认识几个，我包管，批发零售价都可以。”

田易有些惶惑，说：“我哪敢。”

“怕啥。这可有我的股份。”于明的话有了豪气。

田易怯懦地嘟哝着：“开玩笑了，哪能呢。”

“扯淡，扯淡。”于明也潇洒地摆了一下头，在他的脸上表现出的雍容一览无余。

田易沮丧得很，就对于明说：“我总预感这个产品有些不对头，欺骗意味太浓，你是有经验的人，帮我参谋参谋。”

于明就说：“那事我还是了解的。28 美元在外国人眼里是狗屁。你做的样机外观一定要十分讲究，起码够上家庭摆设，就像林丹似的够味，管她是不是你老婆。”

田易忐忑，吭吭哧哧地说：“扯扯又扯到这上来了。”

“好了，不说了。”

田易心里却有些滋润，眼里老是叠映出林丹的形象来，他的目光便追随着刚才那个与黄头发跳舞的女人旋进了暗处。

林丹总是来电话，询问产品研究的情况。每次田易都是支支吾吾地搪塞，还有意回避着一些话题。这并不是因为害怕什么，而是有许多的难言之隐。

今天林丹约他出来。

昏暗的路灯很龌龊地觑着他们俩，田易总感到路人注视着他们，就依着道里处，低头踽踽而行。

“你有意躲着我。”林丹说。

“哪呀。”田易嘴里说，心里却有些发虚。在家出来时，他对爱人说班上有材料需要整理时，他就有些气短。

“我没别的意思，我只是想打听那产品研究的情况。我们中心不能在一棵树上吊死。何况这专利涉及出口，挺有诱惑力的。”林丹说

“这我知道。”

“那咋没个痛快话。”

“嗨。这段时间我到处乱跑。这么点的事，大会小会地研究。书记 58 岁了，还两年，图个安稳，怕搞不好掉里头。”

“这不是行政上的事呀。”

“事业单位，党委领导下。”

“哎呀，真是的。”

“这么点的事。两个多月没个结果，很难说出口的。”田易挺愧疚。

“反正也是，20 万元，一个事业单位，也难。”林丹倒很通情达理。

话说到这，他俩才觉出已经有两个多月了，风显然一天凉似一天。林丹依旧穿着一件超短的皮裙，那双丰腴的腿大部裸露在外面。田易就有些心动，又想起那性感一说。

路两旁的树，都是柳树，远看上去像个大华盖，柳树从上而下铺天盖地的压了下来，虽经过园工的修剪，但时常仍有柳枝长些的撩拨在俩人的头上，显得不怀好意。

田易觉得谈这件产品的事很压抑，两个多月了，他尽是考证论证的，跑外贸跑公证跑法院。领导说，不怕时间长，一定要将此事

办稳妥，将风险程度压到最低。书记明确说，认可不干，也不能出问题。他心里整天揣着这码事，他不知道这是不是事业心，但他算计过，如能成功，这里他的好处自不必说。利用公家资金，还可以创收，中间环节极多，在这个方面田易却是驾轻就熟。

“林丹，你今年也有 25 岁了吧。”田易不知怎的就唐突出这么一句，话说出来后他后悔不迭。

“你怎么想到问这个。”林丹极敏感。

“无意的，无意的。”田易连连歉意地说。

“看来你还是有意的。”

“哪能呢。”

“回避我也是真的。”

“不，真是产品的事让我大伤脑筋。”

林丹又笑了，挺甜的笑，动人心魄。田易被感染得也笑了，他搞不清这笑的高深莫测。

“其实，我知道这些日子你在忙些什么。”林丹说。

“真的吗。”

“真的。”

“那你就该知道我的苦衷。”田易无可奈何地耸耸肩。

“我该谢谢你。”林丹又说。

“什么？”田易莫名其妙，站下了。

林丹却不理睬田易，自顾在前面走了。那双乳白色的高跟鞋撞击地面，嘚嘚的脆响，很是从容。田易紧赶几步，与林丹并列而行，侧着林丹的脸颊，棱角分明，很是庄重，他更糊涂了。

“我 25 岁了？”林丹突然问田易，林丹感到田易的目光慌慌张张地闪开了，你便坦然地一笑。

“今天，我只想看看你的态度。”林丹的语气很重，属于让人齿寒的那种。

“生意就是生意，离不开竞争，离不开互相利用，官场和生意场都如此。”林丹面对着田易又说。

田易再也抹不回思路。

夜色涂上一片阴黑，罩在林丹的脸上，田易看林丹像在什么背后躲避。田易突然想到一首流行歌的歌词：我的黑夜比白天多。

这产品的事拖了很长时间，基本上都跑通了，最终还是让书记给搅黄了。

当他将这件事去告诉于明，发发私愤，不想在于明的办公室看到了林丹。当时于明一只手正搂着林丹，坐在长沙发上。

田易看到后有些吃惊，有种酸苦的滋味。但于明和林丹看到他却像在意料之中的事。

于明连连招呼过田易，让林丹为田易搞杯咖啡来。林丹含轻笑对田易，从容点点头，出去了。

“怎么了，你？是不是有点吃醋。”

“哪呀，我们一点关系没有。”田易嘴上说话时有些特别的细节动作。

“这时田易才知道那产品早已生产出口了，于明做的，发了一笔大财。这时于明对田易说，你没少为我们出力，我们利用你们单位和你的力量做成了这笔买卖。”

恰巧，林丹走进来，田易不解地望着她。林丹说：“我的科技协作中心也是于老板的，这宗买卖太有利益了，但搞通那么多关口太不易了，这得仰仗你们的大衙门口了，才能得以顺利通过。”

“这叫什么？”田易激动。

于明说：“这就叫做买卖。”

“咱们跳舞去，好吗？”林丹语音圆润。

“嗯？”田易干涩涩地说，“去跳个温柔吧。”

（原载《广州文艺》2006 年第五期）

浪漫一夜

电话拨通时，孙文彬才感到自己的做法有些唐突。

孙文彬的妻子出差去了深圳，将孩子也带去了，家里只剩下他孤零零的一个人。妻子自从结婚后也从没走过这么多天。妻子在家时，他从没觉得多了什么，现如今妻子走了，他有种从未有过的空落落的感觉，尤其是在夜阑人静时，那种孤独便愈加强烈。

孙文彬有种要倾诉的欲望，他想该找人谈点什么，他便想起了他过去初恋时的女友杨楠。

杨楠现在毕竟是有了家庭的人了，他犹豫着，对着写字台上的电话发了一会儿呆，才去拨通那个电话号码。

他绝没按过这几个组合起来的电话号码，按起来显得十分的艰难。其实那个号码在他的心里却是再熟悉不过的了，早已经镌刻在他的心里了，只是他从未轻易地使用过它。杨楠的老公公离休前毕竟曾经是这个城市有过头脸的人物，号码簿上自然有这个号码，他早就查找过，并且下意识地记住了它。

电话接通后，接电话的是个女性，孙文彬听得出那不是杨楠，可能是她的婆婆或是其他什么人，他忙说找杨楠她，他听到对方女性的声音显得慵懒，电话没有了声息，半晌，他才听到杨楠的声音。

孙文彬迟疑着，对方在喂了几声以后，他才怯生生地说："是我。"

显然对方也听出了他的声音，他的声音很有特点，何况又是自已相处过的男友。话机里听不到任何的气息。

“我想……约你看电影。”孙文彬的话说得很吃力，这句话虽然已经酝酿很久了，今天说起来却像是说了一辈子。

“在哪?”对方的声音好久才从话机中传过来。

“老地方见面吧。”他说的老地方，她肯定是知道的，就听到了嗯了一声。许久。他不知该不该先搁下电话，他正在犹豫时，话机里传来了嘟嘟忙音，孙文彬只好将冰冷的话机放了下来。

孙文彬和杨楠自分手后，再也没见过面，两个人虽然同在一个城市，甚至还能彼此了解到一些对方的情况，但两个人如同每个星球的星迹一样，各有各自的运行轨道，从未再见过面。

孙文彬搞不懂自己怎么偏偏在今天这个时候鬼使神差地想到了杨楠。细想起来其实在心里一直还有着杨楠的位置，还在关心着她，惦念着她，绝不是偶然才想起来要见她，只是今天才想起来这样做罢了。

当孙文彬赶到约会地点时，杨楠早已等候在那里了。

虽然以前的约会地点没有变，但周围的环境再不同于过去的景象了，在这里已经有几座颇有规模的酒店耸立在道路的两旁，从酒店里流转出来斑斓的灯光，漾溢出一派灿烂，这种灯光使孙文彬离得很远的距离就可以断定那个焦灼等待的女人就是杨楠。他感到杨楠的身体稍有些发胖了，但又觉得不太准确，后来他还是用少妇的身材来形容似乎更加贴切些。

杨楠东张西望，显然是渴盼着他的到来，而看到孙文彬走向她时，她却将目光一下抛向了很遥远的地方。

“来了?”孙文彬说。

“来了。”杨楠答道。

孙文彬从杨楠身旁慢慢地踱过去，走得仿佛很悠闲。杨楠不由自主地跟了过来，似乎要与他挨得更近些。

道路两旁的路灯早已换成了橘黄色的球状灯，悬挂在高高的如树状的铁架的枝杈上。孙文彬偷觑杨楠一眼，他发现杨楠的面容被橘黄色的光晃得十分的灿烂。在他的记忆中，过去他们约会时昏暗的荧光路灯总是会掩饰掉她一些什么的感觉。

“吃了吗？”他想找到一个合适问话。

“唔……吃了。”她肯定感到这句问话有些突如其来。

附近有家好一点饭店，可以进去随便吃点什么。孙文彬还准备说里头有包厢，说起话来方便，而他先听到杨楠说不了，下面的话便没有说出来。

“最近忙些什么？”她轻柔地问。

“赶写一篇小说。”他说。

“你的东西我都看过，你把我写得很坏。”杨楠分明不满地瞟了他一眼。

“哪呀，哪呀。随便写着玩的。”孙文彬有些难堪。

“写那么多，多累。写它干啥？”杨楠的语气中不免有种关心的意味。

“只是为了混些稿费吧。”孙文彬原本没有要说这句话的意思，他想说自己就是干这个的，靠这个出的名，靠这个得的奖。而不承想顺嘴却说到了稿费上，他觉得自己真是太俗气了。孙文彬后悔不迭，沮丧之极。

孙文彬很快觉察出杨楠并没有在意他说什么，好像脸上还呈现出一丝愉快笑意出来，他注意到她笑起来时眼角出现的皱纹，他从心里生出惆惆怅怅的感觉，还有了一种真是岁月不饶人的感慨，一晃十几年就这么快的过去了，他们已经走入了中年。他还敏感地意识到杨楠现在走在他的身边，似乎人矮了一截，两人处对象时大家都说俩人挺般配的，而一旦想起这句话，心中油然生出一种暖意。为此，他得意地笑了，但仍属于那种苦涩地笑。

大街上的车来人往，橘黄色的灯，把满世界照个通明。孙文彬有些不踏实，他不时地将目光溜向街面上，目光怯怯的，唯恐有哪个相识的冒失鬼走过来招呼。这时，杨楠善解人意地拐进一条暗淡的岔路上，他也就尾随过来。

他们是在那个内心热烈，行动冷淡的年代初恋的，那时两个人一起散步，还要保持着一定的距离，即使他们俩儿恋爱了一年多的时间，还从未有过任何的身体上接触，就连对方的手也没有碰过，不像如今的这些年轻人。回忆起来，孙文彬不自觉地笑了，笑得十分的古怪。杨楠在一旁明显地注意到了他的表情，便也随着他笑了一下，问道："笑什么哪？你。"

听到杨楠的问话，他的世界一瞬间便充满了温馨，他手的动作稍大了些，便触到了对方的手，他迟疑了一下，又马上缩了回去。而杨楠却站下了，她肯定想起了那个时代的两个人的关系，难免对初恋的回忆上有了许多的悔憾，她冲着空旷的夜空很是悠长地发出了一声哀叹。

孙文彬也站下了，面对那个惨淡的灯光下的杨楠，他觉得她似乎等待什么，又似乎不是，她的表情极为谨慎，他就是因为杨楠的这种表情才会爱上她的。她属于冷艳的那种女人，有种拒人于千里的内涵溶入她的表情中，现在又添上了成熟少妇的一些内容，这种内容令孙文彬激动起来，说："我正准备出本小说集，我想你的这个形象可以做我的封面。"

孙文彬以为杨楠一定会因为他的冒失而气恼，他还是看到杨楠勉强地挤出一丝笑，说："我还有年轻时的那种魅力吗？我现在已经老喽。"

孙文彬才意识到她果然老了许多，连她身上穿着的那身黄色的西装裙也不那么合身，所有的想法不过是过去印象太深刻的缘故，也就太意象化了。他显得万分窘迫，便做出颇为惋惜地摇了摇头。

杨楠得意地笑了，煞是妩媚，搅得孙文彬的心又是一动。

"过去那么多的年轻人追求过我，还有你知道的那个50多岁的朱科长，都想捞我的便宜，让我抽了个耳光的。如今想得到别人的赞美都没有了，还不是因为我现在老了。”她说出话来，冰凉冰凉的，袭得他一激灵，他才想起现在已过了中秋节了。

两个人的分手与这里面的误会有很大的关系。

杨楠说了这种令人扫兴的话，她也感到自己升起来的热情骤减了许多，刚才所有的温情缠绵，一下子逃得离她很远很远。

“孩子好吧？”杨楠想自己必须应该这么问。

“好，很好。”孙文彬也有种要说说自己家庭的欲望。

“听说你的孩子，是个儿子。”

“是，是的。”

“你真行，总看到你的小说里写你自己要生个男孩，果真就有了个男孩。”她说，眼里透着真诚和羡慕。

“这与我的性格有关系。我是那种宁为玉碎，不为瓦全的男人，全身都充满着阳刚之气，这样的男人能不生儿子嘛。”孙文彬话已说出口了，才感到自己又说了句错话，只好歉意地对杨楠笑了笑。

杨楠还是掠上了一丝不快，显然他们两个儿的问题就出在这宁为玉碎，不为瓦全上的。当时的误解，谁也不想解释，才会导致了后来的分手。杨楠的脸颊微微发红，嘴唇还有些发抖，但那只是一瞬间，很快便释然了。她自嘲地说：“我的女儿，长得像我，脾气更像我，在幼儿园里谁也不敢惹，也好，不吃什么亏。”

杨楠说完这句话，两个人都艰难地笑了，笑出了两个人年轻时代的所有的缺憾。

“嫂子好吗？”杨楠又问。问这话时，她双眼望向天空，她看到靛色的天际间划过一道明亮的流星，空旷的天宇被划得怨怨艾艾的。

“当然了，很好，很好。”杨楠提到了他的妻子，孙文彬感到很无聊。平心而论，他爱自己的妻子胜过一切，他说，“你嫂子，温存能干，论头脑、能力我都不及她，邻里、同志、家庭关系处理得都挺融洽。”

杨楠觉得自己的面颊开始燥热，她很羡慕孙文彬有这样一个妻子，心里犯着酸楚，有些醋意。夜色又平添给她一抹黑，她晓得孙文彬是在她和妻子之间做了一个比较，她由衷地咂舌：“真好，我就不会这样，丈夫很小男人的，与公公、婆婆在一起住，关系自然难处理了。”说着，她羞赧地笑了。

“人啊，很可笑，是吧。”他刚刚有过的冲动已然消失殆尽，他醒悟自己已经到了有意识控制情绪的年龄了。

“是呀，是呀。”杨楠也漫不经心地说，并且漫不经心地往前缓缓地走着，他才注意到她没有穿高跟鞋，从她的身高又想到了般配一说，他惶然地笑了一下，是对着黑夜笑的。

两个人依旧是并肩踽踽而行，说些两人毫不碰撞，毫无瓜葛的话，嘴里含着一种苦涩，心也很累，直到一个大影都前，他装作突然想起什么来了似的，他很随意地看了看表，说：“唔，对了，今天我本来就是为了请你看场电影，是美国的大片《泰坦尼克号》，离 8 点开演还有 10 分钟，正好。”

杨楠笑了，笑得很狡黠，笑得孙文彬有些莫名其妙，他便追问了一句：“你这是笑什么哪?”

杨楠将手指向售票板，售票板上清楚地写着 8 点 50 分。她一如揭穿诡计般的得意地笑了。

孙文彬走近那块售票板，上面果真写着的 8 时 50 分。孙文彬无地自容，他说真的看到了那个时间。为了证实自己的话，他还让杨楠跟他向回走出一段距离，这才影影绰绰看到了那个时间，那个 5 和 0 难以分辨得清了。这样便确实如他所愿的那样。杨楠没去纠缠细节上的问题，她就说：“你没错，只是眼花了，但我不能看电影，因为我不能回去得太晚。”

其实杨楠知道孙文彬也并没有看电影的意思。

“真的不看了?”他显出很失望的样子。

“出来时,我撒了个谎,现在也该回去了,时间太久了……不好。”孙文彬能从杨楠的话里听出留恋的意味来,而表现出的态度却是异常的坚决。

这时孙文彬想起自己准备好的许多要说的话还没有讲出来,原本他打算邀请她去他家的,临出家门前他还特意将家里的一切收拾得井井有条,在来的路上他还在演绎着许多动人的故事。孙文彬非常想说句挽留的话,但他还是无可奈何地说:“那好,我送送你吧。”

杨楠并没有拒绝,他送她回去路上,一路无话,他们之间该说的话都在心里交流着,倾诉着。

博大精深的夜空,罩住了整个城市,掩盖了城市白天的骚动。他们走向了一条幽深黑暗的小巷,两人走得很迟缓,把个夜色踩得相当的不耐烦。

“别送了,快到了。”杨楠说。

孙文彬似乎在等待着她说出这句话。

“你嫂子出差了,我感到孤独。”孙文彬冷静地说,冷静得好像是在说一件与自己无关的事情。

杨楠陡然一惊,女人的敏感,往往超过男人。在黑暗中她的眼里闪烁着幽幽的两束光,凝望着他,张了张嘴,想说什么,但却吁出一口长气。

他们相对而立,孙文彬又产生了搂她腰肢的欲望,那是她的体香搅扰得他有些迷离。杨楠别有意味地地注视着他,轻轻柔柔地看,一副很温情的样子。这一切都会勾起孙文彬的许多的不安分的想法。

他们都不是那个年代的年轻人了,他们都有着成年人的想法。

孙文彬手向前动了一动,而他马上发现自己的手与对方的手接触在了一起,他考虑这时的杨楠也是在试探着将手伸向他。孙文彬只是顺势一拉,就将杨楠拥入到怀中,两个人便贴在一起了,两人可以彼此聆听着对方紧张起来的心跳。

杨楠的脸温驯地埋在了孙文彬的胸前，并将双臂环在他的身后，两只手交叉着握在一起。孙文彬腾出一只手，掠上杨楠如瀑布般一泻而下的秀发上，怜香惜玉般地由上而下地抚摸着，如同理顺了人生。他们默默无语地依偎在一起，很久。

过了很长一段时间，孙文彬才用他那双宽厚的双手捧起杨楠的脸颊，再次捧起了初恋留给他们的美好。黑暗中，杨楠用渴望的目光凝望着他，小巧的唇不断地启合，前胸也在配合着喘息前后的起伏，充满着爱意地等待着。他再也抑制不住内心的冲动，把自己发涩的唇挪向了那张炽热如火的唇上，一切显得那么自然，他们互相品尝着对方的甜蜜和幸福，找回那个失去的岁月带给他们初恋征程中的种种遗憾，他们长时间忘情地亲吻着，吸吮着，紧紧地拥抱着对方，彼此温暖地呵护着。

阵阵冷风不怀好意地吹拂着他们两个人，侵袭在脊背上透彻心骨，他们感到了来自另一个世界的悲凉。两个人恋恋不舍，不情愿地放弃了对方的热烈，相对而立，表情中还呈现出少男少女般的羞涩。

“唉——”孙文彬叹息了一声。

“唉——”杨楠的感慨更显得意味深长。

两个人都有一种说不清的感觉，那是一种隐痛，无可名状的痛楚，品茗起来还会有种甜甜的滋味。他们知道这样的见面机会并不多，但关心一个人，不一定要天天见面，只要心里装着那个关心的人，看着那个人开心，就是最大的幸福。

孙文彬顿时生出了这种感想，他肯定会将这段感受写进自己的小说。孙文彬再次将自己的炽热的唇挪向了杨楠，而这一次却只在杨楠的脸颊轻轻地一吻，旋即，他对杨楠笑了笑，属于友好的那种笑。

（原载《长江文艺》2001 年第十期）

经历艰难

张敏来到东北的这座沿海的城市是在春暖花开的三月。张敏家住在东北的北部的城市，本来有个还算可以的工作，是在一家旅店当服务员，那是她在职高毕业后，她的妈妈托人送礼才为她找到的工作。而她在那里只干了五个月，就辞职了。经理感到疑惑不解，因为很多人还想得到这样一个稳定的工作，他问张敏辞职的原因。张敏生动地笑了笑，没有说话。经理认为张敏是一时的冲动才这样做的，就为她摆明了许多的利弊关系，她还是没有言语。最后经理问她是否对现在的工作不满时，她摇了摇头。经理说得筋疲力尽，不再想继续追问了，这时，张敏启动她魅力十足的小口，说，我想当老板。

张敏有这个想法由来已久，她在职高学习的是商业管理，那时她便萌生了当老板的打算。妈妈为她找工作时，她只是想见识一下工作到底是个什么东西，有什么神秘之处，才会让人着迷，拼命地想得到它。她参加了工作后，她想要当老板的愿望愈加强烈，看到经理居高临下地呵斥着她们这些服务员，她炉火中烧，心里生出许多的不平，不就是一个经理吗，干嘛那么趾高气扬，不可一世，这些人无非是为了那三百元的生活钱，才会低声下气地看他的眼色。一个月三百元的工资，尤其令她感到耻辱，今后要是成家立业，那三百元钱只能是生活的最低线。妈妈却安慰她，让她知足这样的工作，因为妈妈下岗才拿到二百多元钱。

在上班三个月时，她心里开始不安分了。她眼热本省的其他几座与俄罗斯毗邻接壤的城市，边贸生意十分的红火，而她所居住的城市却如死水一潭，她本想去的是那些城市，而自己却没有本钱做边贸生意。她曾一度动摇过自己的打算。而恰此时，一个与她要好的沾点亲戚关系的邱红来到她家，为她又一次燃起了希望的火花。邱红就是她的那所职高毕业的，中学时搞了一个对象，对象毕业后去了东北那座沿海的城市，她也尾随着去了那座城市。走的时候，张敏还去车站送过她，当时邱红的穿着打扮显得很可怜，上车时，她一把鼻涕一把泪，仿佛是去受苦受难，而没有想到的是才去了几年的光景，昔日丑小鸭竟变成了彩凤凰了，她的穿戴雍容华贵，珠光宝气，一副荣归故里的老板派头。

邱红见到张敏时，很是夸张地哇了一声，说："想不到小敏出落得这么漂亮。"张敏感到很难为情，当别人夸奖自己时，她总是不那么自信，她正处在女孩子不自信的年龄上，因为她刚满十八岁。她感到自己的眼睛不够大，脸上的器官也不够立体，脑袋似乎比其他的女孩子也要大一些，她崇拜的是香港影星梅艳芳，她的一切都是比较而言。而邱红却充分地评价了她的优点，说她这些特点正是说明了他的清纯可人，是地道的贤惠型的中国女人，很是遭男人喜欢的。张敏照了照镜子觉得十分有道理，那时虽然是春节前，穿得很臃肿，但还是包裹不住她身体的窈窕曲线，袅袅娜娜，亭亭玉立。她还有意地挺了挺胸，已经露出锋芒的胸部，配合着她抒发出一种豪气。从那天起她才知道自己是一个会让人动心的女孩子了。

邱红她把那座城市描绘得十分的灿烂，似乎那座城市布满了金山，而每个去那个城市的人都是淘金者，那座城市满街都是有钱的女人，花枝招展，点缀出城市的每一处风景。她还夸大了女人的能力，说城市是女人发展的世界，只要是女人在这样的城市里，可以随意地做些什么生意，就会发大财，成为大老板。邱红还告诉张敏，她刚结婚不到半年，就与他的那个中学同学的丈夫离婚了，现在的婚姻如果在一棵树吊死，那是一种不幸。邱红的话令张敏心惊肉跳，要知道她才刚满十八岁，还对婚姻爱情充满着美好幻想。邱红并没有想到她的话，已经深深地触动了张敏易感的心灵，当她带着有生成功的喧嚣告辞出了张敏的家门，却没有带走张敏那颗躁动的心，她心中的旌旗已经猎猎地摇荡，在酝酿了两个月后，她义无反顾地辞去了工作。她的目的是做一个邱红那样的老板。

张敏开始也有南方的有想法，东北的沿海城市都已然是这般光景了，那么邓小平南巡视察的那些首先改革开放的南方的城市，会更加富强。而她很快便放弃了那种打算，主要是南方人的生活习惯和语言都是她的一种障碍，加上人生地不熟，恐怕会出现一些意外。她最终拿定主意投奔邱红，妈妈对她的决定也无可奈何，张敏一贯很任性，这与父母的离异有着直接关系，继父只送给她一个顺水人情，说他来做妈妈的工作。她就是这样踏上了南去的列车，开始了她做老板梦想的征程。张敏是按照邱红所说，自己寻到邱红工作的那家酒店，很显然，邱红说的言过其实，其实不过是一家酒店的领班，但她对邱红的炫耀的那些没有任何的怀疑，她隔着窗户，就看到邱红颐指气使的派头，正在训斥着几个服务生。

张敏的突然出现，邱红并没有思想准备，当她明白了张敏的来意后，她答应马上去找经理去说情。邱红走了不消一刻钟，一个大腹便便的男人与张敏走了出来，不用猜测，张敏断定他就是这个酒店的经理。经理看到张敏，那张阴沉的脸上，突现出一种莫名其妙的微笑，他对邱红说，很好，确实很好，是个光彩照人的姑娘。张敏猜想邱红在为她争取这个工作时，把她的形象也作为了一种条件或是筹码，与经理进行了某种交易的讨价还价。经理说：“你叫张敏，是吧，我就叫你小敏吧。”邱红接话说：“我一直叫她小敏的。”看得出经理套厌烦邱红中间插话，显得很慷慨地说：“这么的吧，吃住不算，你的工资一个月五百元，不算小费。”张敏对小费的概念并不陌生，邱红去她家就说过小费，说小费每个月远比工资高得多。当时她想自己要想日后出人头地，成为女老板，就要经历这个过程，所以她认真地点了点头，表示同意留在这里。

张敏留下来的代价，是经理辞退了另外一个服务小姐，那位小姐询问老板原因时，经理毫不隐讳地说，我这里不缺人手，来了一个必须要撵走一个。小姐问："我有什么毛病吗?"经理暧昧地一笑，说："没有，你有小敏长得好看吗?"那个小姐黯然神伤，眼中有哀怨的泪光一闪。张敏于心不忍，但又不知如何去说情，她将求援的目光投向了邱红，邱红却是一脸的冷漠，她已经是见怪不怪了。愤恨悲伤惆怅都在那个小姐的脸上表现的一览无余，但还是无奈地收拾起自己的失望，还有些自惭形秽，自卑地偷觑了张敏一眼，然后悄然离开了大厅。张敏第一次看到了人世间的不近情理，感叹出造物主的不公，他暗自揣度要更加珍惜青春，在有限的青春经历中不能虚度年华。

这个经理是有背景的，后来张敏才知道，他只是一个代理人，其实真正的后台老板是这座城市里的几个主要的领导人之一的儿子，现在领导精明就在于此，如果有那么个经商的子女，贪污受贿款就会有出处，现在有句专用的名词叫作"洗钱"。他那个儿子又是革命赚钱两不误，所以才找这么个经理虚张声势。当然沾了官气的生意十分的兴隆，张敏来了几天，就分到了几次经理给她的红包，虽然每次的钱只有五十来元，但她盘算一下，照此下去加上固定的工资，每个月的总收入就要超千元。她感到很知足，因为除了买些化妆品和必要的衣物之外，吃住在这里都免费，那么一年将有一万多元钱的收入，要是回到自己的那座城市，便可以在市场里买下一个小摊位，如果干上五年的话，她便可以买下一个小门市房，到那时她也会安安稳稳地过着当小老板的日子。

这个美好的憧憬并没有维持多长时间，很快她发现自己所满足的现状受到了来自各方面的严重冲击。首先她看到的是那些与她相同的服务小姐们，并不像她那样吝啬，出手大方，生活过得也是十分奢侈，不但穿金带银，还常常购买高档的服装。她先是感到这些女孩子不会生活，怎么也应该积蓄一些钱，而后她又是大惑不解，因为按照她的统计，她们花销与她的收入大相径庭，特别是约她去存钱的一个小姐，存了一笔令她眼气的钱。张敏为此十分的懊恼，因为这是同工不同酬，经理肯定是在红包上做了手脚，她几次想拆穿经理红包的秘密，而她想到了那个因为她离开酒店的小姐，她只好忍气吞声，最终她还是将这种疑虑说给了邱红。邱红戳着她的脑门说道："谁像你这么死脑瓜骨，你注意观察人家都是怎么做的，就会明白她们是怎么赚钱的了。"

张敏觉出自己确实疏于观察，她注意到那些小姐并不像她一直垂立在服务的包厢门口，等待着客人的吩咐才走进去服务。她也学习着人家，站在喝酒的客人的身后，并主动为人家斟茶倒酒，如此便换来了一些多余的报酬，核计一下仍不能达到那些小姐的收入，她带着这些疑问再次请教邱红，邱红讳莫如深地窃笑说："你的那些客人难道只让你斟茶倒水吗?"邱红看到张敏茫然的表情，接着问道："他们就没有别的要求吗?"张敏隐约明白了她的问题所在，说："有，他们请我与他们一同喝酒，我没有答应。我学的服务专业课，最讲究的就是职业道德。"她说的话肯定说到了邱红的痛处，要知道邱红在职高学的是与张敏的同一个专业。邱红态度恶劣地说："那你就带着你的课本，去为客人服务吧。"说完，她便拂袖而去。

张敏这句话伤了邱红的自尊，感到十分的内疚。为了引发这个内疚而提出的问题，她偷偷窥视了别人是怎么来体现职业道德的。她通过每个包厢门上留出来的小窗户望进去，不用别人言传身教，她便读懂了这本社会的教材。小姐们大多已经落座在自己服务的客人中间，稳重一些的，只为陪同喝酒说话；放肆一些的，虽没有颠鸾倒凤，却也是心无旁骛缠绵在一起。这一切令她心惊肉跳起来，她觉得自己也在步步走向那个阵营，自觉不自觉地延伸下去，她又在猜想邱红是如何赚钱的。她却找不到邱红的任何迹象，按理说邱红也是这些小姐中的佼佼者，领班的工资也不见得多出多少了，每天她都是端坐在大厅的吧台上，负责迎来送往支配服务员统计结账的业务，看不到她能有什么进项，她的花销明显与她的收入不符，她感到邱红这个人很可疑。

邱红不与服务员们住宿在一起，另有住处，作为老乡的邱红，从来没有邀请过张敏到她住处去坐一坐。当然也很少有那个时间，邱红往往都是快到中午时分才来酒店的，而忙完最后一拨客人也就到了午夜了。在这里的小姐们互相之间都墨守成规，很少有这方面的交流，这也许是因为张敏是邱红老乡的缘故。后来张敏觉得邱红对她的态度发生了一些变化，对她也是爱答不理的。开始她还以为那一天说话挫伤了她的自尊造成的，但仔细掂量一番，觉得邱红不会那么小气。她百思不得其解，只好谨而慎之，注意自己言行举止。最终她找出了邱红的脸色出现的原因，每当经理给她红包，或者经理与她在一起时，邱红脸上便有愠色出现。

有了这种体会，张敏留意邱红与经理的接触，感到邱红的可疑与经理有着千丝万缕的联系。原来两个人的来去总是出双入对，即便是在工作时，两人也常在一起，悄悄地说着话，更不要说别人在场时的眉来眼去。经理很喜欢与张敏说话，经理却常把自己的老婆挂在嘴上，他的老婆还有一个使他津津乐道的工作。他面对张敏眼睛里内容十分的丰富，他愿意谈在这里的小姐一些风流韵事，并常流露出她们的不菲的收入都是从哪个傍上的先生那里拿到的。他的神情中洋溢着一种难以抑制的激昂，张敏渐渐听出这是一种暗示，为了验证自己的判断，张敏在一天听完他的讲述后，故意做出一种娇态，说，这种钱果真这么好赚？经理一直在察言观色，一看过去始终不言不语做听客的张敏身体中也散发出了一种蛊动的信号，他兴奋地连说了三个当然，并挪动身体，挨近了张敏，试探着用手拍她的肩胛，并在她的肩上停留，缓慢地游移着。

邱红恰到好处地出现在他们俩人的身旁，这是张敏早已意料到的结果，邱红肯定藏匿在某个角落里窥视着经理的行为，抑或是经验抑或是嫉妒抑或是悲影自怜，邱红的出现令经理窘迫，他蹑手蹑脚地溜走了。邱红一定与经理有过不平常的经历，这一点在几天后那个始终为经理津津乐道的老婆出现在酒店里便得到了证实，经理的老婆的形象令人不堪入目，主要是体现在肥硕的体质上，她一身的赘肉气宇轩昂地站在大厅上高声嚷着，高低要找邱红拼命，这时的邱红早已是闻风而逃。经理好歹劝走那个胖老婆离开后，邱红一脸灰色出现在前厅，那天邱红带着张敏第一次去了她的住宅，在她的家空气中都弥漫着经理的气息，这主要体现在屋里的照片上，无论床头还是墙上都出现了了大小不一的照片，照片都有经理的影子。不用解释什么，这次带张敏回家，完全是提示性的。在邱红的长吁短叹声中，说出她与经理同居的真言，她不指望能有婚姻关系，因为经理的胖老婆，正是后台老板的女儿。

张敏提出离开酒店那一天，是她到这座城市的二个月以后。那一天天高气爽，春意盎然。她对经理说："我走了。"经理无限感慨无限惋惜地说："小敏，这里做得好好的，干嘛要走哇。"她说："我要做老板。"经理觉得这是轻诺幻想之词，一脸不屑说："老板是那么容易当的，那需要钱哪。"张敏说："我知道，我会赚足钱的。"邱红问："小敏，你有什么好去处吗?"张敏说："我看好了一家歌厅，那家歌厅的效益很不错，一天可以陪几拨客人。"张敏擅长唱歌，几天前专门考察过市内的一些歌厅，她见到一家歌厅的生意十分红火，又不似其他歌厅那么混乱，出入的客人们也有些道貌岸然，她见了歌厅老板。歌厅老板是个风姿绰约的中年女性，一见便知她是那种经营有道的人，便下决心去这个友名歌厅当小姐。邱红关心地说："小敏，歌厅很不安全的。"张敏坦然地说："我会把握好自己的。"

友名歌厅开业时间还不到一个月，它不像其他歌厅都聚在一起，而是个独自一处的建筑，是一片平房改造的。从外面看并不怎么壮观，走进去却是别有洞天，里面大小共有六个 KTV 包厢，每个包厢里都有一流的音响设备，还有办公室和小姐公寓，这比在酒店强多了，酒店只为小姐们准备了行李，晚上小姐们要睡在拼起来的椅子或沙发上。张敏相中这里主要是经济上的原因，因为这家歌厅的老板曾在最有名的国营大酒店当过经理，后来辞职搞歌厅。老板的丈夫是个警察，两人的社会交往面十分的宽广，不似邱红担心的那种危险。还有就是她想摆脱酒店的那种环境和邱红给她带来的某种伤害，她希望远离邱红，自己要独创一条路子，不受其他人的约束。

刚来到歌厅那天，张敏收拾自己的床铺，没有去陪客人。吃过老板为这里的小姐准备的晚饭，天黑了下来，歌厅早已是顾客盈门，客人们来了一拨又一拨，老板谢绝了那些客人，告知几个包厢都坐满了人。小姐们连空暇吃饭的时间都没有，陆续回来几个小姐，忙里抽闲匆忙吃上几口，便要赶回包厢里去。看到别的小姐紧张地忙碌，张敏心里很不是滋味，不知老板为什么始终没有让她“下桌”。下桌是陪客人的行话，时间过了晚八点钟了，无所事是的张敏不得不开口询问原因。老板笑笑告诉她：“别焦急，我已经把你预约出去了，一会他们吃过饭就会过来的。”张敏觉得蹊跷，问道：“不是包厢都占满了吗？”老板说：“人家预约的就不能分出去的。”张敏不解地又问道：“那不是耽误收入吗？”老板说：“重要的是要讲信用。”张敏说：“包厢可以合理利用一下，等他们来了再腾出来。”老板一副处事不惊状，含笑地说：“那要看对谁了，这几个客人可不行。”

老板的话令张敏忐忑起来，不知道老板会安排给她什么样的客人。她听邱红对她说过，来娱乐场所玩的大多数都是心怀不轨的一些人，有很多的地痞流氓社会渣滓，如果遇到这些人恐怕十分的麻烦。她正在心里揣测着第一次陪的客人是什么样的人时，听到门口一片嘈杂声，老板热情地招呼着来人，随后她听到了老板在呼唤着自己的名字。她走向那人，他们一共来了四个人，这时从别的包厢里鱼贯而出来了三个小姐，见到其中的一个，都很熟悉打着招呼。老板对她说：“小敏，你和这几个小姐，与这些客人到4包去吧。”张敏到这里就知道4包是最大也是最豪华的包厢，价格比其他的包厢也略高一些，很多人来这里指明要这个包厢，这么几个人占用这样的包厢显得十分的浪费，在小姐十分紧缺的情况下，居然还留下了这里最靓丽几个小姐来陪他们，从这一点上看得出这些人的身份的不一般。

走进4号KTV包厢，偌大个厅只有他们这几个人，显得有些空旷。那位小姐们熟悉的客人都叫他曾哥，看来他经常来这里玩。他长得并不英俊，但很有气质，如时下影视中常出现的那些男人的形象，人们都已经腻烦了英俊的白面小生了。女老板随同他一起走进来，对他说：“这是小敏，今天新来的，就陪你吧。告诉你说，可不许你欺辱她。”张敏以为老板的话会惹得他生气，而他不在意地笑着说：“都是兄弟姐妹，哪能呢。”老板走后，他当仁不让地将张敏拉到身边来，然后对其他三个客人做出了一个请的姿势。几个小姐很快便名花有主，纷纷落座在正对大屏幕的沙发上。几个小姐坐下来便开始抨击曾哥，说他是个负心汉，这山望着那山高。曾哥也调侃说：“哪呀，这是前浪推后浪，一代新人换旧人，我有个日本名字，就叫朝三暮四郎。”他与其他人一直在对话，那三个人都是出资带他来玩的，看得出都是一些官场上的政要，即使是玩笑也意味深长，显出文化底蕴，包厢里一时间欢声笑语。

大家开始点歌唱歌，一会儿的工夫几个人便进入了角色，包厢里莺啼燕啭歌舞升平。看着那些人兴致转移，他才扭转过头来面对着张敏，问：“唔，小敏，你贵姓？”张敏答：“姓张。”问：“真的？”答：“那还能有假。”他说：“这里的小姐，都要有假姓名，你也不能例外。”她问：“为什么？”他说：“这会涉及自尊，还是用假名的好。”她问：“那我姓什么好？”他笑着说：“姓贾好。”她也笑了，说：“这容易让人马上就想到是假的。"他说:"是不太好,确实太明显了。"他略一沉吟,说:"那你就姓曲好了,这样可以折中一些。"她又问:"名字用不用改呢?"他说:"小敏还是不错的,不过最好用小名也就是乳名,你有吗?"她答:"当然有了。"他问:"叫什么?"她顽皮地说:"你猜猜吧。我可以给你个提示,不然你是不会猜到的。我是小名是满族孩子常叫的那种。"她的话音刚落,他却应声而答:"叫格格吧。"她惊讶说:"你怎么会一下子就猜到了。"他自得地说:"我聪明嘛。"

"那么你叫什么名字呢?"张敏反问道。"这是小姐们不该问的问题。"他很严肃地说。"为什么?"她问。"这是职业道德,先生们出入这样的场所都很神秘。"他说话时的表情就有些神秘兮兮的。"唔,我明白了,在这里的男女都是平等的,谁也不说真话,是吧?"她说。"你呀,果然聪明,不过,我可以告诉你我的真实姓名,我叫曾成。"他说。"征程,是远行的意思吧。"她还想表现得更聪明。"你错了,这是聪明反被聪明误,我是曾经的曾的多声字那个曾,成功的成。"他解释起来很费口舌。"我知道了,我也叫你曾哥吧,曾哥。"她愉快地叫道。"哎。"他也愉快地答道。"你就是我哥了。"她又说。"这样说不好,你可以叫曾哥,但不能像你这么认真,现在的小姐把辈分都搞乱了。"他说。"你才多大呀?她觉得很有趣。"问:"怎么的也比你爸小不了多少。"他说。"我爸今年 44 了。"她说。"那你多大?"他问。"今年 24 了。"她略一迟疑答道。"那你属相是什么?"他突如其来地问道。"属猴。"她不假思索地答道。"撒谎的孩子,24 岁应该属虎。"他说。"你说对了,我 18 岁。"她只好承认自己的真实年龄。

"咱们别总在这说来说去的。人家叫咱们点歌了。"张敏急不可待了。"那得看你给我点个什么歌呀?"曾成问道。"那我为你唱一道《缘》吧。"张敏说着去按点歌器。"咱们在一起一种缘分。"曾成感慨道。张敏唱起来,声音如同她的长相一样的幼稚,别有一番意味。她唱完后，所有的人都由衷地鼓起掌来了。曾成边喝彩边说："这歌唱得奶声奶气的，像个孩子唱的歌。"张敏对这样的评价很不满，说："那么你来个大人的歌。"他胸有成竹地说："那就来个大人的歌《流浪歌》。"曲罢歌停，曾成的歌也得到了满堂的喝彩。张敏说："你唱的流里流气。"他知道这是报复，笑了，说："那么，我与你合唱一首《我听过你的歌吧》。"张敏积极响应，等别人唱完点过歌后，两个人穿插他们之间唱起来，配合得十分融洽。别人赞扬他俩是天衣无缝，珠联璧合。两个人很兴奋，搭配在那三对先生小姐之中，张敏唱了《枕着你的名字入眠》，曾成唱了《明明白白你的心》；张敏又唱了《女人是老虎》，曾成又唱了《把悲伤留给自己》；张敏唱《放弃我是你的错》，曾成就唱《无言的结局》。两个人为表明心情互相倾诉着，简直就是一场斗智斗勇的竞赛。

那是张敏来到这座城市最快乐的一个晚上，曾成离开时已经是午夜了，他给包括张敏在内的每个小姐一百元钱小费。来的时候，老板曾对她说过，这里的小费比较丰厚，陪的客人超过两个小时，都要加倍的。而曾成却只给了她们一百元钱，张敏偷偷地留意了一下其他小姐的表情，她找不到其他小姐们任何的不满情绪，还都流露出感激之情，张敏感到疑惑不解。走出包厢时，曾成附在她耳畔上告诉她："我明天还要找你。"

为了那一百元钱的小费，感到这个人很小气，张敏心情抑郁，只是做了模棱两可的表示。老板一如他们来时的热情，送到大门外，另外那三个小姐并没有因为少给她们小费而减少她们的热情，也跟着送出门外，还向他们乘坐的出租车挥手致意。回到大厅里，老板对她们客气地说："多谢你们几位帮助我，谢谢你们。"搞得张敏莫名其妙。过后张敏问过几个小姐，才知道曾成与老板家是亲戚，是这座城市里的某局实权派的领导，开业后，这些客人大多是他领来的，生意好的原因，也都是他带来的回头客们又带来了回头客。

第二天下午张敏陪了一拨客人，让她见识了当个三陪小姐的难处，真正领会了小费是怎么辛苦赚来的。那个她陪的客人总想在她身上捡便宜，她左拦右挡令他不满意，他找老板意欲换下张敏。老板找到张敏劝说道："既然做了这个行当，要有这种心理准备，这些男人都是来潇洒的，不然谁会花大头钱上你这里唱歌呀。"在老板的点拨下，张敏再回到包厢里就觉得平静了一些。她观察另外的小姐们，知道了客人为什么不满意了，那几个先生的手已经流连在她们的衣服里，小姐们却是处事不惊若无其事。看着这些人的外表都还是仪表堂堂道貌岸然，却如此的下作。看在钱的面子上，张敏的便有些平衡了，但心里还是有障碍，当那个客人再次出手时，已不再固执了，但也只让他局限于衣服外面的抚摸。其他的客人时不时地嘲笑他，有贼心没贼胆，搞得这个客人很不开心，他们只在这里待了一个来小时，便早早地离去了。与头一晚陪的曾成一比较，她理解了那些小姐们为什么那么心满意足地拿着那一百元钱的小费了。她也盼望起与她约定的曾成早些到来了。

晚上曾成如约而至，还带来了另一拨的客人。他果然找到了张敏，告诉她如果他愿意的话，可以天天找张敏作陪。张敏知道了这个人的分量，再也不敢挑剔了，乖乖地坐在了曾成的身旁。这一天他带来的人显然身份地位要比他高，他说话的态度与头一天有所不同，很多方面能看出他的恭维。这一个晚上他们歌唱得不多，大多时间在说话，说的是提拔任用干部的一些官话。他们要来了许多食品，还在门口的烤肉店里烤了许多的羊肉串，几个人让小姐们陪着喝酒，喝多喝少并不勉强，间或轮换唱了几首歌，那几个小姐也不像头一天，她们不再与曾成开玩笑，这些小姐善于见风使舵。这些人没有再逗留到午夜，只待过了一个小时，他们中间有人就起身去结账了。张敏因为下午的客人，心里十分不痛快，挽留着曾成多坐一会儿。曾成看到一晚上都在郁闷的张敏，肯定猜到了其中的原因，偷偷地对她说："我要陪他们去洗桑拿，这么的吧，我陪他们过去，再找借口溜回来，好吗？”张敏表情异样地说：“那我可要等你了。”

曾成回来时并不是他一个人，还带来了另外一个客人，那个人比他年轻一些。曾成走后又来了几拨客人，老板让张敏下桌，张敏告诉老板说曾成一会儿还要回来，老板笑了笑欲言又止，再也没有安排张敏。曾成的到来令张敏十分激动，她认为曾成一定很在乎她的。因为事先没有预约包厢，老板邀请他到办公室坐了坐，曾成便提议带着张敏出去吃夜宵，张敏既欣喜又担忧，害怕老板不同意，老板对这些小姐提出过要求，不允许她们随客人出台，很多小姐还是偷着出去，张敏刚来不久，不想破坏规矩。老板听说后，却爽快地答应了。她看出张敏的顾虑，戏谑地说：“他不敢把你怎么样，如果出了事，我告诉他老婆收拾他。”夜宵是在串街吃的，是烤羊肉串的长街，绵延一公里，虽已进入到了午夜，人却一点也不见少，整个串街烟雾缭绕，好不热闹。

三个人找到一家万宝路烤肉馆，老板与曾成看来很熟，热情地打着招呼。张敏随着曾成走上二楼的包厢，那个一起来的年轻人上下张罗着。他告诉张敏说曾成是他的领导，每次曾成需要他当“灯泡”时，就叫他过来。为他这句话，曾成还不好意思地脸红了一下，这里肯定有不可告人的意味。这种烤肉的办法是在楼下的大炉子上烤个八成熟，然后再拿上来在每个桌上吸入式的烤炉上再烤一下，便可以入口。很快他们要的一些东西上来了，还专门上来了几瓶啤酒。本来张敏说自己喝不了啤酒的，因为酒精过敏，脸上会出现一些疙瘩。而她却拗不过曾成的劝说，还是与他们喝了起来。喝上酒张敏便产生了倾诉的愿望，她内心的郁闷不吐不快。张敏谈起自己来当小姐的经历，并说起自己远大的当“老板”理想。

曾成对她的话并没有一丝一毫的反映，这是张敏不愿看到的。她认为曾成一定会做出一些明显而又强烈的反映，她就问其中的缘由。曾成只是暧昧地笑笑，并不急于作答，而是反诘一句：“你对自己就那么有信心?”张敏说:“我怎么会没信心呢,我在歌厅做小姐,每天的小费平均能达到二百多元,一个月就要七八千元,一年下来怎么也有个小十万的收入,拿这个钱投资做生意,当个老板还不手拿把掐的。”曾成不动声色地说:“你呀,想得太美好了太天真了,人没有知足的时候,今年你挣了十万,明年你就想去赚那二十万。而最后赚下来的太少了,我见的小姐多了,来的时候都像你这样信誓旦旦的,而最后以有几个能兑现了自己的诺言的?”张敏说:“你这是瞧不起我。”曾成说:“哪呀,因为做任何的工作都要付出劳动的,没有一个工作,比做小姐的来钱更容易了。要么说怎么会红尘不归路呢。”张敏不悦道:“你拿我当什么人了。”曾成说:“我说的不过是金玉良言,良言苦酒难以下咽罢了。”张敏说:“我会一诺千金的。”曾成却不以为然,说:“而我怕的是不幸言中。”

那个年轻人看到两个人话不投机,忙着出来打圆场:“算了吧,你们争来争去的没意思,还是喝酒好哇。”他鼓动着大家一起喝酒。放下酒杯的曾成似乎对刚才的话题仍余兴未尽,说:“不隐瞒你说,我在风花雪月场上已经有十多个年头了,多少个好女孩如你刚出道时一般天真,而现实呢,她们现在哪个还不是自甘堕落,混得好一些的,也就是傍了个大款。小敏,你接触先生越多你越会发现世态炎凉了,慢慢地你就知道在这里只有钱的作用,当小姐不能太注重感情,那样你会吃大亏的。”张敏还显得固执己见,说:“我不那样认为。”曾成说:“你信也好,不信也罢,要想当老板,还要多学些东西。”那个年轻人再次进行干涉,说:“我的领导喝多了,换个别的话题好吗。”他主动地问起了张敏的家庭情况,把一个复杂的话题牵扯到了遥远的地方,最后终于在家庭的话题上结束了晚餐。几个人回到歌厅时,歌厅里已经没有了客人,曾成对老板一语双关道:“我将小敏完璧归赵了。”

自从张敏当小姐以来,她已经接触了形形色色客人,她体会到了来这里玩的客人中很少有一种真诚的存在,他们找小姐的目的很少是单纯为了唱歌的，他们更多关心的是小姐身上的某些器官上。他们往往急不可耐地抓上小姐的乳房，急于去摸下身的客人也不少见。有人直截了当地问你是否干卖淫的勾当，探讨会出个什么样的价钱。张敏虽然外表仍旧显得清纯、稚嫩，而内心却在急遽的变化，已变得成熟和复杂。他们认为只要从事陪客的小姐都会干这种行当。那些款爷、企业家们更多关心的是长相，看到有姿色的小姐，他们会不耻下问，是否傍大款当二奶的一类想法。在这里张敏明白了“铁子”的概念，过去她在书上读到过更多的是“情人”的名词，后来她用“铁子”与“情人”作了一下比较，她发现这里的学问，彼此之间既有相似的地方，又有着截然不同的一面。有的干脆就是提出要“包二奶”，也就是在家室外面养“二房”女人。

第一个提出这样要求的是一个文质彬彬姓程的客人口里说出来的。他带了一副金边眼镜，说话时还尽可能地用些文明用语。张敏险些被这个客人的假象所蒙蔽，时间一长他便露出了某种端倪，后来他就提出了要干那种事的要求，当他听到否定态度之后，凶相毕露，动作十分的下流而后消失得无影无踪。另外一位是一个年轻的客人，很长一段时间，他几乎天天来找张敏，说是刚刚才结婚，他自称是做买卖的，赚了很多的钱，总是提着手机与几个同样年轻的青年人来到歌厅唱歌。他耐心地等待在歌厅的大厅里，不急不躁，为的是如愿以偿地与张敏在一起。他讲起自己与那个他不爱的妻子生活的苦恼，并说思念张敏，他常常在夜里呼唤她的名字。张敏可怜他，从不收他的小费。这个年轻人在一次强奸未遂行动后，便再也没有了踪影。

曾成经常到这个歌厅来，他一改过去的作风，不再找其他的小姐，只找张敏作陪，并且带她出台应付各种人情场面，在酒桌上她结识了曾成的各方面的朋友，人们也把张敏当成了曾成的情人或“铁子”一类，两个人配合默契，曾成会不失时机地做一些只有这种关系才能做出的亲昵动作给朋友们看。曾成在张敏心里留下了不可泯灭的印象，她毕竟是一个刚刚走上社会的女孩子。她从心里佩服曾成的社会交往能力，曾成成了他生活中的一个部分，她知道他们之是没有结果。大约在两个人结识五个月以后的一天，曾成在一次朋友聚会的酒宴上喝得酩酊大醉，几个人相伴回到了友名歌厅唱歌。在大家争先恐后地抢着话筒唱歌时，曾成醉靠在沙发上，搂着张敏无休无止地说着对张敏的好感和无奈，并说他爱张敏，这令张敏十分的感动。

曾成吃力地站起来，在点歌器上按下了一溜的阿拉伯数字，很快在大屏幕上显示出了令张敏感动的两个大字《依靠》，曾成说："我将这首歌献给小敏，希望她能依靠在我的身旁。"随着音乐响起来，曾成唱着那些令人心动的歌词。张敏简直无法抑制住内心的激动，想起几个月来的经历，眼泪止不住地流下来，她情不自禁地走了过去，将身体依偎在曾成的胸前。当曾成的歌声结束时，张敏将自己炽热的唇投向了曾成，曾成犹豫了一下，最终还是接受了张敏送给他的爱意。他们先是品尝了苦涩，而后便吸吮到了甜蜜。

那是个难忘的夜晚，张敏一直处于兴奋和幸福之中，她希望曾成会与她保持着这样一种良好的关系。意外的是从那个夜晚以后，曾成却很少再到友名歌厅，即使他不得不到歌厅来时，他也有意回避着张敏。有一天，老板告诉张敏说曾成这是为了她好，为了不使她陷入这种无结局的感情之中。听到这些话，张敏开始还有些不能理解，但当她冷静下来，觉得曾成这个人确实不想坑害她，他毕竟是个有妻室的人，听老板说曾成的妻子无论是长相还是工作还都十分的优秀。如此一来，她也就从这种感情的苦恼中出来了。曾成时常也到歌厅来坐一坐，见到张敏难为情地笑笑，张敏便显出不以为然状。后来他来得越发少了，时间一长，张敏感到原来对曾成的那种感觉也淡化了许多，加上接触了那么多的客人们，对男人的概念也有了新的理解。

转眼就要到春节了，张敏自从到了辽西还没有回一次家，她准备回家过春节。在腊月二十八那一天，张敏寂寞地等待着上门来的客人。年前的一段时间，客人相对地减少，小姐们也都陆续地返程了。正当她寂寞难挨时，走进来了两个客人，老板热情地打着招呼，看得出来老板与那两个人认识。老板马上向他们介绍了张敏和另外一个小姐。她还特别关照张敏，指着客人说："这是个大老板，叫裴星，是搞房地产的，手里都有钱。"张敏没有表现出惊讶出来，笑笑，陪着他们走进了4号包厢。裴星是个中年人，很有风度，话虽说得不多，但有一种自信在里面，每句话都显得意味深长，从他的言谈举止上也能体会到他的见多识广。他让那个随从取来各种饮料啤酒和食品，花钱对于他来说似乎是种愉快的事。裴星很体贴张敏，不勉强张敏喝酒，不像其他客人们涎皮涎脸。

张敏看到裴星与他的同伴喝着啤酒，也不由自主地拿起酒杯喝了一口，搭讪着说："别只是喝酒了，还是唱几首歌吧。"裴星说："我不太会唱歌。"张敏说："哪能呢，来歌厅玩的还不会唱歌？那还不如去茶馆呢。"裴星说："去茶馆？是个好主意。你愿意去吗？"张敏说："去茶馆干嘛，我主要是唱歌的，你不想听一听我的歌喉吗？"裴星欣喜地说："当然了，如果你愿意。"张敏点了一首《月满西楼》，博得满堂的喝彩。裴星边鼓掌边赞叹道："这首李清照的词竟让你唱出了韵味。"张敏娇嗔地推了一把裴星，说："我都唱完了，该你了。"裴星认真地说："我真的不行，我来这里就是为了听歌的。我很愿意听别人唱好听的歌曲，但我不会唱。"张敏说："听你的声音那么浑厚，不像不会唱歌的。"裴星抗不住张敏的劝说，真的尝试着唱了一首正在流行的《心太软》，如他如言，简直是对听觉的一种折磨。唱过后，他像做了错事的孩子一样，窘然地坐在了一边，说："我这样唱会不会把狼招来。"一句话逗得张敏笑了起来。

既然裴星不擅长唱歌，除去张敏和那个小姐间或唱首歌调节气氛，他们大多时间都在唠家常。张敏乐于将自己的经历告诉裴星。很快就从裴星那里了解了他的经历，裴星对张敏说了很多，谈到了自己破裂的婚姻。他说他因为工作太忙,无暇顾及家庭,他那个老婆与别的男人好上了,导致了他们的离婚,他的女儿在判决时坚持要与母亲一起生活,结果他只能孑然一身,过着单身的生活。张敏为裴星的遭遇感到难过,随便找了几句常用的话安慰着他,而不知不觉间她感到有种浓浓的情愫从内心萌发出来,她努力不使这种感觉流露,他转移到了另一个话题上,她说:“你说到了家,都让我想家了。”裴星脸上掠上了一丝的惊奇,问道:“你的家不在本地吗?”张敏说:“难道你听不出我没有本地口音?”裴星说:“刚才我没有注意,现在确实听得出来了,你没有本地的口音,你的家一定是在黑龙江。”张敏喜出望外,说:“你这么就猜出我是哪的人了。”裴星说:“我天南海北哪都去过,当然能辨别出你的家乡出处了。”张敏称赞道:“我没有看错,你果然聪明。”裴星发笑道:“你多大的岁数,说的都是成年人的话。”

听到张敏第二天一早要回黑龙江的家,裴星问清了车次后,善解人意地准备告辞,说让张敏好好休息。张敏说时间还早,还可能有客人来时,裴星说道:“钱是赚不过来的,要有张有弛才行。”说着他从兜里掏出一沓钱,递给她和另外一个小姐说:“你们一人一千元钱,是我的一点小意思。”两个人都执意不肯收那么多的钱,裴星亲切地说:“这就算给你们孝敬父母的钱,小小年纪地出来也不容易,赚了钱回家还要撒谎,多给你们一些钱,也可以陪你们父母在家多待几天。”裴星走出歌厅时对张敏说:“你肯定要拿很多东西,明天我起早锻炼身体,过来送送你吧。”张敏原本以为裴星只是一种客套,没想到第二天一早,天还黑着,他果真来到了歌厅。他帮助张敏提着东西,找了出租车,一直将张敏送到了站台上。车开动时,张敏不知是对这个城市还是这个男人生出一种恋恋不舍感觉。

张敏半个月后回到友名歌厅,老板简直有些欣喜若狂。她告诉张敏说:“裴星已经来过很多次了,来了便打听张敏是否回来,他不找任何的小姐。”看到张敏流露出来的感激神情,老板私作主张传呼了裴星，不消一刻钟，裴星便风风火火地赶了过来。两人虽然只分离了半个月的时间，张敏却有种恍若隔世的感觉，两个人一同走进了小包厢。那一晚上，裴星并没有因为张敏表现得痴情而忘乎所以，只是将张敏靠过来的身体拢在自己的胸前，悄声说："回家这段时间过得好吗？"张敏小鸟依人般地说："还好。我还要感谢你去车站送我。"裴星说："那是应该的。"张敏说："我应该怎么感谢你呀。"裴星说："你想怎么感谢我呢？"张敏说："那我就送给你一个吻吧。"说着，她在裴星的脸上轻轻地亲了一下。她看到裴星的眼里呈现出很复杂的内容，她不由得羞红了脸，以前她在客人的要求下，也做这样的游戏，并没有觉出什么异样来，而今天不知为了什么，却有些怦然心动。在张敏执着的目光下，裴星拥抱了她，他并不显得急不可耐，也没有过长过分地搂紧她，他只是做出一种相应的表现，然后，说："你放心，我会让你成功的。"

从那天起，裴星经常带着张敏参加他的社会活动。裴星接触的都是一些有经济实力的人物，那些人在一起谈起生意来，似乎钱对于他们来说赚得非常的容易，只是信手拈来的小事，这不同于曾成那些朋友，在张敏眼中，她觉得自己的理想与这些人十分的接近。裴星常用各种理由为张敏买礼物，首饰手表，张敏对裴星说："如果你真心帮我，就让我当个女老板好了。"裴星不以为然，说："过一段时间，我会给你一笔钱作为投资，不用一年，你就会成为市里第二个女企业家。"张敏知道裴星说的那个女企业家，原来她去广东时，也是做小姐的，因为傍了个澳门的客商，回来投资了一个大酒店，从而声名显赫，成为市人皆知的女企业家。张敏对裴星的话有些反感，说："我不需要你的钱，我还有一些积蓄，再作一段小姐，我就能兑下一个小吃店。"裴星说："我知道你不愿意接受别人的施舍，你晚上去赚点小费也好，白天参加微机的学习班，现在是信息世界了，需要学习微机，我已经帮你交了学费。"

不久，张敏搬出了歌厅。在歌厅里住显得十分不方便，她与几个小姐合租了一套房子。为了不辜负裴星的一片真情，张敏到微机进修班学习，下午参加裴星的一些经营活动，晚上再到歌厅去当小姐陪客人。虽然忙碌了些，但是心里却充实多了。不知不觉间，两个人的接触已经有三个来月了。有一天中午，裴星去进修班接张敏，两个人就近找了家小饭店吃午餐，都喝了一些酒，不一会儿，张敏感到身体有些发热，还有些发困，就不想再喝了，说要回去睡上一觉。裴星提议要带着张敏到他家看一看，说这里距离他家不是很远，走个十多分钟就到了。这是两个人认识以来，裴星第一次提出这样的要求，张敏也产生了某种担心，但却不好违拗了裴星的面子，她想看一看他家的家庭状况，就随他去了。

裴星家住在一个花园小区，环境十分的优雅，一栋栋小别墅错落有致地耸立在花园的正中。走进裴星的别墅，看到居室装修得豪华气派，不同凡响。她暗自盘算了一下，这套居室连买房加上装修，怎么着也得上百万元。裴星似乎看透了张敏的心态，他笑着说："这套房子是专门为我组成另一个家庭准备的。"一句话说得张敏羞红了脸，其中的含义已不言自明。张敏故意说："那你的下一任妻子是谁呀?"她说出口后便有些后悔了，裴星期待的目光中有了一种新内容，他说："我说的就是你呀。"说着抱住了张敏，将她压在了床上。一切都来得那么迅疾，而又无法抗拒。很快她感到身体里有种被撕裂的感觉，慢慢地她觉得自己的神志也漂浮起来，恍恍惚惚，仿佛远离了身体，她情不自禁地呻吟出声来。裴星就是在漂浮中，长叹了一声，扳过身体，他看到张敏身上的斑斑血迹，说道："果然!"张敏感到十分的难过，穿衣服时她不禁黯然落泪。裴星施其所能，好言好语地安慰着张敏，说他是真心爱着张敏的，他一定会娶她做自己的妻子。

失处女之身的张敏虽然很伤心，对裴星说的话却是坚定不移的。她感到自己有了这个男人会终有所靠，也就不再吝啬自己的身体了。从那天开始，她打算不再去歌厅当小姐了，她认为那样会亵渎他们之间的爱情的。张敏原本打算租个床位卖服装，而裴星却极力反对，他让张敏帮他的忙做房地产生意，而裴星却很少让张敏插手他的业务。他解释说资金周转发生的一些问题。张敏很体谅裴星，也没有太强求他。张敏学微机的那个班只办了半个月便停办了，原因是没经过审办必要的手续。有一天，裴星找到张敏，焦急地说他的流动资金因为三角债给套住了，有个债主逼着他要钱，他向张敏借一万元钱先对付一下。张敏毫不犹豫地到储蓄所取出钱给了裴星，让他去救急。过后，张敏有些后悔，他害怕裴星会欺骗她，不会还给她这笔钱的，而正在她担心时，裴星却将钱还给了她，还附加了一笔丰厚的利息。张敏开始并不打算要利息的，而裴星却说这是生意场上的规矩，张敏只好照单全收了。

又过两个多月后，张敏发现自己的身体发生了一些变化，本来准时到来的例假也没有出现，她并没有在意，她常听那些小姐说，例假不准是小姐们的职业病。那天邱红找她一同出去吃午饭，她匆匆地赶了过去。她与邱红关系并不是很好，毕竟是老乡嘛，她们时常约到一起，或互相走动走动，彼此谈一谈各自的情况。两个人坐下来，喝了一杯啤酒，张敏感到心里翻腾，便干呕了一下。邱红看到张敏的脸色不太好，关心地问道："身体哪不舒服吗？"张敏说经常这样干呕。邱红轻声问她："是不是与哪个男人发生性关系了？"张敏惴惴然地点了点了头。邱红断定她肯定是怀孕嘛，张敏才感到自己的疏忽。当邱红知道这是裴星所为时，说："这个裴星应该明白的呀，怎么连个避孕措施都没有哇，这不是故意让你怀孕吗？"张敏为了维护着裴星，她说："哪呀，这不怨他，是我说的吃了避孕药，他才那样做的。"

回到住所，张敏觉得自己受到了伤害，越想越是气愤，这种成熟的男人一定知道怎样对待这种事的，这分明是在玩弄她。她当即打电话叫来了裴星。裴星知道情况后，他简直就是痛心疾首地说自己当时绝对是吃了避孕药的，他把这种失误归罪在那是假药上。他在解释的同时，诚心地检讨自己的过分的行为，造成了张敏的痛苦。这样一来，张敏感到自己太多虑了，她还说要留下他们的孩子。裴星劝说道:“你还没有到法定的婚姻年龄，如果这时就有了孩子，你还怎么能实现你的理想。孩子还是打掉吧，孩子等到结婚后再要吧。”张敏犹疑间，裴星开了一个玩笑，说:“留得青山在，不怕没柴烧。”张敏笑了起来，刚才所有的怨恨，霎时间便烟消云散了。她转念一想，确实也是这个道理，只好听从裴星的要求了，当即随着裴星去医院，做了人工流产。

从医院回来，裴星找了一个大饭店犒劳张敏。裴星一直都显得郁闷，张敏以为他是为失去胎儿伤心难过呢，反过来去安慰他。裴星握着张敏的手说心情不好的原因，主要的是替他追债的人无功而返，债主又天天上门催款，搞得他到处躲藏。张敏问道:“你欠人家多少钱?”裴星说:“其实并不多，总共才十万，只是现在都是三角债，我又不愿意张口跟别人借钱，那样做，脸面不好看。”张敏认为自己应该为他分忧，就说:“我这一年多手头存了些钱，大约有个七万多元钱，要是你手头紧就先用着。”裴星听后，忙推辞道:“我个大老爷们，怎么能用你的钱呢，何况上回都跟你借过一次了。”张敏说:“有过第一次，就有第二次嘛。”裴星说:“你赚那点钱也不容易。”张敏说:“你不是急用吗，我怎么能看着你那么苦闷呢。”裴星说:“那好吧，一旦那笔债追回来，我一定要加倍还你的。”吃过饭，张敏与裴星一同去取存折，裴星告诉张敏他第二天要出趟差要去一些日子。

一晃几天过去了，裴星一去便没有了消息。张敏整天在思念中度日。那天下午，张敏突然接到了曾成的传呼，说有事要约张敏约她到两人都熟悉的饭店谈一谈。张敏感到很意外，因为曾成很长时间与她没有任何的联系了，但听到对方很急，想来会有什么重要的事找她。张敏匆忙到了一个幽静的小饭店赴约。两个人见面后，互相都有些不自然，曾成要了几个菜和酒，掩饰着说:“这是为了说话方便。”当两个人都喝了酒后，张敏说：“你还是那么衣冠楚楚。”曾成回应道：“你也还是那么的花容月貌。”两个人说说笑笑，话题也显得轻松起来，曾成才说明了自己的来意。曾成问：“听说你跟裴星处朋友了？”张敏意识到他一定是从歌厅老板那里听说他们关系的。曾成喝了一口酒后，才说：“张敏，我要告诉你，裴星是个大骗子，你上当了。”

曾成说起了裴星的情况。曾成早就认识裴星，裴星找曾成办过很多事，也常请他吃饭。在曾成疏远张敏后的一天，裴星又找曾成疏通一些关系，他请曾成去了市内最大的酒店。酒足饭饱，裴星提出要进一步娱乐，并探讨去哪里时，曾成的部下多嘴说要去友名歌厅，当即遭到了曾成的强烈反对。在询问其中的缘由时，曾成酒后吐真言，说出了他与张敏的一段经历，他说自己不想玩弄张敏的感情。他的手下说张敏与曾成的感情非同一般，还是个处女，一般人是碰不得的。裴星开玩笑说他见过女人多了，没有他得不到的。有人嘲笑裴星，说他吹牛。他说：“那你们就等着瞧。”曾成原以为这只是一句玩笑话，没想到他会这么卑鄙下流。张敏呆愣了很久，才理顺了这是怎么一回事，悲叹自己的幼稚无知，不禁潸然泪下，她哭着骂曾成是个卑鄙无耻的混蛋，竟然与他人一起设圈套让她来钻。曾成没有争辩，默默忍受着她的侮辱。过了一段时间后，张敏才慢慢地冷静了下来，曾成问起了裴星的去向。张敏将几天前借钱的事对他讲了，曾成说：“他这是携款外逃了，现在公安局经侦处正在追查他的经济问题。”张敏问：“你是怎么知道的？”曾成说：“我也牵扯了一些问题，经侦处去我那里调查时才知道的。”

曾成告诉张敏：裴星是借用银行的储蓄所存款，以发放高利息的手段集资，钱不入银行的账户，便向一些企业高息贷款，他从中牟取暴利。银行查出这种问题并予以纠正，他一下子透支就近百万元。他又借用某房地产开发公司的名义向某县银行贷款补这个窟窿，事情败露后，公安局经侦处已经传唤过他了。张敏万没想到自己钟爱男人竟然是一个经济骗子，他不但骗了张敏的色还骗了她的钱，如今的她鸡飞蛋打，一贫如洗了。看到张敏的痛苦，曾成安慰她说："如果抓到裴星，就能找回那笔钱的。"张敏茫然地站起来，失魂落魄地走出饭店。曾成不知所措，他说送一送她，她摆摆手。曾成表示说他能尽力地帮助她，张敏拒绝了他，然后钻进了一辆出租车。

张敏去了那个令她厌恶的花园小区找裴星，得到的回答那户别墅根本就不是裴星的，那天他只是为了骗张敏上钩，临时借用别人的。这场风花雪月，令张敏刻骨铭心，在万般无奈之中，张敏只好再次回到了友名歌厅来当小姐。她认识到在红尘场中，难得有几分真情的存在，如履薄冰，稍有不慎就会失足落水，也只能逢场作戏。她情绪低落，面带忧伤，对未来一片渺茫，她喜欢唱的歌也是那些《把悲伤留给自己》《舞女泪》一类表明自己心情的歌曲。曾成一段时间以来经常过来，指名道姓的让张敏陪着他。张敏知道他是在善意在帮助她，遭到了她的拒绝，她说："你这是可怜我，我不会接受你这种帮助的。"看到张敏态度坚决，后来曾成很少再过来了。

张敏从痛苦中解脱出来，是在这个炎热的夏日里。那一天，阳光灿烂，张敏的心情不知为什么突然晴朗起来了，她预感到这一天会发生什么自己愉快的事情来。这是她很少才有的好心情，她换上了一件能显示出她的特点的超短裙，丰腴健美颀长的双腿，充满的性感。她就是这样轻盈地进进出出，她的情绪也感染了老板，老板疑惑地问道："今天你有什么高兴事吗。"张敏明艳地笑笑说："我想是的，我的直觉没什么问题。"就在那天，张敏在歌厅里结识了一个比她大两岁的男孩子曹波。他是本地大学自费生毕业的，父母都是个体户，很有钱，毕业后没找到合适的工作，父母出资让他经营煤炭业务，谈不上怎么赚钱，只是有个营生做。

那一天，他刚做成了一笔买卖，他就带着几个要好的大学同学来这里唱歌的。为了气氛活跃，他们也学着那些先生的模样，找几个小姐来作陪。老板正在为张敏的好心情感到欣慰，有些迫不及待地将张敏介绍给了这个包厢里的几个年轻人。当张敏走进他们的包厢时，发现灰暗的包厢内有光一闪，光闪处一个男人站了起来，并向她走来。他主动伸出手来做出一种老练的样子，说："就是你了。"然后他又说："我叫曹波，认识你我很高兴。"其实在这种场合，完全没有必要这样介绍自己。张敏面对着他，只是抿嘴一笑，就随着他走回到座位上。另外的几个小姐也各就各位，分别找到了自己的位置。张敏认真端量身边的这个男人时，感到用男人这个词明显有问题，因为他尤其量也只能算作一个大男孩，能嗅出他身上充满的奶气味，嘴上的胡须也是茸茸的。

曹波招呼着唱歌，同他一样年轻的大男孩们吆喝声很大，与这些小姐们却没有什么过分的举动，表现出与这种娱乐场合的距离。那几个小姐也感受到了他们的幼稚，很快就琢磨出他们的斤两，提出各种各样的要求，要香烟要啤酒要饮料要水果要食品，他都尽量满足了她们要求，一时间茶桌上摆满了各种东西，用小姐的行话，称这是祸害人。张敏曾暗示过他，曹波却做出潇洒状，财大气粗地说："我这点承受能力还是有的，你们尽可能的要东西好了。"张敏碍于几个小姐的面子，也不好过多的说什么。接下来，进入了唱歌阶段，他们没有能够充分利用小姐，大多时间都在自娱自乐，各自唱着自己喜好的歌曲。

张敏看到他们很可笑，就按捺不住偷偷地笑了一下，这一笑却被曹波发现了，他问："笑什么哪？""你。"张敏不知如何回答他，就又笑了一下。曹波说："我知道你不敢说实话。"张敏含笑点了点头。曹波又说："我知道你要说什么。"张敏说："是吗？"曹波说："你是想说我们都很单纯，太嫩了，是吧？"看得出来曹波很聪明。张敏一笑表示默认了。"你还没有说叫什么来着？"曹波问道。张敏如实告诉了他，而对一般的客人她只说自己叫小敏，这与自尊心有关，她不愿意将这种卑微的职业殃及自己的姓氏家族。她觉得曹波听到她的姓名时，认真地端量了她一番，然后才表现出某种失望。

张敏觉得好笑，问：“有什么不对吗？”曹波说：“这个名字与我上中学时单恋的一个女生的名字一样。”张敏说：“是吗？”张敏很想逗一逗他，说：“难道我就不可能是你的那个同学吗？”曹波肯定地说：“不是。因为你比她漂亮多了。”张敏说：“我有你说的那么好吗。”曹波说：“何止那么好，你已经是美丽绝伦，光可照人了。”张敏笑了，说：“别那么夸我，我会骄傲的。尤其是与另外一个女性做比较，说这样的话，很容易伤害别人的自尊心。”曹波说：“没有什么，那个张敏真的一点也不漂亮，当时脸上还长满了青春痘。可是我就认为她很好，没办法，可能就是书上说的青春的骚动吧。”张敏觉得他很直爽很有趣，就问道：“难道你没有向她表明心迹吗？”曹波羞赧地说：“我向她表露过，而她不同意。”张敏问：“有原因吗？”曹波说：“当然有了，你猜她说什么？”张敏突然想到了对他的印象，就说：“她肯定说你像个长不大的大男孩。”曹波惊讶了半晌，才说：“你怎么猜得这么准呢，一下子就说中了。”张敏淡淡地一笑，说：“这可能是心灵感应吧。”

曹波感到自己找到了知音，也不再去顾及那帮同学了，反正都有各自的活动方式。他向张敏滔滔不绝地说起自己的经历，甚至就连他在大学搞的对象都对张敏说了，还说对象毕业后就去了南方找工作，很快他们就断了音讯。他还充满了喜悦讲起了他做成功的那笔生意，还讲了他的远大的抱负，他不想只当个与他父亲一样有钱的个体户，他要成为中国的大老板。张敏一直用笑来面对着他的可爱。她怀疑这样一个大男孩，他的天真和稚嫩能成就多大的一番事业。在他的面前，张敏还是愿意扮演着一名忠实的听客，她觉得这个大男孩十分的亲切，心情悠然随之愉快起来，在他讲话的间隙，还不失时机地唱一首他喜爱的歌曲作为调剂，使气氛更加活跃而又融合。

不知不觉间，五个多小时过去了，当他们其中有人提出结束娱乐时，已经是午夜时分了。曹波还在挽留几个同学多待一会儿，几个同学却执意要走，他恋恋不舍地对张敏说:“没办法了，我还没有与你待够呢。”他忙着从兜里掏钱发放小费。张敏接过百元钞票，没有言语，心想其他的小姐肯定要表现出不满情绪。小姐中果然有人提出异议，就给我们一百元啊。曹波脸上立时出现了迷惑，说:“我问过别人，小费都是这个价。”小姐说:“你可要知道，我们陪你们的时间有五个多小时呀，两个小时以上就要加倍的。”曹波有些手足无措了，但他还是表现出自己的大方出来，马上掏出钱来一人又加了一百元。如果他要像那些经常混迹在这个场合的先生们那样坚持一下，恐怕就会省下这笔钱。到了吧台结账时，又是一笔近千元的天文数字，这一回，他不得不低声下气了，他对老板几乎有些哀求的腔调，说能不能多抹去一些钱。张敏在一旁为他说情，老板才答应通融。最后，他掏空了所有口袋，只留下了一张仅够坐出租车的十元钱，才能够离开歌厅。在分手时，曹波还不忘了悄悄地对张敏说他还会找她的。

曹波没有食言，一段时间以来，他几乎每天都到歌厅来找张敏。他来歌厅并没什么奢求，只是与张敏唱一些熟悉的歌曲，如果张敏陪了其他的客人，他就耐心地等待在歌厅的大厅里。有一天他向张敏表白说他自从遇到张敏后，他才觉得自己终于找到了一个理想中的知心爱人，他要为她厮守一生，一直到她能嫁给他为止。张敏为他的做法着实地感动了一段时间，但自己毕竟受到过感情的挫折，她只把他看成自己的一个客户，她不想与这个年轻人有什么太大的关系。

在此后的不久，事情发生了一些变化。那个销声匿迹已有几个月之久的裴星突然出现在了她所在歌厅。裴星一直在逃，当全国声势浩大的“追捕”专项斗争开展起来，惧于这种震慑力，只好乖乖地归案自首，并且将那一笔赃款如数上缴，根据他的表现，法院同意他取保候审。见到裴星，张敏的怨恨千头万绪涌上心头，她第一次用最刻毒的语言咒骂了这个道貌岸然的伪君子。裴星却不急不躁，一任张敏怎么说，他涎皮涎脸地面对着她。裴星冷笑说:“你是我的人了，应该跟着我，不然的话，我会到这里来天天缠着你，让你没有生意做。”裴星的流氓无赖的嘴脸暴露得一览无余。

张敏对裴星无可奈何了，因为他的骚扰使她失去了许多的客人，有谁又愿意沾这样的小姐呢。裴星变本加厉，打电话给张敏的母亲，说张敏在歌厅当小姐。张敏一直欺骗母亲说她在酒店里当领班。张敏的母亲对社会上的三陪小姐深恶痛绝，无论她如何解释，张敏的父母说什么也不相信，高低让张敏回家去上班。情急之中，张敏撒谎说她搞了对象，做小本生意。在父母的催问下，她只好弄虚作假，介绍了曹波的情况。张敏本以为这样可以蒙混过关，而仅过了两天，她的母亲来电话告诉张敏，她与继父马上乘坐南下的列车过来。他们的目的非常明显，就是要来个突然袭击，打她个措手不及。为了躲避裴星的骚扰，她自己租了一户房子，这一点母亲和继父不会发现什么问题，而那个她说的对象，除了求助曹波帮忙以外，已无计可施。

张敏对曹波说明了原委，曹波喜形于色。张敏有些后悔找这么个大男孩帮忙了，她说:“咱们只是演出双簧给我的父母看的。”曹波点了点头。她说:“你可千万不要当真哪。”他又点了点头。她说:“我这也是没有办法的事。”曹波说:“我知道。”张敏问:“你知道什么?”曹波说:“我知道演双簧，我知道不要把这事当真，对吧。”张敏确实感到曹波很可爱，她甜甜地笑了，说“对”，又说“你真的很可爱，就像我的那个顽皮的小弟弟。”曹波好奇地问:“你还有个小弟弟吗?”张敏说:“是呀，那有什么奇怪的。”曹波莫名其妙笑笑。张敏觉得这笑有些蹊跷，问:“你笑什么?”曹波说:“你在骗我。你没有小弟弟。”张敏说:“是的，我没有，但你却很像我的小弟弟。”曹波说:“可是,可是,我还比你大呢。”张敏说:“问题关键并不在年龄上,而是表现上,你确实显得很小。”曹波说:“是吗,等你的父母来,我尽可能装得很成熟,很男人。”

张敏的母亲继父到来后,见到曹波还是满心喜欢的。几天以来,两人俨然是一对恋爱中的情人了,张敏天天都要去曹波的煤炭经营部上班。她的父母却显得不急不躁,一待就是一个多月,把个本来不应该发生的故事弄假成真了。曹波本来心里就想把这件事当真去做的,每次他当着张敏母亲继父的面故意与她做一些亲热的动作,张敏又不敢拒绝。这样令张敏的母亲欣喜万分,背着张敏的母亲和继父,张敏虎着脸训斥曹波时,曹波嬉皮笑脸没个正经,看到张敏真生气了,他又是检讨又是道歉。下一次,他故伎重演,依然故我。张敏也拿他无可奈何,她知道曹波是在耍小聪明,来达到他的目的。

直到有一天晚上,老天帮了曹波一个大忙,天下起了瓢泼大雨,始终不停。张敏的母亲挽留曹波住下来,张敏阻拦着母亲说:“他打个出租车可以走的。”母亲说:“雨那么大,道上哪哪能还不积水呀。”张敏说:“他的父母要焦急了。”继父说:“让曹波打个电话回去告诉一声不就行了。”曹波做个鬼脸说:“我经常在外面过夜的,只要我打电话回去,他们不会反对的。”张敏还在极力让曹波回去,说:“你看,这屋一张双人床,那屋只有一个单人床,睡起来也不方便的。”母亲说:“你们睡在一个单人床上好了,你们在我们来之前,不也这样睡过吗?”张敏哀怨地问:“谁说的?”母亲说:“曹波说的吗,这有什么不好意思的,现在都什么年代了,我们又都不是保守的人。”张敏转过身来对曹波怒目而视,曹波双手合揖,一个劲求饶,看着他的顽皮,张敏忍俊不禁笑出声来。

走进里间,关上门后,张敏佯装出愠怒,压低声音说:“谁让你说咱们俩在一起住过?”曹波理直气壮地说:“你不是说,咱们俩装腔作势得越像越好吗,说那样就可以唬走他们吗。”张敏说:“你还有理了,你说说今天晚上如何睡吧?”曹波说:“你总不能让我睡在地上吧。”没有别的办法,两个人自然而然地睡在一起了。那个晚上,两个人缠绵在一起,共同体会着温馨甜蜜,而过后,两个人均表示出了某种缺憾。曹波并不是她想象得那么简单,张敏不由自主地说:“你这不是第一次。”曹波说:“你不也是。”说归说,两个人充盈着喜悦,咀嚼幸福睡着了。第二天,两个人早早就起来出去买了早点,当父母看到两人出双入对,不禁喜出望外。父母对他们的关系已经坚信不疑了,这才心满意足地踏上北归的列车。

裴星因为经济犯罪,判处了三年的有期徒刑,免去了他的骚扰。张敏谈不上如何爱曹波,但既然生米已经煮成了熟饭,也就没有什么可忌讳的了,两人索性搬到一起同居了。曹波的父母知道后,极力反对,但架不住曹波的软磨硬泡,也就任由儿子随便了。张敏用自己仅有的一部分积蓄在火车站附近的服装店兑下了两张床位,当起了小老板,为此她不辞辛苦,到沈阳进货,常常是披星戴月不分早晚,她本以为靠自己辛苦的劳动,一定会换来丰硕的果实。她没有想到的是服装市场疲软,她干了不到三个月却赔下了一张床子的钱,不得以她只好向外兑出一张床子以弥补亏空。曹波做煤炭生意只是凭着心情去干,他并没有什么经营能力,永远是那种不经事的孩子模样,赚了笔小钱,他会兴高采烈地去挥霍,而做了赔本的买卖,他就会失魂落魄痛不欲生,他只能靠他的父母的资助,才能勉强维持他的生意。张敏感到很失望,与曹波闹得不愉快,还将曹波撵回家去了。

这一天,一个穿着艳丽、长得十分俊俏的女孩子到市场的摊床来找张敏。张敏马上预感到这个女孩子就是曹波说的那个大学没了音讯的同学。她请张敏出去一同到了啤酒屋,一边啜着酒一边谈着往事。她向张敏谈起了她去南方的经历,说她什么都干过了,她惧怕曹波去南方找她,会瞧不起她,她不希望他知道当小姐的经历,才会跟曹波断了音讯。这次她回来就是为了找曹波重修旧好的，她说：“现在我什么都有了，就差曹波了。曹波一直是真心爱我的。我已经求过他的父母了，他的父母也赞成我与他的婚事。我知道你也曾作过小姐，知道我挣的钱的不容易，你就将他让给我吧。”张敏本就不爱这个大男孩，她与曹波的女友比较起来，她觉得自己很逊色，而且曹波的父母非常赞赏他的这个女友。两个人又同命相连，除了离开曹波，张敏已无路可走。

曹波第二天来找张敏，说明这不是他的态度，他还是真心爱着张敏的。张敏像哄孩子一样地劝说着曹波说：“你听我的话，别要小孩子脾气好不好，我本来就不爱你，你只能作我的一个小弟弟而已，我们在一起不会有结果的。”这样一连几天，最后曹波含着眼泪说：“那好吧，我听你的，我可能还会来找你的。”张敏拍拍他的肩说：“那好吧。”当曹波的背影在她的视野中消失时，她的感伤油然而生，泪水禁不住顺着面颊无声地流淌，最后化作对人生的一声无奈的叹息。随后张敏将那张摊床兑给了别人，她只剩下了几千元的积蓄，为了生存，她不得不又回到那个令她不堪回首的友名歌厅去当小姐。她再也找不到一个比在歌厅当小姐更适合她的工作了。

（原载《鸭绿江》2010年第九期）

无法徘徊

从伞建去工厂报到那天起，他发觉人们对他有种敬而远之的异样，他敏感地觉出人们背后的嘁嘁喳喳的议论都与他有关。每次只要他的出现，那些人的议论声便会戛然而止，收住正在起兴的话题，走回各自的办公桌。

伞建看到这些可笑的表现，总会莫名其妙地暗骂这些人都他妈老娘们似的。

伞建在同龄人中，可算是天之骄子的幸运儿了。高考入名牌大学的机械学院，是学院的高材生，很受学院领导的赏识，在学生中也是令人瞩目的人物，成为许多女生崇拜的白马王子。本来毕业时，他参加考研究生势在必得，而考试的前几天，突然阑尾炎发作，住进医院手术，耽误了考试。他才会分配来到这个千人的大厂，不知为什么破例没有在基层的车间见习，刚到一年破格提拔为厂的技术科长，而把原技术科长调整去了车间任职，这对于伞建来说，简直是飞黄腾达，这是他始料不及的。

他认为这样也是近乎情理的，谁让如今学历吃香来着。那个干了一辈子做技术工作却无学历的技术科的副科长都无此造化。他知道这里面主要的还是厂长对他的信任。平时厂长总对他嘘寒问暖，挺亲热的，难怪人们在他背后龇牙瞪眼，伞建也来个不卑不亢。

伞建挺讨厌厂长的夫人，厂长夫人一来到工厂，厂长往往找个什么借口唤伞建到他的办公室，厂长夫人便从一边窥测伞建，那双眼睛在伞建身上滴溜溜地乱转，搞得伞建心里直发慌。

厂长给夫人介绍伞建时，夫人眉开眼笑地拍着伞建，颇显怜惜地说："这么小点个的年纪，就远离家，在外工作多不容易呀，也缺少个体贴人。"她热情地邀请伞建去她家做客，还说厂里的许多年轻人都愿去他家。

伞建感到无缘无故地去厂长的家，总有拍马屁之嫌，实在是太唐突。但嘴上却免不了应承着，心里却有说不出的厌烦。

同屋的同事们听他说起这件事，便会半开玩笑地戏谑他："看来厂长夫人相中你这个乘龙快婿了，还不去厂长家去拜见岳父岳母大人。""那又何必呢，现在都是八十年代了，应该是老丈人拜女婿，才是现代的人际观念需要。"说着大家便都跟着笑开了，笑出一种讥嘲味。

伞建心里不是滋味，五味俱全，人家只是在开玩笑，跟人家无法计较，他也只能讪讪地赔笑，不置可否。

一天。厂长去外市签合同，只有伞建陪同。签完合同，乘坐轿车回来时，已是傍晚时分。厂长顺便邀请伞建到他家吃晚饭。伞建本欲推辞，而厂长说食堂也关门了，还得找饭店去吃，还不如到家去顺便吃点现成的。

伞建见厂长那么盛情，不好驳了厂长的面子，无奈，便乘车来到厂长的家。

厂长的夫人一见伞建便满心欢喜，又是让茶又是让烟，搞得伞建手足无措，很不自在。

夫人见伞建拘谨，热情地说："厂长又不是外人，随便一点吗，有事没事的，常来玩。这孩子还这么腼腆。"随后她又朝里间屋喊道："小丽，来客人了，还不快出来。"

随着不耐烦的应答，从里间懒洋洋地走出了个姑娘。伞建不由自主地偷觑了她一眼，她忒俊俏，一张苹果似的娃娃脸，忽闪着一双毛茸茸眼睛顾盼流连，挺直的鼻，略带红晕白皙的面颊，高傲上翘的小嘴显出个性，身着适体的新式的女时装而呈现出的丰腴的曲线，更显出袅袅娜娜楚楚动人。

小丽不屑一顾地瞥了伞建一眼，嘴里嘟哝着什么，径自坐到沙发上，翻阅着沙发上的报纸。

厂长夫人脸上发窘，勉强挤出一丝笑容，说："这孩子让我们娇宠惯了，一点也不懂事。"

厂长一旁介绍道："这就是我们厂的技术科长，机械学院毕业的伞建。"

小丽却连头都没有抬。

"这是伞省长的儿子。"厂长故意提高了声调说。

小丽那面哼了一声出来，还用白眼珠瞟了伞建一眼，现出鄙夷。

伞建懵头懵脑，想不起自己什么时候有了省长儿子这一造化。想必是搞错了，便认真地纠正道："我不是……"

厂长却认为这是有意搪塞，半嗔半怒地说："别装相了。我们早就知道你有来头。我听说伞省长对子女要求严格，怕给基层单位添麻烦。"

厂长夫人用哄孩子的温和语调，说："这孩子，都到家了，还装什么，你是伞省长的儿子我不会传的，今后怎么重用提拔你，我那老头子心中有数，放心好了，免得人家说闲话，咱们谁也别提这件事。"

伞建恍恍然，如行云驾雾般，理不出个子丑寅卯来，张口闭口几经翕张，却不知如何解释。

晚餐极其丰盛，似乎是早已准备的。厂长夫人傍在伞建身边，不住地给伞建夹菜，殷勤之极。厂长也是一再劝酒，颇显熨帖热情。小丽默不作声，神情黯淡，一面咀嚼，一面静静地乜斜着几个人，现出轻蔑来。

厂长夫人说小丽在医院当护士，夸小丽如何好。从态度上，伞建猜测出他们的意图所在决不单单是一顿晚餐。

伞建不胜酒量，几杯酒下肚，看人也不聚焦，晕晕乎乎的，神魂颠倒。伞建怕在人家面前出丑态，晃悠悠地站起来向厂长一家人告辞。

厂长夫人也不挽留，对小丽说："小伞看来是喝多了点，你送他一程，陪他回去。"

小丽不情愿地嘟哝了句不耐烦的话，伞建也没听清，他看出她的不满，木讷讷地推辞说："别送了，我没喝多少，我自己能走。"厂长和夫人执意不肯。伞建只得和小丽走出家门。

路两旁照明灯有气无力的发出暗淡浑浊的光，衬托得天地间一片虚无的朦胧，习习的晚风不甘寂寞，夹带着一丝丝寒意侵袭着他们。

两人并肩默默地踽踽而行，除了两人鼻息声和脚步制造出来单调的跫跫声响之外，整个世界依旧是那么阒静。随风飘来姑娘特有芳香，丝丝缕缕，伞建依稀可以嗅到，一阵难以抑伏的悸动，令他产生说点什么的想法，但却欲言而止，他清楚此时无声胜有声之妙。

"哎。"小丽首先打破宁静，"我想告诉你，这只是我父母的意思，是他们设圈套让你来吃饭的，目的是让我们搞对象。说实话，我看不起你们这些官宦子弟，但我又拗不过父母。"

小丽睥睨一切的态度，挫伤了伞建的自尊心。他用阴冷的腔调说："那又是何苦的呢，不愿意你可以不来送吗，我们现在就可以各奔前程吗。明天，我向厂长有个交代不就可以了。何况，我又不是你看不起的官宦子弟。"

小丽格格地笑了，恁甜。她戏谑道："你有那么个当省长的父亲，还不算是官宦子弟，用得着向我父亲有个交代吗。”

伞建再次陷入窘态，大惑不解，他对小丽问询道：“你们怎么都说我是什么省长的儿子呢，我上哪有那个造化呀，我的父亲都去世好几年了。简直莫名其妙。”

小丽见伞建非常认真，停住笑，盯视着伞建，“你真不是伞省长的儿子？”

“扯淡。我干嘛在撒这个谎呢？”

“好多人都那么说，爸爸还找人去核实过，还会有错？”

“那也肯定是误会了。”

“我爸说你是省市两级领导特别关照的人物，如今没有来头的人，谁会轻易这么卖力气帮忙，或许你家有钱买通当官的了。我爸还说他通过老战友在省里工作，他都证实了你的身世。”

伞建不知道，在毕业大会上，机械学院的校长与来参加校庆筹备会的校友，伞建所在厂的顶头领导、省机电厅长谈起他这个得意门生，因生急病而错过考研究生的机会，并为之推荐。那位厅长听后既惋惜又赏识，便介绍校长将伞建分配到他管辖的用人单位。就这样伞建分到了机械厂，厅长还特别打电话给该市的主管领导，主管领导又用厅长的口吻找厂长，特别关照要破格重用伞建。这样一来，人们都猜忌伞建是有来头的，现在人谁都相信“无力不起早”这句话，正如古人云之：“假作真来真亦假”。

有个干部做科员也有个七八年的光景，他嫉妒伞建时间不长便当上了科长，就编造说伞建是省里一个大领导的孩子，这样正好满足了那些饶舌人的心里需要。厂长听到了这个传闻查阅了档案，伞建只有在省城的家庭住址，其实伞建的父亲早已去世了。而厂长却无法直截了当地探问伞建，便通过一个在省政府工作的老战友打听，偏巧副省长姓伞，伞姓又是百家姓中难以找到的最小的家族。

那位厂长的战友不过是省政府的一般的干部，根本接触不上领导，但又怕说不知道丢了面子，心想反正没有什么原则问题，都姓伞，就说是副省长的儿子。从此这顶省长儿子的桂冠便莫名其妙地加冕在伞建的头上。当然免不了人们作为竞相传播的爆热门的新闻。

伞建感慨，愤懑："呵，难怪人们像看怪物似地盯着我。"

"我爸趁机让我跟你搞对象，说巴结上你，大家都能借上光。"

"这不是拿你做交易了吧？"伞建颇为不平。

"可怜天下'父母心'吗。"小丽苦涩地笑笑，忧悒酸楚溢于言表。

"我一定要向厂长解释清楚。"

"你也真是太憨厚诚实的了。如今巧取豪夺，投机钻营还找不到门路。没门没窗的入党提干，男的靠花钱，女的靠发贱。你不用这些便水到渠成了，你何不借这机会混他个一官半职的呢。"小丽用挖苦的口吻嘲笑道。

"小丽，你和我一样都是年轻人，别摆出与你年龄不符的玩世不恭的架势。我要告诉你，我这一生就不想夹尾巴做人！"伞建说。

"我父母那套我腻烦透了，我成了父母赖以高攀的商品了。"

"你干嘛不抗争？"

"抗争？！"小丽阴郁着脸，"说得轻巧，谁能架住软磨硬泡，管你同意不同意，就像你，把你领到家来，硬要送送你，还要让我与你谈谈，你还有辙。我都有点麻木不仁了，反正就那么回事，人生就是游戏。"

"你亲娘老子真够呛，拿女儿权当换取地位的资本，他们早晚要在这上面受挫折的。"伞建愤愤不平。

伞建的话提示了小丽，小丽突发奇想，嘿嘿嬉笑着，说："我说你能不能在咱们这场游戏中帮个忙，好好捉弄我的贪心的父母。"

伞建疑惑。

小丽说出假戏假唱的办法。

伞建犹豫着。

小丽嗔怪地、几近乞求地说:“你就答应帮这个忙吧。你不必再看别人的白眼,我们应该教育那些人和我的父母,让他们接受这次教训,这是用欺人之道,还制其之身。”

伞建沉吟有顷,想想也不无道理,深深颔首表示同意。小丽向伞建奉献了一掬迷人的甜笑。伞建的脸一热,觉出烧,便怦然心动了。

“明天见。”小丽伸出白皙纤细的酥手。

伞建迟疑一下,然后伸出宽大的手掌,握住小丽柔荑、浑圆的葱指,感喟道:“我送你一程,好吗?”

“你不是喝醉了吗?唔,你这是醉翁之意不在酒哇。”小丽诙谐地说,恢复了小姑娘的天真。

伞建被小丽的贫嘴逗乐了。

小丽道声再见,转身欢快地跑了,轻盈、矫健。

伞建望着小丽远去的背影消失在夜幕中,才收敛追寻的目光,一种从未有过的幸福感油然而生。

如果说人是最复杂有思想的动物,而一时又是最简单的。伞建和小丽就这样天天幽会,刚开始两人也只是无足轻重的关系,慢慢小丽被伞建的诚实、真挚的情感所打动,伞建用他那坦荡温暖了小丽冷却的心。小丽总认为人生中没有温馨的梦,而今却实实在在的呈现给他一个她理想中近于完美的男子汉,她陶醉在这突如其来的爱河中。

自然而然俩人成了异乎寻常的朋友,终于在一个月白风轻的夜晚,小丽依偎在伞建的胸前,缱绻缠绵的呢喃之后,深情而又浓重地望着伞建,发出一声令人心醉地呼唤:“我爱你!”将娇柔的双臂揽住伞建,嫩嫩滑润的唇大胆地滋润着伞建,浓重地吸吮着甜蜜……

月光真美，却也识趣地躲入云端，透过云隙窥视着人间最美好的一幕。

东窗事发。

虽然伞建和小丽两人掩饰得很好，很长时间小丽的父母对伞建客客气气，待若上宾，把他当成与伞省长联络的未来的阶梯，但假的毕竟是假的。

厂长去市委开会，会议间歇，市委书记走到他们这些企业领导中间。闲聊时，市委书记无意中询问厂长的儿女终身大事。厂长乐不可支地说出女儿的这门亲事。

书记听后，惊愕了许久才说："你肯定搞错了，伞省长本不姓伞，参加工作时正是文化大革命，因为他的家庭成分是资本家，他的太爷爷又是在旧中国时非常有名的历史人物，在"文革"期间属于批倒批臭的人物，一涉及那个姓就会让人联想到他的亲缘关系上，他怕受牵连，才改名更姓，选中了百家姓中最为少见的伞姓，所以他的孩子不可能再姓伞。"市委书记是伞省长的老部下，过往其甚密，有着不容置疑的说服力。

厂长仍有些不解，狐疑地问："伞建可是省里领导关照的。"言外之意，伞建确实有来头。

书记烦躁地一挥手，不满地说："你们这些人啊，拿鸡毛当令箭，都快成你的姑爷了，你却还不知道了他的情况。"

厂长心中窝囊，又不敢在书记面前表现出来，忙找了一个其他的话题掩盖着失态，最后找了一个借口脱身回家。

他进家后，顾不得掸去一路的风尘，厉声叫出小丽，嚷着伞建是个骗子，要小丽马上中止他们之间的关系。

小丽一见父亲怒气冲冲，心里早就明白了，待父亲气咻咻述说了经过。小丽不以为然地说："其实我早就知道了他的身世。伞建并没有任何错，他根本不清楚你们搞的什么鬼，他不是一直在否认自己不是什么伞省长的儿子吗，而你们相信吗？后来伞建知道了真相后，要向你们说明，是我不让他对你们说的，这种欺骗是我给他出的主意。”

厂长大发雷霆，责骂女儿合伙骗他，说要整治伞建，要撤他的职。

小丽一撇嘴，近乎嘲笑地揶揄道：“爸爸，全厂上下人人皆知你贪图伞建的父亲的便宜，才将我介绍给了伞建，如果你要报复的话，一旦张扬出去，岂不让人笑掉大牙。”继而笑波吟吟地说：“何况我还怀着伞建的孩子。”

厂长顿时目瞪口呆，半晌，才暴跳如雪地大骂，骂伞建是流氓，骂小丽不要脸，一时骂得昏天暗日。而小丽在一旁漠然地注视着父亲，一语不发。

待厂长沮丧地坐在沙发上时，小丽才走过来，不无娇嗲地对她父亲说：“爸，你不必生气，伞建和我都没任何责任，我现在已是伞建的人了，你不如顺情做好人，成全了我们俩人的婚事，现在又没人知道事情的真相。如果我们两人吹了，一定会成为热门新闻。你还是认了这门亲，今后他就是你的女婿，女婿哪有不与老丈人一条心的，不然，不是让外人耻笑吗？”

厂长沉吟半晌，才无可奈何地说：“只好如此了。”间或，又颇显愧疚地说：“小丽，其实爸爸也是为你好。”

小丽端望父亲好久，喟叹一声：“爸爸，你也真可怜。”

不久，伞建和小丽喜结良缘。

半年后，小丽生下一儿子。

从此，世界上又增添了一个幸福美满的三口之家。

（原载《满族文学》1997 年第五期）

一个叫柳的女孩

我不该认识叫柳的女孩，因为柳只是我们大学门口的一个小卖店里卖货的女孩。

我们命中注定不会有什么结果的，而我却偏偏地与她结识了。没有办法。那是我十多年前的经历了。这个叫柳的姑娘是在我们大学二年级时才引起我们班包括我在内的几个男生的注意。

那时我的同学们都在如火如荼地寻找着漂亮的女生，而我们却难免有些失望，因为在大学里的女生们没有几个是绝顶出众的，偶尔有那么几个俊俏的女生，她们每次的出现都要依靠在某个伟岸男生的臂膀中行走，我们常常在一起叫苦不迭，感叹造物主的不公，让我们错过了良机。有几个实在耐不住寂寞的同学，不得不凑合着挑选着一个比较而言还能过得去的女生交朋友。

后来有个同学发现了叫这个柳的姑娘，他引导着大家去了一趟小卖店，所有的人都惊讶地发现这个世道真是不公平，在大学的女生中没有一个比得上柳的。有个男生曾私下议论过这种现象，说这是平衡论，老天爷是最公道的，有知识的女人不漂亮，漂亮的女人没知识。

当时是夏天，夏天能带来许多女人的风景，那个时节可能所有的丰富多彩都能体现在女人们的身上。当时柳就穿着一件浅蓝色的连衣裙，那是当时流行的无袖的裙，而这种裙大多是成年女性穿的。她那圆润的双肩臂膀便突出的裸露出来，她的青春稚嫩的面容便多了一层含义，更加显示出她的不同凡响。她那天生丽质的面容都令我们精神为之一振，她的可人的形象我们在回来的道上进行了详尽的描述，后来便成了感叹，直至我们回到宿舍还在为她赞叹不已。

当时我们几个同学打了一个赌，说看谁能泡上小卖店的那个妞，所有的参赌人员就将输掉一百元钱给那个泡上这个妞的人。绝没想到的会是我却轻易地得手了。我没有什么诀窍，我与那几个人基本上采用的一样的战术，只是天天去小卖店卖东西，有话没话多搭讪几句，最多说几句俗不可耐的玩笑话。

我没有必要说得更详细，反正当我拿到这些嫉妒我的那些同学的钱时，我与柳已经开始了我们浪漫的爱情故事。我与她有过很长一段时间的天真无邪的日子，我们在一起时，心情尤为愉悦，世界变得辽远而广阔，天地间充满了美丽的色彩。

她那年只有十八岁，是个职业高中毕业的学生，因为没有能够分配工作，就帮着她妈经营小卖店。她的父亲早几年就在那场轰轰烈烈的年代中去世了，虽然上面有几个哥姐的，却也在那个时代离开了这座城市，家中只能靠她的妈妈这个小卖店作为她的生活来源。

正因为有了这层关系，我单调的学校生活异常丰富起来。原本她妈是不同意我们这层关系的，她妈主要认为我们之间有距离，而且女儿的年龄也太小，后来看到我们之间的那种热烈的爱情，也就不说什么了。我也趁机得寸进尺，大模大样地出入她的家门，改善伙食标准。在营养缺乏而愈发的面黄肌瘦的同学面前，我的雍容与他们形成了强烈的反差，把他们羡慕得要死要活的，发誓要横刀夺爱。而他们不过也只是雷声大作，而无法付诸实施，他们毕竟是在这场赌博的竞争中成了名副其实的失败者。

人们都说最怕的是马拉松式的恋爱，而我们的马拉松却始终没有觉出疲劳，我们都觉得自己很幸福，而这种幸福逐渐感染成了她妈认可的那种幸福，她妈后来认为我们这么相爱，也就相信了我们结果一定会像她意料的那么好。她妈的这种信任一直坚持到她去世。

她妈的去世没有一丝的前兆，她妈是在下午去世的。她妈对柳说感到很疲劳，想躺下休息一会儿。而这么躺下后，只至夕阳西下也没有起来，柳才预感到她妈有些不对劲，因为她妈从来都没有在白天里睡这么长的时间。柳想去唤醒她妈时，才发现她妈已经没有了一丝的气息了。

柳没有了主意，她最先找到的我，学校对于柳来讲是最近的。我从小就胆小，从不敢去看死人，包括我奶奶的去世，我也只是在我奶奶的遗像前烧了纸钱，寄托了自己的哀思。我认为人死了，会扭曲着痛苦的脸，或像很多小说中描写的那样青面獠牙。我平生第一次见到的死人就是她妈，却是那么的安详，似乎是作了一件称心如意的事，咀嚼着喜悦地熟睡着。也许她自己觉得确实没有什么她牵挂的事，带着一种超凡脱俗般的满足，走上了西去的大道。

她妈肯定不知道女儿柳却为她哭得死去活来，柳没有做好思想准备，她搞不明白，为什么她妈会无缘无故地撇下她，悄无声息地离她而去。

我同柳的远道归来奔丧的哥姐们一起，把柳的妈妈安葬在她爸爸的坟旁。她妈死的时节正是隆冬，出殡的那天冷风骤起，树枝摇曳，发出一声声干涩的呜咽。我那时似乎成熟了许多，我很大人气责任感地说了许多让老人家放心的话，我还保证自己一定会照顾好他们的孩子。

柳听到我的话当时感动得搂着我的肩痛哭失声。她在身上抽泣，显出她的脆弱和她的无依无靠。那一时刻我觉得我自己很强大，我认为我就是她一生的依靠。

我们与她的哥哥姐姐们很晚才迟疑地离开了坟茔地。她的哥姐们第二天就离开了这座城市。人总是要死去的，活着的人当然要更好的生活。她的哥姐们虽然也在邀请她去哥姐的家去住一段时间，而柳却没有去，我知道她的当工人的哥姐们的生活和住宿环境并不宽裕，柳是不想打扰他们的生活。

她的哥姐们走的那一天晚上，我在她的家里待到很晚，看到她悲伤的样子，我不知道该不该离开她的家。直到学校该关大门的最后时间里，我才试探地表明我该回去的意思。她用泪眼乞怜般地望着我说:“我害怕。”我知道我此时绝不忍心离开需要别人爱抚照顾的柳了。

就在那一夜我在一个叫柳的年轻女性身上得到了深刻的体会。她的蓬松柔顺的秀发一直撩动我的脸颊，她的某种发自内心的声音不断萌动着我的虚妄，在这种轻声的呻吟中，滋润了我的信心，以往对女性的那种神秘一时间显得如此豁达。我们是那么紧密地编织在一起，交换着各自的甜蜜。

复杂的结果，我们总是要做出最简单的诠释，做爱后的我们并没有感到疲惫，她像一只温驯的小羊依偎在我的怀抱中，我将臂弯里的柳紧紧地拥着，她的小巧的乳抵在我们之间，我们都能深刻地感触到彼此间的心跳，透过似隐似现的月光，我欣赏着柳的生动白皙的胴体，所散发的青春的气息。

这是我平生以来与女性的第一次肉体上的经历，这个经历发生在柳 21 岁的那一年，也就是说，我与柳相识已经三年了，而那一年正是我毕业分配的最后一个学期。据说我们毕业的原则是回到各自的城市去工作，我必须离开柳所在的城市，这样我就必须面临着另一个事实，就是如何面对父母，因为父母并不知道我的这段恋爱，当然更谈不上知道有个叫柳的女孩正深深地爱着我。

至于为什么没有告诉父母，主要是我个人的原因。父母希望我能子继父业，成为接续他仕途的继承人，总是不断地提醒我不要过早地考虑个人问题。还有一个顾虑就是怕父母不能接纳柳，柳毕竟没有一个正式的职业，那时并没有现在那么开通，对没有工作的小商小贩还有种歧视的态度，其实柳的小卖店的收入，远远高于父母工资之和。

但我必须要做出这种决定，要柳与我一同去见父母。柳担心地问："你是大学生，我没有工作，你父母能同意吗?"我知道她的担心是必要的，但我还是安抚她说："我想没什么问题吧，婚姻自由嘛，父亲是领导，会想得通的。"我说的话连我自己都没有一点把握。

我的家居在我的那座城市的景色之中，坐落在城市的中央，在繁华区蓦然耸立着一些错落有致的小楼，我家就是在那时很少见到的每家独处的小楼中居住，外带一套颇显阔气的小院。我与柳走进院门外，已经傍晚时分，我揿响电铃，通过对话，我看到我妈和姐哥一干人从小楼的门中拥出，因为我毕竟是这个家的唯一的大学生，曾给这个家带来了他们的荣耀。

哥姐们抢去了我手中的东西，妈则过多地端量我的变化。其实我不过只有半年没有回到家里来了，我妈是个家庭妇女，那个年代的女人没有工作是正常的，她喜欢唠唠叨叨，又是关心又是埋怨我，说我总不想回家。说衣裳埋汰了也不知道洗，可是我感到我的衣服非常的清洁。她又说我的头发如何的长，简直就是地痞。就是这个家庭的这一点，我也不愿回家，在家里我受到的这种压力总是让我无法忍受。我妈总是说着语句不通，又互不相关的问候。

我觉得我冷淡了一直被撇在一边的柳，我拉过有些惶惶然的柳介绍给了我的家人。柳忙叫着大娘、哥哥、姐姐。亲切的呼唤并没有换来我的家人的热情，他们似乎没有这种准备，愣怔着望着柳。妈一扫刚才见到我的兴高采烈，只是冷漠地哼了一声后，不满地对我说：怎么也不事先打电话告诉一声。我看到姐的嘴轻蔑地一撇，小声地嘟哝着说：还叫大娘，不叫伯母，真土气。哥却粗鲁地嚷出一声：回屋！几个人丢下我们径自进屋。我理解哥姐的愤怒，他们在我父亲的强压下，现在还都没有成家，我捷足先登，势必造成他们心里的不平静。

在客厅里我见到父亲正在沙发上看报纸，我叫了声“爸”。父亲抬起头，冷漠地望着我，并没有说话。在我心目中的父亲的形象从来不是这样的，父亲这个人总是那么和蔼可亲，对谁说话都保持着谦虚谨慎的态度，每回我回来总是要问寒嘘暖，而今天他却用另一种姿态对待我。我将柳介绍给我父亲时，柳接受了教训，她怯生生地叫声“伯父”。父亲从花镜的上方透出审视的目光，足足地盯上了一会，并不应声。我忙着拉着柳进了里间，我说了几句安慰的话，柳只是一声哀叹，便沉默无语地坐在一边。

我们在屋里待了许久，没有人再过来，这时的我已经饥肠辘辘，而谁也没有吃饭的意思。我与柳只好来到厨房，见厨房里已经准备了鱼肉蔬菜，大盘小碟的切好，只是没有热加工，这里面的道理既清晰又模糊。我开玩笑说：这是考验我们呢。柳苦笑笑，便挽起袖子，动手做起来。

即便这样也没有换来全家人的欢乐，整个晚饭期间，彼此都很尴尬。我搭讪着说些无关紧要的话，来调解压抑的气氛，而家里的所有人没有谁配合我，只是对我行注目礼。大家很快结束了饭桌带给他们的不愉快，放下饭碗，不约而同地走入了各自的房间。我与柳窘迫地望着满桌的狼藉的碗盘，一时无语。当我站起来收拾时，柳忙拦住我，她默默地端起一摞碗走进了厨房。

我与柳再次从厨房里走回客厅，见父亲正等在那里，他只是对我说：到我屋里来一趟，便顾自先回了自己的屋。看到柳担心的样子，我拍了拍她的肩膀，装出胸有成竹地开玩笑说：“看我如何力驳群雄。”她却含着怨艾，用盈满泪水的双眼，深情地说：“你好自为之。”

走进父亲的卧室，我才知道全家人都汇聚在这里，看来他们要来个三堂会审。我妈先问起了我与柳的关系，我如实以告。在我叙述期间，我父亲始终在卧室中央的沙发上正襟危坐，我讲完经过后，他望着我沉吟半晌才说：你还小，人生对于你来说还是个谜。这么早就谈恋爱会影响工作和身心健康的。何况你的哥哥姐姐们比你年龄都大还没有搞对象嘛。

哥说："她的那个家庭与咱们这样的领导干部家庭也不门当户对。"姐说："那么点的小年纪就知道搞对象，是不是有些问题。"妈说："这姑娘长得倒是蛮好的，可是眼角上有个黑痣，她是妨人的，要么她的父母怎么就死得那么早。"父亲说："最关键的是她还没有一个正式的工作。"

我反驳道："爸爸当领导也是为人民服务，并不是高高在上，社会主义讲的是人人平等，我们都是新青年，我哥怎么还能讲门当户对的老话呢？我姐说人家年纪小，感情不在于年龄的大小。生老病死是自然界的规律，他的父母的早逝与她能有什么关系呢，我妈是在宣扬封建迷信那一套。爸，你没看现在报纸上都在说个体户也是社会主义劳动者，开小卖店那也是正式的工作。"

我母亲说："要知道你分配后要回到咱们这座城市来工作的，这会两地分居的。"我说："她又没有工作，不需要调转，随时都可以来咱们的城市。"哥说："她到这里又没有户口。"我说："那我就要求留在那座城市里安家落户。"姐说："她还没到结婚的年龄，若你们在一起就成了非法同居。"我说："那没关系，我可以等到她的法定年龄。"

父亲生气道："我会通过你们学校的领导，把你分回来工作，明天我就派人去联系。"我说："爸，组织没有给你这个权力解决家庭的问题。"父亲震怒了，吼道："真是无法无天了，竟敢教训起老子来了。"我说："我是在讲道理，这个道理就是我爱上了柳。"父亲说："你跟老子讲道理？你一个堂堂的大学生，却跟一个没有工作的没有家教的女孩鬼混，还大言不惭地说你爱她。"

我感到我自尊受到了严重的挫伤，我被激怒了："大学生就高贵吗？就没有选择爱的权利吗？没工作就没有爱的权利了？难道我妈就不是没工作？你不也是跟了一个没有工作的家庭妇女过了一辈子吗？”说过这句话，我感到万分的后悔，我等于在揭父亲的伤疤，因为我父母是包办的婚姻，我也不知道是为什么顺嘴说出这样的话。我看到父亲惊呆了，脸色铁青，面部的肌肉痉挛般地抖动着，许久，他才扬起手来掴了我一个耳光。

哥姐和我妈都上来劝父亲。妈在数落我，说我不懂事：“那话是你的说的吗。”哥的嘴里不干不净的嘟哝，对我形成一种震慑。父亲吼道：“让他给我滚！”我也余怒未消，气恼地一头撞出门来，本打算拉着柳一同走，却见客厅里空无一人。我不知所措地呆立，妈追出来时见状似有所悟，妈见茶几上有张信笺，拿起来递给我。我见到上面隽秀的小字，染上了片片泪痕，那是柳写给我的信。

虽然你我的年纪还小，但我们彼此之间还是懂得什么是感情的。几年来的相识往来，我将永远地珍惜。既然你的父母不同意咱们的事，我看你还是遵照父母的意愿吧。我不想你为了我造成家庭的矛盾，那样我会不安的。我求你了，为了你我的自尊，你不要太自信了，委曲求全，会造成终生痛苦的！

柳

我的双眼模糊了，我不顾妈的劝阻，冲出了门外。外面很冷，在惨淡的路灯的辉映下，路面如同狰狞的怪兽，吞噬着路上的行人。我急切地寻找着柳，希望会有奇迹出现。我来到车站，因为晚上只有一列回程列车，我乞求车站的广播员一次次地广播寻人启事，却没有回应。后来我登上了那列回程列车上，逐一座位逐一面孔地寻找，结果也是一无所获。我彻底地绝望了，我在夜色中漫无目的地踽踽而行，冰凉的脚步为我的初恋划出了一道暗淡的轨迹。

我的家人找到我时，我正依靠在水泥电杆失魂落魄，睁大双眼悲怆地凝望着夜空。哥将呆滞的我背回到家里，我始终是一言不发。第二天一早便开始发高烧，浑浑噩噩地说胡话，拼命地呼喊着柳的名字。家里人都在为我担心，父亲也觉得有些愧疚，为此他让他的秘书坐车专门去了柳的那座城市去接柳，而结果却大失所望，秘书回来说柳已经走了，去哪里谁也说不清楚。

病好以后，我返回到了学校，我并没有从这种伤痛中解脱出来。我去了柳的小卖店，知道那个小卖店已经卖给了别人经营。我找过柳的所有亲属朋友，却没有一个人知道她的下落的。她就如同一颗匆匆流过的彗星，消逝得无影无踪。从此，我再也不是那个浪漫稚气无忧无虑的青年了，似乎从那时起我仿佛长大了几十岁，苍老了许多，胡茬也好像觉出了人世沧桑，不再茸软，一下子坚硬起来。

我的分配当然会遂了父母的意愿，回到了自己的这座城市，理所当然要过着平常人的生活。随着哥的结婚，姐的出嫁，我也自然地找到了另一个女人成了自己的女朋友，她也是个工人家庭，这一次父母任由了我的心愿，不再干涉。后面的事都显得更加顺其自然，结婚成家生儿子，入党提干当了官，房子票子儿子也就都有了。但是我还是时常想起柳，总会想起那次做爱后的承诺，追忆那一天不堪回首的别离。

不久前在柳的那座城市工作当领导的一个大学的同学，也是当时参加打赌的同学之一来到我的办公室，小作寒暄他就提到了柳，他说他见到了柳，说是在一次的外贸洽谈会上见到的柳。同学说他简直就不敢相信那就是柳，说她穿着雍容华贵，佩戴的是珠光宝气。他说他根本就没有认出她就是柳，还是柳先跟他说的话，并说她是柳，并将她的丈夫介绍给他。他说柳的丈夫是个谢了顶的老头，是个港商。

我的同学说他在谈判期间，找到了一个与柳谈话的机会。他问柳过得怎么样，柳苦涩地摇了摇头。同学将我在柳走后的情况对她说了，并说我在她走后的苦苦寻找和苦苦等待，直到今天还在怀念着那段往事。同学说当时柳的表情极度复杂，几乎有些歇斯底里地说她现在变得没有一点人样，柳让我的这个同学转告我，说她是个坏女人，不要再想着她了，那个叫柳的女孩子早已经死在了广东的某个城市了。

柳对我的同学说了离开我后的经历。她对我同学说的时候，还淡然的一笑，这一笑据我同学说是那种玩世不恭的一笑。柳对他说，离开了我家那一夜，她就搭乘了一辆夜行的卡车，当时她太痛苦了，没有想到任何的危险，那个司机在半路上强奸了她，并给了她几十元钱。她说要告他，司机却说这谁也不会相信的，没有哪一个好女孩子会在半夜搭车的，而路上这样的女人却谁都知道干什么的，柳想了想自己确实犯了一个大错，但懊悔又有什么用呢。

同学说柳回到那座城市后，觉得自己的不贞，她也在逃离这个现实，他为了躲避我，才变卖了小卖店，他想拿着这笔钱去广东做生意，都说改革开放的广东，是个赚钱的地方。而去了之后才知道自己的天真，那点钱在广东做生意简直就是杯水车薪，生意没做成，钱却空空如也，最后食宿费还欠着旅店老板的。当时的她已是一无所有，有价值的只有一张漂亮的脸蛋。旅店的女老板出主意，说要走女人谋生的道路，走投无路的柳只好硬着头皮走下来了，后来又认识了这个港商，做了“二奶”。柳对我的同学说她现在又有洋楼，又有汽车，又有钞票。我的同学对我说：“柳说到这句话时，我真想对她说，就是缺少了人格。”

不知此时的我为什么突然气冲霄汉，我情不自禁地说：“咱们也配得上谈人格？不管怎么说那样的女人是靠自己吃饭的，并不失人格。妈的。如今的人还不是钩心斗角尔虞我诈，不思进取行尸走肉，养尊处优作威作福，权钱交易巧取豪夺，鱼肉乡里坐吃山空，贪污受贿吃喝嫖赌；只准州官放火，不准老百姓点灯；又想当婊子，还想树牌坊。”我的一顿痛快淋漓的恶骂，搞得我的同学早已经坐不住了，他表情讪然地说：“说说的你还骂上人了。”我现出一丝意味深长的苦笑后说：“我呀，只是想骂骂自己，我早就想骂了，只是没有机会。”

（原载《青春》2000 年第十一期）

海　　滩

他和她都很愉快。

海水退去一里开外，游丝般静静地喘息着，沙滩裸露出来，被海水泡过的呈现金黄色；没被浸染过的显银白色，被阳光耀得煞是晶亮。金黄色的滩，残留着几洼水泡，踏过后便有一种暖意从脚板向全身漫延。

其实金黄色的滩，并非平整如毯，放眼望去，到处都是密密的麻眼，从里向外翻出一圈细沙，使得金黄色的滩，形成一片片的小小堡垒，许多麻眼中还沸腾着一环环的泡沫。他弯下腰去抠那冒泡的麻眼，那眼越抠越深，麻眼变成了巴掌大的洞巢。一会儿的工夫，被他搞得一塌糊涂，周迹堆砌起一座座小小的沙山。

她便用白嫩的脚踢沙山，嘴里不住地嚷："看看你，看看你，蟹在沙堆里你都没看见。"她边说边用脚踢踏，砂浆溅起来，星星点点溅在他的脸上。

他让脖颈向上倾斜，目光落在了那双白皙丰润的小腿上，砂浆在她的腿上显得斑斑驳驳，她说的那个小蟹在她的脚边急速逃遁。他伸手抓住了它，它很弱小，但它的小夹却勇敢地挥舞着，张牙舞爪。他很失望，站起身来将小蟹递给她，说："它太小了，太小了。"说着用脚踢踢沙山，心想刚才的努力有些不值得。

她却显得动情的样子，兴高采烈地面对着他："它很活泼，真好。"还将手中的罐头瓶托起来，示意他将小蟹扔进去。罐头瓶中有一半的海水，里面已有了十多个被捕获的小蟹，在阳光辉映下，漂泊出许多的明暗，折射在她的脸上便有了几道彩色的光泽。

他注意到了她的那张纯情的面容，她属于清丽淡雅的那种女孩子，身上穿着一套薄纱料的连衣裙，裙不算长，被阵阵海风轻轻地撩拨起来，荡漾出一双白藕般光洁滑润的腿，在阳光的炽灼下，雪白灿亮。

他将手中的蟹扔入瓶中。

她晃动手中的瓶，众多的蟹们便上下翻飞，她咯咯地笑着，笑得目荡秋水，眉走春光。那一头秀发便也飘洒起来，在他目光中演绎出潇洒的一幕。他那张青春的面孔也随着生动地憨憨地绽开了笑靥。

“是不是挺好?”女人说。

“挺好。”男人说。

“但没个大的。”男人表情难免失望。

“继续找，会有的。”女人却是兴趣盎然。

他们又继续找下去，还是这样挖来挖去，这样的兴高采烈。

他们被清新的海边世界陶醉了。

这里的海滩沙质很好，且浅，满潮时，泳人走出几里地，还无法俯下身去舒展泳姿，常常让你怀疑海洋的波澜壮阔是否有些欺骗的意味。

海便拥有了许多的爱恋。

她先是感到脚踝处痒痒的，似有一双细腻的手温柔地抚摸，随即她便看到一泓水浸入到了他刚刚挖开的洞穴中，倏忽一下便填满了。他惊讶地叫了一声，那只瓮中之蟹便突围出来，顺水而逃。他一扑再扑都落空了。她便踏着水追逐，清澈的海水被她的脚丫搅得浑浊起来。他埋怨她:“你放走了它，不然我会抓住它。”

她又咯咯地笑。许久浮沙才散去，海水透彻。她指着下面喊:“看，看，那么多的小蟹。”在他的手指下，小蟹成群结队地从浸过海水的麻眼里钻出，漫无目标地四处逃散。他东一捕，西一扣，却都没有收获，溅得满脸的水花。

她很开心，说："你真笨，真笨。"

男人便将海水撩起，扬在女人裸露出来的藕般的腿上，作为报复。水珠有些恣意地落在了她的裙裾上，他恼恼地说："叫你说，叫你说。"

她便使劲地踏水，水花飞溅，溅在男人挽起的裤腿上，润湿了一片片，同时也溅上自己的裙侧，她嗔着说："让你坏，让你坏。"

他们两人那么欢快，那么轻松，无拘无束地嬉戏着。很久，他们才发现自己已经被海水包围了，四周汪洋。男人说："涨潮了，回去吧。"

女人说："这是浅滩，不急。"

两人便在水里来回地奔跑，那些海洋小动物在他们的脚下不知所措地东奔西逃，脚下被海水托起后落下去轻飘飘的，有种快感直沁肉体。在追赶上细碎的浪头，不等站定，后浪又推上前沿，两人便又追又赶。

渐渐地浪头不再前行，推上金黄与银白的沙砾界线，便踟蹰了。浪尖只向上翻滚着，海水浑浑噩噩的，再也没了明可照人的一切。浪尖上带起了一些浮游植物和人为污染物，不时地拍打到岸上来，两人裸出的腿上沾上了许多的污渍。

男人很不情愿地跳上了岸，对女人说："上来吧，太脏了。"

女人很艰难地迈上来，失望地用脚掌在海水中搅了搅。她将满瓶的蟹递过来，问："你要吗?"她看到他在摇头，便将罐头瓶放在沙滩上，瓶口倒向海浪的方向，然后小心翼翼地磕了磕瓶底，里面的小蟹蜂拥而出，迅速地向海水里爬去。

她若有所思，说："只抓了些小蟹。"

他也无可奈何，说："咱们来得太晚了，大蟹都被别人挖去了。"

她脸上突起出某种渴望："那我们明早再来，好吗?"

“那好，一言为定。”他为她的兴趣盎然的神情所感动。

她得到了满足，对男人说：“我走了。”

男人恋恋恋不舍地说：“明天见。”

他醒得很早。

夜里，他编织了许多美好的梦境，醒来时嘴里还有甜滋滋的感觉。走出来时，天微亮，他觉得凉丝丝的，就认真地望望天空，才发现天上飘飘扬扬地洒着薄雾般的蒙蒙细雨，天地间迷迷茫茫，透出几分神秘。

他有点失望，担心今天的约会她会不会来，这种担心一直持续到他眺见在宽广的海滩上，一个似隐似现的美丽倩影的出现。她看到他时欣喜地微扬起小手，牵动嘴角，本想说句什么话，却没说，只是明艳地笑笑，算是招呼。雨水染湿了她的头发，如海藻般的一缕缕低垂下来，那张热情洋溢的脸上，挂着一层细碎的小雨珠，薄霜似的舔在脸上。

他望着她水灵灵的面容，便有了“海的女儿”的联想，说：“刚才我还怀疑你会不会来呢，我以为我只能与大海约会了呢。”

“哪能呢，大海作证嘛。”女人扭捏出一句娇嗔的话语。

她来到海滩时，空旷的海滩上只有她一个人，她很为自己自豪了一阵子。她是新的一天第一个看到大海的人，当她看到大海仍旧满潮，涛声由远而近无聊地拍击海滩时，她心里也涨满了失望，就盼起他能早些到来了。

他蹲下身去，仔细地扒开沙滩上一层层湿漉漉的细沙，终于呈现出足够两人坐下的一块银白色的沙地，两人才坐了下来。他们都感到身上湿湿的，凉凉的，两人对视了一眼，漠然地笑了。

男人在端看她的那一瞬间，觉察出那笑和面孔一样的模糊，尽力回味昨天她的那种动情的形象。女人总是很细心的，也感到了对方的陌生，心中有些恐惧，也有些慌张，涛声卷起一股湿润的海风，很凉，她不由自主地激灵了一下。

“冷吗?”男人问。他并不等待她的回答,脱下自己的上衣披在她的身上,他发现她穿了一套与昨天不同款式的连衣裙。

她想该说点什么,就说:“你说海为什么要涨潮?”

他嗫嚅一下,没言语。

“你说海为什么要涨潮?!”她又问,挺急切。

“你问大海吧,它会回答你。”男人不动声色地说。他感到这个无聊的话题,潮涨潮落是自然规律,他知道,她也知道。

“偏偏今天早晨涨潮,海滩上的麻眼都没有了,本想捉只大螃蟹让女伴们欢喜的,结果什么也没有了。”女人喃喃自语。

两个人靠得很近,他能清楚地嗅到对方的体香,感觉到她的体热。他心里有些滋润,试着将一只手搭上女人的肩。女人敏感地微微地颤动,赧然地低下了头。男人受到了某种启示,很谨慎地将女人揽了过来。女人顺势依在了他宽厚的胸膛,男人的温暖便从隔开的衣服间传导过来。她偎在他宽阔的臂膀中,有了依靠,心绪渐渐地平静了下来。这样,她可以聆听到对方胸膛里强健的心跳,她就想她肯定听到了海的另一种声音。

男人的目光掠过女人的头顶,望着海,也在想一个相似的问题。

“我从来没见到真正的大海,只是在书中和电视里见过海。”她说。

“我住的村边只有一条大河,小时候我常跟村里的小伙伴们游水。”他说。

“千条大河归大海,那条河一定很宽很急吧。”

“哪呀,现在只留下了一条干枯的河床了。”

她觉得很扫兴,伸出一双纤手,想接些毛毛雨,这时她才发现飘扬的小雨,不知不觉地停了下来。

“雨停了。”她望着天空。

“只要太阳出来,就会退潮。”他顺嘴说,心里并没有多大的把握。他不懂潮汐的涨落变化，只是说说而已。

“云太厚了，很难晴天的。”

“风很大，会吹得烟消云散的。”他说话时，一股强劲的海风，带着腥涩的气息掠过来。

天空果然明亮了许多。大海在他们的面前清晰起来了，两人站了起来，在他们坐着的那块浅白沙滩上，留下了两个凹凸不平的坐痕。

女人将披着的上衣扔给他，情不自禁地脱掉了凉鞋，赤裸着双脚向海走去，在湿润的海滩上印有错落有致的足迹。她蹲了下来，用手拨动起细沙，神态庄重。海浪在她面前汹涌地打了上来，然后牵载着滚动沙砾退回去，在沙滩上只剩下一层白色的泡沫，然后再打上来，周而复始。她在泡沫面前心情极不平静，就“哎”了一声。

男人知道那是在唤他，便也脱去了鞋子走过去，疑惑地问：“什么?”

女人沮丧地站了起来，问：“你说那些蟹在哪里?”

“埋深沙里了呗。”

“它们干嘛埋在深沙里呢?”

“浪太大，它们害怕。”

“那它们怎么不喘气呢?”

“什么? 喘气?”男人忍俊不禁地吃吃地笑了起来。

“你笑什么? 那些麻眼不是它们为了通气用的吗?”

他受到了她的天真状的感染，沉吟了一下，便深深地点了点头，再次将目光投向了大海。海面上罩上了一片晦涩的雾气，很深沉的样子。男人有意无意地将手搭上了女人的肩头，裙肩无袖，他感到她的皮肤的柔软滑润。

这回她没有感到什么异常，还自然而然地向他靠了靠。

“大蟹，我们是捉不到了。”男人的声音有些懒散。

“这不是挺好的吗?”

“唉——”他重重地叹息了一声。

“你呀。”

“我怎么了?”他用力将她搂了过来,她觉得双乳有些挤迫,便在他的臂弯环抱中扭出几分娇态,嚷道:“你坏,你坏。你老是不满足。”

他受到谴责,神情暗淡了几分,静静地望着海。云镶嵌上了一道道金色的光边,粉红色的霞光正犹犹豫豫地照射下来。

“太阳快出来了,海潮就要退下去了。”她的兴趣依然是那么的热烈。

他很为她难过,他思忖着海不会这么快退潮的,但还是说:“是呀,快了。”

那轮凝重的太阳终于从云端钻了出来,普照出一派辉煌,地平线在两个人的眼里起起伏伏,海水金灿灿的,波光粼粼。

她摆脱了他的手,高兴地冲进海水中,海水很凉,她不由自主地惊出脆亮的一声,很快便被海浪的隆隆声吞没了,只流露出短暂的喑哑之音。

海浪很大,她胆怯地伫立着。海高高地翻腾起浪尖,肆无忌惮地冲打在她的脚踵处,激起一片片细碎的浪花,在两腿的周围沦落成了一滩滩飞沫。她醒悟出这种浪只制造出骇人的假象,并没有什么力量,还挺温柔,如一双双纤细的小手抚摸着她的腿。她笑了,笑得很惬意,还生出对海的某种亲切,便轻盈地向海中跑去。

男人也想追随了过去,突然他被女人的一往情深姿态所打动。他看到她在海中奔跑了很远,飞溅的浪花伴随在她的脚下。她终于站了下来,许是她悟出了这是片浅滩,总会使海水屈服在她的脚下,她躬下身去,掬起一捧捧带沫的海水,向太阳的方向扬去,海被她搅扰得不安起来。

她身后如同一块巨大的幕布,蓝色像是专为她装缀衬托的,所有的景致都弥漫在她高扬的双臂,飘起的水花,吹拂的秀发,荡漾的裙裾，她为大自然塑造了一幅绝美的画卷。他激动难抑，萌生了浩茫的大海只属于她一个人的想法。

太阳渐渐地辐射出懒洋洋的光彩，海滩上的游人渐渐地多了起来。她隐隐约约地听之任之到了海滨浴场的钟楼上悠扬的钟声，陶醉在戏水中的她才醒转过来，她回望站在沙滩上的男人，投去一尊灿烂的微笑。她走了回来，对被冷落在那里的男人歉意地笑了笑。

他并没有感到有什么不快，他心间装满了美好的愿望，说："海有潮涨潮落，明天还会有机会的。"

她惋惜地凝望着大海，海并没有在她的期盼中退潮。她的神色有些灰暗，伤心地对男人说："明天你还来吗？"

男人深深地点了点头。

女人收敛了目光，面对男人说："我走了。"眼里掠过一丝的留恋。

男人也显得无可奈何地说："走吧。"

女人转过身去，沿着海水线沉重地走了。她那身连衣裙被海风吹得飘扬起来，在男人的目光中摇摆来，摇摆去。他闭上眼睛，将她的倩影摄入大脑的底片中。然后转过身，背向女人的方向，悻悻然地走了。

海水不再温柔。

（原载《当代人》2005 年第二期）

错　过

崔志强知道赵兰兰的音讯时，是在他们所在那所中学的四十年校庆上，崔志强作为一些有些成就的毕业生回到了母校参加校诚意。

当时老的毕业生很多，崔志强那一届的同学却是寥寥无几，因为能够回到学校参加校庆的毕业生中，有局长市长甚至当到了省长的，大家虽然嘴上不说，但都是心照不宣，他们大多数人都是回到母校去炫耀自己成就的。而崔志强这一届毕业的大多都是初出茅庐，即使当领导也都是刚刚走上领导岗位不久的，有成就的显然不是很多，而不是很多的这一部分里就有崔志强，当然他能走到现在这一步，借助了青年团干部的光，他是从团市委副书记转业到了县团级的国有企业当了书记、后又当上总经理的。

崔志强受到了学校的热情而又强烈的邀请回到母校来的。他乘坐着豪华的奔驰车，并带来了母校领导最想见到的价码不菲的企业赞助款，回到学校来的领导不少，级别也都不低，但能够像崔志强这样携款赞助的人并不多见，所以他在校庆上自然风光了许多。

会餐时，崔志强被邀请到了主要席位上，那个席位是与校领导还有市级省级领导同桌，由此结识了许多重量级的有用人物，但作为小字辈难免吃亏，一轮酒敬下来便有些神魂颠倒，分不出大小，校方领导出于爱护人才角度，笑着提议他去他那届同学圈子里探望探望，消除脱离同学关系的猜忌。崔志强是何等精明的人，便借故与校方领导一同去了他那届同学的餐桌。

校方领导送过去后，还执意陪着他一同坐下来。崔志强说：“您在这里他们会不习惯的，您不在这里我们同学之间说话还方便点。”

崔志强那一届的同学只占据了一个餐桌，还坐落在角落里。他虽生出身为同学中的佼佼者的某些自豪，同时也生出某种人间不公的酸楚。

当同学们把他众星捧月般地恭维在中心位置时，他却怎么也舒服不起来了。他放下了一个大人物的架子，寻求与同学的平等，他不无惭愧推说自己刚才太装腔作势了，混迹于刚才那个领导层去了，还是在同学中间才能找到自我才能找到温暖才能有真正的情感。

如此一来，同学的气氛便显出了热烈，有个同学便说出了社会流传的“四大铁”：一起扛过枪的，一起下过乡的，一起同过窗的……说到了第四个一起时，他觉得不雅，便煞有介事地停下来，而崔志强却不以为然地接下来说：“还有就是一起嫖过娼的。”

他这么一说，大家都哄堂大笑起来，也把这个桌的气氛搞得活跃起来，酒便也自然流畅地喝了起来，酒一多说话便随便起来，但还是有同学称呼崔志强时，在他的姓氏后面缀上了官名。

崔志强一脸的不高兴，坦诚地说：“同学相聚，不能这样相称，同学之间只有年龄大小之分，没有地位的高低之分。”

他的话一出口，立时得到了同学们的响应，都赞许着说这种高论的精辟之处。

在崔志强对面的那个女生，笑着端起了杯，说：“崔志强真不愧能当上大领导，嘴里一套一套的，你现在变得我们都认不出你来了，要不是说到你的那个响亮的名字，我们在你那一脸的富贵相上，说什么也找不到过去的影子了，就不知道你会不会赏脸与我们这些女同学亲近啊?”

崔志强笑哈哈地跟这个女同学开着玩笑,说:“现在有句流行的嗑,叫作同学同学搞破鞋。”

他的话一出口,便引来全桌的哄笑,那个女生满不在乎地说:“如今你们这些男生正处在青春得意之时,走到哪里还不都是美女成云,整日围绕在你们的身边,哪里还有心搭理我们这些人老珠黄的女同学呀?”

“哪呀,你们这个年龄正是丰韵犹存,成熟得让男人心花怒放的时候。”崔志强也不甘示弱。

“算了吧,你在学校时,可以说是青春让你占尽,你是我们同学中早熟的一个了,那个时候,我们这些傻学生还不懂什么叫爱情时,而你已经捷足先登,开始早恋,而且还是那么轰轰烈烈的。”那个女同学反戈一击。

闻听这个女同学提到了在中学时的青春往事,崔志强显得很是尴尬。崔志强心里清楚,这个女生的话会让所有在座的同学自然地联想到了当时那个挨了一个叫赵兰兰的女生的嘴巴而后又招摇着与那个打他嘴巴的人好了的男生,那个男生就是崔志强。

其实那是自己的一段并不值得回味的经历,虽然那是短暂的,但是那又是最美好的,那只是崔志强在中学的一段经历,是他的初恋,或说只是早恋,那是在那个无知的中学时代的那种若有若无说不清道不明的关系。

崔志强与赵兰兰同一个年级,但却不在一个班上学,两个人开始并不认识。

在无所事事的一天下课的间隙,崔志强的同学指着操场上正在跳皮筋的一个女同学,对同学们说:“你们谁敢在那个女生面前说二麻子淘气。”

“那有什么可不敢的。”争强好胜的崔志强说。

“我说你不敢，就不敢。”那个同学一脸坏笑地乜斜着崔志强说。

崔志强正处在一个胆大妄为的年龄，他认为自己从来就没有他不敢干的事，在这个同学的撮弄下，崔志强果然高声地大喊了一声：“二麻子淘气”。

那个女生听到喊声，正在跳跃的身体，便在皮筋的抖动中停了下来，朝着喊声瞅了过来。当时的崔志强还不知道危险正在向他临近，他还不以为然地瞅着她嬉笑。

当那个女生认准了这个声音是发自崔志强他们这一堆同学时，她带着几个女生就走过来。

“刚才是谁叫我二麻子的？”她气恼地问道。

崔志强还是不以为然地说：“是我。”

崔志强绝没想到那个女生突然举手在他脸上就是一掌，那种迅雷不及掩耳之势且一气贯通，打得他猝不及防，措手不及。

“妈的，你凭什么打我？”

“因为你惹了我，我就打你。”

“我惹你什么了？”崔志强还是疑惑不解。

“你喊了我二麻子淘气。”

“二麻子淘气？”崔志强感到很可笑，“二麻子淘气，说的就是你呀？”

女生一听，怒吼道：“你还敢说?!”

女生说着便再次舞动手掌袭来，这次崔志强早有防备，没有让她的手掌得到便宜。崔志强本来想回手打她，但又觉得与一个女生动手，确实失掉了男人的身份，只好说道：“好男不与女斗，哪个好老爷们愿意和你这样一个刁娘们动手。”

崔志强说着便向一边躲去，而那个女生却不依不饶，要分个高低。她在那些拉架同学的阻拦下还做出了拼命挣脱的动作，崔志强到现在回想起来还觉得十分的滑稽。

学校的老师及时赶到，把他们叫到办公室时。

崔志强在办公室里，才知道这个女生叫赵兰兰。

在老师问讯打架的理由时，赵兰兰振振有词，说我叫她的绰号羞辱了她名声。

此时有崔志强才知道他上了那个同学的当，原来赵兰兰的绰号叫二麻子。

崔志强向老师说明了当时喊“二麻子淘气”的真实原因。

老师听到崔志强描述整个过程后，还为崔志强的愚蠢行为笑了几声。

赵兰兰知道崔志强是中了别人的圈套，很真诚地对崔志强说：“其实我脸上没有麻子。”

崔志强极为认真地端详了她的脸，在她的脸上果真没有找到任何的麻点，只是有一些称之为青春痘的几小堆疙瘩，在他看到脸上疙瘩的同时那张显得稚气的明丽的一张脸也就呈现在崔志强的面前，崔志强为她的解释感到困惑不解，“那为什么你的外号叫二麻子呢？”

“正是因为这一点我才生气呢，因为我没有麻子。”

“那总该有点原因吧。”

“原因确实是有的，因为我哥脸上有麻子。”

“那你肯定是老二了。”

“你又猜错了，我在家也不是老二，我是老幺。”

“那他们为啥叫你二麻子呢。”

“那谁知道了，也没有人叫我哥大麻子，真搞不懂别人干嘛这么叫我。”

老师始终饶有兴趣地听着他们的对话，老师也绞尽脑汁，但也理顺不了这个绰号的由来，为此，他对我们的误会进行了调解。其实这时我们已经没有了什么怨气了，都还为自己的不理智感到了惭愧。

崔志强就是与那个绰号叫二麻子的赵兰兰发生了后来才有的那种叫早恋的关系。

那天以后，赵兰兰见到崔志强总会表现出一种难为情的神态，崔志强却因为她才成为别人耻笑的对象，光天化日大庭广众吃了一个女孩子的嘴巴之下，显然是够丢人的。即使崔志强找到了那个为他设置圈套的同学报了仇、雪了恨，但这个影响面所带来的创伤是难以抚平的。

赵兰兰为了减少她带给崔志强的伤害，她提议要与崔志强交朋友。当时她说："崔志强，我想了好几天了，我决定跟你好了。"

那时都用"跟谁谁好了"这个词。那时的男女生没有现在这样正常，虽然学校已经走上了正轨，但是这些中学生是在小学那样一个停课闹革命热热闹闹时代过来的，那种热闹并没有带到中学，使得男女同学之间也没有那么热闹，只有个别胆大的同学有了男女生"好了的"一种关系，但也都是偷偷摸摸的，可是崔志强和赵兰兰两个人做得却是十分突出惹眼，他们的做法主要是为了消除赵兰兰打了崔志强一个耳光而造成的负面影响才决定这样做的。

他们两个人的大逆不道的行为把学校搞得满城风雨，学校老师与家长们不得不出面，及时地干涉了他们的这种愚蠢的做法。老师通过家访，找到崔志强的父母，迫于这种压力，崔志强不得不向家长老师表示，他将立即中止了这种来得匆忙的"早恋"。

那天放学，崔志强把赵兰兰约到了公园。

他们站立在秋天的暖阳中，树上不时有落叶飘在他们的身上，西斜的阳光漏过稀疏的枝叶，筛射出斑斑驳驳的阴影，洒落在他们的周围，一丝丝忧郁凋零他们的心绪之中。

崔志强犹豫片刻，先开口说话，他说明了老师和家长的意思。他知道老师也去了赵兰兰的家，这些话等于是谈论话题的开场白。

赵兰兰幽幽怨怨地望着崔志强，说："崔志强，你别说得那么多，这些我都知道，我是想听你说说咱们到底该怎么办才好哇？"

“我认为老师他们说是对，我们真的该分手了。”崔志强坚定地说。

“可是我真的是很喜欢你呀！”赵兰兰露出了绝望的表情。

“我们还是太小了，其实我们什么还都不懂，咱们只也不过是为了赌气才这样做的，要是再这样下去的话，对我们的影响可是太坏了。”

“我们不小了，我什么都懂。”赵兰兰表现得很任性。

崔志强觉得心头掠过阵阵凉意，他把目光投向了远方，眼中便装满了秋后的金黄。他是在为自己的一种远大的想法震撼着，“我们长大了，如果有缘分的话，我们是可以做夫妻的。”

赵兰兰看着他古怪的样子，忍俊不禁笑了起来，笑得崔志强莫名其妙。

“你笑什么呢?”崔志强问。

“我笑你装出来的样子呀。”赵兰兰笑吟吟地说。

“我样子有那么可笑吗?”

“当然了，可笑地是你在说到咱们做夫妻的时候。”

“是吗，你觉得咱们做夫妻就可笑了吗?”

“对呀，因为你并不知道怎么样才能做夫妻。”

崔志强觉得赵兰兰的神情和口吻有些像他们的老师，他笑着说:“我怎么不知道，不就是家里的大人在一起睡觉嘛。”

崔志强没有想的那么复杂，在他的思想中，只要男人和女人在一起睡觉就算是做了那件事，那时根本就不知道大人的事怎么做成的，也想不到女人怎么能够就怀了孕，怎么就能生孩子。

赵兰兰笑声大了起来，她边笑边说崔志强无知到了极点。

崔志强在赵兰兰的笑声中，觉得难为情，那时毕竟是把性看得很神秘的年代。崔志强还在那种无法理喻的思想徘徊时，赵兰兰告诉他说:“你的这种思想是犯了一个非常严重的错误，男人和女人只是睡觉不行，还要有行动。”

“什么行动?”

“哎呀,你怎么这么无知呀,难道你没看过动物之间做的那种事吗。”

经赵兰兰的点拨,崔志强似懂非懂地点了点头。

赵兰兰显然知道得很多,因为她家的子女比较多,所以她和弟弟都与父母在一个屋里睡。她告诉崔志强说,她常看到父母做那样的事,每次他们都是在她和弟弟睡着后才做那样的事,他们总是先下地来检查一下两人是否睡熟了。她说她说不准那是在哪一年的哪一天,她说她记不得她自己有多大时就开始发现了这个秘密的。

“那天,我是被一阵莫名其妙的声音惊醒的,由于害怕,所以我没有敢做大动作,只是悄悄地睁大了眼睛,偷偷地向着发出动静的地方看去,这时我发现我爸压在妈妈的身上,妈妈在爸爸的粗暴下有些呜呜咽咽的声音。我开始猜想他们是生气了,爸爸才会欺负妈妈,当时我还想起来去劝劝爸爸,不让爸爸这样对待妈妈,可是我还没有动,爸爸就从妈妈身上下来了,窸窸窣窣做着什么,而后很快他们就躺了下来,整个房间便恢复了平静。”

崔志强专注地听着,觉得这一切都是那么新鲜,而且又是那么触目惊心。

“后来,我为了搞懂他们的行为,有一段时间,我总是装着睡熟了,等待着他们这样行为的一次接着一次的出现,他们的那些做法我都一清二楚,也知道他们为什么那么做了,后来我也就习以为常了,再也没有了开始那种惊奇。”

“那你说他们为什么要那么做呀?”崔志强懵懵懂懂地问道。

“傻瓜,那就是为了做夫妻呀。”

“难道做夫妻就必须要在床上做这些吗?”崔志强并不需要对方的回答。

“那是正常的。”赵兰兰不无得意地说:“我发现了我的父母每一次做起来都十分的疯狂，他们还都以为我不知道呢。实际上我已经到了青春期了，我知道父母之间在做什么，所以我才会比别的女孩子表现得过早的成熟，你看看我脸上的那些青春痘，这就是我成熟的最好证明。”

赵兰兰说完这一切后，觉出哪里有些不妥，便停了下来，把头低了下去，半晌也不作声。崔志强还渴望赵兰兰说下去，但又觉得难以启齿，也沉默了下来。

两个人就是这么沉默了很长有时间，赵兰兰先打破了这种状态，说：“大人们都反对我们这样做，一定有他们的道理，我们还要依赖他们供咱们上学呢，我们也只能遵从他们的意见了。”

“哎——”崔志强长叹一声，“我们太弱小了，无法主宰自己的命运，再怎么样也要听他们的，谁让他们是咱们的父母哇。”

两人难舍难分，本想握握手，可是手一伸出去，身体便粘贴到了一起，自然而然形成了拥抱的情景，很久很久，彼此用身体来体会对方。

“崔志强……”赵兰兰在崔志强怀里喃喃着。

崔志强察觉出赵兰兰是在用肢体传达着一种信息，细微之处涌动着强烈的渴望，他情不自禁地问道：“赵兰兰，你想说什么？”

赵兰兰并没有抬起头来，哽咽着说：“为了留下这次早恋的纪念，我想……”

崔志强感到对方在他胸前的喘息十分粗重，显得迟迟疑疑，他催促着说：“干嘛吞吞吐吐的，有话就把话说完。”

赵兰兰把头更深地埋在崔志强的怀里，悄声地说：“我要与你做一次大人们做的那种事……”

崔志强闻听后，大惊失色，忙推开赵兰兰，“你怎么敢说这种话。”

看到崔志强害怕，赵兰兰却显得异常的坚定，她不满地训斥道：“这应该是我们女人应该害怕才对，你个大男人害怕什么。”

崔志强在赵兰兰的呵斥声中，镇静了下来，支吾着辩白道："我是怕别人知道了，我们还怎么在学校上学。"

"我最讨厌你这样的男人了，男子汉做事就应该敢做敢当，何况这件事只有咱们两个人知道，你不说我不说，只有天知道了。你连这点事你都担不了，还怎么能成就一番大事业。"赵兰兰的话有了异乎寻常的高亢昂扬。

崔志强经不起这激将法的诱惑力，也呈现男人赴汤蹈般地英雄豪气出来，"谁说我不敢做不敢当了，我答应你不就结了吗。"

当时两个人毕竟都是不谙人世的孩子，他们把人生想得十分的天真。

赵兰兰决定把这种事安排在了第二天她的家里，因为那个时间他的父母都上了班。

他们在第二天上午逃了学，赵兰兰把崔志强领到了她家里，准备在她的那张小床上做的事，其实他们什么也不明白，哪里能跟如今的中学生们相比，现在对生理卫生的理解程度不只局限书本上，各种媒体加大了这方面的宣传力度，而且在网上可以轻易地获取这方面的知识。

赵兰兰脱下衣服裸露出她的上身时，崔志强还懵懂了半晌，他看到赵兰兰的两个发着暗红色的乳头，贴在她还很平展的胸脯上。在崔志强的印象中女人只有两种，一个生过孩子后才有的乳房显大的乳头，再有就是未生过孩子与男孩子没有什么两样的胸。特别是她展现出来的下身更是让他无法理解，因为那个神秘的地方与男孩子发育成熟时长出一样的风景，因为在他思想中，那种突出男性特点东西不应该出现在女性身上，为此，他找到了男人与女人不同点的最好佐证就是男人有胡子，而女人却没有。

这些并没有耽搁他们之间的行动过程，因为时间紧迫，又是担惊受怕，在匆忙之中，两个人开始做起那种事来。两人笨手笨脚的，半天也不得要领，几次都险些半途而废，崔志强本欲退却，而赵兰兰鼓励他不要泄气，让他耐下心重来。在赵兰兰的引导下，崔志强勉强应付下来，赵兰兰灼人的肌肤，还伴着动人的声音，都令崔志强清醒地意识到某种美好的感觉正在一寸一寸地擢升，强烈的颠覆感使赵兰兰发出一种尖锐的叫声，他不知发生了什么问题，紧张寻找答案，可是在赵兰兰脸上找到的却不知是愉快还是痛苦的难以琢磨的表情，而同时产生的变故，就是他的意识明显在回缩，却又难以抑制汹涌而来的从身内出现的喷射物，应该发生的一切都在他们混沌迷惘的感觉而带来的疲软中结束了。

两个人仰躺在床上小憩，在他们的喘息声中，赵兰兰还轻松地开着玩笑，说:“看父母他们每次做得是那么的有滋有味，哪承想竟然还会这么劳累，真是看花容易栽花难。”

他们还在为这个形容开心地笑了一阵，很快这种轻松便在崔志强坐起身来后烟消云散了。崔志强发现了在赵兰兰的体下的异样，因为小床洁白的床单上漫染了一片血红，骇得崔志强一声惊叫“血!”

骤然间空气被崔志强搞得紧张起来，崔志强猜想肯定是把她的什么地方搞坏了。

赵兰兰惊慌地坐了起来，只是向她的身下瞭了一眼，很快她变得镇定下来，说:“这是我的那个常来的来了，这个东西每个月都要来的。”

崔志强没有弄明白:“什么东西每个月都要来呀?”

“你这个人怎么什么都不懂啊，这是我们女人的秘密，我不跟你说了。”赵兰兰摆出一副很不屑解释的样子。

“可是这怎么会淌血……”崔志强仍然很担心。

“那个地方定期都会淌血的，这就是女人与男人的不同点，只是我怎么没有料到今天这个东西为什么会突然光临呢。”赵兰兰也觉得很可疑，“以往来的时候都是非常有规律的。”

“用不用去医院看看。”

“你可太有意思了，因为这个去医院，会让大夫笑掉大牙的。”赵兰兰一边笑一边安慰着崔志强说：“你就放心吧，这是我身体的正常反应，不必大惊小怪呀。”

看到赵兰兰的轻松，崔志强心也平缓下来。他认为赵兰兰说得有道理，他又没有用什么尖利的东西，她怎么会说出血就出血呢。他为赵兰兰解释找到了科学根据，崔志强坚信了她的那种说法的正确性。

从那以后，崔志强与赵兰兰遵从了老师和家长的意愿，不再来往了，不可思议的是在这件事不久两个月后，赵兰兰就莫名其妙地转了学，走的时候连个声息都没有，崔志强不知道赵兰兰转到了哪个学校，崔志强曾到那个承载着他们秘密的小屋去过，而邻居们告诉他说，赵兰兰的一家人已经搬走了，从此赵兰兰与崔志强失去了联系，中学生的崔志强再也没有什么办法能够找到赵兰兰了。

崔志强虽然在很长的一段时间里常常回想起赵兰兰，但慢慢地她的形象愈发变得模糊起来。崔志强后来上了高中，再后来参加了高考，考上了大学，又过了四年的大学的生活，大学毕业后分回到了他所在中学的这座城市。在大学时，社会上在性的知识方面逐渐开放了，公开媒体也为此进行了呼吁，崔志强才有机会接触到性方面的知识，他才觉得那个白天所见到了赵兰兰身下的血，原来是用她青春的贞操作了代价的。崔志强常常会于心不安，利用放假时间又去过她住的地方寻找她的踪迹，而那个地方早已动迁，盖起了大楼，就连在当地派出所的材料上也找不到了赵兰兰的名字，赵兰兰随着他们的秘密一起在人世间蒸发。

重提青春往事，令崔志强浮想联翩思绪万千，内心的悔恨和歉疚一起涌上心头。崔志强急于得到她消息，向那个女生打听了赵兰兰的下落。

那个女生与赵兰兰是一个班的同学，赵兰兰转学后也没有什么联系，她说就在一年前两人才在工作单位相遇。崔志强这时才知道这个女生是劳动局的。

她说她是在劳动局再就业服务中心见到赵兰兰的，当时她觉得这个名字很熟悉，再看表格上面的年龄，才敢认定这个赵兰兰就是她的同学，不然她断然不敢与赵兰兰相认。

她说那天两人谈了很多，说赵兰兰初中毕业后，接母亲班在纺织厂上班，而后与同单位的一个科室干部结了婚。赵兰兰向她谈起了她婚后的悲惨生活，那个男人经常殴打她，可是她都默默忍受了，但是她的婚姻还是在结婚一年后破裂了，她的那个男人十分的缺德，早不提出离婚晚不提出离婚，而偏偏在她有孩子的月子里提出的。

那个女生说这话时，同一餐桌的另外一个女生断言道："这种男人肯定是重男轻女，一定是赵兰兰生了女孩的缘故吧。"

那个女生的却做出了否定的回答，"不可思议的是男方坚决不要孩子，而赵兰兰又不愿意舍弃孩子，法院理所当然地把孩子判给了赵兰兰。"

"是不是赵兰兰有外遇了，那个孩子不是那个男人的。"有人插话说，说过后，那人显然后悔了，不好意思地望了崔志强一眼。

女生长叹一口气，说："唉，自从那天见面后，就再也没有联系了，她所在的纺织厂效益不好，她下岗了，又带了个孩子，她的生活不知道是怎么过下来的。"

崔志强一直沉默不语，他知道其中最主要的根由与自己不无关系，他的良心遭遇了谴责，他也找过千条原谅自己的理由，认为她与自己没有任何的关系，但很快又为自己的这种思想画上了个问号，因为他总是摆脱不了这里面的干系，在她的离婚的动因里总是把这个因素牵扯到这中间。

崔志强让那个女生帮忙，找一找赵兰兰的登记表。

女生答应了他，并在第二天就将赵兰兰的家庭住址告诉给了他。

从那以后，不知为什么在崔志强的思想中竟会时时出现赵兰兰的影子，虽然现在没有了任何关系，但他却一直关心着她，在心里总觉得有个不能舍弃的情结缠绕在心头，就像一个出了远门的亲戚一样，时时惦念着她。

崔志强再也忍不住自己要探望一下赵兰兰。依照女生提供给他的住址，轻易找到了赵兰兰的住处。他是乘坐他的那个奔驰车到了住址附近，打发司机把车开了回去，因为这个地方与乘坐这么高档车的身份不相称。

那个在过去的特殊时期产生的那种简易建筑，是纺织厂为了解决职工住宅紧张的应急举措下产生的这种特殊的居住群，以往每届政府都曾想改造这个地方来作为他们政绩表现，而因为种种原因，不得不放弃了这种打算，直到现在这个地方还是成了急需改造却一直悬而未决的症结，淤塞在这个偏远的角落里。

崔志强经过几次巡查，找到女同学提供的住宅号码，并且在一天下午，看到了一个从棚屋走出的女人，他很费力地辨认出那个女人就是赵兰兰。在那张脸上，他再也找不出昔日那个青春活泼的赵兰兰了，虽然在她的脸上多少沾染上了风霜雪月，而不变的却是她娇好的面容，但无法抗拒的人世沧桑，也无法抹去岁月带给她的种种痕迹，体质的孱弱使她走在坎坷不平的洼路上有些踉跄。

躲在阴暗角落的崔志强不禁黯然神伤。他一路尾随在她的身后，偷看着她去学校接自己的儿子。在她等在学校外面的时间里，赵兰兰无神的目光曾几次扫描了崔志强，但那只是匆匆地一掠，并没有什么真实的内容。

崔志强甚至几次都想鼓足勇气，想走过去告诉她自己是谁，并且问个明白，是否是他们的那次青春行为才会给她带来的种种伤害。而每每当这个念头燃起时，他又不得不重新审视这个念头的可行性，又在反复否定自己的这种无聊想法。哪里会有这样傻的人，会把脏水往自己的身上浇。而否定以后又在后悔不迭，就这样他错过了最好的时机。

她接到了自己的孩子，与崔志强接踵而过，崔志强险些把赵兰兰的名字叫出来，可是涌到嘴里的勇气，又被另一种叫自尊心的东西给阻挠了回去。

赵兰兰还是注目了一眼眼前的这个男性，在脸上似乎还染上了一丝的笑意，那种笑意便在崔志强的眼里一闪而过。好在青春易逝，崔志强的形象早已不是赵兰兰记忆中的那个小毛孩子了，所以她不可能会想起眼前的这个男人是谁了，即使是崔志强表情异常复杂地与她相向而行时，她也会是熟视无睹，无动于衷。

此后，崔志强几次到棚屋区那里去观察赵兰兰，他慢慢地发现赵兰兰的行迹很可疑。

每天她接过孩子后，晚上将孩子送到一个市区中心的楼里，常看到一个老女人送她出来，从苍老的面孔中仍能在我的记忆中寻找到她母亲的年轻时的影子。在中学时崔志强见过这个曾指责他与女儿早恋的母亲，也就是说，每天她将自己的儿子送给母亲照看。从母亲家出来后，她便径自回到自己的家中，往往在晚上六点左右她从家中出来，此时她打扮得很是妖冶，出门便招呼出租车。

崔志强几次的跟踪总是在这个环节上出现事故，每次都是当他招呼到出租车时，她的那部出租车往往已无了踪影。

崔志强掌握了这个规律，在一天的下午六点左右先搞定出租车，等候在她母亲的那座楼前。等到了她的出现，并乘上了出租车。崔志强让出租车跟上了她，他看到前边的车到了一个偏僻的地带停下，见她走下出租车，然后拐了两个弯，就到了正街。

这条正街是政府新开辟的新区，在城乡结合地区，原来有几个涉及环保问题的企业建在这里，加上这里的乡政府将国道两旁土地搞了开发，盖起了林林总总的房屋，就形成了颇具规模的娱乐城场所，政府还把城里的一些相应的场所硬性地搬迁到这里来，说是净化城市里的文化市场环境。

崔志强看到赵兰兰走进了一个夜总会。崔志强恍然大悟，原来她是去作陪舞小姐。他估计不到的原因，是她这样的年龄做这种陪舞小姐确实显得太老了一些，无论再如何会打扮自己，也不会与那些青春可人的年轻小姐媲美。

崔志强作为企业的负责人，业务上的应酬是他的重要的一部分，他可以理所当然冠冕堂皇经常光顾娱乐场所，见过的小姐往往都是一些年轻漂亮的小姐，她们就是凭着这一点来出卖青春的，而她却怎么也无法成为这一类女人。

崔志强去过都是些市内上档次的娱乐场所，他只听说过这里的情况，还从来没来过。他听说这里的消费价格很低廉，小姐也是年龄偏大，有人把这里称作是穷鬼的乐园。

这个夜总会虽然是在正街，却是建在偏道上，这令崔志强感到十分的奇怪。很快他便想起来，这曾经是这里的一家企业的俱乐部，而这个企业早已破产了。崔志强怎么也没有想到这个俱乐部却在这里派上了用场。

作为崔志强，他并不惧怕出入这种场合的，但他在下车后还是在外面徘徊了片刻，他要理顺自己的感情思路，思忖如何见面，或者是在犹豫是否有必要见面，见面时是否应该暴露自己的身份，如果不暴露自己的身份，如果她要是认出他来，他应该如何应对。

崔志强在踌躇之后的结果仍然是一塌糊涂，最后他还是拿定主意去见赵兰兰，见面的过程可以见风使舵顺其自然。

崔志强走进这个如他所料定并不富丽堂皇的夜总会，从心里说这里甚至还有些邋遢。当崔志想到了邋遢这个词还觉得好笑，因为他自然而然地联想到刚才看到她走进这个夜总会时的某种感想，她的年龄也许与这个夜总会有着相同的标准。但很快崔志强发现自己的判断出现了失误，这里并不萧条，可以用得上门庭若市顾客盈门买卖兴隆这样的词汇，崔志强看到与他几乎同时走进这个夜总会的就不下十几个人。

进门后便是一个长长的厅，这个长厅应该是俱乐部的走廊改成的，在靠墙两侧各摆着一排的座椅，昏暗的顶灯笼罩着座椅上小姐们。

崔志强没有看到赵兰兰，或者说是没有找到她所处的位置。

座椅上的小姐见到崔志强这些男人马上蜂拥而上，用她们特有的方式轻佻地展示她们的妖媚。那些男人们也在嬉笑着选择他们的喜好，然后一双双一对对搂搂抱抱地走进了夜总会的空间去。随即又有另一批的男人走了进来，重复着刚才有过的一切。

崔志强还是在那里神色慌张的左顾右盼，他拒绝所有来讨好的小姐们，在他的心中只是希望能见到他寻找的那个女人会突然出现在面前。

服务生觉得崔志强十分的可疑，便走过来问道："先生，你是否在找你熟悉的小姐呀?"

"唔，是的。"崔志强做出一个肯定的表示。

服务生说不要焦急，还指着一边的沙发让崔志强坐下来等待。

崔志强索性坐了下来，免得服务生们会研究自己的身份。

那个服务生认识到崔志强等人所表现出极大耐心后，才释然地走开。

过了一段时间，几拨男人领着自己的小姐急不可待地走进大厅后，那个长厅已然是空空荡荡的，崔志强没有看见赵兰兰的身影出现，他甚至在怀疑自己是否出现了某种错觉，他怀疑赵兰兰是否真实地出现过，或者是已经被男人选中进到了里面去了。这个念头一出现，他便犹豫自己是不是应该离开这里了。

那个服务生觉得崔志强的耐心发生了细微的变化，他又一次走到他的面前，问："先生，您等的小姐是不是还没有来?"

崔志强点了点头。

服务生的表情中呈现了同情的成分，说："要么，您就不要等了，我用电话帮助你传呼个漂亮的小姐过来陪陪您，好吗？"

"那不是太麻烦你了嘛。"崔志强觉得很难为情，有意要离开，但又不甘心，"难道你们这里就只有这些小姐了吗？"

服务生似搞懂了崔志强的意思，说："当然，我们这里的小姐都很紧俏的，我们常常要跟别的娱乐场所借小姐的。"

崔志强含笑不语，服务生用语的商业化令他觉得有趣。

"不过如果您要是不嫌弃的话，那面还有一个年龄大一点的小姐。"服务生说话时眼里透着诡谲，有些神秘兮兮地说："年龄虽然大了些，但是干啥都好使的。"

崔志强知道服务生说的干嘛都好使的内情，这是用一种特殊的方式通报这个女人的行情。服务生看到崔志强没有表示出异议来，他便向走廊的尽头指去。

崔志强顺着他手指的方向，发现在长厅靠近里侧的阴暗的角落里，似乎还坐着一个人，直觉告诉他那肯定是赵兰兰。

崔志强径直走向冷落在角落里的赵兰兰，如同走向他们曾经共同拥有的过去。

赵兰兰没有出现获取猎物时的那种兴奋，她依旧坐在那里默默地吸着烟，那个阴暗的角落里，已经把她搞的面目全非了，只有吸烟那一刻，才会显露出她的眉眼出来。

崔志强看到她漠然的态度，刚才所有的紧张心情渐渐平静了下来。

在这样的场景下，赵兰兰绝对无法辨认出崔志强的面孔，这一点对于她们来说根本就无所谓，这些男人在她们小姐心目中的地位，不过是一群能使唤钱让她们发财的东西或是符号罢了。

崔志强将手伸向她表示出邀请，赵兰兰用懒洋洋的声音说："我可是要把话说到前面，我很老的，你可不要后悔呀，到时候你要是退台的话，可是要付费的。"

“我知道。”崔志强表示认同。

赵兰兰确认他的意思表示得明白无误后，猛地站起来，并表现出兴高采烈的样子，挽起崔志强的胳臂，牵着他走进了那个由俱乐部大厅改成的舞厅。

走进舞厅后，一段悠扬的舞曲旋律正在奏响，赵兰兰拉着崔志强下了舞池，她说要与崔志强先是跳了一圈的舞。

看得出来赵兰兰在跳舞方面是个内行，这明显是她的诡计，她是借以自己优美的舞姿来掩盖由于年龄给她带来的不足，伴着隐晦的灯光摇曳出来的效果，也为舞动着身体的人们制造了许多阴谋。

赵兰兰努力地将身体投入到崔志强的怀抱中来。崔志强可以完全体会出她胸的蠕动，他可以清楚地体会她的乳房上并没有戴文胸，这样可以更加直接地传达着一种信息。通过这一点验证了那个服务先生暗示说“好使”的正确性。

崔志强在这上面并不是“色盲”，有人说检验这种女人的最好的标志，就是这种胸部，说这叫不设防的胸部。这样的女人操作起来都十分的有经验，她们总是会顺应客人的想法，有意地用她的脸部贴过来，时常用眼睛与你交流，装出有意无意地用唇撩拨着你的脸颊，诱惑着你走入她们布下的陷阱中。

崔志强眼前的赵兰兰一如那些女人的表现，而他却有意回避了，崔志强提出去包厢里坐坐的要求。赵兰兰只是在黑暗中露出了一丝不易察觉的冷笑，便把崔志强领进了包厢。剩下的时间，他们都是在包厢里度过的。

赵兰兰刚才的冷笑，崔志强敏锐地捕捉到了，走进包厢后，他才理解了赵兰兰冷笑的原因。他们所处的包厢很是蹊跷，整个包厢是需要外面舞厅的灯光照明的，而这个包厢又只有一个通舞池的门，倘若关上了这扇门的话，包厢里面将会漆黑一团，里面的一切命运都将由当事人来控制，这绝对是一种高明的阴谋家设计出来的效果。

赵兰兰猜测出崔志强的这种疑问，说:“先生一定是第一次才来这里的吧?”

“嗯，是的。”

“我专门选择了这个包厢，在这里可以掩盖我的年龄。”赵兰兰笑着解释说。

崔志强意识到她的机巧，说:“你很老吗?”

她将她的脸向崔志强眼前凑了凑，说:“你仔细看看我，是不是很老。”

借着灯光，崔志强又一次看到了在她的脸上呈现着岁月沧桑出来，令他惊诧的是在她的脸上看到了一些黑色的斑点，他想到了那个时代的故事，不由自主地说:“我没有看出你的年龄太老哇，可我看到了你脸上长了很多的麻子。”

赵兰兰听到了脸上的麻子时，好像被什么触痛了一下，她还很认真地端量了崔志强一番。

崔志强不知哪里来的勇气，直接面对着她，真希望她能认出他来。赵兰兰最终还是失望地摇了摇头，说:“我脸上的那些，不是麻子，是蝴蝶斑，是生孩子后才有的。”

崔志强的勇敢在她的解释下一下子放松下来，并且偷偷地责怪起刚才的勇气，因为那样可以遭遇到某种意想不到的险境。

赵兰兰没有在意崔志强刚才的表情，她将身体有意地向他挪了挪，将那个温热的身体依偎在崔志强的胸前，说:“刚才你还不自觉地说出了我的一个小秘密。”

崔志强惊奇地问:“什么秘密? 能告诉我吗?”

赵兰兰故作娇嗔地说:“我从不告诉人的。”

崔志强故意嗔怪道:“你这句话说得显得太恶毒了，如果你对我说出了你的秘密，那么我就不是个人了，你是不是这个意思?”

赵兰兰笑了，笑出了一串浪荡之声，说:“我可没有这个意思。

要不然的话，我还是对你说了吧，可是你不要误会，我可不敢拿你不当人哪。”

“那我就洗耳恭听喽。”

“我在中学时的外号，就叫二麻子。”

中学的往事一下便充斥了崔志强的整个思绪，那个荒唐的青春故事便赫然呈现在他的面前。崔志强情不自禁地问道：“那么说你脸上有麻子了？”

她说：“其实脸上没有麻子的。”

崔志强装出困惑不解的样子，问：“那为什么你的外号叫二麻子呢？”

“就是因为这一点我才生气呢，因为我没有麻子。”

“那总该有点原因吧。”

“原因是有的，因为我哥脸上有麻子。”

“那你肯定是老二了。”

“你又猜错了，我在家也不是老二，我是老幺。”

“那他们为啥叫你二麻子呢？”

“那谁知道了，没有人叫我哥大麻子，真搞不懂别人干嘛这么叫我。”

赵兰兰说过这些话后不再言语了，也许她在追溯着逝去岁月那种真实。沉默了许久，她才说：“刚才咱们这些对话，与我在中学时的一个男生问的一样。”

崔志强很激动地说：“不知你能不能讲给我听听？”

她显出了难得的腼腆，说：“说上学的时候的这种事多让人难为情啊，没意思的。”

赵兰兰虽然这么说，但她还是将崔志强和她的那一段感情经历说了出来，并说出了与崔志强分手后的事情的变化。

“我在与那个男孩分手的两个月后发现自己竟然怀孕了，那时候人们把这样的事看得十分的严重，我的父母知道后，把我打得死去活来，原本父母们原打算找那个男孩子算账，后来他们还是放弃了这种想法，父母从我的叙述中知道我们是一对无知的孩子。父母怕丢人，便带我到外地的一个小县城的一个乡办的医院做了流产，为了避免我与那个男孩子再次接触，父母决定给我转了学。在我参加工作后，我的长相让我们厂里科室的一个青年干部相中了，他还是个知识分子大学生，他说要与我处朋友，人家各方面条件都不错，我觉得我配不上人家，可是架不住他死缠，没办法我们俩便处了朋友，那时正在讲究知识化年轻化，他很快就被提拔成了科长，在那个喜庆的日子里，我们就结婚了。结婚那天，他发现我不是处女便追问，我只好将隐藏在我心中的秘密如实坦白地对他说了。原以为他会原谅我，可是他却无法接受这种事实，为了报复我，他使出所有的办法打我折磨我，我都默默地忍受了，特别是我已经怀孕了，我认为有了孩子就会得到他的理解，希望能以此感化他。而他却在我生了儿子那个月，还是正需要人来照顾的时候，他却提出了离婚，并说这是对我的最大的惩罚。我绝望了，二话没说，就在离婚协议上签了字，他连自己的儿子都不知爱惜，我又在他心里算个什么，我总不能跟这样没心没肺的东西勉强的过一辈子吧。从那以后，我一个人带着孩子生活到今天，带一个孩子生活本来过得便十分艰难，现如今我又下了岗，在生活上更是雪上加霜，找了几次工作都是临时的，那点钱哪里够我们娘俩生活用的，要是想活下去，我这么大个岁数，当然比不了那些小年轻的，现在也只好偷偷做个年老的小姐。”

一直静静地听着赵兰兰述说的崔志强问道：“难道孩子的爸爸离婚后再也没管过孩子吗？你就没找过他，何况你们还在一个单位。”

赵兰兰长叹一口气说：“人家离婚后，以我们同在一个单位不方便的借口调到市里去了，他把离婚的责任都归到我身上了，还说那个孩子不是他的呢。”

“这个混蛋!”崔志强骂道:“孩子是不是他的你可以做DNA呀。”

“没有那个必要,别说他了。”赵兰兰赧然地笑了笑,宽容地说:“这一切的起因都是因为不懂事的年代造成的,没想到我的丈夫会那么计较,我们那时不过是两个孩子吗。”

借着舞厅中照射进来的灯光,崔志强发现在赵兰兰的脸上挂着两行清亮的泪珠,他迫不及待地问道:“给你造成了这么大的伤害的那个男孩子,现在你知道他在哪吗?”

她笑笑,说:“我听说他大学毕业后,先是在团市委工作,现在又到某个企业当头头了。”

崔志强听了,很震惊,看起来她是了解自己的。他不解地问道:“难道后来没有想找过他吗?”

她善解人意地说:“找他有什么用? 那时都是年少无知,而且还都是我教他那么做的,你说说,我就是找到他还有什么用啊。”

崔志强当时险些控制不住感情,说出那个造成她伤害的那个男孩子就是自己,而那只是一瞬间的冲动,他还是控制了这种冲动。他明白控制冲动是他最明智的选择,这主要是因为他所处的地位,这不仅仅是涉及他的自尊,还涉及他的名声。

崔志强不得不掩饰着自己失态,说:“咱们跳舞吧。”

从跳舞开始,他们就很少谈话,一直到了崔志强提出离开的时候,他们都是在这种压抑的气氛中进行的。

崔志强拿出了一叠的钞票塞给了赵兰兰。

她用异样的目光注视着崔志强,说:“你这是什么意思,我陪了你这么一会儿工夫,我就是要了你一张就够多的了。你给这么多的钱,莫非你还要进行其他的事吗。如果真要那样,我还有地方,一切都很方便的,也很安全,我可以把你当成一定固定的客户,我看你这个人挺好的,我欢迎你加入。”

崔志强显得支支吾吾的,说:“我没有那个意思,只是我觉得你这种年龄还干这个，太不容易了，恐怕很少有机会找到先生的，所以我才……”

她面着愠色说：“你是在可怜我吧。”

崔志强忙说：“不是的，是你的故事感动了我。

她又呈现出她职业常运用的那种声调，嗲声嗲气地说：“真是的，你干嘛那么认真啊，那些事都是我编出来骗人的，你还没看出来？你别当回事。我们这些人不过就是为了赚钱的嘛，什么故事我们编不出事，什么事我们又干得出来呀。”

崔志强痛心疾首，但他还装腔作势地说：“即便你编了个故事欺骗了我，我也愿意为这个美丽动人而又伤感的故事出钱的。”

她笑了笑收起了钱，还挂上一脸的轻蔑说：“那就不客气了。”

崔志强有些情犹未尽，说：“难道你连我的姓名也不问一问？”

她苦笑笑，“那又何必呢，我们这些人从不问先生的姓名，这是我们的职业道德。即使问了，先生们的姓名也同我们一样都是假的，其实真的假的都没有什么意义，大家不过都是为了生活，你们为了生活的愉快，我们为了赚钱生活。”

崔志强在大厅结过账，就看到赵兰兰穿衣服出来，顺口问道：“怎么你准备走吗？”

“你走了，我也该收工了。”

“时间还早，你就不再下一桌吗？”

“人不能太贪了，今天我已经得到你这么多的钱，够了。何况就我这模样的，这里等着也不一定有人找我的。”赵兰兰脸上勉强挤出一丝微笑出来，“我还有个约会，时间也快到了。”

两个人说着话，来到了大门口，正好一辆出租车停在了他们的面前，崔志强提出来送一送她。赵兰兰并没有推辞，说：“也好，你可以顺便看一看我住的地方，如果哪天你有心情的话，你可以到我那里去玩。”

崔志强也正想去了解一下她的具体生活，两人说着话便一先一后钻了进了出租车。

在赵兰兰的指引下，出租车在一座楼前停了下来。这大出崔志强意料，这不是那个棚屋区，也不是她母亲住楼，崔志强感到很蹊跷，却又不知怎么问才好，赵兰兰却开口说话了，"这是我打工的地方，是我租的，我一般不带闲杂人的，而且我租的房子大多都不超过两个月，是很安全的。这是运用了毛主席的战略方针，叫打一枪换个地方。"

崔志强心里清楚她所从事的职业，但还是为她的独特的理论基础而哑然失笑，联想起了中学时代在她家里那句看花容易栽花难论断，更是令人哭笑不得。

"你要不要上来去坐坐，或是……"赵兰兰下车，一指一个单元二楼的窗户，说道。

崔志强的心被一种凄凉之感攫住了，结结巴巴地说："今天就算了吧，找时间吧。"

"那也好。"赵兰兰并没有多说什么，扭转身走了，她的身影很快消失在那个单元的门洞里。

崔志强怒气冲冲地摔上家门，顺着楼梯下楼，来到了午夜的街头。街上没有因为他的气恼而失去往日的色彩，依旧是灯火璀璨，光怪陆离。

崔志强的心情简直恶劣到了顶点，他能在家里发这么大的脾气在历史上也没有几次，这与赵兰兰的情况不无关系。导致崔志强几天来的情绪极度的恶化，就是那天与赵兰兰告别，他已经知道赵兰兰所从事的职业，而他又那么不情愿地接受了这个现实，更无法改变这个事实。当天晚上，他本来是想帮助赵兰兰脱离那种环境，告诉她那个带给她悲剧式的人物，就是他崔志强，可是赵兰兰的职业和地位，即使赵兰兰是个普通的下岗女工或是街头乞讨人员，凭借崔志强现在的职务，帮她一把，也就会把她从苦难中解救出来，而她偏偏就是从事着那个与社会意识形态相悖的职业，真是让他无论如何也不能暴露自己的身份，那样可能直接影响着自己的前程，影响自己的前程是小，真正不可能地是前程没有了，自己能够帮助别人的能力便也会丧失殆尽。

就在崔志强这种无可奈何的同时，他又知道了另一个事实，那就是他知道了那个抛妻弃子的男人是谁了。

要想了解一个人，对于崔志强来说是易如反掌，何况他还有赵兰兰的地址和原来所在的单位，他只需通过公安局的户籍处帮助查找一下，那个曾与赵兰兰有过婚姻关系的男人名字便会一目了然。

当这个名字出现在崔志强的面前时，他简直就是震惊，因为这个名字对于他甚至这座城市都是十分重要的。而且从户籍中所看到的材料，他与赵兰兰的离婚，显然与他现在的妻子家的背景有关，而且很明显是在他离婚前就有了那种关系。因为他与赵兰兰离婚后的第二个月就结了婚，而且半年后，两人就有了他的第二个儿子。

当着那个公安局的户籍处长的面，便吼了一声："真是良心泯灭！"

户籍处长惊讶地望着他，问他这是骂谁时，崔志强险些就说出那个人的名字。可是他还是克制住了，因为他不能冲动到这种程度。令他不能理解的是这个高官得做骏马任骑的人，他的前妻竟然从事着世人所不齿的职业。

冷静下来，崔志强又有了种种难以理解的疑问，她应该不会不知道位居高官的前夫身在何处，现在的各种媒体的传播，她哪能不知道她的前夫在哪里呢，这难道是一种故意的报复，还是真的认为是自己的错误造成的，还是另有苦衷。

崔志强百思不得其解。

崔志强在家里发那么大的火，其实家里面并没有发生多大的矛盾，并不是与妻子发生多大的利害冲突，只是当天他请了那个户籍处长吃饭，又找了几个人作陪，由于心情不好，他张罗着大家多喝，结果所有的人都喝得一塌糊涂。

他正在应酬着这个搞得乱七八糟的场面，偏偏妻子这时来了电话，提醒他别喝多了要早点回家。要是以往，妻子这种关心会让他感动的，可是那天的心情处在一种极度的恶性循环之中，所以增加了不少的烦躁，而后妻子发来的信息又是叫个不停，崔志强不得不来回翻信息屏，户籍处长看到了上面的信息，开玩笑揶揄他是妻管严的男人。中文字幕显示使得他在朋友面前失去了自尊，那些话并不重要，只是朋友看了就会伤及他的个人感情，使崔志强不得不收拾起自己的尊严回到那个属于自己的窝，回到那个书上说的外面的人想进来，里面的人想出去的围城之中。

为了维护自尊，崔志强显示出自己的威风，声嘶力竭之外，便寻找了一个并无实际用途，但却能表现出敌对情绪的妻子用的化妆品进行突破。当化妆瓶粉身碎骨，而妻子却显得无动于衷平静如水之时，而且儿子也没有因为他的穷凶极恶而惊恐万分，并且在第二天，儿子的老师打电话到单位批评他不该在孩子面前要脾气。直到那时他才知道妻子和儿子的险恶用心，就是要观赏到他的那些蹩脚的表演。

崔志强走在午夜街头，仍旧无法抑制内心的冲动，刚才的气急败坏令他感到世界的末日，看到了这个家的破裂，以至于想到了与妻子无以弥合的这种感情上的伤害，他再不想再回到这个称之为家的窝。他认定自己绝对应该要表现自己男子汉的气魄，不使自己的家人看不起，既然走出了自己的家门，说什么也不应该轻易地走回到这个家门。

崔志强首先想到的是要发泄一下情绪，但清醒的头脑告诉他自己，绝不能找单位上的同事和部下，他马上想到了那些经常一起厮混市委机关交往出来的那些哥们。

当他摸索衣兜时，没有找到自己的手机，他的手机常常放在别人送给他的华伦天奴的夹包里，无奈时，他不得不使用公用电话来完成这项使命。

崔志强来到一个昏暗的角落里一个只有小灯泡支持门面的小卖部，里面依靠椅背坐着一个昏昏欲睡发胖的老女人。

他敲了那个关闭了的投货小窗，那个老女人勉强睁开浑浊的双眼，也许还没有从梦魇中走出来，她睇视了许久才意识到眼前这个人敲窗的意图。

她慵懒地打开那个小窗，崔志强指了指那个躲在角落里的电话机，她将那个电话机挪到窗前。

崔志强熟练地敲出几个熟悉的键盘，确切地听到了接通信号的回铃音，并且听到他的那个哥们的声音从电话的回铃音中走出来："喂，谁呀?"

崔志强报出自己的姓名，对方表现出明显的不耐烦，说："崔志强，你有没有搞错呀，深更半夜打电话，你也不看看现在都几点了?"

崔志强看了一下时间，当时已经是午夜十一点多钟了，他满不在乎地冲着夜色笑了笑，说："哥们，今天晚上我都寂寞得要死，我就想请你吃宵夜，而且我还有一个非常好的去处，咱们可以找个乐子玩一玩。"

对方对他的后面的提议似乎产生了某种兴趣，他的声音变得低沉，说："我都脱了衣服睡下了，你干嘛不早些打电话?"

崔志强通电话时，想到了赵兰兰当小姐的那个夜总会，便说："这只是我刚才做出的决定。"

对方是个极好玩耍的人，作为一个机关的干部，是没有经济实力去潇洒的，自己的实力只能在别人的身上才能得到发挥，也就是靠别人的经济赞助才能有玩的机会，这是这个社会中寄生经济的产物。崔志强却可以带着他这样的人一起领略世界的精彩，每次这个哥们在酒酣之际或是娱乐尽兴之后，总要感慨万千，不无艳羡地表示自己也要成为一个手握经济生杀大权的领导者，那样便可以尽情潇洒，他也不得不怨恨自己生不逢时，没有了那种机遇。正因为如此他的这样机会是有限的，每次他都是招之即来，崔志强想他不会放弃这次机会的。

而这一次偏偏有了意外。

崔志强听到电话里出现了另外一种嘈杂声，他很快就断定出那是对方妻子的呐喊，很明显刚才他们之间的对话，一定被正在熟睡或装作熟睡的哥们的妻子听到了或者是猜测到了，这种阻碍便成了即将爆发另一个家庭战争的开始，崔志强进退维谷之际，及时听到那个哥们从话筒传出的无可奈何的声音："太晚了，我没办法出去了。"

崔志强也只好道歉说："对不起。是呀，太晚了，我只是想……算了。"

他有气无力地放下电话，放下电话的同时，他发现那个原本睡眼惺忪的老女人却表现出异常的兴奋，她关注的目光一直在崔志强脸上探寻着什么，在付电话费时，她关切地问："大兄弟，你是不是遇到了什么不顺心的事了？"

她倒是洞察秋毫，崔志强曾一度产生了倾诉的愿望。虽然她只是个素不相识的女人，而那只是一时之念，很快就被自己否定了，因为只在一瞬间，他看到了她探寻别人隐私的那种惬意的表情便一览无余地显露在她那张肥胖的面孔上。崔志强我毫不犹豫地逃离了那里。

站在午夜街头的十字路口时，崔志强又在审慎考虑了找朋友一起发泄一下的做法是否适当，而这一切都显得不那么重要，重要的是他眼前的何去何从。这时，也许他的最大愿望，就是能找到一个安乐窝或称作避风港的地方，而这个幸福的名词的同义词出现，崔志强便不由自主地选择了最好的去处就是自己的家庭，而自己的家又断难回去。

这时，崔志强想到了赵兰兰，想到了这个曾与自己有过体肤之亲的女人，想到了那个女人，为此他还激动了一番，沉落的情绪一时高涨起来。他就是要借着今天的酒气和怒气，去向她说明自己是谁，并且要把他的前夫的事说个明白，也要问个明白。在酒精浸泡的意识里面，也曾担心名誉名声，而那只是一时之念，他冲着黑夜大喊着："她的前夫那样的大人物都不怕名誉受损，我怕什么？"

崔志强的喊声，随即被茫茫的夜色湮没了。

很快，崔志强身影便伫立在赵兰兰的窗前，他还在思想着那个青春的往事带给对方的伤害。凭借一时冲动，他再也不想失去这样的机会，他要在这个深沉的夜晚出现在她的面前，将这几年的苦恼和那些缠绕在心头沉甸甸的往事，连同青春的悔恨一股脑儿地说出来，别使得自己再也别那么的沉重了。与此相关的崔志强在晦暗的夜色中迷失了自己的同时，也找了自己的清醒时候，这种清醒就是在权衡着自己的做法的正确性的与否。深夜的造访是否会产生逆向的发展，倘若她理解成同情和怜悯，还可以说得过去，如若变成另外一种性质，恐怕就会出现意想不到的结果，何况站在空荡的楼洞里，隔着门说起这件往事，也会骚扰得四舍不宁。

崔志强凝望着那个漆黑的窗，百感交集地摇头叹息，叹息之后再次鼓起自己的勇气，直至将这种勇气化作懦夫的叹息后，重新走入自己的往事中寻找着苦恼。

他突然发现心中的那扇窗明亮了起来，而后发现这是因为那扇凝望已久的窗口中的灯光照亮了他心中的窗，那灯光便有了怂恿的成分，崔志强终于鼓足勇气走向赵兰兰的家。

当崔兰兰轻轻叩敲她家的门时，屋内立时出现了一阵忙乱的声音，许久也没有开门。

崔志强正在犹豫着是否应该悄然走开时，那个期待的门突然门庭洞开，门厅里明亮的灯光照射着崔志强一时没有能够适应过来，他听到赵兰兰明显放低的声音：“你是谁？”

“我是……”

崔志强正在犹豫着是否能报自己真实的姓名，赵兰兰却认出了他，她惊喜地说：“唔，是你？你一定是为了上次多付给我的钱来的吧，这才叫公平交易嘛。”

她心有余悸地向屋里看了看，说：“只是时间不妥，我这里也不方便。你来前先应该跟我约定一下，要么，你过一会儿再过来？”

崔志强正在寻找着合适的话语来回答她，就看到从里屋猛地窜出一个衣冠不整的男人，显得气急败坏地说：“你个臭婊子，没想到你还约了别人，不就是为了多赚钱吗。”

这个男人说着话，从兜里掏出了几张百元大票，向空中抛去，恶狠狠地说：“给你钱去买棺材吧。”然后撞开阻在门前的崔志强，夺路而走。

赵兰兰并没有阻止那个男人，也没有多搭理崔志强，只是淡淡地说了一声：“他也是我的一个客人，你敲门时，我还以为是另一个客人来了呢，那是我约好了的，只是时间还没有到。结果打开门时，哪承想是你，行了，别在门前杵着了，快进来吧。”

她一边说着话，一边蹲下拾地上的钞票。

那个绸缎的睡衣下摆在赵兰兰蹲下去的瞬间一下子便张扬开了，那个曾经令人荒唐的那片风景赫然地照亮了崔志强，那个令崔志强曾经天真惊奇过的一切便遥远起来，崔志强的内心中有说不出的厌恶，他慌乱地逃离了那个闪亮的门。

崔志强听到身后传来赵兰兰的声音：“哎，你怎么还走了。”

崔志强跑出了很远后，他站下了，无力地拄着夜空下漆黑的楼墙，胃肠一阵阵地翻江倒海，一阵阵地呕吐起来，呕吐过后，神志渐渐地清醒了。

崔志强无法真正面对了赵兰兰的堕落，他真的在责问自己是否有必要告诉她，他就是毁灭的幸福人生的那个人。但是他又想与她讨论这个责任是否由自己来负责，因为他要告诉她，那个抛弃她的那个男人，如今爬到了一定高职位的那个人，很有可能就是利用了他们青春的这一个错误，做了一篇有关贞操道德的大文章，从而达到了自己的升官发财的目的。

崔志强真的不知道自己该怎么做才好，他沿着夜色漫无目标地走了下去。当晕头转向的他看到又一个明亮的窗照耀在他心灵之窗的时候，那种温暖鼓励着他走向她。

“谁？”在崔志强敲过门后，便听到了另一种亲切，他惬意地答道：“我。”那扇门在他的召唤下，又一次悄然地打开了。

（原载《红豆》2011 年第十期）

想说再见

她相信自己的眼睛。

她坐在吧台逡巡着每一个进来的客人，这是她的职业特点决定的。

从他进来那一刻，她就注意到他了。

透过昏暗的光，她看到他虽然尽力把自己搞成一种潇洒的老练状，可还是掩饰不了他的稚嫩。坐下来时他对着男侍者做作地打上一个并不很利索的“响指”，侍者按照他的要求，为他摆上了茶水和瓜子一类的东西。

她犹如猎人看到猎物一样，带着某种得意出的浅笑，牵着裙裾迈出轻盈的步履向他这张桌台走了过来。

他很显然看到了走过来的她，首先走入他眼帘的是那张女人动人的面容，他的心肯定随着走近他的面容悸动着。他得到的是与冷艳有关的内容，飘摆的秀发，紧身的黑皮装皮裙，最让他心动的是皮短裙下的那双丰腴的健腿，错落有致地走进他的目光中。

他想他该有所表示了，他不想这样的机会从身边溜走。他轻抬起了右手，情不自禁地“嗨”了一声，喊出声来后，他发现自己的声音出来时非常空洞、脆弱，似乎只是在嗓子里徘徊了一圈。他还在犹豫是否再做一下这样的表示来弥补，他听到了很好听的声音随着香气一起飘了过来。

“先生，需要我来陪您坐吗?”她站在他面前，说。

“当然。”他又一次感到说话的力度不够了，但好在足以令对方听到他说出来的是肯定用语，最好的验证是她已坐在他身旁的空椅子上了。

男侍者这一次没有在他打出响指时走到他们面前。他提出了自己要求的一些酒菜之类。他看到她扭身朝向侍者说不上是用手还是用表情招呼了一下，侍者对着她躬身轻声问了句什么，他听到在小姐称呼之前，是个含糊的代词，他想那就是她的姓，由此他有了她与这里的人很熟的种种猜测。他心里泛出某种与之有关的酸楚，他又很快地否定了自己，他知道自己与这个小姐坐在一起并没有任何的关系。

她一定是看出了他眼里的这种意味，并没有形成他意料中的尴尬，她自然地抿嘴一笑，说：“我一直都在这里的，很熟。”

他让人识破了诡计一般，脸上一阵子发窘，好在这里的光线很昏暗，会掩饰掉这里面包含的所有内容，在这种掩饰下他说：“这里都是男人服务的，我觉得酒店不是这样的。”他说出口后，觉出这句话中的欠缺，暴露出他很少出入这样的酒店的事实，这是他最不愿意让她看出来的结果，这里面与他的自尊有关。

“前一段搞了陪为主题的清理，酒店的老板的精明就体现出来了，都换成了男性的，小姐与酒店脱离了干系，就不会出现陪的问题了。”

他笑了，心里轻松了许多。他的笑也呈现出他的幼稚，这种幼稚在她的眼里演出滑稽的一幕。此时她才认真端量眼前这个男人，看清了对方是个小男人，准确说还是个大孩子，脸上的青春期留下来的痕迹还没有消退，说出话来还有声带变化出的嫩音。初看到他时，不过是他的身高和酒店的环境制造出来的一种假象。

在她的思索中，侍者端着一瓶白酒和菜肴走了过来。

就餐期间，虽然整个酒厅之中充满了柔柔的情调，悠扬的音乐在厅里飘荡，令人生出许多遐想。而这种情调并没使他们的愉快起来，两人都有种压抑，一种说不出口的压抑。

她想自己不该这样，她经常出入这种酒店、夜总会，刚开始时她曾经有过这种感觉，那时的她还只比眼前的这个小男人大上个两三岁，后来她的这方面的意识便逐渐地淡漠了，现在回想起来那些往事都恍如隔世了。

刚刚倒满第一杯酒时，他显得有些迫不及待地端起杯来，说干了这一杯酒，那是一个高脚的酒杯，足可以装上一两多的白酒，装满酒液的杯子在灯光的反映下，晶莹出星星点点银亮，闪烁着。她看到杯子后面的目光也在强做出一种姿态，她想到了笑，就笑了，为他对这环境下的生疏感到了可笑。

“笑什么哪，你?”他问。

“没笑什么。”她不想挫伤他的自尊，她心里清楚自己笑的是什么，在酒的方面，那是她的职业中的一个内容。

“那么，‘切斯’。”他用杯撞了一下她手中的杯子，很脆响的一声，然后，仰脖掀下去了手中的酒，酒在走过腔嗓(喉咙)时艰难地回响了一下，他皱了皱眉。

她知道那个“切斯”是英语的干杯的意思，她接触过各种的客人，包括外国人，她还理所当然地会上几种英文的常用语。但她还是装出莫名其妙，用以满足对方的虚荣心，“你说的切斯是什么意思?”

“这你都不知道? 是英语的干杯。”他一脸的骄傲，嘴角上流连出鄙夷。

“切斯? 切斯就是干杯?”她神情还表现出过分的天真，这种天真完全是个少女做法的翻版，并没有什么高明之处，他的脸上却明显地表现出了激动的神情。为这她轻而易举地玩了一次小伎俩，偷偷地端起酒来为他倒入了又一杯酒，他为骄傲付出多一次切斯的代价。

“那么,咱们再切斯一下?”这回轮到她端起杯来,神情不免带有一种得意。

他没有丝毫犹豫地响应,还提议这杯酒是为她这么个陪酒的美人干杯的。这次他撞杯的动作显得迟缓了些,轻轻地一下。她看到他的小手指故意翘起来,在杯子发出声响时,他有意地用小手指划了一下她的握杯的手背,她又一次感到了可笑,但她没有笑出来,这个动作令她舒服起来,她联想起了与她久违了的一本书中某个情节。

她的微笑,对他来说是一种莫大的鼓励,他腾出刚刚放下杯的手,猛地抓住她的手。她在这双并没什么力量的手里挣扎了一下,夸张地娇嗔了一声:“弄痛我了。”

在她看到那双充满着乞怜的目光里,流露出那种怯懦、惊慌,他还惊恐地回顾了周围的人是否注意到他的这种过分的动作。

他很快就发现她那只挣扎的手在那双汗渍渍的手下驯服了,并还用另一只手来拍拍他的手,有了一种安慰的意思。他那张严峻的神情显然地平和了。

“小姐,你的手很凉。”

她只是用一种动人的微笑面对着他。很多的客人都是这样说,每次她都会娇嗔地说是缺少了男人关怀,才会这样的。而今天她却不愿意这么说,她觉得那样会伤害这个小男人,她只是用淡薄的微笑对着他。

这种微笑却轻易地被他视为一种怂恿性的,他愈发胆大起来,他将她的手还拿到唇间轻嘬了一下。她觉得那种温热令她感动,她的心也随之漂浮起来,她听到了他的声音也漂浮起来,“小姐的手都是这么凉吗?”

这是天下最愚蠢的问题了。她想。

她又想到了那句需要男人关怀的话来,似乎这句话顺理成章地就可以说出来,而她只是不动声色地笑了笑,并尽力地把手向上翻转过来，这样便可以手手相握了。他在她的态度变化下，很快理解成是一种怂恿的启示，他舍弃了那双凉手，将手环上了她的腰际，由于力量很大，她一下便倒入到他的怀中，她没有呈现出一丝的扭捏，她似乎还有意地朝他这面挪了挪。

他和她的脸挨得很近，他嗅到了女人特有的体香，搅得他的神志迷离起来，他还迷离出这个女人好的一层意思来，甚至还想到过将来某种憧憬。在这种意识下，他问："小姐，贵姓？"

他看到她明显迟疑着，他觉得她的这种迟疑很好玩，这么简单的问题，还令眼前的小姐这么费劲地思索。他感到很好玩！

她对这个问题，当然不会太认真，而这一次她确实思索了一下，她可以轻而易举地说出很多的姓氏来，来这里的客人都不会计较你叫什么。这是个呼之即出的问题，她沉思了半晌才支吾出来："我姓杨。"

"姓杨？称呼呢？"

"卉，花卉的卉。"她说出的声音，并不很大，此时她才觉察出这个真实的姓名距离自己竟然那么遥远，似乎悬挂在天际之间。

"你不会是骗我吧，刚才我听到人叫你的不是这个姓的。"他很狡猾，不信任感从眼神中说明了全部的意义。

她很想解释她的做法，她不想欺骗他这个大孩子，但她很快就否定了解释的必要，她认为这是个无聊的话题。她在他的臂弯中扭动着，还腾出手来拿起筷子慢慢地夹着菜送到嘴里，来解决这个眼前面临的复杂问题。

好在他并不想在姓氏问题上的纠缠，"好了，好了。你们都不愿用真姓名的，我权且不叫你的姓好了。"他看到她那深沉起来的神情，他以为她在为他问话生气，为了调解沉闷的气氛，他讨好地说，"我问了不该问的，我认罚，为我的错，喝了这一杯酒。"说着他抓起杯来。

她含笑说："咱们还是一起切斯吧。"

“对，切斯。”

整个喝酒过程，两人一直把他们之间的问题搞得很繁复。他始终问来问去，两人无休无止地讨论一些与酒毫无牵连的话题。在这种无休无止的话题下，喝酒显然就不成了什么问题，很快酒瓶便见了底。虽然灯光很暗，看得出他的脸上已镀上酒精作用出来的暗红，搞得舌头也艰难起来。

他很想对侍者打一个漂亮的响指，可是只将两个手指绞在一起，但侍者还是走近了他，“先生，还要什么？”

“酒。”

她对侍者轻“嗨”了一声，侍者俯下身去听她的吩咐，说：“算了，都喝多了，不要来酒了。”

“不，我没喝多，我还能喝，我有钱了，要我喝。”他很孩子气地叫嚷着。

“算了吧，一会儿我还要陪你跳舞哪，别喝了，好吗？”她说出话来柔柔的，是一种哄孩子的口吻，并还用手抚摸着他柔顺的头发，她还能闻到这个小男人的好闻的气息，只有他这个年龄段才会有的气息，当时她在中学时一个追求过她的男同学就有这样的气息。

“好吧，就听你的吧。”他表现得相当的驯服，对侍者说，“那就算账吧。”

“那叫买单。”她并不是难为他，只是有意无意便说出来了，提示了他所不知道的现在用语。

他并没有在意，“唔，对，买单。”他炫耀地拿出一沓崭新的钞票，抽出三张领袖头来，递给了侍者，“不用找钱了，剩下的是小费。”

她对他那叠新钞很放心不下，她看到很多的大款们都有过这么慷慨的动作，而这样一个小男人有这么多的钱，钱的来路总是有些可疑。她看到他把钞票搞出了动静，说：“放心，是真的。”然后将剩下的钱揣入西装内兜里。

听到这种话，她开始埋怨自己了，自己是他的什么人，闲操这份心。只要他愿意掏钱，谁都可以享受不是的吗。这是她巴望不得的事。

如今的大型酒店之类，都是餐饮与娱乐在一起。在她的记忆里原来这个酒店是个京剧院，而国粹很少有人光顾，便改成了颇有名声的酒店舞厅。听说这里的收入可以养活着那些无所事事的演员们的好名声，他们可以去农村搞什么慰问演出，得到一些领导人无用的夸奖和社会的赞扬。

餐饮部与舞厅是剧院中部人为隔出来的两个空间，餐饮部与舞厅只有一墙之隔。他们在那位服务的侍者引导下步入舞厅，对早已恭候在门侧的另一个男侍者耳语了几句，那个男侍者就对两人说“跟我来”，径自在前面走了。

舞厅的灯光此时明显比餐饮明亮，而在他的心目中舞厅不应该是这样明亮的，很快他发现自己的错误所在，一个穿着前胸开襟很大，袒出乳沟一片丰满胸白的女歌手正摇曳着腰肢走向歌台，一曲《英雄爱江山更爱美人》通过她手中的麦克风游荡而出。不等及他欣赏，舞厅中的灯光骤然暗淡，暗淡的灯光下只能影影绰绰地看到模糊的人影晃动着走下舞池。

他们就是在这种光线下踩着舞曲，跟着侍者摸索到给定的包厢里。这是个偏向歌台为两人而设计的包厢，只有一个茶桌和一个朝向歌台的双人沙发。

他先倒向沙发，他的手牵动了她，她就顺势倒在了他的怀中。这样的事是她经常经历到的，并没有什么特殊，她每次都会夸张地表现一下，惊出一声或是嗲声嗲气地埋怨一句，而今天她却下意识地没有那么做，只是在他怀中表示出不情愿的意思而已。

他将脸从她的后面伸过来，自然而然就贴在一起。她又一次嗅到了只有他那个年龄有的好闻的气息，只是气息中掺杂了浓重的酒精的味道，冲淡了她的某些兴奋起来的神经。

她对他说："别这样，咱们跳舞去吧。"说到了跳舞，她挣脱他站起来，她看到了他的失望，她不想破坏他的兴致，她补充了一句，"有时间的，玩一玩可以醒酒的。"说话时她还对他报以微笑。

他似乎理解了这种笑的含义，站了起来，热情极高地拉起手来一起步入舞池。他的舞刚跳起来很慌乱，他肯定跳过一些标准的舞步，可是在这样一个集餐饮娱乐于一身的舞池来说，明显无英雄用武之地。这里的舞伴无不是在原地来回蹭步，说是两步，还有更雅的叫法，叫温柔步。

他很快领会了其中的要领，逐渐适应了这种跳法，他放弃了左手执着对方的标准高度，下滑在她的臀上，最后索性使自己的两手在她的后身上交错起来，如此一来，她的胸部高耸部分抵在了他的胸膛上。他的做法按照他的计谋得逞了。

其实，她对他的这些试探性的动作，感到很有趣，他完全没有必要这么胆怯，分步骤地来实现他的目的。她接待的客人们大多是成手，成手们的急切可以使刚才他做过的动作，只需要一种形式就可以直接完成，而无需要这么小心谨慎。

她感受到了他的手说不准是激动还是胆怯出来的颤抖，在耳边呼吸出来气息紧张而粗重，窒息的双乳在挤压中能准确地体会出急促的心跳而留在上面的震颤。

她知道他一定在为自己得意，她不想揭露他要出的小聪明中暴露出的显而易见的不足，她在想他毕竟是个男人，这里面能体现出男人的自尊来。她做出一种需求的姿态，不使这个小男人有丝毫的自卑，要让他实实在在地感到自己的强大，她搞出一种满足的表示，这种触动无疑令他的出现某种亢奋。他就是利用这种亢奋，用脸蹭起她的腮，得到的是一种从未有过的滑润温热。

舞曲此时只能是形式，作为形式的舞曲却还是不紧不慢中停了下来，他也不得不在大家纷纷走向自己的包厢人潮的裹挟下不情愿地拉着她的手回到了自己的一隅天地中去。

他坐下来，坐在靠边的座上。这种企图不言自明，他意在让她坐进里面去，她对这样的企图早已是见多识广。她不想再令他失望了，也不想让他把过程耽误在时间上，她只是做出把腿蹁起来的意思，趔趄了一下就顺理成章地坐在了他的腿上，她准确地感到他让她难受了一下。

“不好意思，我失足了。”她做出一个浅白的解释，还试图要站起来。

“我就想这样的。”他说话前，手已经搂住了她，并尽力地将她放平在自己的臂弯中，两个人脸脸相对，久久地凝视。

她看到了他的欲望从眼里喷发出来，但她还是耐心地等待着，准确地说是一种引诱。此时的他，是急切中的焦渴，口干舌燥，他无法控制自己的感动，将自己的唇不自觉地溜向了对方，贴上去是他从未体验过的温热的甜润，他觉得一个有着湿滑触感的物体顺入他的口中，沐浴出口中的甜情蜜意。

接吻对于他来讲是一次绝妙的体验。

他们走出那个他们缠绵的舞厅，来到午夜街头。

午夜的街头，灯光璀璨。球状的灯塔，散发着橘黄色的光，把个暗淡的夜色涂抹出一派的五彩缤纷。

她挽着他的手，站在这种灿烂中，向着过来的出租车招手。

舞厅里的时间是在他所感受出的温情中度过的，他尽享了一生中难以得到过的一切。

她和他都知道他们的目的地在什么地方。坐上出租车时，她向司机说出了一个地址。司机显然是知道这个地址的，司机还转过头来，有意地瞟了一眼倒在她胸前的这个小男人，露出了粗鄙的神色。

他们的出租车停在一个门面并不算小的旅店前。他们走进去时，早已有人向她打着招呼。她和这里的人都很熟，并没有人问他是谁，也没有人向他们表示出某种意料中的热情，好像这是一种熟知的默契。

他们就在这种默契中走向了里侧的一间客房。客房并不像想象中的干净程度，但屋内设备却很齐全，电视沙发等旅店设备一应俱全，并且还有卫生间。

"我住在这里。"她对很多的人都这样说过。

"这里很好。"她又对他说。

"你住在哪里对我都不重要，重要的是今晚，我要与你在这里。"他说出一句与年龄无关的话，来调解这屋中的气氛。

"你一定喝多了，还是醒醒酒的好。"她对他嫣然一笑。

他看出她笑出来的意义，他急不可待地扑了过去，他先是趔趄了一下，是地毯的原因造成的。她本来是有意躲闪的，而他的笨拙的动作，很容易倾倒在一些屋内的设施上，她伸手去迎接了他，她的手自然落在了他的手中

接下来就是生理需要制造出来的结果，语言这个东西在这里显得苍白无力，只是作为一种形式出现在整个过程中，两个人说的话都为他们的行动做铺垫的。

她顺应他的动作，整个美丽绝伦的身体面对他，肌肤闪着只有她才特有的灿亮的光泽。他惊讶地愣怔在床前。刚才他还是那么急迫地剥去她的衣服，显得笨手笨脚。先去拽她的衣袖，然后才发现衣扣还没有解开。她为他觉得难为情，她不失时机地帮助他一下，免得在这上面浪费不必要的力气。

"你真是很美，我没看错。"过了很长时间，他才由衷地发出一声赞叹。

她心里最讨厌别人在这时候说这种话的，这时候最容易暴露出她内心最不情愿暴露出的弱点，她会酸楚地想到那些玩弄过她

的所有的丑恶的男人们。往往这时候，她是不会说话，而今天她知道他作为一个童男，是出于一种真心情意地欣赏她，她破例应承了他，“是的，我的身体很美。”

两个人的身体接触到一起时，借着灯光她看到了他下颏上的胡须还是一层薄薄的茸毛，她把对他怜惜的成分融进她的身体里。他的皮肤很白也很嫩，她从没有接触过这样的男人，她尽力去抚摸对方，用以强调男人的自信心。

他却始终表现不出那种自信来，他怎么发挥也总是不尽人意，他在她身上痉挛着，做出一些无知的动作。本来这些是可笑的动作，而他做起来极为认真，顺序的凌乱甚至与她的考虑的做法一点关系也没有。

她很想笑上一笑，她却没有笑，她将他的头揽在她的胸前，告诉他“不要焦急，慢慢来。”他就在她的乳房上拱着，嘬着她漂亮的樱桃般的乳头，嘴里嘟哝着与母辈有关的喃喃之声。他的气味和他在胸前的动作使她舒服起来，她做出舒服的声音表示着一种强烈，用来响应他的欲望。

一切的努力并没能唤起他的能力，过程只是在他的兴奋中形成的，而不是产生了什么实际的作用。她还是做出明显的表示，让他知道了她的满足。

最终还是在他感觉并非良好时失去了自己。他颓丧地伏在她的身上，喘着粗气，他完成了他一生追求得到的一切。

“我知道，我做得不好。”他沮丧地说。

她搂住他的头安慰着他，“在男人里你是很棒的。真的。真的很好。”

她知道她说的是违心的话，但她很愿意说，没有一件事能比自己愿意说的话使自己更开心的了。

“我应该谢谢你。”他神情惨然地对她说，这时他突然表现出与

开始见到他完全判若两人的神态，他好像一瞬间长大了许多。她有些惶惑不解

“我谢谢你。”他又说，说出了一声呜咽，两束晶亮的泪水夺眶而出，淌在她胸乳上，冰凉凉的，划出一道凉丝丝的轨迹。

“你让我做了一次男人”。他站了起来，去沙发上取来他自己的衣服，缓慢地穿着，他的神情异乎寻常的严肃，似乎他完成了一件庄严神圣的使命。

她就是那么裸着身体躺着，看着他穿得整齐利落，她出现了从未有过的不安。他平静走到她的身边，极其真切地吻了她的唇，并将拖到地面的毛毯掩盖在散发着女性体香的胴体上。

“上帝对我也太不公平了，我这么点的小年龄……我不想让死神收留我，我想直接去面对死神。我没有什么可遗憾的了，我只是感到很亏的是我来到这个世界上，还没拥有过女人，不做一次男人实在是太不值了。在我生命最后时间里你让我成了男人。”

她轻易地猜测出眼前这个小男人患有的不治之症，她的心酸酸的，她的良知呼唤着她，她想她有责任熨帖这个小男人，但一时却不知说句什么话来安慰他。他毕竟还是个孩子呀。两泓清泪不知不觉地顺着眼角流了出来。

“你对自己要有信心。”许久，她才干涩地说。

他笑了，完全是天真无邪的那种笑，并且走过来，轻柔地吻了一下她的腮，然后很艰难地站起来，将手放入内衣口袋，掏出那叠厚厚的新钞票，对她说：“这些钱是父母给我的，我说要去最后旅游，回来再治病。我说我只有这么一个要求，他们相信了我，便答应了。他们不知道，我是不会回来治病的，我不想让他们为挽救我的生命做最后无用的努力，那样耗尽他们一生赚来的心血的。我悄声地走出这个世界。也许他们还以为我去永远地旅游了呢。”

他将钱按在了她的手中，“这些钱对我来说，现在没有用了。给你吧，用来谢谢你给予我最后的快乐。”说完，他又对她笑笑，是

那种天真地笑。随后抽回手来，车转身，快步走出门去，他的身影在她的注目下消失在门板后。

她的意识终于清醒起来，她跳起来，仓促的穿上衣服，衣冠不整地追出门去，一辆红色的出租车开出她的视野，消失在灯火灿烂的午夜街头……

（原载《佛山文艺》1999 年第一期下）

缺少优势

他感到自己很可怜。

他的主任让他做了平生以来的第一件美差，让他陪同外来开会的同志去风景秀丽的北湖公园去游览。虽然那是主任在宴会上不胜酒量之后的决定，虽然那是在办公室里没有其他人在场的情况下的决定，按理说只要有其他任何的一个人在屋里，也断难轮到他这个专干杂务事务的传达员的名下。当然还有许多的虽然，但即便虽然之多，主任仍旧将不该交办的差事交给了他。

他受宠若惊，欣喜若狂。

他破天荒地使用了一次更不该他使用的权力，到车库要辆面包车。开会的一群男女人等推推搡搡，你拉我拽，酒气十足地拥上了汽车。

我们的主人公不敢怠慢，亮出一嗓子，高喝开车。他在机关里地位最卑微，从来都是大气不敢出，小心翼翼地做人，今天嗓子突然搞起开放来，难免声嘶力竭，却振奋得面包车亢奋出一溜闷屁，撒欢似地颠蹶起来，匆匆上路。

他尽自己所能，努力使自己这个编外的“礼宾司”不太卑琐低气，便使出吃奶的力气，抖擞出浑身的解数，挖掘调动开发潜伏在大脑皮层下的所有智商，将掌握的所有旅游知识——却仍旧可怜巴巴地，但经过还不算愚蠢、笨拙的加工，抱着外地人无法核实其中的真伪良莠的心理，开动机器，解放思想，一路夸大其词，滔滔不绝口若悬河的神侃，直吹得车厢里的人如行云驾雾，又在云山雾罩之中飘然若仙之感。

他突然发觉有一双透着几分醉意，又极为动人心魄的目光，幽幽暗暗地追随着他顾盼流连。他看清那是一个白嫩并有十分姿色的女人，他对她说不清是友好还是心怀鬼胎地颔首一笑，以示招呼。那女人回报他灿烂辉煌的嫣笑，显而易见带有几分轻佻的神情，就有了些许的桀骜不驯、放荡不羁色彩，顿使他倏然地心旌摇动思绪纷纭而怦然心动。

正是这勾人的不安分的目光，他才会沾上晦气，倒了横运。

后来他知道一条真理，还是颠扑不破的真理：女人的眼神是罪恶的开始。

他晓得北湖公园依旧是景色怡人的，还会是山石嶙峋，湖光波音，绿木葱林。

他还是五年前来过这里，还是现在已成为他妻子的那个姑娘相约双双来到这里游玩，那时也只不过爬爬假山，过一次船瘾罢了。而终于那一美好惬意的恋爱成了过去，结婚之夜他施放了最宝贵的财富，不足十个月它便从成长到壮大，而后添上一口活蹦乱跳嗷嗷待哺的孩子，如此一来上有老下有小，都需要他操持，家、幼儿园、单位三点一线，紧张地忙碌，摸爬滚打，闲暇时家务活还忙不过来呢，哪来的闲情逸致来并湖公园欣赏陶冶自然风光哪。

现在的北湖公园已今非昔比，门票早已由过去的一角钱一跃上涨了二十多倍。

站在售票房前，他确实懵头懵脑呆愣了半晌，并不完全是门票价格让他瞠目结舌，而是他不知道该是自己掏腰包请客，还是大家均摊。他犹豫了许久，还是将征询的目光转向大家，那些人弄不清他为什么突然神态木讷。

其中一老者见多识广，自然先知先觉，洞察辨明其蹊跷，认定这个礼宾司只是个雏，走过去附在他耳根上，带有驾轻就熟的口吻轻声告知,门票回单位定能报销。

他才顿觉释然,还多亏他有先见之明,对现时今的搭车涨价有了充分的思想准备,揣上了百十来元钱,便愉愉快快地掏钱买票。

公园再也不只是划划船了,各种各样的服务设施应有尽有,公园内每项服务设施还要另收费,让人感到就像吃馅饼要馅钱一样合理。

他有了老者告诉他的经验,少去了许多的顾虑,自管放心大胆地花销。他真后悔自己没有给老婆打电话,也跟着痛痛快快地玩一场,即使是扣了老婆的奖金扣工资也在所不惜,这是一种精神文明建设,是最好的精神补偿。难怪每次陪客出玩,总有一些说不出干系的七大姑八大姨之众云集办公室,现在才明白,原来是趁机公款旅游啊。

那个漂亮的女人总是伴随在他的左右,时常用裸露出的丰厚的肩胛对他进行合理碰撞,身上那股香水味酒气汗臭气以及她的体温都可体味到。她对他撒娇卖贱,提出一个又一个要求,坐船乘碰碰车脚踏车进水龙打台球,他只能遵命行事。

他实在拗不过嗲声嗲气娇滴滴酸溜溜的口味,还有她不断飞来暗送秋波的媚眼。

其实他早已被腐化而心驰神往,不过碍于一行人在场。他想看看那男女老少们会用什么样的眼光看他。他偷偷一瞥那些人,他想自己肯定大智若愚了。说不清这些人是不是酒精的作用,依旧徘徊陶醉翱翔在酒桶酒瓶酒杯酒盅之中,全他妈的麻木不仁,置若罔闻,只是群机械随从而已,或许这些人根本就是见多不怪,习以为常。

他在她的敦促下,买了胶卷,租了台照相机。他理所当然地效尽犬马之劳,他不得不满足每个人的照相要求,实际上他也只是充当相机的三脚架,可以随意挪动,让他杵在哪就杵在哪。虽然他也有些心烦,但是这样的机会确实难得,对于他也只是昙花一现,很难再有下一次机会了，此时他的心境会欣喜地感到再也不会比现在更加无限荣光，无限开心的了。

照相时难侍候的当然还是那个女人，不是说他站高了，就是蹲低了。她不断摆出各种古怪稀奇的姿势，什么遁入佛门的端坐，颇为滑稽的舞步，还伴着阵阵孟浪的荡笑，惹得路人不住地皱眉抛白眼。

说良心话，如果说这个女人不是百分之百的漂亮的话，那肯定是二百五傻瓜蛋一个。眉眼嘴耳其实也就是长在常人该长的地方，却呈现出常人少有的不同凡响。那件大开襟无袖薄纱连衣筒裙，每个视力没有问题的人，便可透视没有丝毫作用而言的薄纱料，探测她白皙的肌肤，大红的海绵罩，开襟处似隐似现且在乳罩束缚下隆出的一道深深的乳沟，光天化日之下一览无余。那双具有开拓精神的双眼，总是飞来飞去，在任何人脸上滞留时均显示出意味深长勾人魂魄，让人自然而然不由自主地联想起那个让人痛彻心骨令人齿寒与“骚”字连接的一个蹩脚的特定专用词汇来。

想到这个专用词汇时，是在米格 22 型飞机展示场，她攀上飞机，将一条腿跨在飞机座舱外，让他从下朝上照。她穿着那短小的筒裙早已张扬开来，套着黑色透眼的筒袜的双腿健美、丰腴，透出性感，叉开的两腿之间的那条红色三角内裤准确无误地呈现在镜头当中。他下意识地舔了舔干涩的嘴唇，近几年生活所累虽近于索然无味，但脸上还是忍不住流连出一丝带有几分尴尬的傻笑。在他很想说出一句什么样的莫名其妙的荒唐话时，他突然想起这个特定的专用词汇，就不怀好意地笑了。

在女人相中那片姹紫嫣红的花圃时，他暗叫不妙。他熟知当今美化环境，必有惩罚。他心有余悸。当她看见一簇簇盛开的鲜花，眼光豁然一亮，大有哥伦布发现新大陆地欢呼雀跃，立马叫他为她拍摄下这绚丽多彩的画面。她跨过栏杆，寻一缤纷处洒洒脱脱、大大方方地一躺，自然景色和她融为一体，似为陶醉似为憧憬似为超凡脱俗，自然天成的生动美妙的一幕。

他虽有犹豫，虽有踌躇，却还身不由己地跨了进去，选择了宽敞柔软的草坪作为最佳位置，调正镜头的角度，正欲待按下快门摄下这佳人美景，从身后爆炸出一声断喝："谁让你在花圃里照相！"惊得他真魂出壳，伴着一只大手掐住相机，并且拎了过去。

他惊魂未定转身定睛，在他身后站立一恶目男子，佩带公园治安管理的红箍，冷眼盯着他。他顿觉不妙，舌根发飘，说出话吭吭叽叽，语无伦次。

"我们这是照……照相，景美……"

"罚款！"公园管理员乜斜着眼，半是认真半是揶揄，摆出一副心不在焉的模样傲视着他。

"我们不知道……对不起……饶了我们吧。"他尽量装出使人产生怜悯的卑琐相，以求宽大。

"五元！"短促，明确。

"你看我们这是头一次陪同这些外来的同志观光，不懂规矩。"

"十元！"

"你这里又没挂牌子说明罚款的。"他环顾四周并没有罚款的牌子，便不屈不挠咬死一根筋的辩解。

"十五元！"

他本想说漫天要价之类的话，可话到嘴边又咽了回去，人在矮墙下不得不低头嘛。婉转地说："帅傅，行行好，罚款就是你一句话的事，你就放宽政策，给个面子。"

"二十元！"

他瞥见不远处的花圃中仍有人照相，顿时受到了鼓舞，想分散管理员的注意力，支走他，便一指那面，尽力用讨好语气说："师傅，你看那边还有人照相，去管他们，我们是初犯，算了吧。"公园管理员头不歪眼不斜凛然挺立，眯缝着双眼，目不转睛地凝视着他，其神态镇定自若，大有坐怀不乱不达目的绝不罢休之势，且断然决然果断的语气坚定的义无反顾不容置疑地道了声："三十元!"

罚款价格大有看涨的势头，增值幅度由原来的五元升到了十元。他囊中羞涩，已断难应付这笔开支。管理员无论他怎么苦苦哀求、辩解、理论，以至于谄笑讪笑苦笑哂笑微笑均无效力，管理员我行我素，软硬不吃，并无半点恻隐，并无宽大为怀之意，只是不错眼珠端看他所呈现的卑琐可怜相。价格又经两次翻新便到了五十元。

好事围观者愈来愈多，起哄叫嚣聒噪之声不绝于耳。

"嘿，罚他，要他在老婆面前丢人现眼。"他本想告诉众人那不是他老婆，回头一瞧那女人对他一笑嫣然，到嘴边的话又吞了回去，想来并没必要解释，恐怕越解释越糟。他从没丢过这么大的脸，让人瞅热闹，万一蹦出个认识他的熟人，来个添枝加叶小加工，甭说在领导面前无法交代，要是老婆知道，纵生千张嘴，也说不清青红皂白。他简直无法无地自容，恨不得寻一地缝钻。

他茫然不知所措，万般无奈，无奈万般，他便向始终站在一边静观战局发展的女人用眼角发出求援信号。

"这位大哥——"娇嗔娇嗲的呼唤，甜润的娓娓动听，她终于粉墨登台了。她摇动腰肢凑近管理员，脸上挂满了妩媚的笑，"何苦呢，我们也是初来乍到本地，不知规矩，不知者不为怪嘛，饶了我们吧，嗯——"并要贱地用娇柔细嫩的小手轻轻地推了推公园管理员，宣泄着动人心魅的笑靥。

管理员旋即换上另一副面孔，透出易于察觉的窃笑，这正是他计划之中的阴谋诡计得到的最佳效果。

"我是做具体工作的，当然要公事公办，我只负责罚款，不听人辩解。好了，就看在你的面子上，罚十元钱吧。"

他还要分辩，她马上飘过来媚眼制止了他，示意他不必再争执，再分辩也不会有什么好戏了。他只好长吁出一口恶气，无可奈何地掏出十元钱来认罚。

一直围观的人群，个个嬉皮笑脸，幸灾乐祸相，见无热闹可瞅，便呼啸一声，哄然而散。

公园管理员如同完成重要使命般，递还相机、收据，迈开方步，举手投足潇洒有至，逍遥到厕所旁，用手搬转面朝厕所的圆底座的牌子："践踏草坪，攀折花木，罚款 5～100 元"赫然醒目。

他愕然。她对他莞尔一笑，"这叫女人优势，不然会罚你 100 元的。"见他一脸的沮丧，她又说："回单位在其他的开销上适当加价一起报销，何必那么愁眉苦脸的。"并又将浑圆的臂膀依靠在他的肩头。

遭此劫难，再无兴致游玩，拉着原班人马原路返回了机关。

他家财政大权均由老婆统筹管理，每每拿钱花销都要向老婆实报实销，账不过夜。签此，他匆匆忙忙找主任为他理清账款。

主任那张对别人笑逐颜开的脸，见到他立即抓起阶级斗争来。

他对主任点头哈腰，摆出一沓子需要报销的票据，主任对他不理不睬问声："多少钱？"

他本想将罚款的十元钱加入报销总额，此时在领导的那张骇人的面孔震慑下，一时思维短路，竟少去了那十元钱。说过后，他好生气恼。主任只对票据扫过一遍，拉开抽屉，拿出一沓钱扔了过来。

"好了，去吧。"主任连头也没有抬。

他憋青了脸，支支吾吾地说："还有……"

"还有？"

"唔……没有了。"看着主任的脸色，只好将半截的话咽了回去。吃亏上当只好找老婆报销了。

他神色颓然地转身就要走出门去，正巧看到那个女人推门迎面进来，他迫不及待地打招呼。她只是微微一笑，与他擦肩而过，向着主任走过去。

他迟疑着站在那里没挪窝，他重又将希望寄托在这个女人身上，就又转过身来。主任站起来正与那个女人窃窃私语，见他回身看着他们，面带不悦地问：“你，还有什么事吗？”

“就是……就是，我还有个罚款单，想报一下。”他说出话来支支吾吾的，并用眼角扫着那个女人，而那个女人视而不见。

“怎么的，罚款也想报销？哪有这规矩。”主任对他横眉冷对。

“只是……只是，这是因为她罚的。”他用头示意站在一旁无动于衷的女人。

这时那个女人才有些醒悟，用手推了推主任，并用亲昵的口吻说：“是因为我罚的款，你给他报一下得了，不就十元钱吗，多大个事呀。”

主任对她暧昧地一笑，随手掏出十元钱扔在桌子上了。他卑琐地拿过了钱，迅速地揣入兜中，说不出意味地又看了她一眼。她对他波光粼粼地来个飞眼，搞得他说不上高兴还是悲哀，神魂不定地走出门去。

刚到走廊，身后便传来两个人的笑声。女人浪声荡气地说：“真是土老帽，就十元还难为得他那样。”

主任应着：“他也没见过啥！咱们吃的那顿酒席一桌就有三千元呢，他哪会是那个档次呀！”接下去是两个人的笑声，笑得像狼嚎。

他本想尽快地逃离，却不知怎的腿像坠了铅砣，杵在那里。

《岁月》1994 年第十一期

红尘归路

一群男人走进夜总会，等候多时的三陪小姐们喜笑颜开地迎了上去。

小红一天没有坐台了，她也准备迎上去，她突然发现一个熟悉的身影，他被在这群男人们簇拥在中间的位置，她心慌耳热地将头扭向了一边。很快她注意到这个男人并没有留心她的存在，而是匆匆忙忙地带着男人们躲进了他们预约好的 KTV 包厢。

小红来到这个夜总会当小姐已经一年多了，她从职业高中毕业后，没找到合适的工作，便来到这里当小姐了。当小姐的收入不菲，她要用自己赚来的钱养活自己，还要寄钱给家里生病的母亲。

刚才小红看到那个男人在她眼前走过时，那种无视她存在的眼神，使她顿时生出了一种愤恨。她知道这些男人来这里都是为了潇洒的，不会不要小姐，刚才不过是因为他们的身份所至，才会匆忙走过莺歌婷婷的小姐们，他们一会儿肯定会出来找老板来安排合适的人选。

小红找到老板走后门。这里面有许多的学问，她会找到很多的机会讨好老板，老板就会让你“下桌”，下桌就是陪先生的意思，不然你无论多么漂亮，多么有档次，你都会等候在大厅中寂寞等待着先生对你的青睐。

小红对着男老板飘着媚眼，说道：“老板，帮帮忙，一会儿那桌来要小姐，一定要让我下桌，那里有一个我多年不见的熟人。”

“是吗?”老板故意装作无动于衷。

小红往他的身上靠了靠,做出一副娇柔状,“帮帮忙吧,赚到了钱,我会给老板好处的。”

老板得意地笑了笑,还伸出手来,抓了小红前胸一把。

小红脸上若无其事地挂着笑,内心却充满了恶毒的咒骂,在她身上得到这样的小便宜都已是司空见惯了的。

一会儿那个包厢里走出一个年轻人,果真找到老板来挑小姐,老板将小红在内的5个小姐介绍给了他。

小红在年轻人的引导下走进了包厢。

包厢内是一种人为设计出来的昏暗,照明设备是只在两侧墙上安装了两个似隐似现的壁灯,在这里每个人的面孔变得朦胧而模糊不清。那个她熟悉的面孔就掩藏在她对面中间的位置上。

“何先生,还是你说了算,你来挑个最漂亮的小姐吧。”那个年轻人对着熟悉的面孔客气地说。

小红知道年轻人说出的那个何姓,绝不是这个人的真实姓氏,来这里玩的有点身份的男人,用的都是假姓名,如同她们这些做小姐的一样,不会有真实姓名的。

何先生并不在乎别人怎样称呼他,他很随意地说:“还是你们先挑选嘛,好坏我是无所谓的。”

“那哪成啊,俗话说得好,群狼吃肉,还是老狼先上嘛。”年轻人嬉皮笑脸地说道。

说到了老狼,小红的心明显被刺痛了一下,她联想到了这个男人的年龄,说起来他也有四十七八岁了。何先生并不在乎别人说他是老狼,他宽厚地笑了,说:“那我就不客气了。”

小红本以为他会选中她,小红自认为自己的条件不坏,无论身材,还是长相都还是很出众的,而那个姓何的先生不知道是光线作用,还是看花了眼,他的手指向了她身边的一个老小姐,小红感到很失望。

小红愣怔时，那个年轻人拨弄了她一下，说："犯什么呆呀，还不快坐过来。"

经年轻人这么一说，她才发现正在自己犹疑思量时，几个小姐已经纷纷落座在各自的先生旁，只有她还呆立在空地的中央。看到站在身旁也一样孤立的年轻人，她只能别无选择地陪伴在这个年轻人的身旁了。她向他身旁依了依，年轻人的手驾轻就熟地揽在了她的肩头，往前只走了几步两人相依相靠地栽在了沙发上。

那个何先生看到小红与年轻人倒下来纠缠在一起时，他欢快地大声喝彩道："你们做得好爽。"

小红本欲说出些什么，何先生兴趣却转移到他身旁的小姐身上，说道："年轻人就是年轻人，做什么事都有股勇往直前的劲，不像我们那个时代的人，做什么都还是缩手缩脚畏缩不前。"

何先生说着话，手上的动作很不安分。他身边的女人并没有感到难为情，还配合着他的动作，说道："你呀，还说自己畏缩不前呢，而你比谁的动作都领先一步呢。"

"这还不是跟这帮小狼学习的，要么他们该说我'该出手时不出手'了。"

年轻人听到何先生的话，表现出诚惶诚恐状，说道："还是老总谦虚，不是你在省里对我们的关照，我们哪有今天的这种局面。"

"哪里的话，现在还不都是托政府的福，'你有我有全都有'嘛。"何先生不以为然地说。

小红心里最清楚这个何先生的具体身份，他并不在这座城市工作，他在省城工作，身为一个掌握实际权力的领导，他的一句话，一个批条，足以使一个身无分文的穷光蛋，一夜之间成为腰缠万贯的富商。

"别说这些了，还是珍惜你们各自来之不易的小姐们吧。"何先生建议道。

小红感到幸运的是身边的年轻人，只是拥抱着她，并没有做出进一步放肆的动作，也许他要在何先生面前表现得更得体一些。而其他的几个人早已经肆无忌惮地做出下流的动作。

夏天的服饰总是为这些客人们制造方便，穿着的单薄显露，使他们有了可乘之机，别看这些男人们在外面西装革履，道貌岸然，而他们来这里却不在乎道德职位年龄的因素，当然他们之所以到这里来，目的就是为了寻欢作乐的。

那个年轻人与其他人不同，他选择了交谈，他点燃一支烟，问道："小姐，你吸烟吗？"

"不吸。"

他一指周围那些小姐，说："你看她们都在吸烟嘛。"

"我与她们不同。"

小红看到他明显地笑了笑，说："那么，你是要吸大烟了。"

这是句双重意味的玩笑话，小红见识过世面。她感到这样的话题很无聊，便将目光又一次投向了那个何先生，此时的何先生正如痴如醉地捧着小姐的脸，细细的端量着对方，低声细语的喃喃着。

小红不用思想就能猜到两个人在商议着什么，这个小姐她非常了解，做的都是"大活"。小红来这里一年多了，她已经经历过太多的事情，她一直坚持着自己的阵地，不容别人进一步侵犯自己，她虽然认为自己就是来赚青春钱的，说得下贱点，是在出卖色相，而不是赚肉钱的。在这里大多数的小姐却用肉体来换取高额的收入。

"小姐怎么称呼？"年轻人看到小红不言不语，又在寻找新的话题。

"我叫小红。"这个名字虽然不是自己的真名，但说出来很顺口。

"唔，小红。那么，贵姓？"

小红迟疑了一下，反问道："那么，你贵姓。"

年轻人涎皮涎脸地说:“我姓焦。”

年轻人的话一出口,便引起一圈人的哄堂大笑。

小红并没有意识到他会用谐音说出一句下流的语言,她还在莫名其妙,不知道这些人为什么会如此的开心,她还在质问别人说:“人家姓焦,你们感到有什么可笑的。”

她这么一问,别人愈发兴高采烈,笑声更加强烈。何先生笑着告诉小红说:“他不仅姓焦(性交),名字还叫阳痿。”

经他一说,小红把这些曾经听到过话联系在一起,觉得身边的年轻人并不是她幸运遇到的好先生,他也一样的卑鄙下流,刚才有过的好印象不过是让他制造出来的假象所掩盖了。

“我不管你怎么样,我还是叫你焦先生。”她知道在这里找不到一种人和人之间应该有的真诚,小红也在恶作剧。

“那好吧,我很愿意让你叫我焦先生,这样很容易让我与焦裕禄联系在一起。”这个自称姓焦的年轻人恬不知耻地说。

大家笑得啼笑皆非,而只有小红没有笑。小红没有料到他竟会拿这个一直耸立在她心目中的焦裕禄开玩笑,她痛心疾首,苦不堪言。小红想到了小学时学过的课文,而且也想起了那个曾让她自豪过的父亲。小学时,父亲两袖清风,家里曾经挂着焦裕禄站在自己低矮房前的照片,父亲说他一辈子都要以焦裕禄为榜样,做勤政廉洁的清官。

这时,服务生送来了啤酒和小菜,几个人围坐在茶桌旁喝起了啤酒。音响播放出和缓的音乐,整个空间生出一种浓浓的气氛,这种气氛一时间冲淡了小红刚才生出的那种不快。

“哎,对了,你还没有告诉我,你姓什么来着。”年轻人旧话重提。

小红犹豫着,不知该不该告诉他。

“问你的姓,怎么回答起来这么困难吗。”他戏谑道。

小红知道对方不会太认真的,而她确实要仔细地掂量着是否有必要在这种场合说出自己的真姓，她沉思片刻，才深沉地说：“我姓杨。”

小红明显地感到对面坐着的那个何先生的眼睛里有光一闪，投过来一束关注的目光，目光在小红的脸上停留了很长一段时间，他肯定感到对面这个女孩子有着某些似曾相识的东西存在。小红很希望这种目光之后的内容，而很快这种期待便破灭了。何先生只是长长地叹息了一声，又将目光流连给了其他人。

“唔，杨小红，我们就权且叫杨小红吧，因为在这里的女人，姓和名都是假的，其实姓名不过是一个代号而已。”年轻人说。

“我的姓可绝对是真的。”小红执拗地说道。

她的目的是在唤起何先生的某些记忆，而她终于绝望了，因为何先生还在忙着劝他身边的小姐们喝酒，根本没在意她说什么。他搂着身边的小姐对别人说：“我这个小姐可是咱们的阶级姐妹，是个下岗的女工，现在是在自谋职业，为的是不给社会添负担，多么值得敬佩啊。”

“那可是不动产的投资，不费力便可以赚钞票哇。”一个先生说。

“世界上没有一个职业比这个工作来得更容易，只要干上这个职业，她就不会再寻思干别的了。”年轻人说。

何先生说：“要么怎么说宦海红尘都是不归路呢。你看历史上当官的到了砍头的时候，总是告诉自己的后人不要再去做官，而后代们却没有谁听话的，因为当官有太多的好处了，值得后代们为了它前仆后继。再就是干这种生意了，只要屁股一扭，就会财源不断滚滚而来。”

“所以社会上流传着顺口溜不是说‘下岗女工莫流泪，勇敢走进夜总会，只要敢把裤子褪，工资能翻几百倍’嘛。”一个先生说。

“相对来说，下岗的男工就苦喽。”一个先生仰脖喝了一杯啤酒，叹息道。

“怎么个苦法?”一个小姐问道。

“下岗男工是四大闲之一吗。四大闲怎么说来着,是大款的老婆,领导的钱,下岗男工,调研员。”

“这就是没有出息的下岗男工了,你没听说下岗男工莫发愁,拿起镰刀和斧头,见到大款一声吼,该出手时就出手,留下钱来你就走,你有我有全都有。”年轻人又在凑热闹。

“要是下岗男工都去当匪徒,这社会还不乱了套。”小红极其厌恶这些人的所作所为,她适时地表示出了自己的愤慨。

“呵,这位小红还蛮有社会责任心的。”何先生不无讥讽地说。

“当然了,我要是成为领导人,肯定不会像你们那样不负责任。”小红的话中的“你”字咬音极重,话里夹枪带棒。

何先生也感到小红的态度变化,就转移了话题,“我说大家就别总是喝酒了,咱们这个包厢里面还没有人去选一首歌曲来奉献给大家的。

何先生的提议立时得到所有人的响应,这些小姐们主要是以陪歌为主,她们只是因为先生们没有唱歌的要求才会如此沉默,此时她们都欢呼雀跃起来,争先恐后地去抢歌单。

年轻人阻止了她们,他说:“还是由我们的何先生为大家唱一首最拿手的《蒙古人》吧。”

何先生也不谦虚,他连推迟的意思也没有,他伸手便拿起话筒来,对外面高喊一声:“来曲《蒙古人》。”

这是一首小红最为欣赏的歌,她非常喜欢腾格尔的那种嘹亮的歌喉,在这里的人却很少有人唱起这首歌。小红虽然不是蒙古族,但她就是来自内蒙古地区,这首歌曾勾起过她的许多的往事,也唤起了她对家乡亲人的思念之情。

何先生动情动容地唱着,他的歌声几与腾格尔的唱法相差无几,雄壮的男高音,余音袅袅,震人魂魄。大家由衷地为他鼓起掌来,那个陪他的小姐不知从哪里拿过来两束花,送了上去,还在他的脸上留下了一个响亮的唇吻。

在歌曲的间奏中，何先生用他浑厚男中音，说道："这首歌是我最喜欢的歌曲，它让我回到了青年，回到了我人生中最美好的年代，而那些却都已经离我而去了，我现在已经变得不再是过去的那个我了。"

接着何先生唱道："这是蒙古人——热爱故乡的人，这就是蒙古人——热爱家乡的人。"

他的歌声在一片喝彩声中结束了。

等他回到座位上时，何先生惊奇地发现小红没有表现出别人的那种热烈的情绪，甚至没有丝毫的反应，她似乎仍然沉浸在歌声之中。

"小红，难道我唱得不好吗？"何先生问道。

小红只是轻轻地摇了摇头。

他觉得蹊跷，追问道："那你为什么不为我鼓掌呢。"

他看到小红只是做了一个细微的动作，在若有若无的光线中，他发现对面的这个小姐眼里有亮光一闪，两颗清亮的泪珠夺眶而出。他疑惑不解地问道："小红，你怎么了，怎么还哭了呢。"

"没怎么，不知为什么，我突然感到伤心起来。"小红拭去眼角的泪珠。

"没想到你们这些做小姐的，也还有你这样的多愁善感的人。"何先生不知是出于关心，还是别有用心，他挪过身体凑到小红的身边，用手拍着小红的肩胛。

小红唯恐他做出过分的举动，她努力向一边躲去。而那个年轻人却讨好地把她推向了何先生。她担心的事并没有发生，何先生只是拍了拍她，没有做出非分的动作。

小红因为距离这个男人太近缘故，她嗅到了男人身体上的气息，那是一种久违了的气息，她多想将自己的身体更加贴近这个男人，但她的意识清醒地告诉自己不能这样做，这样会留给他一个怂愿性的印象。

“小姐，别人都在点歌唱，而只有你孤独坐在一起伤感。”

“不是的，我已经准备好了一首歌，是专门唱给你听的。”小红说着话，便在点歌器上按下了一排阿拉伯数字，看得出这是她一首非常熟悉的歌。

“那我就是太幸运了，会有这么一个漂亮的小姐为我献歌，一会儿我会多赏给你小费的。只是我想知道你献给我是一首什么歌?”他迫不及待地问道。

“一会儿你就知道了。”

何先生一直在察言观色，他把小红举棋不定的动作误认为是勾引他的诡计，他显得有些自信，再次把他的身体挪向了小红，故作亲切地问道:“小姐的芳名叫小红是吧，对了，刚才你说过姓什么了的，姓杨是吧?”

小红的思维一时间产生的紊乱，她误以为这是何先生对她友好的表示，她说:“我姓杨，那么您姓什么呢?”

何先生对小红的问话有些措手不及，支吾道:“我姓……”他毕竟是这方面的老手，他马上便镇静下来，说:“刚才不是介绍过嘛，我姓何。”

小红诡谲地笑道:“既然你姓何，干嘛还吞吞吐吐?”

“哪的话，姓还有改变的吗?”

“那就要看做什么事了。”

“这个小姐够厉害的了，那我要听你说说这其中的理由。”他装作很虚心的样子，做倾听状。

那些小姐先生们已经是赤膊上阵了，争相抢着话筒，这时陪着何先生的小姐正妖声妖气地唱着《杜十娘》。

“要是你做的是光明正大的事，你绝不会改名更姓的，要是偷偷摸摸的事，像你这样一个有地位有身份的总经理，就不会使用你的真实姓名的。”小红说得一针见血。

何先生听罢，不禁大惊失色，说："你怎么会知道我是总经理？"

小红得意地一笑，说："刚才还不是听别人无意之中称呼你我才知道的嘛。"

何先生感到有些安慰，说："真是个诡计多端的女孩子，你说得还蛮有道理，你说我用的假姓，那么你猜一猜，我到底姓什么？"

小红不假思索地说："你姓杨。"

小红平淡的回答，在何先生的心里无异于投下了一颗重型炸弹，炸得他神不守舍，胆战心惊，他惊慌地望着小红，这时他才觉得眼前这个女孩子面孔似乎很熟悉，但是他怎么也想不起来在什么地方见过面。也许他见过的小姐太多了，不可能说得清楚，半晌，他才说："咱们是不是认识？"

"哪能呢，我不过是从你的表情中猜测出来的。"

何先生一定有很多的疑问，可是刚才陪他的小姐唱的《杜十娘》刚好在大家的哄闹声中结束，一下子截断了他们两个人的谈话。

回到座位上的那个小姐投怀入抱般地窜到了何先生身上，对着小红嗔怪道："趁人家老婆不在家，就第三者插足了，勾引起我的老公来了。"

小红无声地笑了笑，心中的苦涩溢于言表。

趁着歌曲的间隙，那个年轻人张罗着大家又喝了一杯啤酒。何先生逗趣地对他说："你要看好你的老婆哟，这个女人是很有心机的，这么一会儿，她就知道了我又是总经理，又是姓什么的。"

年轻人并不在乎，回头对小红说道："老婆，我怎么不知道你在什么时候加入了克格勃组织的？"

"这你就不用管了，反正我知道他的身份是总经理。"

"难道他就不能是党委书记吗？"

"那是不可能的，现在的党委书记哪里有钱来潇洒呀？"

何先生说："这个小女孩子还蛮世故的，对社会什么都了解，现在企业厂长经理负责制后，党委确实成了牌坊了。"

年轻人顾自笑了起来，何先生一再追问他笑什么，他才收敛了笑容说道："我笑的是不久前听到一个有关这方面的笑话。"

"什么笑话，说给大家听听。"几个人都显得急不可耐，来这里玩的客人，总是散布一些流言蜚语下流笑话。

"前不久，某地组织部门对某企业进行经理书记的考核，为了广泛征求意见，扩大了解情况的层面，找到了一个比较有代表性的工人谈话。他问道：你们经理每天白天都干点什么？这个工人说粗话说惯了，说出话来就带啰嗦，他做一番认真的思考后，才说道：白天嘛，经理瞎鸡巴忙。组织部的干部笑了笑，进一步问道：那么，晚上呢？工人说：晚上经理是鸡巴瞎忙。组织部干部又问起了书记的情况：书记白天都干些什么？工人来得十分利索：他没鸡巴事。又问：晚上呢。工人答道：那，鸡巴也没事。"

俗不可耐的下流笑话，却又一次得到满堂的喝彩。小红来到这种场合也有一年时间了，对这方面也应该有足够的承受力，而今天她无论如何也接受不了这种龌龊的故事，她将脸移向了一边。

何先生发现了小红的异样的表情，便探询她说："怎么了？又有些不高兴了，是吧？"

小红漠然地望了他一眼，那种痛楚的神情意味深长。

何先生感到了这种神情的震撼，今天他也总觉得哪里有些不对劲，这个女孩子仿佛与自己有些关联，但又说不准确，他经历过风花雪月红尘女子陪舞小姐太多太多了，他显得有些麻木不仁了，而今天眼前这个女孩子每次说话时都一语双关，含义不同。

他猛然感到了自己的疏忽，脑袋轰然作响，记忆深处的神经紧张地工作起来，他突然意识到了自己的愚蠢，他再也抑制不住自己的情绪，高声问道："小红，你姓什么？"

小红一副玩世不恭的态度面对着他说："我不是说过吗，我姓杨。"

"你……你，怎么？怎么会是你。"他语无伦次。

一时间，他们两个人的对话和惊异的表情，把大家都搞糊涂了。恰在此时，音响中的音乐前奏曲响起来，年轻人烦躁地嚷着：“赶快让音乐停下来。”

小红走了过去，对年轻人说道：“这是我点的一首歌，是我献给眼前这位何先生的歌。”说着她拿起扔在茶桌上的话筒，伴着音乐声，在墙上悬挂的大屏幕上出现了惊心动魄的两个字《父亲》，这本应是一首男人唱的歌，而却从一个女孩子嘴里柔柔的流淌出来：

那是我小时候，常坐在父亲的肩头；

父亲是那登天的梯，父亲是那拉车的牛；

………

歌声停下来了，没有掌声没有喝彩，整个包厢里一片静寂。

小红已是满脸的泪痕，说道：“我非常喜欢这首歌，是因为我多么希望我有一个负责的父亲。儿时的父亲留给我太多美好的回忆，作为在内蒙古地区一个国有企业干部的父亲，一直是我最自豪的，而随着他职位的提高，他变了，他追求享乐金钱地位，经常出入交际场所，花天酒地，美女如云。8 年前，母亲一气之下与他离了婚，那时我在上小学，父亲只留给了我们娘俩儿一笔可观的人民币，远调到另一座城市，便一去不复返了，如今的他官运亨通，而且不断地升迁。我的母亲因为下岗，又患有重病，我们娘俩是靠救济勉强生活。职高毕业后我已经不是昔日的丑小鸭了，是个如花似玉的姑娘了。为了生活，我欺骗母亲说我到外面找工作，来到这个城市的夜总会做起了小姐，我应该说，我也算是个自食其力的人，还可以负担起对母亲的责任，不想去找那个不负责任的父亲了。”

小红哽咽了，她抹去脸上的眼泪，说道：“今天，我只想把这首歌，献给眼前这位省里工作的自称姓何的先生。”

那个何先生只有一声悲戚的呼喊：“女儿……”

（原载《野草》2007 年第四期）